暗黒

上

18世紀、イエズス会とチェコ・バロックの世界

アロイス・イラーセク
浦井康男❖訳

Alois Jirásek

Temno

成文社

目次

訳者まえがき

歴史小説『暗黒――歴史的情景（TEMNO ― Historický obraz）』は、チェコ歴史小説の第一人者であるアロイス・イラーセク（一八五一―一九三〇）が、病に倒れて未完に終わった『フス派王（一九一九）』の執筆前の一九一五年、彼が六十四歳の時に発表したもので、彼の大部の作品群の中では比較的短く、最も円熟した作品の一つであり、チェコの歴史・文化史上の空白の時代を埋めるものとなっている。

チェコが最終的に独立を失った一六四八年以降、チェコ人が民族意識に目覚め民族復興運動が始まる一七八〇年代までの時期は、ハプスブルク家の専制とイエズス会による再カトリック化の中で、チェコ語とチェコ民族文化が衰退していった期間であった。日本ではフランシスコ・ザビエルに代表されるイエズス会は、ヨーロッパ文明の紹介者という理知的で明るいイメージで一般に知られているが、ヨーロッパでのイエズス会は反宗教改革の尖兵であり、「頑迷で陰険で恐ろしいもの」として知られている。

このような社会状況の中で無学な大衆に直接働きかけ改宗を迫るため、「明快で分かりやすく、写実的で、情動的」な（R・ウィトカウアー）芸術が生まれ、ヨーロッパでも特異なチェコ・バロックの文化が発達した。その文化遺産は現在でもカレル橋を飾る諸聖人の像を始めとして、チェコの様々な場面に数多く残されている。

本書の題名から「テムノ（暗黒）」と名付けられた歴史学上のこの時代は、チェコ人自身が自民族とフス派に由来する伝統文化を弾圧した、歴史的に負の時代であった。これに続く民族復興期（一七八一―一八四八）は、民族意識に目覚めたチェコ人が、衰退したチェコ語と民族文化の再興を計った輝かしい時代で、他のスラヴ民族にも大きな影響を与えた運動であったため、チェコ本国ではその研究に長い伝統と蓄積がある。これに対してこのテムノの時代は、これまで積極的に触れることは避けられ、ほとんど研究されて来なかった。[1]

一九八九年のビロード革命以降政治的しばりも解けて、この時代にも関心が向けられるようになり、チェコ本国で研究書も次々と出始めているが、[2]この時代を包括的に眺めることの出来る資料はなかなか見つからない。このテーマで日本語で読めるものとしては、石川達夫氏の『プラハのバロック』があるが、[3]これは主に美術的側面からのアプローチが主のため、この時代を俯瞰するのは難しい。

イラーセクのこの作品『暗黒』では、ネポムツキーの列聖を前に弾圧が最高潮に達したチェコの一七二〇年代の宗教・文化・社会の渾然一体となった状況が示され、例えば隠れフス派の秘密のミサや秘かに国外から持ち込まれた禁書と、イエズス会宣教団の説教や焚書などの宗教的弾圧と共に、田舎暮らしの没落貴族の生活とビール醸造で財をなしたプラハのブルジョアジーの富と文化、プラハでも広まったフリーメーソンの活動、また当時のバロック音楽の世界や、官公庁でのチェコ語の衰退の様子などが詳細に描かれている。そのため本書は、この時代を考える際の一番基礎的な資料となり、また研究の出発点となろう。なお本書のサブタイトルは「歴史的情景」であるが、この訳書では内容を考慮して「18世紀、イエズス会とチェコ・バロックの世界」とした。

この作品はチェコ共産党政権の時代に一時、西側世界とそれを代表するローマ・カトリックに対抗するプロパガンダとして、歪んだ形で教育に利用され、また映画化されたりした。そのためその翻訳も、旧共産圏のスロヴァキア、ポーランド、ウクライナ、ハンガリー語などに偏っている。

しかし本作品を訳してみて、宗教が人の存在をいかに大きく規定しているかに深い感銘を受けると共に、イラーセクが特定の立場に与せずに、各々の立場を描き分けて、事態を客観的に見ていることを実感した。

それと同時にイエズス会士たちがフス派の異端を追い詰めていく過程は、推理小説並みの面白さも備えていて、十分に楽しめる側面も持っている。またここには弾圧する側のテクニックと、それを如何にかわすかの方策も描かれていて、興味が尽きない。不幸なことにチェコ国民は二十世紀に入ってからも三度、このような思想弾圧を受け（ナチス・ドイツによるチェコ併合の時代、第二次大戦後のスターリンによる共産化の時代、プラハの春以降の「正常化」の時代）、多数の犠牲者を出したが、本書はそのような中で数多く読まれたと言われている。

本書は歴史小説で筋はフィクション（虚構）だが、背景にある史実としては、隠れフス派に対する宗教弾圧の中で、一七二八年にコピドルノで森番のトマーシュ・スヴォボダが偽りの宣誓をした罪で処刑された事件と、一七三五年にマホヴェッ某という一家が逃亡の理由を書いた手紙を残して国外に亡命したことが上げられる。イラーセクはいくつかの変更を加えた上で、時間も少し戻してこの二つの事件を結びつけ、一七二三年のカレル六世の戴冠式から始まるこの小説を書いたと言われる。[4]

史実ではマホヴェッは一家で国外に逃亡したが、この小説でのマホヴェッは男やもめで一人逃亡し、残された二人の子供はカトリックへの教化のためプラハに送られる。イラーセクはこの兄妹を一七二〇年代のプラハに投入し、様々な文化的体験やプラハの隠れフス派との接触を通して、当時の文化的状況を描いている。また本書には数多くの歴史的エピソードが挿入されているが、確認が取れるものはほぼ正確であり、これらによって当時の社会的雰囲気が醸し出されていると共に、イラーセクの歴史小説家としての知識の正確さと腕の確かさも再確認できる。

この物語の言わば陰の主人公はヤン・ネポムツキー（ヤン・ズ・ネポムク、一三四〇年頃―一三九三年三月二十日）であり、事態を動かしているのは、彼を聖人に格上げする企てである。ネポムツキーは、現在のプラハの基礎を築き名君とされたカレル四世の息子ヴァーツラフ四世の時代に、プラハ大司教代理としてヴァーツラフと大司教の争いに加わり、そのためヴァーツラフの怒りにふれて拷問にかけられ、カレル橋からヴルタヴァ（モルダウ）川に投げこまれて殺された僧であった。

この出来事に後代のカトリックは、民衆の間からヤン・フスとヤン・ジシュカの記憶を消すために、第三のヤンを

銀2トンで鋳造したネポムツキーの墓所

作ろうとして次のような話を作ったと言われている。それは、ヤン・ネポムツキーはヴァーツラフの王妃の聴罪司祭であったが、ある時ヴァーツラフは、王妃に愛人がいるのではないかと疑った。彼はそれを確認するために、ネポムツキーに王妃の告解（懺悔《ざんげ》）の内容を話すように命じた。しかしカトリックにとって告解は、その権威を維持するための秘跡の一つであり、聞いた内容は決して人に漏らしてはならないとされている。そのためネポムツキーは沈黙を守り通し、拷問にも屈しなかった。そこでヴァーツラフは怒って、彼をカレル橋からヴルタヴァ川に投げ込み溺死させた。

だが彼を川に投げ込んだ時五つの星が輝き、棕櫚《しゅろ》の葉をもった天使たちが彼の魂を天上に導いたという。また岸に流れ着いた彼の遺体は引き上げられ埋葬されたが、後に彼の墓を開いてみると、頭蓋骨の中で舌だけが腐らないで残っていた。カトリックで聖人に列せられるためには、何らかの奇跡が必要であるが、ネポムツキーには沈黙を守り通したために、その舌が神聖なものとなったとするこの奇跡が大きな力を持った。時のローマ法王によって彼は一七二一年にすでに福者となっていたが一七二九年に聖人に認定され、プラハでそれを祝う列聖式が盛大に行われた。これはチェコにおける反宗教改革の頂点をなすものであり、本作品でもその様子が詳細に描かれている。そして頭上に五つの星を付け、棕櫚と告解の秘蹟を象徴する十字架を胸にいだいたネポムツキーの像が、プラハのカレル橋を始めとしてチェコ全土に立てられ、片田舎の教会にもそれらが見られるようになった。[5] 後年一七八一年に、啓蒙専制君主のヨーゼフ二世が寛容の勅令を出して信教の自由を認めた際にも、プラハでは再カトリック化が徹底していたため、その恩恵を感じた人はほとんどいなかったと言われている。

原作は国民文庫版[6]で五四〇ページを越える大作だが、そこには部立ても小見出しもなく、ただⅠ～LXXVI（1～76）のローマ数字による節の通し番号が並んでいるだけで、構成上も極めて見通しが悪い。しかし上記の文字だけの版と並んで、ニェムツォヴァーの『おばあさん』の挿絵で有名なA・カシュパル（一八七七―一九三四）が本作品に挿絵を付けた版[7]（全七〇〇ページ）もあり、そこでは主要な場面の描写と共に、各節の始めにその節の内容を示す挿絵を載せている。この挿絵は該当する節を探したり、その節の内容を理解したりする際に大きな助けとなるので、本翻訳でもこの挿絵は必ず入れることにした（文中や節末の挿絵は一部割愛）。

これまで翻訳文学というと、訳者が一方的に提供する情報（訳文と訳注）で読み進むのが当たり前で、何ら疑問を感じなかった。しかしインターネットの世界が拡充しその情報が確実で豊かなものになると、世界遺産のプラハを始めとして、古いものが良く保存されているチェコ各地が舞台の本書のような歴史小説では、読者も積極的にその内容に関わり理解を深めることが出来るようになる。日本のネット情報は玉石混交で手前勝手で主観的なものも結構あるが、チェコでは専門的なものや地方の行政機関のホームページなどは、しっかりした確実なものが多い。

訳者が二〇一一年に出版した、同じイラーセクの『チェコの伝説と歴史』では、内容の理解と語注の作成にもっぱら書物の資料を使ったが、本書の翻訳に際しては、インターネットが驚くほど有効であった。一七〇〇年代の物語なのでもちろん限界はあるが、それでも事物のイメージや説明、貴族の系図、聖人伝説、地方都市や小さな村の位置、各都市やプラハ市街の鳥瞰《ちょうかん》図や通りの様子（street view で）、古い絵葉書でのプラハ市内の当時の建物や市門の姿、古地図、教会の鐘の音や聖歌やクリスマス・キャロルなどの旋律（YouTube で）、歴史的エピソードの後付けなどに大きな威力を発揮した。ただネットではうまく見つからなかったが、書物に適切なものがあったいくつかの画像については、巻末の付録で示した。

日本の読者にはなじみのない時代設定のため、かなりの語注を付けなければならなかったが、その語注も二種類に分け、その文脈で一回限りのものは本文中で示し、重要で詳しくなるものや各所に現われるものは、巻末の「語注」にまとめて、読み進む流れをなるべく妨げないように工夫した。

この翻訳に当たっては、多くの方々にお世話になった。中でもチェコ話し言葉から、ドイツ語に影響された当時の官公庁のチェコ語、ラテン語を直訳したようなチェコ語まで、一筋縄ではいかないチェコ語が多く含まれた本書の難解な箇所の翻訳に際して、一々対応していただいたカレル・フィアラ氏、本書の出版を決断していただいた成文社の南里功氏、テムノ関係の貴重な資料を現地で探していただいた田中大氏、カレル大学哲学科日本語学のズデンカ・シュヴァルツォヴァー氏、コメニウス関係の資料でお世話になった井ノ口淳三氏に篤い感謝の念を示したい。

二〇一六年三月十五日

浦井康男

注

1 以前のものとしては、Arne Novák, Praha barokní, Zlatoroh, sv. 3, 1915, Mánes, Praha、Vladimír Růčka, Temno dle Jiráska a dle historie, 1933, Tiskové družstvo, Hradec Králové、Zdeněk Kalista, České Baroko studie・texty・poznámky, Evropský literární klub, 1941、Antonín Novotný, Praha „Temna“, Atlas, 1946、など数える程である。

2 Mikulec, J. Pobělohorská rekatolizace v českých zemích. 1992, SPN、Bílý J. Jezuita Antonín Koniáš, 1995, Vyšehrad、Fiala J. Temno, doba Koniášova, Eman, 2001、Bohemia Jesuitica 1556–2006, Mezinárodní konference Jezuité v českých zemích, Praha 25.–27. dubna, 2006、Š., Vácha et al., Karel VI & Alžběta, Česká korunovace 1723, Paseka, 2009 等

3 石川達夫『プラハのバロック――受難と復活のドラマ』（みすず書房、二〇一五）、最近のバロック研究や美術に関しては、こ

の書の主要参考文献に詳しいリストがある。

4　Kleinschnitzová F., Prameny „Temna“, Hýsek M., (red.), Alois. Jirásek, Sborník studií a vypomínek , Otto, 1921, p.160

5　インターネットでキーワード「nepomuk socha」で検索し、結果を画像一覧で見ると、実に多様なネポムツキーの像（socha）を見ることが出来る。

6　Alois Jirásek, Temno Historický obraz, SNKLU, Praha, 1964, Národní knihovna, sv. 74　この版を翻訳の底本とした。

7　Alois Jirásek, Temno Historický obraz, Ilustroval Adolf Kašpar, iv vydání, 1937, Šolc a Šimáček, Praha　挿絵にはこの版を利用した。

インターネットでの検索のコツ

訳者は検索エンジンにGoogleを使っていて、本来ならYahooなどの他の検索エンジンとの互換性を確認する必要があったが、残念ながらその時間的余裕はなかった。またホームページのアドレス（URL）はかなり変動し、デッドリンクになることも多いので、本書では検索のためのキーワードを→の印で示し、URLはごく一部のものを示すに止めた。

■検索には、チェコ語の補助記号を外したローマ字を入力すれば、検索エンジンの方でそれを補ってくれる。(zidovske mesto → židovské město)（ユダヤ人の町）。語注の表記上、大文字を使っている場合もあるが、全て小文字の入力で済み、またチェコ語での詳しい解説を見たい時は、検索語にwikiまたはcs.wikiを追加すればよい(wikipedia)。

■検索の結果多くの候補が出るが、それらを一つ一つ当たる必要はなく、画像一覧を出して該当しそうな画像を探すと効率的に選択できる。さらにその画像をクリックすると対象の大きなイメージが得られ、またその画像の横にある「ページを表示」をクリックすると、その画像を含むテキストが示される（チェコ語が多いが英語や日本語のページもある）。

例えば本書36節で、プラハの聖ヤクプ教会にある聖母マリアの像は、そこから真珠と金貨を盗もうとした泥棒の腕をつかまえて、その腕を切り落とすまで彼を離さなかったという伝説が出てくるが、これを→jakub praha ruka（ヤクプ　プラハ　手）で検索し画像一覧を見ると、それらの中に天井から吊り下げられた真っ黒い片腕の写真が見つかる。

また伝説で有名なロレタ教会の鐘の音は、→loreta zvonkohra（ロレタ　鐘の演奏）で検索し、動画一覧からYouTubeの画像とその旋律を知ることが出来る。

■これまでの翻訳作業では地方の小さな地名は、チェコ人用のドライブ・マップを使い、後ろの検索からその場所を探し当てていくしか方法はなかった。しかしチェコ全土のネット地図 https://mapy.cz/ が公開されて事情は一変した。[1] 検索の窓（Hledání）に直接、補助記号のないチェコ語のアルファベットを入れると検索時に補ってくれ、複数の候補地がある場合にはそれらを列挙し、相当小さな地名でも検索できる。

この地図は拡大・縮小が自由で、縮小すると該当する地名表記は消えるがポインターは残るので、そこがチェコの国土のどの辺にあるのかが縮尺と共に分かる。逆に拡大していくとそれまで消えていた細かい地名が現れ、最終的にはその町の鳥瞰（ptací pohled）や航空写真（z letadla）やストリート・ビュー（panorama）も見ることが出来て、言わば日本に居ながらにして、チェコの地方都市の様子がつぶさに分かるようになった。またプラハなどでは通りの名前と番地を入れるとその場所をポインターが示してくれる。

例えば本書前半の舞台となったスカルカ（Skalka）は、市町村名ではないので直接検索できないが、近くの町の→podbrezi で検索すると、いくつかの候補の中で（本来 podbřezí は「川岸」の意味の普通名詞）、obec Podbřezí, okres Rychnov・・・があり、それを選択して表示し拡大していくとその町の北方に Skalka が現れ、ズラティー・ポトク（Zlatý potok）の川が湾曲して流れている崖の上にスカルカの館（zámek Skalka）が示され、その上流には10節の舞台となったユダヤ人墓地（židovský hřbitov）も見ることができる。ただここで見られるスカルカの館は一七三六―一七三九年に初期ロココ様式に建て替えられたもので、残念ながら本書の舞台となった古いルネッサンス様式のものではなく、この辺にネットの限界を感じることもある。

■チェコ語の特殊文字を入力する必要がある場合、その設定はマニュアル本などを参照されたい。キーボードの配置は左記の対応になる。

数字	2	3	4	5	6	7	8	9	0	;	@
	:	:	:	:	:	:	:	:	:	:	:
文字	ě	š	č	ř	ž	ý	á	í	é	ů	ú

また z と y の位置が入れ替わる。

注

1 このURLはこれまでにも変動し、始め http://www.mapy.cz であったものが http://mapy.cz になり、現在は https://mapy.cz となっている。ただ mapy.cz は変わらないのでこれで検索すれば、今後変更があっても目的のページにたどり着けよう。

暗黒――18世紀、イエズス会とチェコ・バロックの時代――上巻

J・V・スラーデク[1]とZ・ヴィンター[2]の思い出に

„– mátis in rukou triumphum"
Proteus felicitatis et miseriae Czechicae
（そなたは勝利を手中にした。
チェコの輝きと悲惨のプロテウス（＊語注72↓ハンメルシュミット））

„– nebudeť jim jitřiho světla"
Izaiáš 8, 20
（彼らには晨光《しののめ》あらじ。　イザヤ書8章20節）

注

1　Josef Václav Sládek（一八四五―一九一二）、チェコの作家・詩人・ジャーナリスト・翻訳家。二十三歳の時アメリカに渡り労働者として多くの職業に就く。二年後帰国してから英語の教師をして、一八七〇年からナーロドニー・リスティの編集者、一八七七年からルミールの編集者になり、一八八〇年頃から多くの詩を発表する。イラーセクと親しく、彼との書簡集も刊行されている。

2　Zikmund Winter（一八四六―一九一二）、チェコの作家・歴史家・教師。カレル大学で歴史を学び、卒業後は地方の実務学校で教師を務め、イラーセクなどと共に雑誌ズヴォンの編集もした。彼の歴史小説はイラーセクと異なってもっぱら十六、十七世紀を舞台とし、また彼の専門的関心はチェコの都市や手工業の歴史などの文化史に向けられた。

＊ 1 ＊

1

スカルカ（＊プラハの東方約一三〇キロメートル）の領主、アントニーン・ヨゼフ・ムラドタ・ゼ・ソロピスクは、一七二三年六月に行われたカレル六世（＊語注17）の栄光に満ちたプラハ入城に際して、いつまでも記憶に残るかなりの借財をした。それは輝かしい入城とその後のカレル六世の戴冠式のために、彼が作ったものだった。この借財のほかに彼の記憶に残ったのは、乗用馬の高価な装飾馬具つまり、はみとはづな、革ひもと房で飾られ銀をしっかり被せ刻み模様のあるむながい、新調した華麗な鞍、そして鞍の下に敷く、ムラドタ家の紋章が豪華に刺繍された赤紫色の馬衣であった。またこの国王の入城に際してムラドタは、数百トラルを出してフランス製の大判《インフォリオ》のかつらを新調した。そのふさふさした巻き毛は肩を覆い、襟首を越えて背中まで垂れていた。さらに金で縁取りして美しい白い羽で飾られた帽子と、見事に刺繍されたビロードの上着も調達した。

しかし高価なかつらと帽子に付けた高価な羽は、ジトナー市門（*ウィーンに通じる街道の出入口にあった）の前の平原から、皇帝の輝かしい行列がプラハ市内に入り始めたちょうどその時に、突然降り出したひどい豪雨によって台無しになった。

この豪雨による損害は皆にとって大きかった。しかし騎士ムラドタは、他のムラドタ一族（*昔から続くチェコ貴族の家系）と同様に登場した。プラハ城に王を先導する騎乗の五百人のチェコ貴族の中に、九人のムラドタ家の者たちがいた。その内の二人は王国の地方長官であった。一人はザク・ヨゼフ、もう一人はプシェドボラやルホタなどの領主でフラトカなどの領主でベロウン地方の長官のフランチシェで、コウジム地方の長官のヤン・イグナーツであった。もっともこの行列に加わっていたムラドタ一族は九人ではなく、もっと多くて十三人であった。

十人目のムラドタのカレルは、黒い胸甲を付け白い軍服を着て、旗手を務めていたカラフォフ甲騎兵隊と共に進んでいた。彼はこの騎兵隊と共にひるがえる旗の下で、ラッパが鳴り白馬の首から吊るされ、鮮やかに彩られた太鼓が打ち鳴らされる中、この終わりの見えない眩いばかりの国王の行列の先頭に立って行軍した。十一人目の若いヤンは、ザハーニ公爵のフィリップ・ズ・ロプコヴィッツ侯の随員の中にいて小姓であった。十二人目のヨセフはイエズス会神学寮の学生で、十三人目のフランチシェクはすでにイエズス会の僧であり、小市街の聖ミクラーシュ教会の傍のイタリア広場で、王を歓迎するイエズス会士たちの中にいた。

騎馬用のこの壮麗な馬具は戴冠式後に、カレル・ヘンリッヒ・ルホツキー・ゼ・プテニーが、フラデツ地方オルリツェ山地のふもとのドブルシュカ（*この地方の中心都市フラデツ・クラーロヴェーの東北東二五キロメートル）近郊にある、スカルカの小さな館に運ぶことになっていた。彼は輝かしい入城の際にはプラハにいなかったが、戴冠式には何とか間に合った。彼が馬でプラハに着いたのは八月の末日で、卵、バター、油脂であふれ、さらに鵞鳥、去勢雄鶏、ヤマウズラと兎や鹿を満載した荷車が、プラハに到着してから数時間たってからであった。彼はこの荷車を、スカルカの領地の支配人としてプラハに送ったのであった。

ルホツキー（*語注52→スカルカと領主たち）は古い家柄の貴族であったが、貧しく零落していた。多くを所有せず、スカルカ付近のマスティに屋敷を持っていただけであった

＊ 1 ＊

が、それも十六年前にリフノフのノルベルト・レオポルド・リプシュテインスキー・ズ・コロヴラト伯爵に売っていた。彼は売らざるを得なかった。というのも山のような借金を背負っていたからであった。そして借金には足があり、人を空っ穴《からっけつ》まで連れていく。彼の借金は主に一か八かのカード賭博で膨れ上がり、しばしばカードに描かれた悪魔たちの絵柄がルホツキーの聖書になっていた。

彼がこの屋敷の売買の契約書に署名した時、リフノフの伯爵の代理人は錫製の皿に、取り決めた金をのせて彼に差し出した。それは金貨と銀貨の山でかなりまとまった額であった。この五千以上ではないが数千（ズラティー）の代金の内で、ルホツキーの手に残ったのは、わずか数百（ズラティー）であった。彼は独り身で一七〇七年のその売買の時には、五十歳を越えていた。しばらくの間彼は友人や知人を頼り、貴族の館や屋敷で居候をしていたが、最後にスカルカに錨を下ろした。そこに故アンナ・カテジナ・ムラドトキ、旧姓オストルフスカー・ゼ・スカルキ（＊語注52→領主たち）に繋がる従兄弟がいたからであった。現在のスカルカの領主の祖父は、彼女と結婚した時スカルカの領地を持参金としてもらい、彼女との間に十六人の子供をもうけた。

ルホツキーは小柄で丸い赤ら顔で、いつも元気よくせっかちな歩きぶりで一七二三年の今、齢七十を数えていたが、これら十六人の子供たち――息子が七人で娘が九人――の名前をみな良く憶えていた。彼はこれらの名前を空で言えたが、現在のスカルカの領主の父であるヤン・イジーを筆頭に、ルドルフとフィリプで終わるこの豊かな子孫たちの誰がいつこの世から去ったのかを、日付と共に書き留めていた。特にルドルフとフィリプには詳細な記述があった。

「この二人は双子で最後の子であり、彼らを産んだ後、母はスカルカで亡くなり、オウイエスト（＊ビーリー・ウーイェストのこと）のキリスト変容教会に葬られている。彼女の夫もまたスカルカで己の一生を終え、同じくオウイエストで彼らと共に眠っている。」

この十六人の子供たちの内で一七二三年の当時存命だったのはただ一人、十一番目のポレクシナ・リドミラ・ムラドトヴナ嬢（＊語注52→領主たち）であった。彼女はスカルカの領主だった長兄より長生きし、六十歳を超えた老嬢はここで彼の息子のもとに留まっていた。ルホツキーは戴冠式の後、プラハからスカルカの家に戻る準備をしながら、この初老の姪に何を話そうか、どの様なニュースを彼女にまき散らそうか楽しみにしていた。彼はプラハへの出発の前日にスカルカの屋敷から、様々なそして沢山の食物を積んだ荷馬車を送り出していた。帰途に際しても彼は再びその荷馬車を前もって送り出し、彼と同時にスカルカに着くようにした。この荷馬車はプラハから、空ではなかったが、かなり荷も軽くなって出発した。

　それはルホツキーの晴れ着の入った長持と三つの箱を運んでいた。その内の二つには光り輝く馬具と鞍が収められ、三つ目の箱にはポレクシナが叔父に託した様々な買い物が入っていた。それらはきれいな飾りリボン、彼女の聖母マリア像に着せる錦の端切れと銀糸のレース、またそれ以外にレモン、様々な薬草、海外からの珍しい穀物の種、コーヒーの入った小さな袋であった。これら全てをルホツキーは買い求め、また買うように人に命じていた。また自分の分としてこの箱に少しの贈り物とタバコの包みを加えた。

　ポレクシナに買った素敵なブローチと、森番の娘ヘレンカに買った鮮やかな花柄のリボンの一巻は、馬の鞍の後ろに付いている雑嚢《ざつのう》に入れた。彼はまたこの袋の中に、新しいイタリア式のカードやドイツ式のカードを突っ込んだ。それは以前大金を賭けてしばしば行っていた、ひとからげ《ポド・フロマートキ》やイタリア式カードのパッサディエツなどの野蛮な賭けのためではなかった。それらはもうだいぶ昔に止めていた。このカードは元々ポレクシナのためであった。彼は彼女と辺鄙なスカルカのとりわけ長い冬の夜な夜なに、カードで遊んでいた。しかし大金を賭けるわけでも、イエズス会士のようにアヴェ・マリアや主の祈りを賭けるわけでもなく、賭けるのは小銭のクロイツェルやせいぜい高くてもグロシュ（＊語注63→通貨）止まりであった。

　こうして彼は鞍の後ろの雑嚢をしっかり結びつけるように命じ、鞍の前の革ケースには弾を込めた二丁の短銃を差し込んだ。彼は紳士録付き暦の自分に該当する星占いを個人的理由から軽蔑して見ていた。いつもそうだが今年の占いは特に示唆的で「街道や小路は強盗や悪党の欲望で空にあらず」となっていた。でも二丁の短銃はそれが理由ではなく、単に用心のためにそうしたのであった。

　彼は鞍の脇に短銃を、腰には剣を差して武装して、黒い三角帽を被り、スペイン風の巻き毛のかつらが隠れるほど襟が高くうなじまで届く外套を着て出発した。プラハを出発したのは九月九日、戴冠式の四日後であった。直ちにポ

＊ 1 ＊

ジーチー市門（＊東に向かう、かつてのプラハ市門の一つ）を出て広い平原に出た。しかし濃い霧が立ちこめ、周囲の物もあまり見えなかった。左手のヴルタヴァ川と川沿いの休耕地は霧の中に姿を隠していた。右手のジシュコフ（＊プラハ市東方にある丘）は巨大な黒雲の影のようにそびえていた。その斜面やふもとに広がる葡萄畑と葡萄農家の白い家々がかろうじて見分けられた。市門の外側近くにいる羊の群れや、街道から少し離れてそれを見守る牧人の姿は、霧の白い海の中で輪郭を失い溶け合っていた。

彼がプラハからかなり離れた時、やっとあの濃いとばりは流れ去った。しかし太陽は輝かなかった。黒雲に覆われ、辺りの景色も黒ずんでいた。薄い黄金色をした収穫後の畑と褐色の休耕地は長い縞を作り、ぼんやり見える水平線まで続いていた。牧草地は刈り取られ、そこかしこに二番刈りの干し草の山があった。人気はなくどこも静かであった。ルホツキーには秋の景色のもの寂しさが感じられず、気付きもしなかった。ただ目で居酒屋や森番小屋を見回していた。しかし更に多く心の内で思っていたのは、プラハでのことであった。彼はプラハにはもうしばらく行っていなかったので、戴冠式での輝かしい日々のプラハは彼の心を強く捉えていた。国内外の沢山の人々、貴族や軍人、馬車を先導したり警護したりしていた、お仕着せで着飾った様々な召使たち、四頭立てや六頭立ての何百もの箱馬車、音楽や祝砲の響き、バビロンの国のように飛び交う数多くの言語などのため、彼は目を回しかねなかった。何年も一人で屋敷の作男や農奴たちと暮らし、すっかりそこに根付いてしまった田舎の貴族には、これら全てはあまりに刺激的だった。

彼にはすべてのことが、何か不思議な夢を見た後の様に、まだ目の前にちらついていた。彼は道すがらあれこれ思い出していた。何か一つ驚くことが思い出されると直ぐに、別のもっと素晴らしいことが思い出された。彼はいろいろ比べ、どの様にして全てのことを姪に物語ろうか考えるのであった。しかし何をまず始めに話すのかは、考える必要がなかった。あれこれ考慮せずとも、先ず第一番目に話すものは、そうあの暦、ありきたりの紳士録付きの暦だと考えた時、彼は何か勝ち誇ったような気持ちになった。そこは何でもありで、何についても分かりすべてのことに助言がある。例えば隠修士聖パヴェルの日（＊一月十日）に散髪すると髪が良く伸びるようになり、聖アルカディウスの日

（＊一月十二日）は、子供を離乳させるのと鳥を捕らえるのに良い日とされ、聖エウプロシナの日（＊二月十一日）はコレラにかかった人を放血させるのに最適で、猪を狩るのにも良いとされる。そしてその他のことも分かっていて、皆にその年のことを予言している。身重の婦人にも、僧籍の者も世俗の身分の者も、すべての人に記述があり、すべての伯爵家にもまた男爵や騎士の著名な家系のすべて、つまりマテジョフスキー、デイム、ストラカ、ヴラジュダ、ウードルツキー、コルドゥレ、ヴァンチュラ、ドブジェンスキー、クナーシェ、ブランドリンスキー、ムラドタ、ホベルク、マテルナ、マロヴェツなどにも記述がある。またチャースラフ地方スヴェトラー市のボシンスキー・ズ・ボジエジョヴァ某にも、さらに何らかの職人や小農や、お許し願えるなら最後には靴屋にまで記述があるが、ルホツキー・ゼ・プテニー、とても古い家柄の彼に関しては、たったの一行も書かれていなかった。

あのアントン・ボシンスキーは確かに紳士録付き暦には書かれているが、聖ヴィート教会での戴冠式の時にはそこにいなかった。そして戴冠式前日に開かれた国王に忠誠を誓う等族議会（＊語注65）にも、あのアントン・ボシンスキー・ズ・ボジェジョヴァはどこにもいなかった。しかしカレル・ヘンリッヒ・ルホツキー・ゼ・プテニーはそこにいた。彼はその場所に居合わせて、チェコ国王としての皇帝の手に口づけをした。この宣誓式にはまた大司教、高位聖職者、司教たち、そしてザハーニ公爵フィリップ・ロプコヴィッツ、プラハ城代ズ・ヴルドビ伯爵、官房長キンスキー伯爵のフランツ・フェルディナント、控訴審裁判所長ココジョヴェツや、他の貴族、男爵、騎士たち（王国諸都市の市民代表は思い出せなかった）、そしてこれらの方々や騎士たちに混じって、彼ルホツキー・ゼ・プテニーもそこにいて、彼らは国王としての皇帝の手に口づけした。そして皇帝で国王の陛下は皆に等しく、貴族や男爵たちと同様に彼に対しても頭を振ってうなずいた。ただ大司教が歩み寄ると、帽子をちょっと動かした。しかしそれは大司教に対してだけであった。

彼はこのことを先ず始めにポレクシナに言い、出回っている紳士録付き暦がどんなものであるかを、彼女に知ってもらうつもりであった。彼はまたプラハにどんな布告が出ていたかを話そうと考えた。それはこれらの日々には、ゴミや糞便を通りに投げ捨ててはならず、家の前に薪を積んでいる所では、きれいに整理しなければならないというものであった。そしてもし彼女が知ったら、橋に、そう石の橋（＊今日のカレル橋のこと、語注6→石の橋）に幾つもの新しい像が立ち、その美しさにはびっくりするだろう。彼が最後にプラハに行った十六年前は、それらは六体ほどであったが、今は橋の左側も右側もこれらの像で満ちあふれていた。そして晩には何という沢山の灯りが、これもまたまったく初めてのことだったが、皇帝の到着に合わせて、かつては無かった二百もの街灯が、町の通りに毎晩点灯されたた。それらは火薬塔（＊かつての旧市街を囲む城壁の門の所に一四七五年に建てられた塔　→プラシュナー・ブラーナ）から旧市街広場とイエズス会通り（＊今日のカルロヴァ通り）を通って石の橋と小市街に伸びて、上の城に向かってオストルホヴァー通り（＊今日のネルドヴァ通り）全体を照らす、獣脂や脂肪を燃やす火で輝く二百の街灯であった。石の橋の上に並んだこれらの灯りは、ただもうすばらしかった。

道中これらのことが彼の頭の中を駆け巡り、目の前にちらついていたが、彼はしばしば馬を止めた。彼が進んでいたのは人里離れた道ではなく、広い街道であったが、そこでは時に色々な邪魔が入ったからである。先ず始めにラッパの音が、彼を物思いから引き戻した。シレジアの郵便馬車が彼の方に向かって走ってきた。それは四頭立ての重い箱馬車であった。また荷物を運ぶ馬車に出合うたびに、彼は道を譲らねばならなかった。ツィターや手回しリュート（＊その形と演奏は動画で→niněra）やヴァイオリンを持った放浪の楽士、かごを背負った行商人、かさ高い帽子をかぶり黄色い輪を付けた外套を着た、髭もじゃのユダヤ人、遍歴の職人などには気に留めなかった。ただ貴族の箱馬車の先駆けが行くのを見た時は、彼は振り返りその男と箱馬車と貴族の馬に目をやった。

その後彼は、涼しい風が吹き抜ける道の脇の樫の木の下に自分の鹿毛の馬を止め、オランダ製の白いパイプにタバコを詰めてから、火をつけて吸い始めた。馬を先に進めながら彼はうまそうにタバコを吸い、満足しながら思うのであった。これは良いタバコだ、きっと森番は――彼はスカルカの森番のことを考えていた――舌なめずりをするように欲しがり、彼が少し与えれば森番は称賛して、あのマチェイの前でも盛大にほめるであろう、あの聖マチェイが怒っても。あの『聖』マチェイとはマチェイ・チェルマークのことで、スカルカの彼らの所で一年ほど前から管理人を勤めていた。甥のムラドタが彼を雇った時すぐに、ルホツキーは彼が気に入らなかった。そしてその後ルホツキーが、まだ自分がマスティの屋敷で領主だった頃の滑稽な逸話を、以前ドブルシュカの居酒屋であの管理人が話していたことを知った時、彼は管理人がますます嫌いになった。またあの管理人はタバコと喫煙を嫌悪しそれを罪と考えて、百姓たちの口からパイプを叩き落としていた。

プラハのそのタバコはとてもよい香りだったので、ルホツキーは彼らの所でタバコを売っていたヒルシュル・リーベルレスのことも思い出した。このヒルシュル・リーベルレスは年老いたユダヤ人で、彼らの館があるスカルカの丘のふもとの、ポドブジェジーのユダヤ人集落に住んでいた。彼らは森の際に自分たちのささやかな墓地を持っていた。ルホツキーの頭に浮んだのは、このタバコを見て彼は目を皿のようにするに違いない、あの老いぼれの亡者はこれ欲しさに機会があればきっとプラハまで行くだろうが、そこで見るだろう、プラハのお役所がユダヤ人をどれだけ酷く扱っているか、また物価高騰の時には見境無くむしり取ろうとして、とりわけユダヤ人に過酷なのを。またプラハにあるユダヤ人の町（＊語注88）は毎晩閉鎖され、丘の上にあるプラハ城にはユダヤ人は誰も入ることを許されず、許可状を持っていても誰も入れないことを。

タバコの青い煙の雲がルホツキーの頭の周りを後方に流れて行くと、彼の目には森が、そう彼らの森の姿が浮んだ。それは彼が森番と一緒に狩りで樹の根元に座り、一服している様子であった。また狩りに行こう、鉄砲を手に森を野原を歩こう。森の朝霧とちょうど今の時期の、秋の朝の狩りの様子が目に浮んだ時、彼の心は明るくなった。そこには硬い石畳のプラハの町中や、あらゆる悪臭や叫び声と喧騒の中とは違う何か別のものがあると考えると、彼の心は慰められた。

このようにルホツキーは、プラハやスカルカのことを一日中考えていた。夕方にフルメツ（＊プラハの東七〇キロメートル）の手前で強い雨に遭った。そこで彼は街道わきにあった最寄りの御者用の旅籠に飛び込み、そこで一夜を過ごした。

2

夜に雨は止んだが晴れなかった。朝は再び雲が垂れ込めていた。ルホツキーは朝早い内に出発した。彼は中庭から木造の門を通って街道に出るとすぐに悪態をついた。道で乞食坊主に遭遇したからである。これは良い前兆とは思われなかった。しかしその後タバコに火をつけ一服すると托鉢僧のことは忘れ、再びスカルカのことを考え始めた。彼は荷車を運んでいる下男がどこまで行っているかとか、彼がプラハの貴族「養老院」（＊没落した貴族女性のための施設）にいるポレクシナの従姉妹を訪れなかったのを聞いて、ポレクシナは怒るだろうかとか考えた。この従姉妹は聖ウルスラ会修道院（＊語注13）の尼僧で、彼女は彼に是非訪ねて欲しいと言っていた。しかし彼は、この騒ぎの中ではとても無理だったと彼女に言うつもりだった。その代わりに彼女を喜ばす知らせがあった。それは『伯爵夫人』がこの秋にはスカルカにやって来ない、今年はもう無理で来春まで来ることはなく、彼らはプラハに留まるだろうということであった。あの『伯爵夫人』、ムラドトヴァー・ゼ・ソロピスクは甥の妻で、ゴルツ伯爵の娘であった。老嬢は時に嘲笑を込めて彼女をこう呼んだが、それはただ彼、叔父の前でだけであった。

ルホツキーはフルメツからフラデツ・クラーロヴェー（＊プラハの東一〇〇キロメートルにあるチェコ東部の中心都市、以下H・Kと略す）に向かったが、そこで立ち止まることはなかった。彼は町を出てシレジア市門を少し行ったところで、フラデツのイエズス会神学寮の二人の会士に出会った。彼らは馬に乗り、二人とも帽子を被り暗い色の外套を着ていた。彼らはどこからかフラデツに戻るところであった。彼らの後ろには背の低い速歩《トロット》用の馬に乗った彼らの助手の学生が続いた。ルホツキーは二人のイエズス会士の内の一人、マテジョフスキー神父を良く知っていた。彼は特にここフラデツ地方で有名で、マテジョフスキー・ズ・マテジョヴァ（＊語注83）の貴族の家系の出身であった。

彼は背が高く、きれいに髭をそり赤ら顔で、黒い輝く目の上には、墨で幅広のアーチを描いたような濃い眉があった。彼の同行者もまた背が高かったが痩せぎすで、血色の悪い頬で口を真一文字に結び、あごが張っていた。

マテジョフスキーは遠くから手を振って挨拶した。ルホツキーは、彼からこちらはフィルムス神父と聞いて、元気よく頭を振った。彼の頭を「ああ、これがあの男か」という考えがよぎり、思わずフィルムス神父の靴に視線が行った。しかしすぐにマテジョフスキーの方に視線を戻した。マテジョフスキーは彼に、道中やプラハや皇帝であり国王である陛下はどうでしたと尋ねた。ルホツキーは戴冠式も宣誓式もまた自分が陛下の手に口づけしたことも何も言わず、イエズス会士たちを喜ばせようと、皇帝はプラハに到着した翌日にすぐ、福者（＊語注75）ヤン・ネポムツキーの墓を訪れて祈ったことを告げた。

「聖者だ」厳しく咎めるようにフィルムスが口を挟んだ。彼はそれまでじっと鞍に座って樫の木のように動かず、むっつりと黙っていた。

「そう、聖者です」マテジョフスキーも重々しく同意した。しかし突然の厳しい訂正の言葉に驚いたルホツキーを見て、安心させようともっと穏やかに言った、「彼は天上では聖者ですが、願わくはこの地上でも速やかにそうなることでしょう」と。彼は再びプラハについて尋ねた。フィル

＊ 2 ＊

ムスはまた沈黙した。プラハが何という華麗さに満ち、そこではどのように祝われ、どの様に飾られたかをルホツキーが称賛すると、フィルムスはまた厳しい口調で話の腰を折った。

「しかしその前に掃除しなければならなかった。」

ルホツキーはその意味が理解できなかった。マテジョフスキーは同意しながら、彼の問うような眼差しに説明した。

「そうすべきでした。そうしなければなりませんでした。これまでどこもきれいというわけではありませんでした。プラハの葡萄畑にはまだ沢山の、あの忌まわしい異端の黒い毒麦がいます。」

「あすこには愚かで意識の混濁した者たちがいる。その様な雑草は根絶やしにしなければならない」フィルムスが付け加えた。「しかしもっと悪いのは、世俗的な知恵や地獄のような新しさを持った領主の屋敷や館にいる雑草だ。」

その時マテジョフスキーが突然尋ねた。

「あなたはシュポルク伯爵（＊語注47）を、プラハのその祝祭の時に見かけましたか。」

ルホツキーはフィルムスの言う、領主の屋敷における新しさが何なのか理解できなかったが、この質問で少し飲み込めてきた。しかしともかく、シュポルク伯爵は見なかったとおぼつかない様子で答えた。

「私もそう考えていました」マテジョフスキーは笑いを浮べて相槌を打った。「伯爵殿は秘密の隠れ家や集会に加わる方が、陛下に頭を下げるよりお好きなようだ。私たちもそのことは知っています。ところであなたの所はどうでしょう。」

「はて、私たちの所とは。その異端がどう関係するのだろう。おお、私たちの所にはそのようなものは誰もいない。皆が唯一成聖の（＊語注87）カトリックを信仰し、不信心のものは誰もいない。」

この答えにフィルムスがとげとげしい言葉を挟んだ。

「あなたは本当にそう思っておられるのか。」

マテジョフスキーが付け加えた。

「決して信用してはいけません。実際スカルカについては何の噂もありません。しかし周りには悪い隣人がいます。オポチノとスミジツェ地方（＊H・Kの近郊）では全域が異端に侵されています。私たちは正にそこから戻る途中です。そこには今でもいたる所にまだ多くのルター派とフス派がいます。」

マテジョフスキーは愛想よく微笑んで、フィルムスは短く陰気に別れの挨拶をした時、ルホッキーは彼らの後ろを、特にフィルムスの後ろ姿を見送った。これまで彼はフィルムスを知らなかったが、彼については彼の短靴の話を聞いていた。彼が農民小屋や屋敷を歩き回る時、靴底に鋭い釘を打ち付けた靴を履いていた。そして信仰について尋問される者たちの裸足の足をそれで踏みつけ、彼らの足の上にそれで乗り、彼らの髪を掴んで振り回して耳を引っ張り、どこに異端の本を持っているかどこに隠したのか、さあ言え白状しろと迫るのであった――

ルホッキーは馬を進めながら、領主の屋敷や館にいる雑草をどうすればよいか、――雑草を――その秘かな隠れ家や集会のことを考えていた。何かを予感しながら道を進み、嫌悪する隣人として嫌がられているシュポルクについてもあれこれ考えた。ルホッキーはそのことについて多少聞き知っていた。スカルカにも、シュポルク伯がヤロムニェシュ近くのジレチ（*H・Kの北二三キロメートル）にいる隣人のイエズス会士たちに対して、馬鹿なことをしているという話が届いていた。それは、自分と彼らの領地のちょうど境界の、ジレチの彼らの屋敷の窓の正面に、刀を持ち拳を振り上げて、彼らの窓に向かって威嚇している巨人の像を立て、彼らがいつもこの巨人を目にするように命じたことであった。ルホッキーはこのことを知っていたし、またシュポルク伯が教会のキリスト磔《はりつけ》図に、地獄とそこにいる醜い悪魔たちを描くように命じ、しかもその悪魔はジレチのイエズス会士の顔をしていると、初めて聞いた時彼は大笑いしたものだった。

彼らとのこの出会いはルホッキーを喜ばせなかった。彼はイエズス会士に特段の好意を持ってはいなかった。ただ彼らに敬意を払い、自分では気付いていなかったが恐れもしていた。でもあのフィルムス神父と言ったら何だろう。マテジョフスキーはどこでも知られていて、村々で恐れられているが、あのフィルムスという男は。――あの男は何憚《はばか》ることなく、どんな些細な一言でも人のちょっとした疑惑でも咎め立てるであろう。スカルカには何もやましいことは無い、でも彼はそれを信じない。「そう思うのか」とぬかし、しかも何と刺々しく言ったのだろう。しかも彼の、ルホッキーの言葉をその場で厳しく訂正した。「でもおまえは良くやった」ルホッキーは心の中で自分に言い聞かせた。「おまえは良くやった。なんでおまえが身を屈め、おもねる必要があろうか。」

ルホツキーは家の内外では、皆と同じように「聖」ヤンと言っていた。しかしイエズス会士を前にして、その時はローマ法王が彼を「福者」と宣言していたのでそれを守り、「福者」と言わなければという考えが頭をかすめたからであった。だがフィルムスはすぐにその言葉を咎めた。ルホツキーは彼にひどく立腹していた。そのため他のことを考え始めたが、この神父のことやマテジョフスキーのことが、再び彼の考えに割り込んできた。マテジョフスキーは表面的には人当たりがよい、このことは全てのマテジョフスキーに当てはまり、その一族にも当てはまる。この男はイエズス会士で、プラハにいる彼の兄弟も同じくイエズス会士で、三人の姉妹もまた尼僧である。一人はプラハのウルスラ会の尼僧で、他の二人はドクサニ（＊プラハの北北西、四二キロメートル）にいて、その内の一人はそこの修道院長にもなっていた。――そうだ――それから――三十年戦争の昔のことを憶えていて、財産没収委員会（＊語注69→白山の戦い）が誰から何をどの様に奪ったのかも知っているデイム老人の話によれば、マテジョフスキー一族の四人があの皇帝に対する反逆に荷担し、その内二人は赦免《パルドン》を得たが、二人は信仰のため国外に亡命し、その内の一人はスウェーデンに仕え、スウェーデン騎士団の大尉になっていた。

実際ルホツキー家の一人、祖父の兄であるヘンドリヒ・ルホツキーもまた亡命し、ザクセンのピルナで亡くなった。ルホツキー家では一人だが、マテジョフスキー家では四人。しかしその一族から二人のイエズス会士と三人の尼僧が。二人のイエズス会士のマテジョフスキーと三番目の――そうだ、その人物については、あの神父は誰からも問われることはない。シュポルクはすぐ槍玉に挙げられるが、プラハにいるあの叔父は、あの年老いた叔父はそうではない。それは彼が発狂していて、言うのがはばかられるからである。あの男は狂人で、その狂気の中で『老侯爵』と称していた。

ルホツキーはトシェベホヴィツェには留まらなかった。彼は先に行った下男がかなり前にここを通ったことを聞き、追い付くのは難しいと思った。オポチノ（＊H・Kの北東二〇キロメートル）でも同じことを聞いた。ドブルシュカではもう尋ねなかった。彼は急いだ、と言うのも日が暮れかかっていたからである。ハーボリの村で街道からスカルカに通じる野原の道に外れた。道の左手は野原が広がるだけで人影はなく、道は上り坂で次第に黒い森の方に向かって登っていった。道の右手の下方には草地の多い谷間があり、ハンノキとカエデの古木が並ぶ間をズラティー・ポトクの小川が流れていた。谷間が終わる所で北から流れてきた川は急に向きを変え、湾曲した川の先に突き出した岩肌の露な崖の所で左に大きく曲がって流れていた。

　この崖のほぼ先端に、今は館と呼ばれるスカルカの古い砦が白く見えた。その呼び名は多分、玉ねぎ型の屋根の小さな塔のためであろう。この塔は、十六世紀に建てられた石造りの建物のこけらぶきの屋根の真ん中に、現在の領主が建てるように命じたものであった（＊語注52→スカルカ）。ルホツキーが馬を進めている野原の道からも、果樹の並木からも、館全体を見ることは出来なかった。それは、ちょうど館に接してその左側の高台にある古い木造の屋敷に付随した建物のためであった。

　ルホツキーが到着した時、あたりは静かであった。ただ屋敷の方から殻竿《からざお》（＊竿の先に打棒を付けたもの→cep）を打つ音が黄昏の中に響いていた。彼は速いテンポで疲れることなく打ち続ける、この鈍い音を聞くのが好きだった。気持ちが明るくなった。古い屋敷をじっと見た。秋の夕暮れ時の薄闇に、わらとこけらでふいた広い屋敷の屋根が溶け込んでいた。屋敷の背後の庭も、庭の後ろの森も黒々としていた。この時間はまだ門は開け放してあり、その門のすぐ後ろの屋敷内に立つ大きなポプラでは、枝を広げた樹冠が黒々と見えた。そこにもその前にも誰もいなかった。しかしその後ろの広い大きな中庭には、使用人たちの一団が白い幌をかけた荷車のそばにいた。馬はすでに外され荷物も運び去られていた。しかし人々はまだそこに立っていた。その時この馬車は珍しいものであった。それはプラハから、遠いプラハから戻って来たからであった。

　中庭の端の二つの扉と二つの脱穀場を持つ長い穀物倉で、突然殻竿の規則的な音が止んだ。一つの扉から監督が大きな明るい松明をかざして現れ、中庭の真ん中にある石をくり抜いて作った水槽の方に向かった。水槽の上方の周りをぐるっと菩提樹の木々が囲んで黒々と見え、水槽の脇の木々には犂や鉤形犂や手押し車が、乱雑に立て掛けられていた。

　監督の後ろには殻竿を打っていた六人の村の農奴が続いていたが、各々肩に殻竿を担いでいた。彼らの中には若い男もいたが、腰が曲がり疲れきった老人たちもいた。

✶ 2 ✶

門のすぐ脇の右側にある背の低い使用人小屋では、小さな窓辺に赤い明りがともり、また門の左側の大きなポプラのそばに立っている森番小屋の窓辺にも、明りがついていた。それは使用人小屋より背が高かったが、二階建てではなかった。門側の端にある小屋の扉に通じているのは、踏み固められた手すりのない階段であった。階段は家から真っ直ぐに出ているのではなく、壁に沿って脇に作られていて、扉の前で張り出しになっていた。

ルホッキーが門を通り中庭に入ったちょうどその時、森番小屋からこの張り出しに、背が高く髭をそって長髪の森番が無帽で出てきた。そして彼の後ろから、狩りのホルンを手に同じく無帽の若者が飛び出してきた。彼らはその直前に、家の後側の窓から外の道の方を見ていた。薄暗くなった並木道に支配人の姿を見つけ、急いで外に出たのであった。若者は張り出しに立つとホルンを口に当て、普段よりも軽やかに巧みにホルンを吹き始めた。陽気な狩りのファンファーレは静かで暗い中庭に、主人を歓迎して鳴り渡った。

丸太造りの屋敷の間や、門の向かいの中庭を挟んだ館の前が突然騒がしくなり、様々な声が聞こえてきた。一番よく聞こえたのはルホッキーの声で、彼は荷馬車に近寄ると長持と他の荷物について尋ね、鞍の後ろの雑嚢を外して運ぶように命じた。彼はすでに馬から降りていて、そのまま監督の方に向かった。監督は彼の手に口づけし、その後脱穀をしていた年長の農奴たちが続いた。ルホッキーはそばに立っていた森番に、機転を利かせてホルンを吹いたあの・・・はしこいトマーシュはどこにいるか聞いた。

「おお、そこにいたか。」彼は風になびく若者の濃い髪を、かき集めて撫でた。「とても気に入った、トマーシュ。ところで父さんは」再び森番に向かって言った。「よいか、明朝すぐに出かけるぞ。夜明けと共に、そこで新しいパイプでプラハのタバコを吸わしてやろう。おまえに持ってきたものだ。よいか、朝早くだぞ。」

そう言うと彼はもう館の方に向かっていた。館までは土の軟らかな中庭を通って、玉石で簡単に舗装した道ができていた。館の入り口で、質素な二本の柱で支えられた庇《ひさし》のある主玄関に通じる階段の下には、どこからともなく現れた中背で五十歳位の男が帽子を手に立っていた。彼は深々とお辞儀をして、何か歓迎の言葉を述べ始めた。しかしルホッキーは彼の言葉を遮って、

＊ 2 ＊

「分かった、管理人、神様のおかげだ。何も無かったか。」彼は返事を待たずに、すぐ続けた。「さて明日、明日事務室に来てくれ、しかし朝はだめだ、また事務室ではなく、わしの所に来てくれ、午後に。朝は狩りに行く。」そして彼は階段の方に歩んだ。ちょうどその時、階段に赤みを帯びて瞬く灯りが差した。ゆらめくろうそくの黄色い光で追い払われたかのように、玄関の間の暗闇が背後に退いた。ろうそくを右手に差し上げて来たのは、十五歳になるすらりとした森番の娘であった。娘の均整の取れた容姿の脇に大柄な婦人の姿があった。お下げ髪を後ろに回した若々しい娘の顔と並んで、老いた顔があった。しかしその顔は生き生きと血色がよく、しわも少なかった。程々の高さのフォンタンジュ風（＊十七世紀後半から十八世紀初めにかけて、フランス上流社会で流行した髪型）の帽子を被っていたが、それはもはや流行のものではなかった。

その帽子と、彼を見た瞬間喜びで輝いた、たるみも少なく活力に満ちた表情の顔と、明るい光の中で見える真っ白なレースの折り襟、襟の間の金の小さな十字架、袖に付けた真っ白な飾り袖の装いで、ポレクシナ・リドミラ・ムラドトヴナは叔父に手を差し伸べた。しかし彼女の平らな胸の下方と幅広の腰を包む灰色のドレスは、陰の中に残っていた。

彼らは挨拶を交わすと玄関の間を通って去っていった。黒い闇が、階段の庇の下にある敷居を越えて再び戻って来た。だが階段の下にはまだ管理人が立っていた。すでに帽子を被っていたが、じっと聞き耳を立てていた。その時彼は前方を、荷車とそれを取り巻く一団を見つめていた。陰気な表情で見つめ、「支配人」であるルホツキーのことを腹立たしく思っていた。彼は管理人には注意を向けず、だが隷属民で自由民でない森番にはあのように話し、彼の息子にも声をかけ、一方管理人の自分にはあんなに端折《はしょ》った言い方で済ましている。彼は向かっ腹を立て、頬を膨らまして息を吐き、怒りをぶつけようと荷車の方に駆けて行った。彼は叫んだ、一体ここで何をしているんだ、さっさと消え失せろ、開いたままの門をそのままにしておくのか、この薄汚いやつら、監督、みんなそうだと。

「おまえ達は何をしているのだ。」彼はまた村から来て脱穀していた農奴を怒鳴りつけた。彼らもまたプラハの出来事を聞いていた。「ここでなに突っ立っているのか。こんなことをしていると、朝になっても高いびきでぐうたらを決め込み、賦役にも出られないぞ。おまえたちはべちゃべちゃと無駄口をたたくようになったが、こんな風だとさらに一服することをおぼえ、しかもプラハの夕バコでパイプに火をつけ、肺をいぶし、歯の隙間から煙を吐くようになるぞ。」

彼は農奴の尻を叩いて追い散らした。彼らは、水をかけられ耳を垂れて体を縮めた犬のように、もそもそと門の方に行った。監督と使用人の一人が彼らの背後で門を閉め、閂《かんぬき》をかけた。荷車の傍には誰もいなかった。使用人たちは小屋の中に消えていた。森番は、頭に来た管理人が人々を追い散らす前に、息子と一緒に森番小屋に去っていた。

管理人一人が広い中庭に残った。家畜小屋からの鳴き声が尾を引いて聞こえてきた。暗い上空には、黒ずんだ貯水槽の脇の大きなポプラや菩提樹の古木のざわめきと、館と森番小屋の間の、崖の端にあるさほど大きくない領主の庭の木々のざわめきが広がっていた。管理人は家畜小屋、穀物倉、納屋を見回り、そこから門の方の使用人小屋に向かい、灯りのともった窓に近寄ると中をのぞいた。彼の姿は光の帯を遮り、その中で黒くたたずんで見えた。窓に近づけた丸鼻で幅広の黄ばんだ顔と、黒っぽい上着の下に着ている灰色のチョッキの一部だけが輝いていた。

彼はかつては白く塗られていた、広い使用人小屋の中にじっと目を凝らした。そこではとても細長い食卓に座って、使用人たちが夕食を取っていた。皆は飲み食いしていたが、誰も料理に目をやっていなかった。皆の目は、遠い道中から戻って来てプラハの驚きを語り続ける下男に向いていた。

管理人のチェルマークは窓から離れて歩き始め、森番小屋に目をやった。明りは灯っていたが、よろい戸が窓を覆っていた。

「ああ、まただ」彼は独りつぶやいた。彼がスカルカを管理するようになって一年がたつがその間、森番小屋のよろい戸が閉じられていない晩は一晩も無かった。

犬たちが吠え始めた。彼は向きを変えて館を目指した。支配人の部屋の窓辺は明るかった。ポレクシナの部屋の窓は、崖の東側の木々が生い茂った斜面の上にあったので、見えなかった。管理人は一階の内玄関から館に入った、そこに住居と事務室があったからである。

広く暗い中庭は人気が無くがらんとしていた。貯水槽の

＊ 2 ＊

脇の菩提樹と庭園の木々はより大きな音を立ててざわめいた。風が突然吹き上がったからである。それらの中で一番大きな音を立てたのは巨大なポプラであった。門と森番小屋の屋根を覆うその樹冠は怒って震え揺れ、枝を揺さぶり始めた。それは左側に一番激しく揺れ、あたかも近くにある煙突に手を伸ばし、それをこけらぶきの屋根から叩き落とそうとしているかのようであった。

3

ルホツキーは玄関での挨拶が終わると、自分の部屋に入った。旅装を解いて雑嚢を開き、また依頼された品物と贈り物が入った箱を開けるように言いつけるためだった。彼はとても待ちきれず、姪の前ですべての物を披露しようとした。一方彼女は差し当たり自分の部屋で待とうと考えた。そこはさほど広くはなかったが、机の上の二本のろうそくの明りだけでは足りなかった。部屋の隅や壁の高いところは薄闇が残り、特にキリスト磔像がその間に架かっている、背後の二つの窓の上方は暗かった。一方明るく際立ったのは、寝室に通じる扉の右手の角にある花柄の衝立であった。この衝立の上方には、キャンバスに描かれた聖人の、あまり大きくない三枚の絵があった。その真ん中の悲しみの聖母の絵の下では、赤いガラスの小さなランプの中で静かに灯明が燃えていた。

部屋の中は色々混じり合ってはっきりとはしないが、強

＊ 3 ＊

い匂いがしていた。それは香水ではなく、薬草の匂いであった。これらの薬草は彼女の注文に応じて、薬草取りの老婆たちが近くの山やヴルフメジー、ヂェシトネー、マルシン・カーメン（＊チェコ東北部を流れるオルリツェ川上流の山々の名）の深い森から持ってきたものであった。これらの薬草の内でとても貴重なものは、広い暖炉の横にある本棚の脇の飾り棚に包んで置いてあった。蒸留酒に浸したアルニカ（＊打撲の鎮痛薬）の入った大きなガラス瓶はいつも窓辺にあり、また吸血ヒルが入ったガラスの容器も、玄関の間の窓辺に置いてあった。

　オウイエストの司祭の言葉によれば、ポレクシナの部屋はあたかも薬局で、彼女の頭は生きた薬草図鑑で、彼女の記憶は処方箋の束であり、人々が健康になるように助言し無報酬《グラーティース》で人々を助けていた。彼女が一番多く助言し助けているのは、屋敷の使用人とその子供たちであったが、助言を求められれば村の農奴たちも助けた。助言と共にその場で自家製の薬を渡すのが常だった。清潔とは言えない屋敷の使用人小屋に入って、粗末に敷かれた寝台の脇に立つのを厭わず、病人を診察し彼女に薬を届け、また誰かが仕事で怪我をした時は、必要なら傷を覆って包帯を巻いたりもした。しかし当然のことながら、オウイエストの司祭の言うように、時には的外れの恩知らずな不平や罵りを受けることもあった。病人が言うことを聞かなかったり、するのを嫌がったりした時は、老嬢は厳しく命じ一歩も譲らなかったからである。彼女は必要とされる時には病人を熱心に診たが、領地の管理とその経営すべてに対しては常に熱心であった。

　彼女は叔父を自分の部屋で待とうと思った。しかし部屋の中をちょっと歩き回ると様子を見に台所に行き、それから玄関の間を通って、森番の娘ヘレンカが食事の用意をしている大きな食堂に行った。ポレクシナは叔父が帰って来たことを、心の底から喜んでいた。丸二週間彼の姿を見なくて、とても寂しい思いをしていた。彼が戻って来てまだ玄関の間にいる内に、彼女は甥とその奥方がいつ来るのか尋ねた。そして今ではなく多分春になってからだろうという返事を聞いた。ルホツキーは彼女がそれを聞いた時、目が輝いたのを見逃さなかった。彼はこうなるだろうと期待していた。ポレクシナは叔父が戻って来てうれしかったが、このニュースは彼女の静かな喜びを増すものであった。彼女は甥に会うのは好きだった。彼は彼女に対して気配りし敬意を持って接してくれた。彼の妻とも全体としては良好であった。しかし二人の婦人の間には、心のわだかまりが無いわけではなかった。ムラドトカ夫人はポレクシナよりずっと若く、ゴルツ伯爵の家系でドイツ人だった（＊語注33）。フランス語を流暢にしゃべり、チェコ語も少しは出来た。一方ポレクシナの母は、亡くなった義理の姉で現在領主のムラドタの母、婚前の名はコルドゥロヴァー・ゼ・スロウプナと同様に、ドイツ語は出来ず片言を話す位で、ドイツ語を話すのは好きではなかった。フランス語は出来なかった。

言葉の知識の不足が二人の間を妨げたが、単にそれだけではなかった。老嬢はこの片田舎に住み、大きな世界や流行にはそれほどかまわず、むしろ領地の経営により多くの関心を向けていた。また彼女は最も着飾った時でも、広い釣り鐘状の張り骨スカートは身に付けなかった。彼女はまた流行の御婦人《ダーム・ア・ラ・モード》である『伯爵夫人』が、彼女を何か昔の書物から出て来た生き物で別の世界の人間のように、ちょっと百姓女を眺めているかのように感じていた。夫人はお高くとまって、ちょうどあぶみに立って彼女やスカルカの皆を見下しているようだった。甥の妻のムラドトカ夫人はここで暮らすことを嫌がり、いつもここから急いで出て行った。彼女には古い館が窮屈だった。

老嬢は甥の妻が最近更にしばしば、ここには留まれない、古い建物を取り壊して新しい館を、そう最新《ア・ラ・モード》の館を建てた方がよっぽど良いと言うのを苦々しく聞いていた。古い住居に対する敬意の無さは、彼女の気持ちを揉みくちゃにしたが、『伯爵夫人』に子供がいないことも苛立たせた。老嬢は十六人の子供の一人であり、彼女の兄つまり領主のムラドタの父も三人の息子と三人の娘を持っていたが、その息子には後継者がいなかった。これはただもう彼の妻の責任だ。一体誰のために新しい館を建てようとするのか、誰のために古い館を壊さねばならないのか。このドイツ人のゴルツ家の誰かがこの地を相続することになりかねない。スカルカで生まれ、ここで自分の人生の大半を過ごしたポレクシナは古い館に愛着があり、彼女の母方の先祖たちオストルフスキー家の人々が、この館で何百年も過ごしていた。一方ムラドタ家はたかが三世代ではないか。

これら全てのことで、老嬢には『伯爵夫人』がいない方が、気持ちが晴れやかであった。だから彼女がすぐにはここに来ないと聞いて喜んだのであった。

＊ 3 ＊

家の見回りから戻って自分の部屋に入るとそこに叔父がいた。丁度入ってきたところで、もう乗馬靴は脱いで、黒い靴下で留め金の付いた短靴を履いていた。彼はテーブルに贈り物を並べ、その間に大きな白い帽子を被った料理女のカチカは、扉の脇の長持の上に袋と小箱を置いた。

「叔父さん、あなたは聖ミクラーシュ（＊サンタ・クロースのこと）みたい。」

「あの聖ミクラーシュが、ちゃんと振る舞うようにしているだけさ。」ルホツキーはちょっと手をこすり合わせた。「ほら、ここに」彼は長持の上を示した。「これはレモン、これは薬草、これはコーヒー。そうだ、おまえ行っていいよ。」料理女に首を振って合図した。「コーヒーだ、ポレクシナ。上等なものだよ。今それはプラハで飲まれている――」

「この頃はそうなっていると思うわ（＊コーヒーは、オーストリアで一六八三年のオスマン・トルコ軍のウィーン包囲後広まり、十七世紀末には各地に定着した）。」

「貴族のお屋敷だけでなくもう町中でも、こんなことは昔はなかったが、ビールやワインのようにコーヒーがコーヒー・ハウスで売られている。馬市場（＊今日のヴァーツラフ広場）でもしかり、私も見た。また聞いたところでは」彼は眉をつり上げ、右手を上に指して言った。「ユダヤ人の所でもユダヤ人の町でもそうだ。そしてここに――」彼は机に手を伸ばし、福者ヤン・ネポムツキーの彩色された木彫の小さな像の包みを開けた。「これはあなたのために買った。これは石の橋にある像を元に作られたものだよ。」

老嬢は急いでそれに手を伸ばした。

「実を言うと、私はこれが欲しかったの。あなたはちゃんと分かっていましたね。」

「これは聖別（＊語注59）されているよ。」

老嬢は直ちに像に口づけした。

「そしてこれは衣装のために。」彼は包みから錦の端切れを取り出すと、それと銀糸のレースの帯を光の当たるところで広げた。それらは光を受けてきらきら輝いたので、錦の色彩とその模様の金糸が、燃えるように鮮明に見えた。老嬢はじっと眺め、何という美しさでしょう、素敵な模様だわと称賛した。そして突然衝立を脇に動かした。上方の壁に三枚の絵が掛かった、衝立の後ろの部屋の隅では、机の上に赤い炎の小さなランプが輝き、横縞の刺繍のある白い布を敷いた小さな祭壇があった。その祭壇は大理石風に塗った木製の二段で出来ていた。上の段には張り骨スカー

＊ 3 ＊

トの様にぴんと張った絹地の衣装を着て、首に真珠とサンゴの首飾りを付け、頭に王冠を被った聖母マリアが、同じく王冠を被った幼子を腕に抱いていた。像の左右にはろうそく工房で作られた、きれいな飾りろうそくが錫製の燭台に乗っていた。下段には赤い小さなろうそくを乗せた燭台と、造花を差したマジョリカ焼き（＊イタリアの錫釉陶器）の花瓶があった。この祭壇にもたれるように机の上に、金色の額縁に入った聖ヴァーツラフと聖ルドミラ（＊語注8→聖ヴァーツラフ）の二つの絵があり、その脇には真っ白い絹のリボンを蝶結びにして飾った二本の白いろうそくが立っていた。

　老嬢は祭壇から聖母マリアの像を取ると、うまく合うかどうか、錦と銀糸のレースを当てて夢中になって調べていた。それから再び像を祭壇に戻すと、その下の低い壇に聖ヤンの像を少し離して置き、祭壇を見渡してちょうどここにぴったり合いますと言って、満足げだった。ルホツキーは彼女の言葉に同意して、足をとんと叩いて合図した。それからもみ手をして机の上に目をやった。

「さあこれから世俗的なものを。」机から包みを取り、そこから小さな皮のケースを取り出すと彼女が驚くのを期待して、そっと微笑みながら姪に近づいた。彼女は驚きながら好奇心に満ちて、彼の手が箱を開けるのを目で追った。叔父が箱から取りだし彼女の目の前に差し出したのは、二ドゥカート貨（＊語注63→通貨）に聖三位一体が描かれ、青い七宝焼で飾られた素敵な宝飾品であった。彼女は押さえてはいたが喜びの声を上げた。

「この装飾品《ガランテリア》は、大切なポレクシナ、君のものだよ。どうかこれをプラハとあの戴冠式の思い出に受け取っておくれ。」

「これを私にですか」彼女はきつく咎めるような口調で、でも微笑みながら言った。

「そう君に、着けてみて。」

彼女は宝石をうっとりとした眼差しで眺め、胸にあった十字架を脇にどけると、そこにこのブローチを着けた。その時戸口に森番の娘ヘレンカが立って、夕食が出来ましたと言った。老嬢は素早く宝石を箱にしまったが、ヘレンカの視線が広げられた錦と銀糸のレースに釘付けになり、その輝きと色に魅せられていたのには気付かなかった。

　ルホツキーはそれに気付いて、

「さあヘレンカ、これが気に入るかな。わしはおまえにも持ってきたよ。」

嬉しい驚きと期待の光が、娘の長いまつげの美しい眼に輝いた。

ルホツキーは老嬢の方に振り向いて、

「ごめん。」机から小さな金色の額に入った彩色された小さな絵を取り、ヘレンカに渡した。

「ほらおまえのだよ。」そして彼女にその価値が分かるように、強調して言った。「これが聖ヤン・ネポムツキーで、聖別されたものだよ。」

素早く前に出たヘレンカはこの名前を聞くと、驚いて怯えたように突然立ち止まった。老嬢はこれを気兼ねだと思い、何を恥ずかしがっているのと口添えした。ヘレンカはその絵に手を差し出し、それを持って立ち去ろうとした。しかし老嬢は咎めるように彼女を立ち止まらせた。

「聞いたでしょ、それは聖別されているの。口づけをなさい。」

ヘレンカは彼女をおずおずと眺め、一寸ためらったが素早く聖ヤンの絵を口元にかかげた。素早い動作だったので老嬢は気付かなかったが、ヘレンカは絵に口づけしたのではなく、自分の手に口づけしたのであった。ルホツキーは

その時ちょうど机の方を向いていて、そこから次の贈り物のきれいな色糸を組み合わせたリボンの輪を取った。

「もう一つあるよ、ヘレンカ。」

彼女の目の長いまつげが瞬き、ためらうことなく大喜びでリボンに手を伸ばし、ルホツキーの手にも口づけした。

4

食堂のシャンデリアは灯されていなかった。二つの燭台に乗せられた四本のろうそくが、白いテーブルクロスの掛かった大きな食卓の上で燃えていた。食卓の上では錫製の鉢や皿が鈍く輝いていた。ルホツキーとポレクシナは、背もたれが真っ直ぐで青いラシャを張った、昔風の椅子に座っていた。錫製やマジョリカ焼きの食器で一杯の、大きな樫の食器棚の上にも二本のろうそくが燃えていて、その脇にヘレンカが立っていた。そこは明るかったが、背後の飾り棚が付いた大きな緑色の暖炉の周囲は薄闇であった。同様に樫の羽目板の上方にある絵画にも、十分な光は当たっていなかった。キャンバスに描かれた数枚の暗く深い森の風景画や、一枚だけある海洋画では、かつては真っ白だったが黄変している嵐の中の船の帆が、一際目だって見えた。扉の向かいの壁にはキャンバスに描かれた、長い巻き毛《アロンジェ》のかつらを付けた故・皇帝レオポルド一世（＊神聖ローマ帝国皇帝、在位一六五八―一七〇五）の肖像画だけが掛かっていた。
部屋全体が、その家具も絵画もすべてがまだ十七世紀であった。そしてこの二人、老いた田舎貴族と老嬢ムラドトヴナもまた、その時代のものであった。彼らは単にその装いだけではなく、その年齢でもその教養でもその考え方でも、この部屋にふさわしかった。

ルホツキーは旅から帰って食事を美味しそうに食べたが、彼はまた旅について、プラハについても話したくてたまらなかった。もちろん先ず始めに戴冠式について、その際月並みな紳士録付き暦についても述べ、彼ルホツキー・ゼ・プテニーが等族議会の宣誓式でどの様に振る舞ったのか、皇帝閣下の手にどの様に口づけしたかを語った。さらに道中で考えた順番に従って話を進めたが、すべてその順というわけではなかった。と言うのも、触れずにおくことの出来ないニュースが、彼の頭に浮んで来るからであった。例えば彼が貴族養老院にも、聖ウルスラ会修道院にも行かなかったことを詫びながら、その代わり老嬢の従兄弟を訪問したことを出し抜けに言った。従兄弟のフェルディナント・アントニーン（オストゥシェデクとソウチツェの領主であった）はプラハで家を、しかも大きな家を買おうとしていることを。彼はまだそれを所有してはいないが、きっと買うだろう。その家は家畜市場（＊今日のカルロヴァ広場）に面した庭のある大きな家で、しかもよく噂に上っている家（＊ファウストの家として有名、『チェコの伝説と歴史』二七四頁以下。フェルディナントがこの家を買ったのは史実）であった。

「そう、噂に高い」、老嬢が驚いて彼に顔を向けた時、彼は繰り返した。「その家について多くのことが語られている。悪魔の家、そこには悪魔が出て確かに人を脅しているという話だ。ずっと以前そこに偉大な魔法使いのファウスト博士が住んでいて、悪魔と契約した。その後悪魔は彼を連れ去ったが、家畜市場のその家から彼と共に、真っすぐ天井を突き破って出て行った。そして天井のその穴は残った、確かに残っていて今でもそこにあると私は聞いた。」

「そしてそこで人を脅しているのですか」老嬢は声を潜めて聞いた。

「脅しに出てこない訳はないだろう、今でも出ている。そのため誰もそこに長い間留まることは出来なかった。」

「そこでフェルディナントは――」

「興奮して全身かっかとしている。とんでもなく気に入ってしまい、そこに行くつもりだ。神にお許し願えば、彼はいささか錬金術師めいていて、これらの悪魔を笑い飛ばすところがある。そして彼は私を招き、素敵な部屋を用意させるから、私がそこを訪れるようにと言ったのだ。大変ありがたいことだが、きっとその部屋はあの魔法使いの部屋だろう。私は臆病な兎ではないが、その一夜は楽しいものにはならないだろう。」——

彼の話は、ファウストの家から再びプラハ城の聖ヴィート教会（＊語注9）に、戴冠式に戻った。老嬢は我を忘れ、全身を耳にして聞き入った。窓の下方の斜面の闇から、時おり音高くざわめく風や木々の音も彼女には聞こえず、ヘレンカのことも忘れている様であった。ヘレンカは食器棚の脇に立って、彼女の指示や必要な時に皿を取り替え、グラスに注ぐため待っていた。ヘレンカは子鼠のようにじっと立ち、我を忘れたようにプラハの話に耳を傾けていた。その話はこのところ屋敷でもしばしば話題に上がっていた。彼女自身もそこがとても美しい町で、不思議なものや宮殿や屋敷が数多くあることなどは、以前から知っていた。今老いた主人がさらに語るのは、皇帝や皇后、ウィーンから一緒に連れてきた二人の幼い皇女と輝かしい行列のことであり、葡萄酒が泉から流れだし、また人々にお金が振り撒かれる様子であり、彼が老嬢にその名を上げた奥方たちや伯爵・侯爵夫人のことであり、通りを照らす街灯と灯りと石の橋のことであった。また戴冠式に合わせて建てられた劇場では、何百人もの音楽家が演奏したが（＊31節のフックスの歌劇のこと）、それは彼がプラハに到着する前であった。プラハとウィーンやイタリアからの何百人もの音楽家が演奏し、何百人もの歌手が歌った。そしてこのオペラの中では、ポルセナ王（＊紀元前五世紀のエトルリア王）がローマを包囲した時のように銃や大砲が発射され、人々は耳を塞いだという話であった。彼はそれを聴くことは出来なかったが、聖ヴィート教会でも音楽と歌があり、プラハの教会でも押し並べて催されていた。

この言葉を受けて老嬢は、自分もまたプラハにある教会の一つをはっきりと思い出せますと言った。彼女は、そうです、若かった頃一時プラハに住んでいた時のことを憶えています。そうロレタ、あのロレタですと言った（＊語注98）。そして彼女はたった今そこから戻って来たかのように、それについて語り始めた。そこはとても美しく、あの時はやっと春が来たところで、木々は庭園とその周りで花をつけていた。彼女が亡くなった叔母ヴォストロフツォヴァとそこに足を踏み入れたのは、春の午後も遅くなってからだった。しかし彼女は、その時はっきりと目に浮んだことは言わなかった。それは彼女たちと共に、若い騎士のヴィリーム・クナーシュ・ズ・マホヴィッツがそこに入ったことであった。彼はそれ以前に彼女に大きな敬意を示しながら、どうか自分を忠実な僕《しもべ》として彼女が受け入れてくれるように懇願していた。そして彼女がプラハに滞在中ずっと、彼はしかるべく騎士として仕え、叔母のヴォストロフツォヴァと身分の高い彼女の友人たちに、どうか彼女が彼と結婚するように、しかるべく説得してほしいと求めていた。

思い出に心を奪われた老嬢は、彼女らが庭園を出た時はロレタの回廊はすでに薄暗くなっていたとルホツキーに語った。でも彼女はヴィリームが彼女らと一緒で、公妃ドラホミーラ（＊語注8→聖ヴァーツラフ）が倒れたその場所から、プラハを眺めたことは言わなかった。彼は彼女たちに同伴し、彼女らと共にプラハ城の高台からプラハを眺めた。すべてがなんと美しかったことだろう、眼下に広がる庭園も町も中州の島々もヴルタヴァ川も、多くの教会とそれらの塔も。老嬢には、花と香りに包まれた五月の夕暮れの光を浴びた情景が、幻のように蘇った。しかし彼女は、ロレタをもう一度見てみたいという希望を口にするだけであった。「今あすこには鐘があります」彼女は付け加えた、「それは聖母マリアへの歌を奏でています。」

「ロレタの向かいにはチェルニーンスキー宮殿（＊プラハ最大のバロック建築の一つで現在外務省が入っている→černínský palác）がある。そうとも。」こう言いながらルホツキーがフェンシングをするように手を振った時、ナイフが食卓から落ちてしまった。ヘレンカははっとして駆け寄ると、ナイフを拾い上げ食器棚に運んだ。その時やっと老嬢は彼女に気付き、ヘレンカを家に帰す時間であるのを思い出した。もうヘレンカは必要なくカチカが後片付けをするだろう。ヘレンカは彼女の手に口づけすると主人の手にも口づけして姿を消した。

彼女は台所の脇の控えの間にある棚に下から手を伸ばすと、そこにもらったプラハからの絵を置いた。それには目をやることはなかったが、彼女はポケットからリボンを取り出すと、そっと光にかざし急いでポケットに戻した。台所の方に身を屈め「おやすみなさい」と言うと、もう扉の所にいた。雌鹿のようにその姿は暗い庇の下に見えたかと思うと、階段を降り、ざわめく菩提樹の周りの暗い中庭に

＊ 4 ＊

ちらりと見え、もうすでに森番小屋の扉に通じる階段に駆け込み、その戸を叩いていた。

その後二人は館の食堂には、さほど長く居なかった。ルホツキーはまだ話したがっていたが、老嬢は彼が二日間鞍に揺られていたのを思い出した。

「何も疲れていないよ」彼は否定したが、「朝まで話をしていても、終わらないだろう。明日続きを、明後日もその先をしよう、ポレクシナ。」そして冗談まじりに、「この話は秋の間ずっと続くし、きっと秋だけでは足りず、さらに冬まで持ち越すだろう。」

ポレクシナは部屋に戻ると、思いに耽りながらアルニカの瓶を取り上げ、光にかざしてその琥珀色の液体を眺めた。しかし物思いの中で、その瓶をまた窓辺に戻すと窓際に立ち、夜の闇を通して下の斜面にある黒々とした木々を眺めた。彼女の心はずっとロレタの回廊の薄明りの中に、そして五月の夕暮れの最後の光で照らされたプラハにあった。

あの時の晩の後、若いヴィリーム・クナーシュ・ズ・マホヴィツは彼女に手紙を書いた。その後彼女はその手紙を何度も読み返し、手元に保存しまた記憶に留めていた。それは特に後書きの以下の箇所であった。「私をひどく苦しめるのは、この上なく愛しいポレクシナ嬢様、あなたを平身低頭の敬意を持って己の女神として崇め、一時も離れずにお仕えすることが出来ないことでございます。しかし私は、あなたの白い手に口づけし、この上なく愛しいポレクシナ嬢様、あなたにお仕えできる幸せな瞬間が来ることを心待ちにしております。あなたのお心が満たされることを祈りつつ——」

でも彼は口づけをしなかった。シルンディング男爵が騎士たちの陽気な集まりで、彼の紋章を、紋章の装飾にフス派軍の小兵が描かれていると言って侮辱した。さらに彼のフス派の家系について、あたかも彼ヴィリームとクナーシュ家全員のカトリック信仰を疑うかのような言葉を投げつけた。これはかつてひたむきにフスを信じた古い家系の子孫にとって、致命的な侮辱であった。彼らの祖先のスミルやクナーシュはターボル軍の司令官でありジシュカ（＊語注39）の友人であった。そして彼らの後の祖先の内の三人は白山の戦い（＊語注69）の後、反逆罪で厳しく罰せられていた。この侮辱によって二人は決闘となった。

ヴィリームは決闘で倒れた。彼はもはやポレクシナの白い手には口づけしなかった。そして彼女の心に満ちていたのは——その時は絶望の悲しみであった。今はもう彼女の心には、燃え尽きた心の無言の充足があり、喜びのない平穏があった。それらは歳月と敬虔さが彼女に与えたものであった——

　老嬢は窓から離れるとまだ思いに浸りながらも、もう一度聖母マリアの衣装のための錦に目をやり、下段にある白いリボンで飾られた二本のろうそくに火をともした。そして祭壇の前にひざまずくと、毎晩するように祈るのであった、家族、特に母親のために、兄弟姉妹のために、親類のために、煉獄（＊語注95）にいる魂のために、そして彼ヴイリームのために。今日彼女は主の祈り（＊語注46）を三度唱えた。

5

ルホツキーは夜遅く寝たが早朝に起き、狩りの支度をした。口数が少なく真面目な森番は、袖口に広い折り返しの付いた緑色の上着を着て猟刀を腰に差し、黒い質素な三角帽を被り長靴を履き、猟銃のベルトを肩にかけて、もう静まっていたポプラの下で彼を待っていた。彼と共にそこに立っていたのは息子のトマーシュであった。彼は十六歳の若者で猟銃の他に手提げ袋も持っていた。ルホツキーは元気で機敏で血色も良く、緑の上着を着ていた。彼は彼らに近づくと、ヘレンカはどうしているか、何と言っていたか、絵とリボンに喜んでいたかとすぐ彼らに尋ねた。森番は猟銃のベルトにちょっと親指をかけ肩をすくめてから、彼女は感謝しています、とても喜んでいて、ちょうど私たちが出かける時も、あのリボンを平らに伸ばして眺めていましたと言った。

「それで聖ヤンの絵はどうした――」

「もう壁にかけました――」そしてすぐ森番は尋ねた。どこに行きましょう、どこを考えておられますか――と。

　彼らが屋敷からかなり遠くに行ったころ、朝食を終えた監督は支配人が命令したように、事務室の扉の脇の控えの間に置かれた幅広の白木の戸棚に、プラハから運んで来た鞍と馬具を片付けた。管理人のチェルマークは戸棚の傍に立ち華麗な馬具を眺めていた。監督はそれらを称賛し感嘆していたが、管理人は黙っていた。監督が最後の品物を掛けていた時、管理人は突然笑い出し皮肉を込めていった。「このベルトでは犬も味見しないだろう。」そして事務室へと立ち去った。

　これは、ずっと以前のことだがルホツキーがまだ独立した領主で、マスティの自分の領地を治めていた頃に起きた出来事への当てつけであった。彼はそこでは馬も家畜も羊も豚も僅かしか持っておらず、おまけにこれらはみな痩せていて、納屋には穀物もあまりなく飼葉《かいば》も少なかった。つまりそこでは全てが僅かしかなく、多いのは借金と猟犬だけだった。

　当時冬のある晩に、箱馬車に乗った某帝国地方長官が、召使とともにマスティの屋敷にやって来た。リフノフ（＊H・Kの東三〇キロメートル）かその辺りに行くところであったが、猛烈な吹雪で御者が道に迷い、奇妙な偶然でマスティの彼の屋敷にたどり着いたのであった。ルホツキーはとても愛想よく地方長官を迎え、彼に泊まっていくように勧めて夕食に招いた。そしてその後客が退屈しないようにとカードを始めた。地方長官にはこの気晴らしはとても高いものについた。彼は負け、しかも相当な額となった。

　翌朝早くルホツキーは彼を起こした、長官が早く立ちたいと望んでいたからであった。しかし彼が道中の支度をしてルホツキーと共に、朝食の卓に付いた時、御者が来てもじもじしながら言った。先に行くことは出来ません、馬を繋ぐことが出来ないのです。そうです、夜に領主の飢えた犬たちが犬小屋から入って来て、（馬小屋の軒先に掛けてあった）獣脂を塗った革帯をみな噛《かじ》ってしまったのです。みな噛られ、何か所も噛み切られていますと。

　長官は驚き、ルホツキーはそんなことはない、彼の犬がそんなことをするはずがないと怒った。しかしその通りなのを確認すると、ルホツキーはスカルカのふもとのポドブジェジーに使いを出して、革帯や鞍作りを多少手がけているユダヤ人を呼びにやり、修理が終わるのを待つしかなかった。その時ルホツキーは、長官がいらいらしながら待たないように、ひとつ組札《ファルベ》でもしませんかと誘ったという。しかし長官は、悪魔によろしく伝えてくれ、もうまっぴら御免だと言ったという。

これがマチェイ・チェルマークがまだスカルカの管理人になる前に、ドブルシュカで教会に行った後、居酒屋で語った出来事であった。獣脂など塗られておらず、銀の鋲を打たれて輝く華麗な馬具を見て、今彼はそのことを思い出し、皮肉たっぷりに言った。彼は支配人が好きではなかった。

というのも、彼が管理人としてここに来てから始めた新しい趣向を、ルホツキーが厳しく撥ね付けたことを、忘れることが出来なかったからである。管理人は誰にも一言も言わずに、事務室を自分の意向で模様替えした。そこには描かれたムラドタ家の紋章の下に、大きなキリストの磔像が掛かっていたが、その像の左右に赤いリボンでトランプのクイーンを止め、その下にパイプを結びつけた。この奇妙な飾りつけをした磔像の下に、長椅子とそこにうつ伏せに寝かされている裸の農夫の姿を描いた絵を掛けた。その絵の農夫の目からは全身を濡らすほど涙が流れていた。その下には銘があった、「仕置きの長椅子」と。

ルホツキーが事務室に入り、この恐ろしい飾りつけを見た時、彼は立ちすくんだ。

「これは何だ。誰がこうしろと言った。」彼の怒りが爆発した。

「私がしました。」

「何のためだ。」

「農夫が恐れて、カードをしたりタバコを吸ったりしないようにするためです。彼らを怖がらせておかねばなりません。」

「怖がらせるだと。こんな風にか。そもそもこのカードとパイプは一体何なのだ。」かつてはカード狂で、現在はヘビースモーカーの支配人のものであるこれらのカードとパイプは、涙を流している哀れな農夫の絵より、さらにぐさっと彼の胸に突き刺さった。

「これは農夫たちが、事務室に足を踏み入れた途端に恐れをなして、カードをしたりタバコをふかしたりしなくなるためです。」

「こんなもの役立つと思っているのか。さっさと放り出せ」支配人はかんかんになって命令した。「パイプ、カード、そしてこの長椅子も片付けろ。こんなものをキリスト様の脇に置くとは、何という見せ物か。パイプ、カード、みんな片付けろ。仕置きの長椅子と、はしばみの鞭（＊しなやかで丈夫なその枝を束ねて枝鞭にした）は本物があり、農夫たちは皆これを怖がっている。」

「リフノフの方ではこうしていました」管理人は自分の新しい趣向を弁護して反論した。「こうしていました――」

「こうするも、こうしないもない。わしはこうしたくないのだ。」ルホツキーは憤然として出て行った。心の中で管理人を怒鳴っていた、どうしようもない融通のきかない奴だ、カードを目に突っ込んでやろうか、支配人の彼がタバコを吸うのに気付いてもいない。あの長椅子は――どこかの拷問部屋にあったようだが――

こうして事務室にはムラドタ家の紋章の下には磔像だけが残った。そして管理人チェルマークの頭には、彼が定めようとした新機軸を、支配人が台無しにしたための怒りが残った。このことを彼は決して忘れなかった。これに加えて彼の見解によれば、支配人には神を敬う心が弱いことも事態を悪くした。彼は支配人を「軽薄な老人で、老いた罪人」と心の中で呼んでいた。ある時地獄についての話の中で、ルホツキーは薄笑いを浮べて言葉を挟んで言った。地獄の方が説教を聞かされるよりはるかにましだ、坊主はいつも地獄を実際より酷いものにしていると。その時森番のマホヴェツもそこにいて、支配人がそう言った時、彼に同意するかのようにただ笑うだけで、確かに管理人をあざ笑っているように見えた。そして管理人は、昨日支配人が彼をあんなにぞんざいに扱ったことからも、支配人が彼をひどく嫌っていることを知っていた。その反対に森番には何と目をかけているのだろう。彼に土産を、また料理女のカチカから聞いたが、彼の娘にも聖別を受けた絵を土産に渡している。しかし彼のことはプラハではこれっぽっちも思い出さなかった。

このことがはっきりと分かったのは、事務的な報告をするために午後管理人が彼の所に行った時であった。支配人は報告を聞くとそれで十分だと一言も言わず、プラハからの聖ヤンの絵のことも何も言わなかった。それどころか管理人は嘲笑と一発を食らった。

「おまえにもパイプを買ってやろうと思ったが、おまえはタバコを吸わないし、喫煙を目の敵にしているからな。」

「申し上げます、それは百姓や農奴たちの間だけで、彼らには相応しくありません。」

管理人は怒りを隠して立ち去った。あの忌々しい燻煙になぜこんな弁解をしなければいけないのか。

ルホツキーはこの事務上の手続きを終えるとポレクシナの部屋に立ち寄り、彼女にプラハから運んで来た立派な鞍と馬具を見せるため、戸棚の所に連れていった。彼女は感嘆したが、部屋に戻ると厳しく咎めるように言った、あれは相当な出費です、あれにいくら費やしたのでしょうと。またルホツキーから聞いて知った、新しい箱馬車と新しい馬と金箔を貼った軽馬車はいくらかかったのか、またその後の行列、議会、宴会、新しいドレスと張り骨スカート、これら輝かしいすべては伯爵夫人の指示であったが、それらを賄うにはとても金が足りなかったし、彼らがここスカルカであげる収益では足りるはずもなかった。

「これらのために、さらにお金を借りたのですね」彼女は見透かすように、しかしはっきりと言い加えた。

ルホツキーはうなずいた。

「ユダヤ人からですか。」

「そうではないよ、ポレクシナ、ブジェジナ某が貸してくれた。」

「高利貸しですか。」

「いや、そうではない。裕福な市民でビール醸造業者だ。今プラハでは市民がとても儲かり財を成している。彼らはすでにミューラー某のように自由な土地（＊封建領主に属していない土地）を買い取り、さらにプラハ郊外にある領主が手放した大きな館を買い取って、それを人に貸している。私が聞いたところでは、ツィカーンも」彼は騎士ヴァーツラフ・ロメディウス・ツィカーン・ス・チェルムネーのことを言っていた、「また彼から金を借りていて、ヴンシュヴィツとトゥンクルもまた然りだ。あの男はすでに農奴も売り出していると言う話だ。」

老嬢は軽蔑するように手のひらを振った。

「トゥンクルがですか。それを聞いてほっとしました。」

——

その日の晩、管理人チェルマークの所では、毎週土曜日と、四旬節（＊復活祭の四十六日前から復活祭前日までの、日曜日を除いた四十日間の節制と自粛の期間）の時に週二回行われる恒例の礼拝があった。丸天井で白塗りの彼の部屋は聖人の絵で満ちていた。大部分は版画で派手な多色刷りや白黒の版画もあった。それらは周囲の壁や机の上方の隅に掛か

り、台の上では万年灯が灯っていた。扉には粗末な木版画で十四救難聖人（＊語注43）と、彼らへの祈りの言葉が肉太のゴシック体の文字で綴られた、大きな紙が貼ってあった。

この部屋で管理人は、毎週土曜日に机の前の床にひざまずき、数珠（＊語注44）を爪繰りながら祈るのであった。彼と共に祈るのは、監督またはその妻で時に二人一緒の時もあり、それと大きな白い帽子を被った料理女のカチカであった。春には彼らと共にここで経営実習と事務室書記を勤めていた働き者の、ドブルシュカの隣人の息子もひざまずいていた。しかし彼はここでひざまずいて、長い時間祈るのは好きではなかった。彼は管理人の後でひざまずいていたが、いつも居眠りをしていた。管理人はこれに怒っていた彼の仕事をこってりと増やし、結局六週間後にはあいつは全く役に立たないと言って、彼をドブルシュカの家に返した。

この様な訳で管理人の元に残ったのは、監督とカチカだけであった。彼らは管理人と共にひざまずいた。そして彼は部屋の隅の高いところに掛けてある聖人たちの絵に目を向けると、数珠の玉を一つ一つ爪繰りながら声高に、主の祈りやアヴェ・マリア（＊語注2）を特別の口調で唱えた。その口調は声の高さを上げたかと思うとすぐに下げ、音節を不自然に伸ばしたり縮めたりするもので、その際しばしば深く溜息をつくのであった。

この礼拝は以前の任地でも行っていたが、スカルカにやって来ると直ちに始めた。彼は森番のマホヴェツにもこのことを話し、それに加わるようにと面と向かって彼に言った。しかし森番は話が飲み込めない様子で、その誘いにはそれは出来ないとはっきり答えた。森から帰るのは遅いし、もし家にいても一人で祈るからと。

「それなら子供たちは来られるだろう。」

「子供たちは私と一緒に祈っています。」

この拒否は管理人を侮辱した。「多分祈っているのだろうが」彼はその時怒りながらも思った。「こんな風だから、支配人と共に地獄とおれをあざ笑っているのだろう。」森番が礼拝をあまり気にかけていないという思いは、彼が年に一度復活祭の時にだけオウイェストに告解と聖体拝受に行った（＊カトリックでは少なくとも年に一度、通常復活祭の時に告解することが義務付けられていた）ことでより強くなった。

一方彼、管理人は毎月告解と聖体拝受に行っていた。そしてあの閉じられたよろい戸は、――何で閉じているのか。多分何か森番の魔法をかけているのだろう。礼拝なら鎧戸で隠す必要は無いだろう。それともそれは礼拝なのか、――疑いが彼の内部であたかも突然の鋭い炎のように燃え上がり、彼の目はぎらぎらと輝いた。隠さなければならない礼拝とは――

彼はこの疑いをもはや頭から追い出せず、またそれを止めようとはしなかった。それは彼の中で強くなり勢いを増していった。ほぼ毎晩、マホヴェツがよろい戸を下ろしているかどうかを見るために出かけた。よろい戸の奥には謎が、何か秘密がある。ルホツキーが戻って来てから二日目の晩もまた、祈りを始める前にそれを見に行った。彼はよろい戸と森番の礼拝について、自分の部屋に戻り祈るためにひざまずいた時も、また考えた。数珠を爪繰っていても、この疑いは彼の頭から離れなかった。今日はより強くその考えに入り込み、ルホツキーに腹を立て、また彼の森番へのひいきのためより激しく嫉妬した今日、それはなおさらだった。

チェルマークが溜息をつきながら監督とカチカと共に祈っていたまさにその時、ルホツキーは姪と共に食堂の上座に座ってプラハの思い出話を語り続けていた。彼はまたフラデツのイエズス会士との小さな冒険にもちょっと触れた。どの様にして彼らと出会ったのかは述べたが、フィルムス神父が彼の言葉を訂正したことや、スカルカの領地に対する彼らの疑いや危惧を述べた事については言わなかった。またマテジョフスキー家についての自分の考えやその変節についても触れなかった。それはちょうどその時、彼の頭に次のことが浮んだからであった。それは年老いた騎士のデイムが彼に語った所によると、ムラドタ家でも何人かが、あの反乱のあと信仰のため祖国を後にしたが、その反面今は彼らの内の何人もが僧籍を得てイエズス会士になっていた。ポレクシナはそのことを誇り、特にプラハの聖ヴィート教会の司教座聖堂参事会員（＊語注37）であった、亡くなった従兄弟を誇り高く思い出していた。そして印刷されて世に出た彼のチェコ語の説教集を、彼女は貴重な思い出として大切にしていた。

イエズス会士についてはそれ以上話さなかったが、聖ヤン・ネポムツキーのことはすでに昼食時にも話していたが、今夕食後には話がさらにはずんだ。人々は彼を「福者」ではなく「聖者」と言い、チェコ王国はすべてあまねくこの

＊ 5 ＊

聖人の話で高揚していた。そして彼の起こした奇跡について、その中には以前に生じたことも最近生じたこともあったが、それらについてはどこでも、宮殿でも隣家でも田舎のあばらやでも、興奮して語られた。そして彼の画像は今や篤い尊敬をこめて、住居や礼拝堂や教会に掛けられ、彼の像は驚くような数で増えてあらゆる所に現れていた（＊彼の多様な像は→ nepomuk socha で検索し、その画像一覧で見ることが出来る）。家々の壁のくぼみにも祭壇にも、野原でぽつんと立っている木の根元にも、小川に渡された小さな橋のたもとにも、眼鏡橋の上で川を見下ろしている場所でも。僧たちは彼の栄光を説教台から、イエズス会の熱弁を振るう宣教師たちは、青空の下で声高に述べた。彼を敬って聖職者は時課の祈りを唱え、何千何万というミサが行われた。彼についていたる所で憤慨して言われるのは、一昨年（＊一七二一年）法王によって彼は福者と宣言されたが、そのまま留まってしまうのか、それともチェコで篤く願望されているように福者から、すでに本国ではそうなっているのであるが、聖者に格上げされることをローマが許すだろうかということであった。

　ルホツキーは、それのためプラハ中が興奮していて、大司教、聖堂参事会員たちが休むことなく努力し、とりわけイエズス会はローマの委員会に働きかけ、その列聖に関して、もう一度これらの奇跡を審査するように求めていると語った。しかしそれには金がかかり、ローマのその委員会は高いものにつくが、彼らは金を集めるだろう、集められないことはないのであると。

　ルホツキーの話は聖ヤン・ネポムツキーからオイゲン・サヴォイスキー（＊語注14）に飛んだ。彼はこの高名な元帥も見た。戴冠式の際にはこの公子《プリンツ》は体調がすぐれず教会にはいなかったが、等族議会の宣誓式では皇帝の前に立った。彼は目立たない小男で巨大なかつらを付けていた。

　この目立たない小男はすぐにポレクシナ嬢の心を奪った。しかしそれは彼の歴戦の誉れのためではなく、決闘で倒れた彼女のヴィリームの甥が、彼の軍に大尉として務めていたからであった。彼もまたヴィリーム、正確にはヴィリーム・シチャストニー・フロリアーン・クナーシュ・ズ・マホヴィツといい、公子オイゲンの軍にいて北イタリアの陣営で亡くなった。公子がトリノに遠征した際、彼はカルマニョーラ市の近郊で死んだ（＊スペイン継承戦争中の一七〇六年のトリノの戦い）。老嬢が叔父にこのことを思い出させると、彼はすぐに彼女が知らないと思われる次のニュースで切り返した。それは故副侍従長ヤン・ヴァーツラフ・クナーシュの未亡人が、最近嫁いだことであった。ポレクシナは驚いた。というのも故副侍従長は彼女のヴィリームの弟で、彼と旧姓ハラホヴァという彼の妻を知っていたからである。

「十二年間寡婦暮らしをして」ルホツキーは述べた。「十二年だよ」そして親指を立てて「今やっと嫁ぐのだ。」

「誰のところにですか。」

「ヴィーデルシュペルカル・ナ・ムチェニーニェに。プルゼニ（＊ピルゼン、プラハの南西八〇キロメートル）で結婚式を挙げたよ。」

このすでに終わった結婚式を語っている際に、彼の頭には準備が始まったばかりの別の結婚のことが浮んだ。彼は、皇帝の長女の皇女マリア・テレジアにすでに新郎が、「ロートリンゲンの」皇太子が用意されていると聞いたと述べた。この皇太子もまたプラハに来て、そこに廷臣たちと共に今まで留まっていて、彼は十五歳になるが皇女はやっと六歳であり、彼女は皇位継承者となるであろうと。

「でもまだ男系の継承者が生まれることもあるでしょう。」

「そうなるかもしれない。皇帝は三十八歳になったところだからな。でもプラハで噂されているが、今になって彼が戴冠式を行うように命じた理由を知っているかい。皇帝は十二年間統治しているが、まだチェコには来たことがなかった。それが今突然やって来た。そこで人々は昔から語られている、チェコ王は彼が戴冠するまで息子が生まれないという言い伝えを思い出したのだ。実際に子供はみんな娘で、皇太子はいない。そこで皇帝は、にわかに決断した。これは十分あり得る話だ。さらに皇帝と皇后は聖ヤン・ネポムツキーの墓（＊語注9→聖ヴィート教会）に参って、どうかそれが男系の継承者、息子であるように祈るために来たという話も――」

「なんですって、それではきっと――」

「そうだとも。皇后は懐妊中だ。このことはすでに国中に大きな喜びと共に宣言されている。大司教は戴冠式後の祝宴で、それはヴラヂスラフ・ホール（＊プラハ城内の王宮にある巨大なホール）で催されたすばらしい祝宴だったが、そのことに対しても乾杯した。先ず始め皇帝の健康を祝して乾杯し、次に皇后の、そして『地下室のハンゼル殿下のために（dero Hansels im Keller）』乾杯した。」

老嬢は叔父の笑っている赤ら顔に、尋ねるような目を向けた。この言い方が理解できなかった。

「ドイツ人はこんなものの言い方をする」彼は楽しそうに説明した。「それは大司教が、皇后が心臓の下に宿している子供、つまり地下室のハンゼルの健康を祝して乾杯したことだ。」

「ああ――」

「もしそれが男の子だったら、聖ヤン・ネポムツキーが皇后に加護したことになるだろう。」

「そうなら新しい奇跡になるわ。」

＊ 5 ＊

6

ルホツキーはプラハのことで秋の間ずっと話せると言ったが、それはさほど誇張ではなかった。ほとんど毎晩、時には昼食時にも彼の話は、プラハとその輝かしい日々を巡った。もちろん始めの頃のようには、いつも長く語ることは無かったが。彼はまた時に気付かずにすでに話していたこと、特に「ありきたりの紳士録付きの暦」について、つまりいかに国王に敬意を表したかを繰り返していた。

時にポレクシナ自身も、すでに聞いていたが、とりわけ興味を持ったことを思い出した時などは、繰り返して彼に話させようとした。それは例えば戴冠式の祝宴であり、叔父は客ではなかったが、貴族たちと一緒に観衆として自分の目で見ていた。彼女の頭に浮んだ質問は、皇帝が一段高いテーブルに、誰とどの様に座していたのか、他のテーブルの客たちの様子はどうであったか、誰も皇帝に背を向けてはいけない場合、どの様に席を並べたのか、若い貴族たちの誰が皇帝に、どの様な食事を運んだかなどであった。

ルホツキーはこれについては多くのことを知っていた。というのも彼女のために、これらについては意識して注意深く観察し、家で話すことが出来るように、色々尋ねていたからである。彼は主だった客のすべてを、特にヴェネチア共和国（＊六九七―一七九七、イタリアの地方国家として地中海貿易で繁栄した）の大使を憶えていた。また銀箔で覆われた丸パンを、世襲で受け継ぐ切り手のヴァルドシュタイン伯爵が切り、戴冠した王に差し出したことも忘れなかった。

しかし姪を一番喜ばせたのは、彼が砂糖菓子やデコレーションケーキについて、詳しく述べた時であった。それらは純白で像を乗せた形もあれば、純白だが一部を着色し金箔を貼ったものもあった。例えば一つのケーキにはチェコ王国を象徴する女性の像が立ち、別のケーキにはモラヴィアとシレジアの紋章を持った女性がいた（＊チェコ王国は、ボヘミア、モラヴィア、シレジアから成っていた）。また別のとても大きく豪華なケーキの上には、白く輝く表玄関の飾りつけがあり、その下に敬虔さを寓意した女性像が立っていたが、それはまたチェコ王国を示す別の女性像の首に金の鎖を掛けていた。

この敬虔さの像と金の鎖をルホツキーは生き生きと、とても気に入った様子で喜んで満足げに話した。そのことは老嬢の心に深く残った。この敬虔さが何に由来するのか、そのために王国中でどんなに残酷な改変が生じたのか、さらにその名の下に何が起きたのか、黄金ではあってもその鎖が何を意味するのかといったことは、彼には何一つ感じられなかったし、考えることも出来なくなっていたからである。

このようにしてプラハと戴冠式とその祭典の話題は、スカルカでの昼と夜の時間を縮めてくれた。また彼らはしばしばドイツ式トランプを、時に三人でイタリア式トランプをした。三人目は呼ばれたオウイェストの司祭で、彼はこれらの絵柄を良く理解していた。またすでにプラハを発ったはずの、皇帝の廷臣たちについても一度となく思い出されたが、それについての知らせは差し当たり何も無かった。彼らの片田舎ではそんなに早くドイツ語の新聞も、チェコ語で書かれたローゼンミューラーの『チェスキー・ポステイリオーン（＊語注62）』も届かなかった。

そのため当時彼らは、大きく壮麗な劇場のことも知らなかった。それはイエズス会が戴冠式の後に王とその廷臣たちのため計画したもので、イエズス会の学生百五十人が、ロウニョヴィツェ出身のポーランド王国宮廷音楽家ヤン・ゼレンカ（＊語注61）の曲に合わせて、聖ヴァーツラフの音楽劇を演じたものであった。臨席する国王への追従に満ちたその作品で聖ヴァーツラフを演じたのは、若いキンスキー伯爵であった。また彼らは、ポヂェブラドの禁猟区や、皇帝が遠出をした先で行われた大規模な狩りについても、プラハ城のスペイン広間で上演されたカルダーラの「カンタータ、神々の争い」（＊A・カルダーラは一六七〇―一七三六年のイタリア・バロック音楽の作曲家で、原題はLa Contesa de'Numi）も、その他の催し物についても何も知らなかった。

　ルホツキーは、マホヴェツとその息子を連れていつも狩りに行き、ポレクシナはマリア像のために錦のドレスを縫い、自分の薬局と領地の経営に気を配っていた。彼女は広い中庭と庭園を除いては、ほとんど外に出なかった。そこに行くのも九月の天気の良い日だけで、果実が実り収穫するまでであった。それ以外では長居はしなかった。そこは人気がなく、果樹と庭園の中央にある菩提樹の短い並木から木の葉がはらはらと落ちていた。この並木は『伯爵夫人』が何年か前に植えるように指示し、その後当世風に樹冠を刈り込むようにさせたものであった。

　ポレクシナは今はその下を通らず、この短い並木道の端にある板張りの園亭に、足を踏み入れることもなかった。細い柱のこの園亭は、こけらぶきの切妻屋根で緑色の日除けがあった。家は閉じられ風はその屋根や敷居に、黄色や赤紫色の木の葉を吹き寄せていた。

　このようにしてひどく無愛想なその年の秋は過ぎていった。特に十月は雨続きであった。広い中庭は雨でふやけ、水溜りや落ち葉の山やぬかるみがいたる所に出来て、その中で古い館の表玄関に続く、狭い帯状に敷いた舗装の玉石が濡れて光っていた。万聖節（＊十一月一日）からかなり過ぎた十一月の半ば、風が大きなポプラから黄ばんだ最後の葉を吹き飛ばした頃、プラハから甥の手紙が届いた。そこには他のことと並んで、皇帝と廷臣たちが十一月六日にプラハを発ったこと、皇帝は有蓋の箱馬車に乗ったが、皇后はその容体を考慮して、周りを囲った輿《こし》を六人が担いで運んだこと、大部分の大臣たちと公子オイゲンはすでにその前に立ち去っていたことが書かれていた。皇帝が望んだように、すべての出立は静かに行われた。

　これがスカルカに届いた最後のニュースであった。館も

＊ 6 ＊

中庭も穀物蔵も静かであった。雨に洗われた重い門は閉じられていた。農奴たちは脱穀からしばし解放された。しかしその代わりに、主に女たちが使用人小屋に座り、領主のために糸を紡いだり羽根をむしったりした。この時期やその後厳寒がやって来る頃、ポレクシナは自分の本棚に手を伸ばしてしばしばシュテイエル（＊語注45）の『カトリック説教集』を手に取った。その横に並んでいたのは緑色の皮で装丁された薄い本で、カシュパル・マイエル神父によって述べられた、ドイツ語の説教集であるが、それは一七一一年にプラハの聖ウルスラ会修道院に彼女が、「高貴な生まれの令嬢マリエ・アンナ・ムラドトヴナ、古いチェコの騎士の家柄であるソロピスク家の出身で、剃髪名を聖クサヴェリウスのマリエ・ヨゼファ」が尼僧として受け入れられた時のものであった。この説教集に綴じられていたのは、チェコ語で書かれた「ドクサニの聖プレモントレ会修道会に献身され、二つの高貴な身分のヨアヒマ・マテジョフスカー・ズ・マテジョヴァ嬢へのベールの授与によせた祝辞、高貴なマテジョフスカー嬢が祝福されたベールを授かったその年は――」

この本は一年を通して手を触れることなく、ただ思い出のためにそこに並んでいた。むしろ彼女が目を通すことが多かったのが、亡くなった司教座聖堂参事会員の叔父アダム・イグナーツの、印刷され装丁された説教集であった。しかしよく読むのは、公女フランチシュカ・ヘレナ・ジロナ・ズ・ガリアナの戴冠式の際の祝祭で述べられた「高められた謙譲と戴冠された美徳」や「聖イジー修道院尼僧院長の神の慈悲について」ではなく、貴族カテジナ・アンナ・ズ・ジチャンの棺の前で述べられた弔辞、「さらば《ヴァレ》、または最後の祝福と別離」のようなものであった。ポレクシナはこの説教を特に気に入って、それを読む度にいつも彼女は深く感動するのであった。

この春から彼女の小間使いとなった森番の娘ヘレンカは、今や彼女には身内のような存在になっていた。この娘はポレクシナが髪を調え着替えるのを手伝うため、毎朝森番小屋から駆け付け、昼と夕方は食事の世話にやって来た。そして日中も老嬢がジャムを煮たり、ナナカマドの実や野生のスモモなどで色々な煎じ薬を作る時は身近にいた。時に老嬢が彼女に教えてやろうと思った時は、彼女を午後の間ずっと手元に置いた。裁縫の腕を上げさせ、複雑な刺繍を教え込んだ。

老嬢は機敏なこの娘が気に入っていた。彼女の母は二年前に亡くなっていたが、彼女には外見にも仕草にも田舎くさいところは全く無かった。彼女は家では赤い長靴下を履いていたがそれは家の中だけで、またスリッパや時に木靴も家では履いていた。しかし他の時は上着もスカートも胴衣も町の身なりであった。彼女は子供の時から、屋敷の若者たちには混じらなかった。森番自身がそれに気を使い母もそうであった。できるだけ自分の子供たちを手元におき、彼ら自身を放っておくことはなかった。両親は子供たちに、特に娘に気をつけていた。

彼らは子供たちを学校にはやらなかった。学校はスカルカのふもとの村には無く、ビーリー・オウイエストにはあったが遠かった。また森番は、先生がよくないと言い分けもしていた。教師は木造のみすぼらしい建物でみすぼらしく教えていた。彼はかつてゼンタの戦い（＊語注14、一六九七年のこと）でトルコ軍と戦った老兵で、鞭で生徒を叩いて恐怖を生み出していた。彼は教えるよりこの戦いを語る方が好きで、特に酔っている時がそうだったが、素面《しらふ》の時は少なかった。マホヴェツは自分が子供たちの教師となり、しかも熱心であった。母も子供たちと一緒に本を読んでいた（＊語注66→同胞同盟）。

成長したヘレンカは屋敷の若者たちの所には決して近づかず、彼らとは目立って違っていた。おしゃべりをすることもなく、箸が転んでもおかしい年頃の娘たちのようには笑わなかった。老嬢の仕事とその相手を務めることに、驚くほど素早く対応した。ポレクシナは、鼠のように静かな若い小間使いが、もう少しおしゃべりであって欲しいと思うほどであった。ポレクシナには彼女が無口で無愛想のように見えた。しかしヘレンカは注意深く、時にポレクシナが視線やちょっとした微笑みで示したり、突然彼女の長いまつげが瞬いたりするのをみな注視していた。そして老嬢の目を見ているだけで、彼女の望みを何でも感じ、そこで見て取ったことを直ちに、しかもきめ細かく注意しながら行うのであった。老嬢が喜ぶことは何でも行い、彼女のむら気も記憶していた。老嬢はこのことも、またこざっぱりした身なりの娘が、いつも良い振る舞いに気を使っていることも評価し、父と兄を愛し、亡くなった母を熱い気持ちで思っていることも評価した。娘が一番多く話すのは母についてであった。

それゆえポレクシナはヘレンカを好んだ。ポレクシナはまた火花のように活発な彼女の兄も好み、真面目で慎ましい彼女の父も好んだ。彼は、父や祖父がそうであったように自分の主人に忠実であり、老嬢はこの祖父のことも憶えていた。

＊ 6 ＊

7

　スカルカにはしばしば旅芸人の歌手や楽士、油売り、遍歴の学生、旅商人そして時にレース編みの行商が立ち寄っていた。チェルマークが管理人になると彼らは、特に旅商人とレース編みの行商は、あまり儲からなくなった。彼らは誰でも先ず始めに事務室に行かねばならず、自分が誰であるか、どこから来てどこへ行くか、何を商っているのか、禁書を持っていないかと厳しく尋問されるのであった。

　以前のスカルカでは、六年前に全領主に対して出され、その後何回か厳格化された国王の勅令は、これほど厳しく施行されてはいなかった。その勅令とは、すべての旅商人を監視し、秘かに当地に運び込まれた異端のフス派の書物が広まるのを阻止すべしというものであった。管理人のチェルマークは、逮捕者に厳罰で臨む厳しい通達を、厳格に守り始めた。彼はこれを事務的な盲目的熱心さからも、また自分の宗教的熱狂からも行った。以前彼はこれらの旅商人に、ほとんど注意を払わなかった。しかし今戴冠式が終わり上述の勅令が再びより厳しく発令されると、彼は貧しいこれらの商人たちがまるで蛇であるかのように監視した。彼らを尋問し彼らの袋や籠や包みを疑いの目で調べるだけでなく、特に疑わしい者は農奴監督に命じて身体検査をし、何か禁書を隠していないかポケットや服を調べた。

しかしこれらの旅商人の一人は彼の手から逃れた。十二月の始めのある日の午後、監督が何やらレース編みの行商人が中庭に来たが、尋問されることなく立ち去ったと管理人に告げた時、彼は真っ青になりかけた。監督の彼も農奴監督もその男を見てはおらず、ただ話を聞いただけだった。それによるとその男は包みを背中に背負って、真っ直ぐ森番小屋に入った。しかしそこからすぐにもと来た道に戻り、もはや中庭には足を踏み入れず、館にも来なかった。監督が彼を追いかけた時には、中庭からどこかに消えていた。

管理人はしばし声が出なかったが、突然言った。

「森番は家にいたのか。」

「いました。」

「何と言った。」

「何も言いませんでした。」

「彼は家にいるか。」

「います。」

管理人は森番小屋に駆けて行ったが、小屋まで行かなかった。マホヴェッツが丁度出てきたからである。彼らは階段の所で顔を合わせた。管理人は彼に厳しく、ここにレース編みの行商人が来ただろうと詰問した。

「来ました」森番は顔をしかめたが、落ち着いて答えた。

「どこから来た。」

「それは聞きませんでした。」

「それで何をしようとした。」

「何をしようとしたって、商売です。でも私は何も買いませんでした。そしたら出て行きました。」

「でも事務室には来ていない。なぜ彼を逃がさないで、事務室に連れてこなかったのか。」

「それは私の仕事ではありません。誰もあなたを避けられず、みんな事務室に行かなければならないでしょう。私は彼がもうそこに行っていたと思っていました。」

「来ていない。すぐに姿を消し逃げ出した。」

「それは知りません。私は部屋にいて、彼のことはその後何も気にかけませんでした。」

管理人は探るようにマホヴェツを眺めたが、一言も言わず怒って振り返り、農奴監督にそのレース売りを追うように命じた。だが彼は長い足を持ち、その足を出来る限り早く進めたにもかかわらず、空手で帰ってきた。彼が事務室でレース売りの痕跡は何一つありませんと報告すると、管理人は怒って、ちょうど羽根ペンの軸を削っていたナイフを投げつけた。『害獣』が彼の手から逃げ出した。あの行商人は単なる行商人ではなく、異端亡命者の巣窟であり、避難場所であるジタヴァ（＊語注40）から来た、変装した「ルター派」の密使だと彼は確信していた。そして更に管理人は、あの男は新しい管理人のことを知らずに、知人の森番の所にやって来たが、森番は彼にすぐに姿を消せと警告したに違いないと確信した。森番はいたずらによろい戸を閉めてはいない——森番は地獄を笑い、先週の金曜日には精進を気にせず肉を食べた（＊カトリックでは金曜日を受難の曜日として節制する慣行がある）。あの金曜日に彼は森に行く時、薫製肉の一塊を鞄に詰めたのを農奴監督が見ていた。金曜日に肉を。これはもう不信心な者のすることだ。

　そして聖ヤンの絵についてはどうだろう、彼はヘレンカのことを考えた。支配人がプラハから戻った次の日、彼は中庭で彼女に出会ったが、聖ヤン・ネポムツキーの絵はどうだ、気に入ったかと尋ねた時、彼女はとても素敵ですと言ったので、自分もそれを見てみたいと言うと、あの娘はとても驚いた。そして娘は、今私はポレクシナ様の所に行かねばなりません、すぐに来るようにとの言いつけです。絵は戻りましたら、すぐに持って上がりますと言った。彼は思わず「絵は掛けていないのか」と尋ねた。彼女はちょっと驚いた様子だったが、いいえ掛けていますと答え、絵は持って上がりますと繰り返した。彼は急がないから待っていると言った。彼女は老嬢の所へ急いだが、彼が事務室の方に行くのを何度も振り返って見た。しかし彼は事務室には行かなかった。娘が館に入ると彼は向きを変え、まっすぐ森番小屋に行った。彼は大胆にも中に入った。彼は森番が家にいないのを知っていて、また女中の件で口実を作っていた。彼は二つの部屋を通り抜けたが聖ヤンはどこにもなかった。娘は嘘をついていた。彼女が言ったようには、絵は掛けられていなかった。多分父が許さなかったのだろう、もしそうなら——

　管理人は午後に絵を見た。トマーシュがそれを事務室に持ってきた。彼は何と美しいのだろうとその絵をほめた。

＊ 7 ＊

しかし壁やそれを掛けていることには言及しなかった。彼らはどの様にも言い訳が出来たし、彼らを脅かすことは望まなかった。彼は、今あの絵はきっと壁に掛かっているに違いないと心の中で笑っていた。誰にもこのことは言わなかったが、忘れることはなかった。――

スカルカには旅商人や遍歴の学生や歌手の他に、山岳地帯のクラーリーキ（＊H・Kから東に七〇キロメートル）近くにある僻地の修道院の、托鉢修道士マルツィアーンが毎年定期的にやって来た。もっとも彼は信徒修道士で、屋敷では彼を『日曜《ネヂェルカ》じいさん』としか呼んでいなかった。彼は初老に近く、赤アリのように真っ赤な顔をした、陽気で善良な男だった。屋敷の娘や若い女たちは彼をからかったが、彼は時と場所を選ばずに彼女らの尻を追いかけ回し、聖像の絵をばらまきながら、彼女らの顔を撫で腕に手を忍ばせようとしていたが、その際ぎらぎらした目を細め、顔中で物欲しそうに笑うのであった。

あのレースの行商人が忽然《こつぜん》とスカルカから消えてから二日後に、ネヂェルカとは別の修道士が現れた。彼は痩せて青ざめ黒い目は落ちくぼんで厳めしく、陰気な様子であった。彼は午後遅くやって来た。使用人たちは彼を見つけるとネヂェルカ修道士を思い出したが、少し違っていた。誰も彼の衣鉢を継ごうとする者はいなかった。この修道士は使用人たちをほとんど気にかけなかった。ただ管理人は彼を一目見て気に入った。この厳めしい修道士は話す時しばしば、両方の掌《てのひら》を胸に置き目を上に向けたが、それが彼に気に入ったのである。管理人は彼を自分の部屋に招き一宿も勧めた。

彼と夕食を取った後、聖者の絵と万年灯が掛かった食卓に、獣脂ろうそくを灯して彼らは長い間座っていた。壁の絵はその赤い光の中で瞬いていた。これらの絵について修道士は語ったが、特に熱心だったのが聖母マリア祭で、また特別の尊敬と熱狂を込めてスヴァター・ホラ（＊プラハの南西五〇キロメートル）とマリアツェル（＊オーストリアで最も有名な巡礼地でウィーンの南西九〇キロメートル）の巡礼地について話し、その後フルヂム（＊H・Kの南三〇キロメートル）の聖救世主の絵について述べた。これは日毎に聖なる愛の結びつきを、かくも力強く天上にも地上にも強めたので(彼は両手を胸に当て、目を上に向けた)、故レオポルド皇帝は廷臣と共にパルドビツェに来られた時、この奇跡の絵をフルヂムからパルドビツェの城へ持って来るように命じ、三日間手元においてから宮廷の助任司祭を通じてそれを返し、百ドゥカートを贈り物として送った。そして今また、あの奇跡を起こす――

修道士は聖ヤン・ネポムツキーの版画に目を凝らした。しばし無言であった。彼の陰鬱な顔が輝かしい考えで突然明るく輝き、両手を胸に当て喜びと敬虔な自慢を込めて管理人に言った。自分は聖ヤンの自筆の署名を見て、幸運にもそれに口づけすることが出来たと。

「どこで、どこでですか。」管理人は修道士から目をそらさず、組み合わせた両手を膝の上に置いて前屈みに座っていたが、大きく溜息をついた。外では寒い夜の闇の中、雨と突風が吹き付けていたが彼は気付かなかった。

「リトミシュル（＊H・Kの南東五〇キロメートル）で。あすこには古いラテン語の羊皮紙があり、そこに署名がある。」

「聖ヤン。自らの手ですか。」

「ヨアンネス・ウェルフリニ（Joannes Welflini）と（＊ネポムツキーの本名）。」

「それは真筆でしょうか。」

「間違いなく真筆だ。リトミシュルの市当局はプラハの大司教参事会に使者を送り、そこでこの署名は本人の手によるもの、即ち聖ヤン・ネポムツキーの筆跡と一致することが確認された。従って以前もこの署名は尊ばれていたが、今やこのことによって更にいっそう尊ばれるようになり、行くことが出来る者は皆、それを実見しその聖なる文字に口づけするために急いで来るようになった。」

「ああ、それが出来たら」悲しげにまた羨ましそうに、管理人は溜息をついた。

「しかし人々が押し寄せて口づけするため、その聖なる署名は傷み始めたので、リトミシュルの市当局はこの羊皮紙を、彫刻を施してガラスをはめた額縁の中に入れた。今は皆の尊敬と聖ヤンの栄光のために市役所に掛けてある。」

「ああそこに行くことが出来たなら。でもとても無理だろう」管理人は額をしかめた。「ここの支配人は」彼は手を振って、「あの男は私を自由にはさせない。老人だが軽薄で少しも敬虔ではない。多分地獄を全く信じていないだろう。少なくとも彼は言っている、そこは坊主たちが説教するほど酷いところではなく、彼らは鬼や悪魔の名を一杯あげて威していると――」

「もし彼の前に悪魔が突然現れたら、彼はそれを馬鹿にするのを止めて死ぬまで笑わないだろう。」

＊ 7 ＊

「そんなに悪魔は恐ろしいのですか。」

「恐ろしいとも」修道士は深く息を吐いた。「それについての話がある——ある時それは——」

管理人は修道士の方に身を寄せ、息を凝らして机の上に身を乗り出した。

「パリでそれは起こった。そこでは三人の学生が家霊（スピリトゥス・ファミリアーリス）、つまり悪霊、悪魔を身辺に置いていた。彼らはこれを従僕として使っていた。悪魔はすでに何か月も人間の姿をして、とても勤勉で喜んで彼らに仕えていた。ある時この学生たちが一つの部屋に座って、その地獄の召使が彼らに給仕していたが、彼とちょっとした議論になった。学生たちは彼にいろいろ尋ねていたが、やがて酔った勢いで彼に、今彼らに見せているその姿を脱いでみろと要求した。悪魔はためらい、どうかそんなことを言わないで下さい、その姿を見たら人間は気絶だけでは済まないで、すぐに死んでしまうでしょうと言った。しかし好奇心の強いしゃれ者たちは聞き入れず、彼にそうするように強いて、仮にすべての悪魔と亡者を見ても、自分たちは平気だと言い張った。そこで学生たちがどうしても許さなかったので、悪魔は人間の姿を脱ぎ、もとの姿に変身した。」

管理人は緊張と願望で興奮し、震えながら息を吐いた。

「そしてほら」修道士はゆっくりと苦しそうに言った。「その姿を見るや彼らは肝を潰し、その中の一人はその場で絶命し、もう一人は恐怖で逃げ出そうとして、窓から飛び降り頭を打って死んだ。」

「そして三人目は——」管理人は目をむいて尋ねた。

「彼は生き残った、しかしその場で雪のように真っ白になって柳のように震えだし、見るのも哀れだった。彼は我に帰ると何が起きたのかを語り、己の罪を悔いようとフランシスコ会修道院に入った。しかし修練期（＊修道生活を希望する者が受ける一、二年の特別な宗教的訓練の期間）を終える前にこの世を去った。」修道士は両手を胸に当てたが、目は天上には向けず下に向けた。しばらく悲しげに敬虔な思索に耽っているように、じっと座っていた。頬に赤らんだしみが浮き出た管理人は、ぴくりとも動かなかった。聖像の下にある万年灯が驚いたように瞬き、卓上の獣脂ろうそくが煤を上げ流れた。丸天井の部屋の息苦しい静けさの中に外の風音が響き、雨が暗い闇で覆われた窓を打ち付けていた。

修道士はゆっくり手を胸から下ろすと、まぶたを上げ柔らかい抑えた声で言った。

「さあ、煉獄で苦しむ哀れな魂に祈ろうではないか。」彼は椅子から立ち上がると床にひざまずき、顔を机の上方にある聖像に向け、自分の数珠を手にした。管理人も彼と並んでひざまずいた。——

翌朝管理人は修道士を門まで見送りそこで、どうか近いうちにまた来て下さいと言って彼と別れたが、その時中庭のポプラの所で、肩から猟銃を下げ森番小屋から出てくるマホヴェツを見た。森番は無言で挨拶すると門から出て行った。その時使用人小屋から監督が出てきて、管理人にぽつりと言った。

「森番は今日は一人です。トマーシュは多分まだ寝ているのでしょう。」

そして笑った。

「トマーシュは待ち伏せ猟場に行っていたのか。」

「いや行きませんでした。でもずいぶん遅く戻ってきました。私は門の所で彼に会いました。もう真っ暗でした。何か包みを持っていました。」

「どこに行っていたのか。」

「メジジーチー（＊「川の間」を意味するこの名前は、各地にあるがここではチェスケー・メジジーチーのこと、スカルカから西に一三キロメートル）と言っていました。」

「メジジーチーに」管理人は繰り返した。「そこで何をしていたのか。」

「そこに叔父がいます。自作農（＊語注94→隷属解除契約）のクランツです。亡くなった森番の妻はクランツ家の出で、今の主人の妹でした。」

「そういうことか。ところで彼は何を持っていた。」

「それは知りません。多分何か土産でしょう。」

「土産か、そうか、そうか。」管理人は笑って事務室に行った。彼はトマーシュとその道中と土産について考えていた。今こんな時どんな土産があるであろうか。そして平日に急にメジジーチーに行くとは——あのメジジーチーとその一帯、近隣のロヘニツェ、その先のスラヴェチーン、シエストヴィツェ（＊メジジーチーの東方に位置する村々）、これらはみな異端の巣と言われている。

管理人は事務室に座りさらに彼のことを考えていた。羽ペンの先をインキに浸けようとしたが忘れてしまった。それを指の間に挟んだまま真っ直ぐ窓の外を眺め、メジジー

＊ 7 ＊

チーとそれら村々と、秘かな非カトリック教徒に満ちているその地方のことを考えていた。リフノフ地方で聞いたことだが、そこでは聖なる宣教団はほとんど何も成果を上げていなかった。森番の妻はメジジーチーの出であった。森番の息子は特に理由もなく平日に、叔父の元に駆け付けるだろうか。ちょうど——管理人は足を伸ばして床に押しつけていたが、足を突然ぴくっと曲げた。その痙攣は、あのレース売りがスカルカに現れ、すぐここから姿を消した日から二日後のことであると気付いたからであった。

　若者は包みを持って帰ってきた、あれは土産か——。多分彼があの包みに入れて持って帰ってきたのは、あのレース売りがまず初めにここに持ってきたが、森番が警告したため、荷を下ろすことが出来なかったものであろう。きっと秘密の関係が、多分——いや「多分」ではなく「確実」に。だが支配人は気にしていない。彼には聖なるカトリックの教えもどうでもよかった。地獄を笑うことが出来るのだから——とはいえ彼も、異端の追求に熱意がなく無関心な領主に厳罰で臨む、王国の勅令を恐れないわけは無いだろう。支配人の無関心が彼自身と管理人を、すべてのことを厄介にするだろう。実際支配人は、どんな男か誰も知らない者に指示を出して、その男と狩りに行き、その者にプラハから贈り物や聖別された絵を持ってきて、その者をとても気に入っている。だがもし老嬢が、彼らの森番が一体何者であり、彼女の小間使いがすばしっこい雌トカゲなのを知ったなら、またいわゆる彼らの眼前で、正当なカトリック領主の所領で、あのよろい戸の陰で何が行われているかを知ったならば。

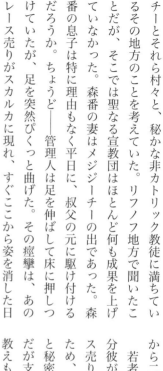

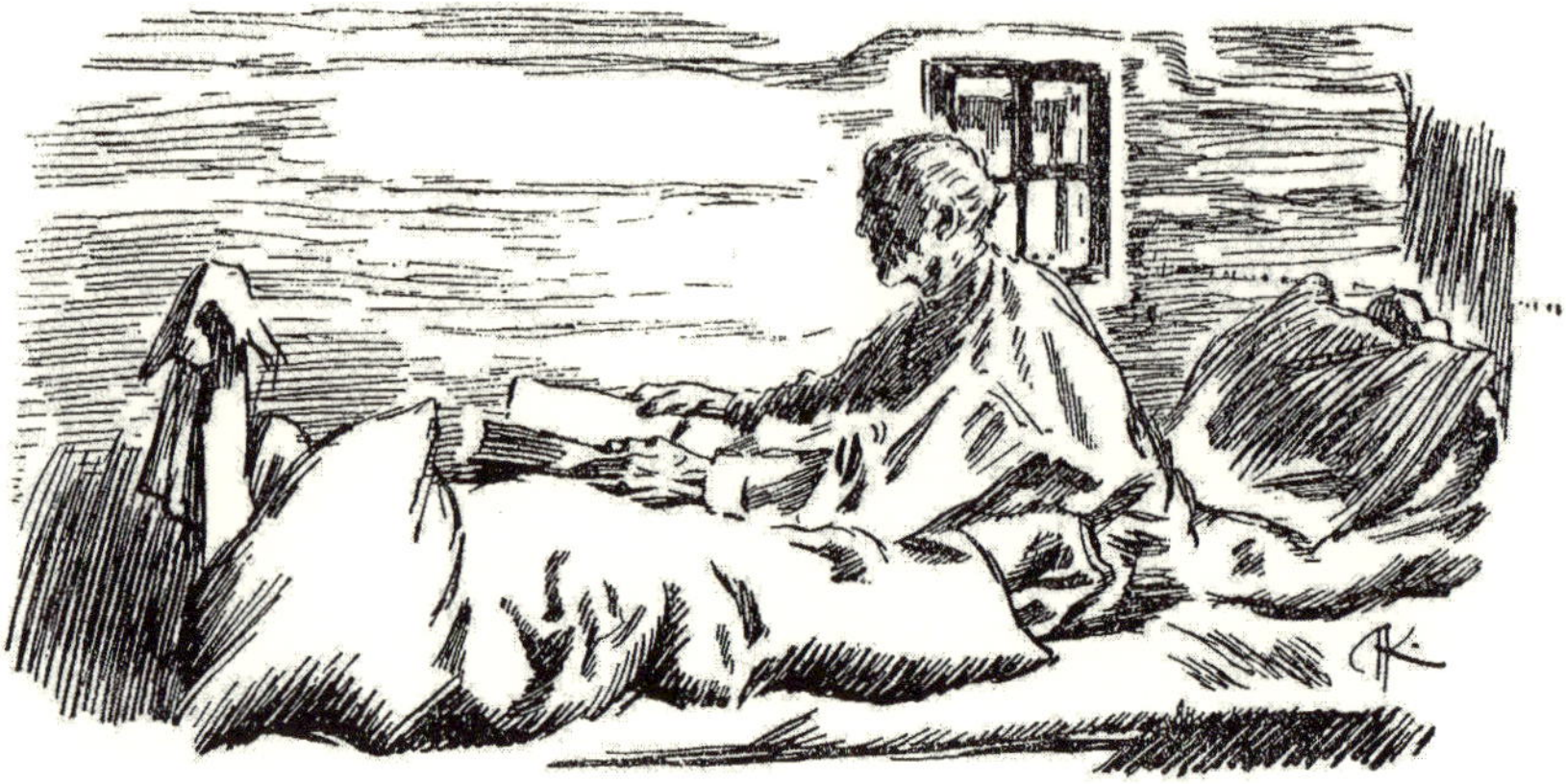

8

管理人チェルマークはその時からさらに油断なく、より厳しくなった。

猜疑心が強く疑り深い彼は、今や絶えず危機を予感していた。彼は森番を信用せず、隣のオポチノ地方で何が起きているのかその噂をしばしば耳にした時、農奴たちも信用しなくなった。そこでは確かに秘かな礼拝が行われ、隠れた福音派が夜に辺地や村に集まり、共に祈り異端の歌を歌っていると言うものであった。

またザクセン（＊語注36）からのルター派の密使がそこかしこに現れ、想像もつかないほど多くの福音派の本を運び込み、それらでイエズス会の神父たちが石頭《ベラン》の異端から没収した本の代りを補っているという噂もあった。オウイエストの教区教会で彼は、これらの扇動者たちの一人の名前も聞いた。その男はすべての者の首領で、皆の中で最も大胆で最もずるがしこいクレイフ某（＊語注25）であった。

＊ 8 ＊

彼はリトミシュルの領地に私財を持っていたが、十何年も以前のまだ若者だった頃に、自分のフス信仰のためにその土地から一家でザクセンに逃げだした。そして今そこのジタヴァで本を印刷して出版し、フラデツ一帯やまたモラヴィア、シレジアにそれらを運んで配布し、さらにハンガリーの国境も越えていた。いたる所に大胆に忍び込み、その度に変装を変え名前を変えて自分の本を配っていた。そしてその本はわざと小判の通俗本《シュパリーチェク》の形をしていたが、それは隠して持ち運ぶのを容易にするためであった。彼は正に悪魔の召使であった。何度も罠に嵌まり捕らえられそうになったが、その度に幸運にも罠を抜け逃走した、それは悪魔の助けがあったからだと言われた。

　その後管理人チェルマークが驚き怒ったのは、これら密使たちがあの忌まわしい本を広めているだけでなく、百姓たちにその土地から逃げだし、国境を越えてザクセンに移住すればそこで自由が得られ、すべてのことがチェコの地よりも良く、誰も信仰を禁じられることはなく、生活も楽になると唆していることであった。

　管理人は、これら異国の扇動者を追求し、国内の領民を見張ることは、単に勅令が命ずることを行うだけでなく、領民の魂を見守ることにもなると確信した。またもし彼らが自分の私財を捨てて国外に逃走したら、それによって領主はどれほどの損失や損害を被ることになろう。彼はこれらの知らせを恐れたが、同時に支配人の顔が思い浮んだ時、言わぬことか、ざまを見ろという満足感も感じた。このことはきっとルホツキーも見過ごすことは出来ず、慌てふためいて厳しく見張る必要を感じるであろう。

　管理人チェルマークは同時に森番マホヴェツから目を離さなかった。彼を倦むことなく見張り、彼の一挙手一投足に目をやっていた。彼はマホヴェツが主の祈りを挙げる際にもぴったりと付いていた。彼はマホヴェツと子供たちが「主の祈り」をどの様に祈るのか、彼らがこの祈りを「国は汝のものなり」という結句で終えるのか、燃えるような好奇心で探った。というのも福音派はこの様に祈っていると聞いたからであった（＊語注46↓主の祈り）。しかしそれを探索しても無駄であった。屋敷ではそれを確かめる術はなく、オウイェストの教会の礼拝でも、マホヴェツに会うのは稀であった。また会えたとしても森番は、手を組み頭を垂れて熱心にしかし静かに祈っていた。口も動かさなかった。彼のトマーシュもそうであった。

一方ヘレンカはポレクシナと共に教会に通っていた。ポレクシナは主祭壇の横にある、一段高くとても古い領主の椅子に座った。その木製の背もたれには彼女の曾祖父のヴィリーム・オストロフスキー・ゼ・スカルキと曾祖母のマルケータ・オストロフスカー・ゼ・ドウブラヴィツェの家紋とチェコ語の銘および一五九七の年号が描かれていた。老嬢は上にある貴族の礼拝室ではなく、いつもこの椅子に座っていた。ヘレンカは彼女をそこに導くと、その領主の椅子の脇に立つ時もひざまずく時もあった。

管理人は森番の主の祈りを探索しても無駄であった。それは森番が金曜日に肉を食べたことで、きっとその後も精進を守っていないと思っていた。しかしそれだけでは、あの聖ヤンの絵の一件の代わり別の異端の印を見つけた。それは森番が金曜日にがあっても、彼を責めるにはとても足りなかった。

この様な心配と探索の中で冬が過ぎ、春がやって来た。ポレクシナは膨らんだつぼみと苗木を見るため再び庭に出た。四月のある日、太陽が出ていた午後にルホツキーは彼女の庭に立ち寄った。しかし彼女と一緒に日の当たるベンチに腰掛けるとすぐに、元気で赤ら顔のオウイェストの司祭が外套を着て入ってきた。彼はお邪魔をして申し訳ありませんと言って、何度も頭を下げて許しを願った。彼はちょうどドブルシュカから戻る途中で、馬車を館の下で待たせていたが、いま町に届いたばかりの知らせがあり、多分お二人はご存じないでしょうから、スカルカを素通りするわけには行きませんでしたと弁解した。

「どうした、何だ。」

「何が起きたのですか。」

「皇后陛下がご出産なされました。」

「皇太子ですね」老嬢は驚いて喜びの声を上げた。ルホツキーもすぐに立ち上がった。

「残念ながら、また皇女です。」

突然の失望でしばらく気まずい沈黙が生じた。老嬢は絶対に皇太子だと思っていた。なぜなら彼女は聖ヤン・ネポムツキーが、皇帝夫妻の祈りを聞き届けると信じていたからであった。彼女は唖然として声も立てなかったが、ルホツキーは隠さなかった。

「一体どうしたことだ」彼は叫んだ。「それではウィーンではあまり喜んでいないだろう。皇帝と皇后はプラハで聖ヤンの墓で、聖ヤン・ネポムツキーの墓で祈ったのに。」

司祭は肩をすぼめ弁解をするかのように、柔らかく甘い

＊ 8 ＊

声で言った。

「聖ヤンは多分とりなしたのでしょうが、聞き入れてもらえなかったのでしょう。」

「もう洗礼を受けましたか。皇女は何という名前ですか」老嬢は尋ねた。

「マリエ・アマーリエです。」

「彼女は三番目の皇女ですね。長女はマリエ・テレジアです。」

「はい、その通りです」司祭は甘い声で愛想よく同意した。

「彼女は今七歳ですが、女王、皇后になるでしょう。」

「多分きっとそうなるだろう」ルホツキーは司祭の言葉に同意した。しかしすぐに彼は話題を変え、もし司祭が急ぐ必要はなく、彼が三人目になって彼らに加われば、――もちろんイタリア式カード《トラプルキ》はしばらくやっていなかったけれど、一つどうだろうと言った。


司祭はすぐに大喜びでやる気満々の笑みを浮べて、ご用命とあらばトラプルキはいつでも上手に出来ます、冬に暖炉の横でも、お日様の下の仮庵《かりいお》祭（＊ユダヤ暦七月の十五日から一週間）の時でもと言った。

これは春の始めのことであった。その後庭の短い並木や、中庭にある菩提樹の葉が濃い緑色になり、庭では「花冠に使う」花々や薬草の苗の花が咲きそろった。ポレクシナはしばしば一人でまたヘレンカと一緒に園亭に座っていた。彼女はそこから庭の下方を、切り立った岩の崖下の道や周囲の風景を、森で覆われたフルムの方を眺めることはなかった。彼女はそこで仕事に励んだ。刺繍をしたり、春始めの薬草の花を乾燥させたりしていた。しかしその後彼女はそこで、甥の妻の『伯爵夫人』と、甥の騎士アントニーン・ヨゼフ・ムラドタ・ゼ・ソロピスク（＊語注52→領主たち）と一緒に過ごすことがよくあった。

彼らは六月に二人の小間使いと二人の従僕を連れてやって来た。管理人チェルマークと森番マホヴェツは門の所で領主を迎え、支配人ルホツキーは表玄関の庇の下で、老嬢ポレクシナは部屋の脇の階段の上段に立って迎えた。騎士ムラドタは戴冠式に使ったものとは別の、茶褐色の長いかつらを付けていた。歳は四十を過ぎ、やせて疲れているように生気がなく、黒い長靴下をはいた彼の細いふくらはぎの下では、短靴を飾る幅広のリボンがより大きく羽を広げているように見えた。彼は領地の管理者たちの挨拶を、勿体ぶった寛大さで受けた。彼の妻は三十を越えた優雅な奥

＊ 8 ＊

方で、顔は少し色黒で青い目をしていて、誇り高い様子で一寸うなずいて挨拶を受けた。ルホツキーとポレクシナには愛想よく、しかし型通りに挨拶を交わした。

再びかつてのようになった。ムラドトヴァー夫人はほとんど午前中を自分の寝室で過ごした。彼女は長い時間寝て、身支度に長い時間をかけた。そして庭に出たり馬車で遠出に行ったりした。ポレクシナは決して彼女に同行しなかった。ただ晩は彼女と、甥とルホツキーも一緒に普段より長く座していた。ルホツキーは若い奥方に一生懸命に話しかけることも、待ちきれない様子でその夫と話すこともなかった。夫の話はほとんど政治に関するもので、狩りや獲物の話はほとんどなかった。彼はウィーンについて、皇帝の宮廷について、オランダ、イギリス、フランス、スペインについて、それらの使節団がカンブレーに集まって行った会議（＊スペイン継承戦争後の一七二四年にフランス北部のカンブレーで開かれた会議）について話した。彼はかなり正確にそこで今何が起きているのか、何について話し合っているのか、それによって何が生まれるのかを説明し、そして自信満々の口ぶりで大変革が起きるだろう、自分はそれについて確かな知らせを持っていて、それはみな皇帝がすべての君主から国事勅書（＊語注17→カレル六世）の承認を取り付けようとしていることによると言った。

ルホツキーは彼の説明を場違いな見解で遮った。さあ国王や大臣たちといったら、これは大変な交渉になるだろう。すでにチェコでは領主が皆それを望まず、会議にも出なかったというのに。

「しかし何人が、また誰が――」ムラドタは左目を細めて、軽蔑するように手を振った。「実際皇帝の皇女よりバイエルン選帝侯（＊カール・アルブレヒト）を望む者は少数だ――例えば――スヴェールルツ、ヴルブナ、パラヂス伯（＊チェコの貴族たち）――。そしてシュポルク、そうだ、あの男は等族議会に来なかった。しかしそのため、ダリボルカ（＊プラハ城にある塔の一つで牢獄として使われた）に拘禁されている。」

「どうしてそんなことのために」ルホツキーは驚いて言った、「私はあの弁護士のノイマン（＊一六七〇―一七三四、当時のプラハ大学法学部の学部長で高名な法律家、多くの法律関係の著書をラテン語で書く）が彼をそこに入れたと聞いていますが。」

「ああ、あのノイマン博士か、猛獣で狡獪な狐の。抜け目のない弁護士の」ムラドタは即座に、軽蔑を込めて一息で言った。「でも考えてみたまえ、帝国の伯爵を、事実上の閣下の枢密顧問官を逮捕することなど出来るだろうか、もしシュポルクが国事勅書に反対していなければ。この訴訟は明らかにシュポルクを罰するために使われていて、ダリボルカでの拘禁は、たとえ彼の反対が静かなものであってもそれに対するものだ――」そして驚いている老人を、満足げに尊大な笑いを浮べてながめた。しかしルホツキーはすぐに陽気に切り返した。

「本当ですか、初めて聞きました。それはすなわちシュポルク伯が相当に負けて、運から見放されたのですね。」

「それならいつ勝ったのだ」ムラドタは皮肉っぽく尋ねた。「訴訟ではいつも負けてばかりだが。」

「それはもう大分前のことで、二十年以上前のまだ若かった頃です。彼は訴訟ではなく、カードで勝ちました。一体誰に、どんなお方に勝ったと思われます。カルロヴィ・ヴァリ（＊プラハの西方一二〇キロメートルにある有名な温泉保養地）で、ポーランド国王（＊アウグスト二世）にカードで勝ったのです。現金で千四百ドゥカート、もう一度言いますが千と四百、この額をポーランド王は耳をそろえて払わねばなりませんでした。聞いた話ではシュポルクはこの金でマレショフの領地にあるヴィソカーの丘に、離宮（ベルヴェデーレ）と呼ばれる教会を建てたそうです（＊この建物の絵は→ vysoká belvedere）。一晩で千四百ドゥカートの勝ちでした。」

「叔父さん、もしあなたがそれだけ稼いだら、何を建てますか」ムラドトヴァー夫人が皮肉と嫌味を込めて笑いながら尋ねた。

「私が、私の金を。私は何も建てない、私がしたいのは――」

「何を――」

――」彼は言い終えなかったが、笑っていた。

「きっと私はさらに勝負をするだろう、もっとも二十年前の頃ならばの話だが。」

「今日でもあなたは何も建てまい。その方が賢いだろう」ムラドタは挑発するように言った。「君はシュポルクのように、愚かな百姓のために学校を建てたり、私たち皆が損をしても彼らの賦役を減らしたり、彼らのために本を印刷したりしない限りは――ああ、本を百姓にだって。」

「いや、叔父はそんなことしません。ただ百姓に狩りを任せ、鉄砲を撃つことを許すかもしれませんが」ポレクシナ

＊ 8 ＊

はちょっとからかって言った。

「そんなことはしない。決してしない」ルホツキーは出し抜けに言い、飛び上がらんばかりであった。しかし彼がこの冗談を真に受けた様子を、皆が笑っているのを見て、彼は話を逸らして言った、実際シュポルクは変人だが、その訴訟はイエズス会士たちも知っていて、彼らは彼の拘束にも影響を与えたであろうと。

「そうでないと言ったら嘘になろう」ムラドタはいつも以上にはっきり同意した。「シュポルクが彼らに敵対し、あのような小冊子を印刷しているなら、彼に対して何かしなければなるまい。イエズス会士は百姓から異端の本を没収するが、シュポルクは自分の印刷所で歴とした異端の本を印刷していると聞く。それからあのイエズス会に対抗する秘密結社が（＊フリーメーソンのこと）――」

「それは本当ですか」ポレクシナは尋ねた。

「本当だ。彼らは秘かに集まっている、シュポルクと彼のあの者たち――単に貴族だけでなく、市民たちも自分たちの中に加わることを許している。」

ポレクシナとルホツキーは驚いた、市民までが。

「難しい理屈をこねている連中だ。」ムラドタはしかめ面をしたが、また左目で目配せした。「しかし彼らの後をつけ、見張り、そして一気に。」

「イエズス会の神父たちが――」ルホツキーは言った。

「彼らは特に熱心だ。でもその秘密結社は、単にイエズス会に敵対しているだけでなく信仰も敵視している。」

「信仰を敵視し聖職者に敵対するとは。信仰を敵視した秘密結社などあるのですか」ポレクシナは憤慨して繰り返した。

このやり取りの間、そこにいた人々の間では、異なる意見はなにも出なかった。ルホツキーはシュポルクに同情的であったが、それは彼がイエズス会士を恐れていないからであった。ルホツキーにはすべてがムラドタの言うようではないと思えたし、ムラドタはイエズス会に与《くみ》して、シュポルクに反感を持っているように見えた。しかし声に出して言うのをためらった。

しかし何かの時『伯爵夫人』がいつものように溜息を付き始めると、ポレクシナにも不愉快な時間があった。彼女は到着後しばらくの間はスカルカについて黙っていたが、夏の終わりになって頻繁に、直接的にも間接的にも夫の前で、その後叔母の前でも、スカルカは狭くて十分ではなくどこも快適でない、流行に合わせてきれいに建て替えるべきで、そうでなければここにはいられないと言い始めた。

ポレクシナは古い要塞を弁護しそれを誉めたが、甥が妻に向かって、そうとも改築では済まず、壊して建て替えなければならないだろう（＊現在スカルカにあるロココ様式の館は一七三八年に建て替えられたもの）と言った時、彼女は声を上げて反対した。自分の甥のムラドタが発したこの恐ろしい言葉は老嬢を怒らせた。その日の晩彼女は話にも出てこないで、自分の部屋に留まった。

その後古い館と新しい館の話は、誰も言わなくなった。再び静かになった。しかしそれは裏に隠れていた。だがそんな状態でも彼らが時おり、聖ヤン・ネポムツキーについて話し合う時には、親密な時間が訪れた。そこではポレクシナも、甥の妻の大きな熱意と新しい聖人に対する篤い尊敬を認めた。いつもは疲れたようなムラドタも、その時は元気になった。特にある夏の晩、彼らが庭の園亭の前に座り、彼が叔母とルホツキーに騎士レドヴィンカの所で見た、古い昔の絵について語った時は熱くなった。彼はその絵を見るためにわざわざそこに行ったのであった。

彼は二人に、それが何百年も経たとても貴重な絵であり、聖ヤン・ネポムツキーが川に投げ込まれ、彼の亡骸が大聖十字架修道院（＊語注22→キリアクス会修道院）の傍に流れ着いてすぐに、画布に描かれたものであると説明した。この教会は聖ヤンが最初に葬られた所であったが、彼が墓に納められる前に画家が呼ばれ、その画家は教会で聖ヤンの亡骸を描いた。それは彼の溺死から四日後であった。その絵はその後フス派戦争の嵐の中で教会から持ち出され、秘宝として秘かに保存されていたが、騎士レドヴィンカが三千ズラティーを払ってそれを買った。

「その絵は本当にそんなに古いのですか」ルホツキーは尋ねた。

ムラドタは、彼の疑いの言葉で話の腰を折られ機嫌を損ねると、左目で目配せして曖昧に手を振り、皮肉を押さえた口ぶりで言った。

「叔父さんはどこかの反ヤン主義者《アンチヨハネイスト》（＊ネポムツキーの神聖さと奇跡を信じない者）のように、この話を信じないようだ。」

「滅相もない、信じている、私は――」

「その絵とあの羊皮紙を見た人は、誰でも信じざるを得ない。古い羊皮紙もまた保存され、その羊皮紙には古い奇妙な文字でその絵の正当性が書かれている。だから騎士レド

＊ 8 ＊

ヴィンカはその絵に三千ズラティーを払った。」

「その絵の聖ヤンはどのような姿ですか」ポレクシナが尋ねた。

「土気色をしたむくろで、聖堂参事会員の外套を着て頭上に星があり、また彼の上方に全身ではないが頭と羽根が見える三人の天使がいる。昔のものなのに、とてもきれいに描かれている――」

そしてその後この絵について、またローマに送った請願書を法王がどの様に扱うのか、ヤン・ネポムツキーの殉教死と奇跡について、新たな調査を許可するのか、法王の同意が得られるのか、それにはあまり長く時間はかかるまいといった点で、彼らは何度も話した。

八月の終わりにムラドタとルホツキーが、森番と彼のトマーシュを伴って狩りから夕方戻ると、ムラドトヴァーとポレクシナが外の庇の下の階段で彼らを待っていた。二人は明らかに喜びで興奮していた。

「いらっしゃい、早くいらっしゃい」老嬢は近づいてくる彼らに呼びかけた。『伯爵夫人』は待ちきれずに彼らに向かってドイツ語で伝えた。

「クサヴェル神父の手紙では」彼はイエズス会士で、プラハでの彼女の聴罪司祭であったが、「法王が列聖のための委員会を許可されたそうです。」

二人の貴族は歓喜して歩みを早めた。領主たちの猟銃を担いでいた森番とトマーシュは、階段の下に立った。彼らには、夫と共にすぐ控えの間に立ち去った『伯爵夫人』の言葉は理解できなかった。しかし彼女が何と言ったのか彼らは教えてもらった。喜びで感動していたポレクシナは、それを誰かに伝えて、その人と一緒に喜ぼうという思いの中で、彼らに話した。そして付け加えた。

「今はもう聖ヤンが聖人と宣言されることは確かでしょう。」階段を上がってきた森番が突然立ち止まり、驚いて彼女を見上げたが、すぐに目を伏せ口をつぐんだのに、彼女は気付かなかった。早く喜びを共有しようと、彼女はさらに森番に言いつけた。「いいですか、マホヴェツ、このことを管理人にも伝えなさい。」そして控えの間に入っていった。

森番は立ちどまって周囲を見回してから、見事に彫刻された白い角笛を持ったトマーシュに、ルホツキーの猟銃と騎士の銃を渡した。

「これをご主人たちの所に持っていきなさい。」

「そのことを管理人に言うのですか。」父がそうだと言うのを恐れるかのように、暗い顔をしてトマーシュが聞いた。しかし父は短く「いや」と言うと向きを変えた。トマーシュは父が真っ直ぐ家の森番小屋に、ゆっくりした足取りで戻るのを、扉の所で振り返って眺めた。

　管理人チェルマークはその日は何も知らなかった。翌朝彼は庭に行く途中の老嬢に出会った。彼女はすかさず、その知らせをどう聞いたか尋ねた。彼は驚いた。

「森番が伝えたはずだけれど。」

「いや、ポレクシナ様、彼は何も言いませんでした。」

「委員会について、法王が聖ヤン・ネポムツキーの列聖を審議する委員会を認可したのです。」

「いいえ、全く何も。」

「彼は昨日すぐに、あなたに伝えるはずだったのに。」

「聖ヤンについて――、それを彼が――」

「あなたの姿が見えなくて、忘れたのでしょう。」

　管理人は笑っただけだった。彼は老嬢が最適の使者を選んだと言いたかった。あの男と聖ヤン・ネポムツキーの知らせとは。しかし彼はじっと我慢した。

＊ 9 ＊

9

その後管理人は再び新しい聖人のことを聞いた。それは領主がプラハに発った十月のことであった。この出立の次の日にすぐ、ネヂェルカと呼ばれたマルツィアーンの後、昨年初めて訪れた托鉢修道士がスカルカに立ち寄った。彼は以前のように、まっすぐ管理人の所を目指した。彼はまた管理人の客となり、管理人が法王に認可された委員会の話を始めると、修道士はそれを知っていただけでなく、殉教死と奇跡の審査はプラハでこの冬に始まるが、奇跡が以前と同様まだ今でも起きているので、審査は容易であろうという話も伝えた。

「どこで、どこで——その奇跡は聖ヤンですか」管理人は思わず息をのんで尋ねた。

「さよう、聖ヤン・ネポムツキーだ。それは今年の収穫の時期に、ニエメツキー・ブロト（＊現在のハヴリーチクーフ・ブロド、プラハから東南東に九五キロメートル）近郊のポフレトで起きた。その時そこでは農場の管理人が、収穫期の畑から戻る途中だった。ちょうど昼時で一人であった。彼は聖ヤンの熱心な崇拝者で、道端の木の根元にあった聖ヤンの礼拝堂の所で立ち止まった。立ち止まり礼拝堂の前にひざまずいた。」修道士は自分の両手を胸に置き、目を上に向けた。「そして彼は聖ヤン・ネポムツキーに篤い祈りをささげ始めた。その様に祈っていると時刻はちょうど正午で、あたりに人影はなく物音一つなかった。その管理人が熱心に祈っていると、彼は突然オルガン演奏の音を聞いた。しかしそれは深く大地の底から鳴っているように聞こえ、それと共に合唱隊の歌声が響いた。だがそれは他国の言葉で歌われ、オルガンと同様に――」

「大地から――」管理人は消え入るような声で言った。

「大地から、地の底から響いていた。管理人は恐怖にかられて飛び退き、その場を離れて家に戻った。その後彼は自分に起きたことを話すと、誰も彼の言うことを信じようとせず、彼が熱病に罹ったと思った。これが聖ヤン・ネポムツキーの新しい奇跡なのだ。」修道士は目を天に向けた。

管理人は泡のようにじっとして聞いていたが、大きく溜息をついた。

「もしそこに私たちと同じように考える人がいたならば――」

朝やって来た修道士は、午後にはその先の托鉢の旅に出かけたが、管理人は奇跡の音楽と秘かな歌をその後も考えていた。晩に彼はベッドで本を読んだが上の空であった。夜も夢の中で、彼が古木の下にあるどこかの礼拝堂の前にひざまずいていると、そこから黒い法衣を着た者たちが現れ、その中にヤクプ修道士もいて、彼に逃げるように合図した。管理人は逃げ出そうとしたが立ち上がれず、動くことも出来なかった。そして目が覚めると大汗をかいていた。

翌朝彼は中庭で森番のマホヴェツに会った。この新しい奇跡で彼を驚かせ試そうとした。

「ねえ君」彼は言った「君は聖ヤン・ネポムツキーについて、つまり委員会のことを私に伝えなかったね。」

「忘れました。」

「ああ、忘れたのかい、いつものように」管理人は笑った。「その代わり私が昨日聞いたことを教えてやろう。」そして彼はあの管理人のこと、礼拝堂のこと、オルガンと歌のことを話し、それからあの管理人は熱病に罹っていたと、周りの人が考えていると伝えた。

森番は地面に目を落としながら聞いていたが、やがて目を管理人に向けると言った。

「それはたしかに奇跡かもしれませんが、その管理人は実際には病んでいて、熱による妄想に罹ったのかもしれません。」

「決して熱での妄想なんかではない、奇跡なのだ。君は信じないのか。」

「私はその時そこにはいませんでしたので。」

「案の定やっぱり、あんたは――」管理人は最後まで言わず怒って脇を向いた。しかし心の中では森番に向かって「異端の石頭」と激しく罵っていた。

そのあと間もなく彼はもっと激しく森番に食って掛かった。

年が明けてから管理人はユダヤ人に特別なあだ名を付けて麗々しく呼ぶようになった。彼らは皆アーベレスであり、屋敷のふもとのポドブジェジーに定住していたユダヤ人の誰かを名指しする時は、彼らの名前に何か侮辱的な形容詞を付けたアーベレスで呼んだ。例えば彼は「ヒルシュル、あの老いぼれ泥棒のアーベレス」、「シュタルク、やぶにらみのアーベレス」、「レヴィ、疥癬持ちのアーベレス」と言い、侮辱的な形容詞を付けたこのあだ名をいつも嫌悪と軽蔑を込めて呼んでいた。

彼はこのアーベレスの名前を『最新経営・事務用暦一七二五年度版』から取った。その暦の中で彼はいつもとは違う新しい読み物を見つけた。それは「皇帝閣下統治下の、チェコ王国首都プラハ旧市街の王立控訴審から提訴された宗教裁判抜粋――一六九四年、二人のユダヤ人、即ちラザル・アーベレスとレーブル・クルツハンドルに対して、キリスト教の信仰を嫌う彼らユダヤ人たちによって殺害された、十二歳の少年シモン・アーベレス（＊語注41）、前者のユダヤ人実子の殺害に関わる裁判が行われ――」

この凄まじい法廷論争を描いた「抜粋」を管理人チェルマークは、自分の丸天井の部屋の暖炉の側で冬の幾晩もかかって読んだ。中庭の古い菩提樹のざわめきが部屋の静けさの中に届き、雪が窓に打ち付けていた。題も裁判官の質問も哀れな被告人の答えも、料理女ハネラの証言もすべてを、狂信者の息苦しいほどの貪欲さで読んだ。終わりまで読んだ時、彼はこの読み物に腹を立てた。「抜粋」の最後は終わりではなく、断ち切られたようになっていた。

彼はこの陰惨な話を概要ではあったが、すでに以前に知

＊ 9 ＊

っていたが、被告人たちに何が起きたのかは今初めて知った。ラザル・アーベレスは絶望し、入れられた牢獄の窓にひもをかけて首をつり、レーブル・クルツハンドルは処刑台で体を足から上に向かって車輪で砕かれ、ひどい痛みの中でそこにいたイエズス会士から洗礼を受けたが、助かることなく刑死し、彼の体は車輪《コロ》に編み込まれ柱の上にさらされた（＊語注42）。管理人はこれらのことを知ったが、そのため事件全体の詳細な記述とその結末をどうしても読みたかった。だがその代わりにあったのは以下の二行だった。

「この宗教裁判については、もし神がお許し下さるなら、一七二六年に親愛なる読者にこの続きを示したい。」

　これは管理人を怒らせた。さらに一年も、丸一年待てとは。読み終えた時彼は唾を吐き怒って呟いた「アーベレスたちめ。」彼はこの罪をユダヤ人たち皆に着せた。彼はラザル・アーベレスが自分の息子シモンがキリスト教徒になったために彼を殺したと信じていた。また以前もそうだったが、隠れた異端者に禁書を運ぶのをユダヤ人が助けていると、今でも信じていた。ユダヤ人たちはそれらの本を自分の荷物に紛れ込ませ、麻布の間に、袋の中に、オート麦の中に隠して運んでいると。これを読んでから彼はユダヤ人に対して、さらにきつく当たるようになった。

　最初にそれを味わったのは若いラザル・キシュで、館のふもとの村のポドブジェジーの糸屋であった。キシュは村々を回って紡績所や紡ぎ工から紡糸を買い集め、それをプラハに運んでいた。管理人が「抜粋」を読み終えて間もない頃、キシュはいつものように出発の準備をした。丘の上の館に行くと、プラハの市門で彼が何者でどこから来たかを証明する手形を管理人に書いてもらうため、事務室に行こうとした。しかし彼は事務室には行かなかった。彼は中庭の吹きつける雪で揺れている菩提樹の下で管理人を見つけた。油で汚れた毛皮外套を着た若いキシュは、毛が抜けた狐の毛皮の帽子を脱いで、慎ましく手形を発行してもらえるよう頼んだ。

　彼は手形を受け取れなかった。その代り沢山の罵詈雑言を受け取った。それはアーベレスの一人であるおまえは、事務室がどこにあるかも知らないのか、またこんなアーベレスの求めを承って、管理人である彼がすべてを放り出して、駆けずり回らなければならないかというものであった。キシュが身を屈め、自分の赤毛の帽子を脇の下に挟みつけて、何か言い訳めいたことを口にすると管理人は怒鳴りつけ、もし手形が欲しいならあすこに行って事務室の脇で待っていろと言ったのが聞こえないのか、もし行かないのならおまえに分からせて――管理人は彼に手を上げた。

若いユダヤ人は寒さと恐怖で青ざめ、彼の黒い巻き毛は突き刺すような寒風で乱れていたが、もう声も上げず腰をかがめて、事務室の方にのろのろ歩いて行った。だが彼は知っていた、管理人は今そこにはわざと行かないで、彼を凍りついた通路のレンガ敷きの床で長い間待たせるだろうと。しかし彼が菩提樹の所でさらに別の声を聞いた時、振り返って足を止めた。森番のマホヴェッツは、ちょうど猟銃を肩にかけて森に向かおうとしていたが、振り返り管理人が若いユダヤ人を怒鳴り付けているのを聞いた。彼はこの様な行為を許さず管理人も嫌いだった。そのため彼はさらに怒った。我慢できずに管理人の方に行くと、短く暗い声でキシュが何かしくじりをしたのかと尋ねた。

「なんで首を突っ込んでくるのだ」管理人は彼をはねつけた。

「首を突っ込んでいるのではありません。彼がそんなひどいへまはしていないと思うからです。」

「君はユダヤ人の味方をするのか。そうだ、不信心者は――ありとあらゆる不信心者たちは――彼らの庇護者《パトロン》だ、そいつらと君は――」しかし彼は突然黙った。その瞬間彼は我に返った。彼はその言葉にさらにルター派の不信心者とフス派の異端者を加えて、さらに森番を刺激することのないように、思い止まったのである。森番は急に険しい顔をして彼に近づいた。

「何の庇護者ですか、あらゆる不信心者たちとは、不信心者とは何を意味するのですか」彼は暗い顔で尋ねた。

管理人は目と口元に嘲笑を込めて彼をちらと見て、それから少し穏やかにだが、皮肉っぽくあのキシュ・アーベレスは信者なのか、今彼の庇護者は誰なのか尋ねた。

「そうではなくてあなたは不信心者のことを言ったでしょう。どの様な不信心者ですか。」

「どの様な不信心者だって、今聞いたとおりあのアーベレスたちでユダヤ人のことだ。」彼は向きを変え穀物倉の方に行った。森番はちょっと彼の後姿を見送ったが、門を通って外に向かってより暗い顔になって歩いて行った。

管理人はユダヤ人キシュのことは忘れたが、森番マホヴェッツのことは頭に残った。管理人はしばしば両頬を膨らまして息を吐き、胸中の秘かな怒りを息と共に出そうとする

＊ 9 ＊

ように、息を吐き出していた。彼は憤然として繰り返し思った、彼がキリスト教徒ならあのようにユダヤ人に味方するだろうかと。管理人は自分にも腹を立てていた。それは森番を更に追い詰めようとしている中で、発作的な怒りでもう少しで全てを駄目にしかねなかったからであった。あの森番は狐だ――

　これが起きたのは一月の末であった。間もなく二月の午後遅くプラハから知らせが届いた。その知らせはすでにプラハ市中を興奮させ、王国全体に興奮が広がっていたが、スカルカでも皆を、領主も領民も興奮させた。騎士ムラドタはポレクシナに手紙を送り、彼女とルホツキーに次のように伝えていた。法王に認可された委員会が一月末に招集され、聖ヴァーツラフ礼拝堂（＊プラハ城の聖ヴィート教会内にある）に大司教、司教座聖堂参事会員、専門家、医学博士と外科学博士、外科医たちが集まって彼らが宣誓した時、聖ヴィート教会の洗礼者ヨハネの祭壇にある聖櫃《せいひつ》（＊聖体を保存する箱→tabernacle）から、金、銀、宝石で飾られたガラス箱に収められた聖ヤン・ネポムツキーの舌が運ばれて来た。専門家たちはその場所で、ローマから指示された方法によって舌を調べていた。彼らは慎重にまた不安も抱えて調べていた。しかしその舌が大きく膨らみ、色が変わったことに気付いた時、聖なる恐怖が彼らを捕らえた。運ばれて来た時、それは暗く褐色がかった赤色だったが、鑑定の最中に赤紫色になったのである。

　彼らは自分たちが惑わされていて、これは光の加減だと考え、調べ直してじっと観察した。その鑑定は丸二時間続いたが、最後にこの変化は実際に起こり、神の慈悲による以外には起こりえないことを確認した。つまり簡潔に言えばこれは奇跡であり、新しい大いなる奇跡であると。委員会は起きたことすべてを書き留めたが、それを今列聖の審査が始まっているローマに送るであろう。しかし宣言に至るまでにはまだかなりの時間がかかるだろう、この様な審査は何年も続くのが普通だから――

　ポレクシナは読み進めば進むほど、ますます興奮した。ルホツキーも興奮して聞いていた。ポレクシナは審査の年月の箇所まで読むと、読むのを止めて額をしかめた。

「何年も、なぜ何年もかかるのでしょう――」

「でもそうなるだろう、きっとそうなる。これは新しい知らせだ。司祭はまだ知らないはずだ。彼に知らせてやろう。」

「あなた、そうして下さい、人を遣わして。それから管理人にも教えてあげましょう、彼は聖ヤン・ネポムツキーの熱心な崇拝者だから。」

「森番にも教えてやろう。」

「みんなに、みんなにですよ。」

しばらくして管理人と森番はもうポレクシナの部屋にいた。彼女は晴れ晴れとした顔で、何が起きたのか彼らに知らせた。管理人は我を忘れてそのことを聞いたが、マホヴエツは驚き唖然としたが、無言であった。彼らが部屋から出た時、管理人は森番に尋ねた。

「さあどうだ、これも熱にうかされた妄想か。君はそこにいなかったから、これもまた信じないか。」

「そこにいたのは他の人です。」森番は話をそらし、それ以上言わなかった。

ビーリー・オウイエストの司祭が急いで駆け付けたのはもう黄昏の最中だった。彼は高揚して話を聞き、老嬢とルホツキーに何度も頭を下げ、この喜びの中で私を思い出していただき、有り難うございますと感謝した。そしてこの奇跡を教会で祝い、説教で広く伝えれば、ふもとに住む人々もそれを聞いて大喜びするでしょうと言った。彼は立ち去る前にルホツキーとポレクシナと共に、彼女の申し出で聖ヤンの連禱《れんとう》（＊語注96）を唱えた。彼らはポレクシナの祭壇の前にひざまずいた。祭壇には真っ白なリボンの付いた白いろうそくも、赤いろうそくもすべてが燃えていた。そしてポレクシナは、ろうそく工房の手の込んだ細工で飾られたろうそくを、聖ヤン・ネポムツキーの像の前に立てた。


——


その週の日曜日にスカルカの全員が、ビーリー・オウイエストの教会の祝祭に向かった。館も屋敷も、ルホツキーたちは馬車に乗り、事務室や使用人たちのほとんどは歩いて向かった。管理人は教会に入ると直ちに、森番が来ているか見渡した。彼はいた。しかし彼と並んで息子の姿は見えなかった。そして教会の中でも彼を見なかったし、森番の娘はいつものように領主の椅子の脇に立ってはいなかった。そこにはポレクシナが時代遅れだが高価な毛皮を着て、その隣にルホツキーが髭をそり血色良く、祭日用の長い毛のかつらを付けて暗色の外套を着て座っていた。

森番の子供たちが来ていない。このことは管理人を安心させなかった。なぜ、なぜ来なかったのか——これは偶然ではない。直接尋ねることはしたくなかったし、また出来なかった。彼が教会から戻った時やっと監督から、トマー

＊ 9 ＊

シュが昨日の晩に発病し、ヘレンカが彼に付き添っていると聞いた。管理人は頭を振った。彼は考えた、その病気は娘が家に残らねばならないほど悪くはないだろう、多分彼のひな達が迷わないように、子供たちが何も知らず、何も見ないようにするために、父がそのように取り計らったのではなかろうかと。

　森番は一人でやって来た、逃れることは出来なかったから。彼一人ならそれに耐えるであろう、異端者め——司祭が聖なる殉教者について、その苦しみとその死と英雄的な振る舞いについて説教した時、教会の隅々までみな感動して、目に涙をため涙を流し、彼らの多くが泣いていた。マホヴェッツはいつものように目を下に向け、誰も彼の目を覗けないように、視線で気付かれないように、頭を垂れて立っていた、石の柱のように立っていた。あいつは異端者、確かに異端者だ。

10

スカルカの庭にある園亭は再び見栄えがよくなった。周囲に散らばった古い葉は掃除され、緑色のよろい戸は外され、扉も窓も開け放たれた。春の新鮮な大気が木造の家を通り抜け、輝く光の帯が園亭の黒ずんだ壁に掛かっている、幾つかの版画を明るく見せていた。

ポレクシナは暖かく輝く光を浴びて、しばしばここに座り再び薬草を干し始めた。ヘレンカは彼女の指示に従って、春最初の贈り物である、金色のフキタンポポ、真っ白な茨の花、スミレ、赤らんだプルモナリアの束を運ぶのであった。彼女はこれらやまた別の花を摘むために館の南側の斜面や館の下へ、また草木の生い茂った先の方へ何度も足を運んだ。この急な斜面の下で、背の高い枝分かれしたハンノキの木陰を、澄みきった水のズラティー・ポトクの小川が静かに流れていた。粘板岩でできた屋敷の崖の下の草原を歩くのは、とても気持ちがよく、さらに対岸の谷間を小道沿いに歩くのも気持ちがよかった。その道は森となった斜面のふもとにあるブナとシデの木々の下を通り、穏やかな小川の脇のハンノキの下を、新緑の明るく輝く樹冠の下を通り、さらにその道は木々のじっと動かない影の中を、灰色の樹幹と森の地面と小道に降りそそぐ黄金色の光の中を通っていた。

しかしその静かな人気のない小道は、蘇った春の賑やかさと活気の中で、どこに通じていたことだろう。その道は石積みの二本の柱に挟まれた黒い木の門で終わっていた。門柱は漆喰も塗られず大きな平らな石で覆われ、その表面には葉の厚いベンケイソウが密生し、緑や赤い色をつけていた。門柱の左右は塀で奥にも塀があり、塀に囲まれた黒い門の背後はユダヤ人墓地で墓石があった（＊現存している→hřbitov Podbřezí）

左の塀と森の陰になる奥の塀は一部斜面の上にあった。右側の塀はハンノキの下を小川のすぐ脇まで伸びていた。小川の流れはその近くで曲がり、ちょうど墓地の向かいで堰を越えて流れ落ち、水音を立てていた。その堰の両側には光の届かない薄暗い森の陰が広がっていた。小川の水はこの薄暗い陰の中で輝き、白く泡立ちざわめいていた。それは人里離れた僻地の崩れた墓地の静寂の中で、疲れも知らずにざわめいていた。

ヘレンカは何年も前のまだ子供だった頃、たまにここに兄と共に迷い込み勇気を出して門越しに、日中でも人々が避けていた苔むしたユダヤ人墓地を眺めることがあった。生い茂った草の中に、ヘブライ文字で墓碑銘が刻まれた何枚もの石板が真っ直ぐに立っていた。森番の子供たちはそこで、胸が詰まるような好奇心を持って眺めていたが、突然誰かに驚かされたかのように、あたかも長い灰色の髭の生えたフェイヴル・アーローンを実際に見たかのように急に逃げ出した。この男の話は崖の上の屋敷でよく聞いていた。彼は墓に入っても安らぎを得られず、真夜中に不思議なユダヤ文字が刻まれた石に座って、泣きながら金貨を数えて嘆いているという。

一七二五年のその春に、ヘレンカはここで不思議なものを見た。ある日の午後も遅い頃、老嬢のために花を探している内に、偶然気付かずにこの墓場のすぐ近くまで来てしまった。木々は静かに立っていた。木の葉もそよがず墓石の周りの草も動かなかった。片方の柱にはそこに根を張って黒い門を越えて伸びた、若いビロードモウズイカがあったが、その茎も震えていなかった。堰は深い静けさの中、あたかも堰自体もこの静寂を保とうとするかのように静かにさざめいていた。他には何の音もしなかった。しかしヘレンカが身を屈めた時、突然声がした。男の声であった。

「やあ、やあ、きみ、きみ、いらっしゃい。」

声は柔らかく優しかった。

ヘレンカは、柔らかくしなやかな枝が跳ね上がるように素早く背を伸ばした。彼女にはこの様に挨拶した者の姿が見えなかったので、さらに驚いた。怯えながら見回した。彼女の少し前方の左側の道の上手には、緑色の薮の傍に枝の茂った古いブナの木があったが、その陰から緑色の上着を着て地面に座った痩せた男が身を乗り出した。彼は髭を剃り長い黒髪を耳の後ろで束ね、少し青ざめた顔で濃い黒い眉をしていた。そして右のまぶたには、膿疱のような赤らんだ疣《いぼ》があった。

緑色の上着を着て半身隠れた男の異形な風貌と、せせらぐ堰のそばの川岸で、森の薄闇の中での突然の出現は、ヘレンカを怯えさせた。河童《ハストルマン》、彼女の頭に最初に浮んだのがこれだった。恐怖で動くことも話すことも出来なかった。突然現れた河童の様な小男は彼女の様子を見ると、すぐに柔らかい声で笑いながら安心させた。「やあ、やあ、きみ、きみ、怖がらないで、何も怖いことは無いよ。私は旅の行商の時計職人だ。私は歩き回り長い間歩き続けてきた。そして今ここで休んで一息入れているところだよ。ところで君は」彼は微笑み愛想よく言った。「どこから来たの、村からかい。いや見たところそれはないな、多分あの館から来たのだろう。」

その時ヘレンカは恐怖の中で、『行商人』がそこからは見えない館を知っていることに気付かなかったがすぐに、そうです館からですと答えた。いつも通りの親切と恐れで彼女はそうした。というのもユダヤ人墓地の人気のない片隅で、このような奇怪な男と一緒なのは不安だったからである。

「やあ、やあ、でも私は着物からすぐにそう思ったよ。管理人さんは今いるかな。」

「います。事務室にいました。」

「では森番さんは――」

彼女は驚いて彼を見つめた。

「います。父はいます。」

「やあ、やあ、それでは君は森番の娘さんか。」よそ者は喜んで声を上げ素早く立ち上がった。ヘレンカはとっさに見回して、彼の背は高くはなく、膝までの明るい色の皮ズボンと灰色の靴下を履いて、地面には帽子と杖の横に黒い子牛皮の袋があることに気付いた。

「森番の娘さん」彼は繰り返したが、突然探るように尋ねた。

「では君はメジジーチーに友達がいるね。」

「叔父がいます。」

「名前は何だね。」

「クランツです。」

「やあやあ、私もその人を知っている、とても良く知っているよ。彼は神をとても大切に思っておられる方だ。」

ヘレンカから恐怖が消えた。よそ者はその最後の言葉の間、試すように彼女をじっと見つめていたが、彼女に一歩近づくと、より小さな声で信頼して伝えた。「私もまた一昨年の秋、いやもう冬だったか、彼の所に行ったよ。その時私はスカルカを避けてここに来た。その時お父さんとも話をしたが、あなたは見かけなかった。そこに長くはいなかったから。」

ヘレンカは驚いた、その当時彼らの所にレース編みの行商人が立ち寄ったことが頭をよぎった。しかしよそ者は早口でさらに続けた。

「今日はもうお父さんと話すことは出来ないだろう。上に行くにはもう遅いから。」

「父に言いましょうか。」

「お願いしたい、私がここにいることと、多分明日まではここに留まることを伝えて欲しい。でも他の人には言ってはいけない、私の言うことが分かるね。誰にも言ってはいけないよ、ただお父さんだけだ。」

「はい、分かりました。それでは失礼します。」

彼女は急いで立ち去ったが、帰路はハンノキの下の小道を川に沿って行くのではなく、ブナとモミの木が生えた斜面を真っ直ぐ上に登った。彼女はあの男は確かに「ジタヴァの住民」で同じ信仰の秘密の兄弟で、多分あのレースの行商人であったであろうと考え興奮していた。

あっと言う間に彼女は屋敷の裏手にある、草の茂った庭に出た。彼女はリンゴやミザクラの木の下を、屋敷の背後の門に向かって駆けていき、中庭の菩提樹の根元にある貯水槽の横を駆け抜けて、森番小屋に向かった。秘密の兄弟——確かに——秘密の兄弟だ。あの出来事と危険の予感で興奮して――息を切らして森番小屋に飛び込んだ。かまどが黒ずんで見える玄関の間から、居間に通じる扉は開いていた。父は猟銃の手入れをしていた。彼女は急いで自分の後ろで扉を閉めた。マホヴェツはそれに気付いて言った。

「どうした。」

彼女は声を抑えてあの出会いを語った。森番は猟銃を置くとヘレンカに部屋の隅に行くように頭で合図した。彼は同じように声を潜めて、よそ者はどんな様子か、目に赤い疣があるか尋ねた。

「あります」ヘレンカは驚いて大きな声で言った。

「彼は一昨年ここに来た。あのレースの行商人で、ヴォストリー兄弟だ。」

「自分は時計職人だと言いましたが。」

「今は、でもあの時は――」

森番はすべてのことを聞くと、娘に重々しく強い口調で指示した。

「何をすべきか分かっているね。誰にも一言も言ってはいけない。一言もだ。」

「でも誰かがあすこで彼を見つけたら――」

「彼は時計職人だ。きっと同業組合《ギルド》の証明書を持っていよう。また今の時間あすこには誰も行かない。あすこは良い隠れ場所で、彼は一昨年も一度、管理人が彼を追った時、身を隠したことがある。」

「ユダヤ人墓地にですか」ヘレンカは驚いて尋ねた。父はそれについては彼女にもトマーシュにも黙っていた。

「そうだ。」

「彼はここに来るのですか。」

「それが出来ればよいのだけれど。」

「彼はあなたと話したがっています。」

「そうだろう。私が彼のところに行く。」

「でも、もし誰かが――管理人が――」彼女は不安げに言った。

「怖がらないで。おまえは後をつけられないように、老嬢のところに行きなさい。しかし憶えておきなさい。私たち皆が不幸になるかもしれないから。」

彼女は行ったが、落ち着いてはいられず、重々しく暗い顔をして言った父の最後の言葉に、より不安が増していた。彼女が館の表玄関の庇に近づいた時、横の扉から管理人が出てくるのを見て驚いた。あたかも彼がもうすでに知っていて、彼女を立ち止まらせ何が起きたかと声をかけようと、こちらに向かって来たように思えたからであった。彼女は思わず顔を伏せ、風のように階段の方に駆け出した。管理人は驚いて彼女を見送った――

日が落ち晩になった。闇の中にユダヤ人墓地は消えていた。塀際のブナと背の高いハンノキは、濃く果てしない闇の中で、さらに高く伸びているように思えた。その下を流れる小川は消え、森の暗闇の中に堰も消えていた。ただその音だけが残り、深々とした静けさのため、より大きく響き渡っていた。

マホヴェッツは肩に鉄砲を掛け、森の斜面を道も選ばず下に降りていった。注意深く墓場の方に向かった。墓場の上手で立ち止まると少し待ってから下をのぞき込み、それから向きを変えて前方の闇に向かって声を出して呼びかけた。

「兄弟。」

しばらく静かだった。それからまた森番の声がした。

「ヴォストリー。」

すると薮が黒く見える墓場の塀のところで、突然枝の弾ける音がして優しく愛想の良い抑えた声がした。

「やあ、やあ、いらっしゃい。」そして『時計職人』のヴォストリー兄弟が地面から立ち上がった。「あんたのお嬢さんはうまく伝えてくれたね。彼女によろしく言ってくれ。」

マホヴェッツは彼の顔を見て手を握った。「ようこそ、よく来たね」彼もまた抑えた声で言った。「まあ座りましょう。食べてください、きっと腹が空いているでしょう。」背嚢からパンと肉の塊とチーズを取り出した。

ヴォストリーは声がかかるのも待たず、うまそうに素早く食べた。同時に森番のどこから来たのかという質問に熱心に答えた。彼は大きく迂回してやって来てフラヴニョフ（＊ポーランドとの国境近くで、H・Kの北東五〇キロメートル）の家に立ち寄った。フラヴニョフはポリツェ・ナド・メトゥイーの近郊で、山のふもとのベネディクト会修道院の領地にあるがご存じだろうか。自分は長い間家を持たなかったが、今はフラヴニョフの家から『隠れた種』（この語は同じ信仰の秘密の兄弟たちを意味した）を訪れるため、兄弟たちの所を巡っていると言った。彼は先ず初め、隣のナーホト（＊H・Kの北東三五キロメートル）の領地にあるジヂャルキで兄弟ウルバンの所に立ち寄った。このウルバンは一家の大黒柱で揺るぎなく、彼の家族も特に長子イジークは

読み書きの出来る傑物で、神の真理のためにひたすら燃えている。ジギャルキからすぐ隣のフロノフの町に行き（＊共にナーホトの北にある近郊の村と町）、兄弟イラーセクの所に泊まった。彼は去年の秋、異端の罪でナーホトの裁判所の牢に入れられた。彼は宣教団のイエズス会士を「先生」ではなく「あなた」と呼んだため（＊尊敬の三人称複数形 oni ではなく通常の二人称複数形 vy で呼びかけた）、異端の嫌疑をかけられて牢で厳しく尋問され、春まで拘留と重労働を課せられた。彼は鎖を付けたまま、賦役で一輪車を押させられた。

「そこフロノフから」ヴォストリーは静かに早口で語り続けた、「ノヴィー・フラーデク（＊ナーホトの南東七キロメートル）に向かった。そこでは村々の丘や辺鄙な水車小屋で、兄弟たちと集会を持って、礼拝を行い敬虔な歌を歌って慰め合い、またジタヴァの印刷所のための献金を集めた。この先もさらに正統な福音の神の言葉の本が出版され、兄弟たちが心の支えと慰めが得られるように」と。

「そしてそこから」ヴォストリーは抑えた声で語った、「さらに南に、ここズラティー・ポトクの川沿いに（＊この川はノヴィー・フラーデクの東方に源を発し北から南に流れている）、主に水車小屋を訪ねて、どこでも私は魂に生気を与える最上のもの、つまり本を置いてきた。」

「クレイフの本だね。」

「それともっと古いものも。ところでルバニ（＊チェコと国境を接するポーランドの都市でH・Kの北北西一一五キロメートル、当時ここにチェコ同胞同盟の印刷所があった）の説教師モツが、この地方に来ようとしていることを君に教えなくては。」

「おお、何時になりますか。」

「多分、収穫期の前だろう。でもそれについては兄弟たちがあなたに連絡するだろう。」

「これから何処に――」

「これから向かうのは、そう、メジジーチー、ロヘニツェ、スラヴェチーンで、それからチェルニロフ（＊これらはいずれもメジジーチーの近くの村）へ。聞いた話では昨年イエズス会士が村の広場で、何袋もの没収した本を燃やしたということだ。」

「彼らは夕方に洗礼者ヤンの教会の前で燃やした。あのマテジョフスキーが。」森番はその名前を吐き捨てるように、怒りで興奮して言った。「そしてフィルムスも。」

「ああ、あの鉄の靴を履いているやつか。」

「さらにその際、侮辱的な歌を歌わされる。自分で自分自身に対して。」森番は手を振った。

「燃やせ、異端の迷いを」ヴォストリーは思わず口にした、「滅ぼせ、地獄の怪物を――このように私たちの民もまた歌わなければならない――」彼は黙り、眼前の幻を見るかのように堰の方を見た。その上方には昇りかけた月の光が、あたりを照らし始めていた。彼はさらに繰り返した。「燃えろ、燃えろ――しかし燃えぬように――」彼は森番の方に顔を向けた。「神のご加護で隠れた種は滅びないだろう。彼らは本を奪い損ねるが、心の中にあるものは奪えない。」そして力を込めて付け加えた。

「従って私はチェルニロフに行かねばならず、そこからスミジツェ、ホジツェに（＊H・Kの近郊の町や村）、そしてコピドルノの領地のイチーン（＊H・Kの北西四〇キロメートル）に向かう。そこにはまた兄弟たちがいて、シュリク伯爵（＊語注48）の領地の森番スヴォボダがヴェリシュ（＊イチーンの近郊の村）に住んでいる。彼は信仰も篤い。息子が三人いるが彼らもみな森番で、父と同様に信仰している。しかしそこは特に過酷だ。なぜなら領主は私たちの兄弟を容赦なく扱い、イエズス会を支持しているからだ。彼シュリク伯と、もっと酷いのが伯爵夫人で、コロヴラート家出身の彼女にはイエズス会士が身近にいて、イエズス会の本が出版できるように彼らに金銭を援助し、伯爵もまたそうしている。」

「あのシュポルク伯は少し違うようだ」マホヴェツは思い出した。

「彼はイエズス会を挑発している――」

「そして本も印刷して彼らを怒らせていると聞いた。」

「しかしそれが一体何の役に立つのか。それらは正統な福音派のものではなく、すべてドイツ語で書かれている。もしそれらが正統なものであっても、それでは役に立たない。彼はまたあのヤン・ネポムツキーを支持している。昨年夜にククス（＊語注47↓シュポルク伯爵）に行った時それを知った。彼はあのネポムツキーを聖人として崇拝し、彼の像を建てるように命じた。彼は問題にならない――」

「シュポルク伯はネポムツキーに像を、私はネポムツキーに金を」マホヴェツは苦笑いをした。

「そうそう、彼らは彼の神聖さを買うため金を集めている。でも――そうだ、知っているだろう、ローマではすべてが金で買えることを――天国でさえ。」

「話では彼は間もなく列聖されるそうだ、でもそのためには五千リーンスキー（＊語注63→通貨）以上が必要だと司祭がいっていた。オウイェストの教会で募金していて、私もしなければならなかった。」森番は悲しげに頭を振った。「私たちの管理人は私が多く募金したのか注視し、支配人の前で私が過分には出さなかったと繰り返し言っている。そして子供たちが何も出さなかったのを、私の目を見て読み取った。」

「やれやれ――」

「彼はいつも跡をつけ、私や村の人たちをひそかに探っている。村長も村人が夜は家にいて、秘密の集会がないか見回らねばならない。彼は人々が逃亡しないか、国外に逃げ出しはしないかと恐れている。」

「そんなことをしても無駄だ。すでにそれは始まり逃亡が続いている。ここでもフラデツ近郊のヴェセリーから兄弟コペツキーが、彼の前には兄弟ズラトニークが逃げ出している。」

「ああ、その方が良いだろう」森番は溜息をついた。次第に輝きを増していく月の光は、すでに彼らの隠れ場所まで差し込み始めていたが、その明るさの中でマホヴェッツの顔が曇ったのをヴォストリーは見た。

「その方が良い、良いに決まっている」森番は繰り返した。「内からはこのようなひどいならず者たちによって、心の中はウジ虫によって苛まれ、穏やかな良心を保つのが難しいよりも。いつもこのような二枚舌で大うそをつき、人々と自身と正しい信仰を否認して、もっともらしく装い、良心に逆らって行動しなければならない。それはウジ虫のようで、良心を蝕んでいる。そしてこれが果てしなくいつまでも続き、不確かさの中でいつも暮らして一時も定まることがない――」

「まったくその通りだ。イエズス会の宣教団は突然襲いかかる。」

「もっと悪いのは、あの法王の回し者、あの管理人がスカルカにいることだ。もし彼に知れたら、もし彼が私を暴き出したら、私は信仰の破棄を誓わねばならない――彼らは黒いろうそくを私の手に持たせ、牢獄から教会に連れていく。そこで神父が先唱する言葉を言わされ、信仰の破棄を誓い、私たちの先祖からの信仰を侮辱せねばならない。そしてそれによって聖杯を蹴り飛ばし、私からそれを遠ざけようとしている。また子供たちも心配だ――」

「なぜ子供たちが。」

「私は彼らを昔からの信仰で育てるようにした。でも娘について一番心配している。」

「でも、でも彼女はいい子だ、君はとても良く育てている。」

「これまで私はあらゆることを打ち破ってきた。私はできるだけ子供たちが、ローマ・カトリックと接触しないようにしてきた。私自身がそれを彼らに教えたし、亡くなった妻もすべてのことで、熱心に私を助けてくれた。どうしても行かなければならない時は教会に行く。息子のトマーシュに関してはそれほど心配していない。しかし娘は今ほとんどいつも、老嬢の側にいて主人たちと一緒なのだ。」

「老嬢の所へ行かねばならないのか。」

「やむを得ない。老嬢は彼女を望んでいて、防ぎようがない。これまでは何も気になることはなかった。娘は私の側にあり、私たちの信仰に堅く私を愛している。でもあの子には心の支えがない。同じ信仰を持った兄弟・姉妹に交わるために行くこともない。またあの仕事に慣れてしまうかもしれない。そうなるときっと、良心はしだいに眠り込み、誘惑がやって来て頭がもうろうとして、気が落ち込み動揺して、父の信仰が重荷となるだろう――」

「何をすべきかだって、兄弟。エジプトを離れ、約束された地に行くことだ。」

森番は突然ヴォストリーの方に向き直り、月の光でさらに青白く見える彼の顔に目を向けた。

「約束された地へ」ヴォストリーはより熱い声で繰り返した。「主はそれを自らの予言で示された。君は悪霊から吹き払われた。兄弟よ、鹿が命の水を求めるように、私たちは神の言葉とその自由を求めている。それは国の外にある。」

「よその国か。」

「でもそこには自由があるが、ここは隷属の世界だ。」

「すべてを残して、すべてを捨てて、空手で行くのか――では子供たちは――子供たちは――」

「もし他に道がなかったならば――主は私たちを自分の慈悲深い外套で覆って下さるであろう。」

下の小道で誰かが枯枝を踏みつけたような音がした。ヴォストリーはすぐに黙り素早く立ち上がったが、森番は座ったまま彼を強く引き下ろした。二人はしばし無言でじっと待ち、注意深く見つめていた。しかし何も見えなかった。そこには誰もいなかった。しかし森番はさらに押し殺した声で、場所を変えた方が良い、案内するからと言った。

「そうそう、私もちょうど考えたところだった。夜明けまでにメジジーチーの教師タウツの所に行きたい。」

彼は背嚢を取るとそれを背中に担ぎ、杖を手にして森番に続いて立ち上がった。森番は再び斜面に向かったが、ずっと右側の屋敷から離れた所であった。

ユダヤ人墓地は静かであった。月に照らされた木々と薮は少しも動かなかった。満月が輝き、堰はその光に満ちていた。輝く光の帯は飛ぶように輝いて堰を越えて下に流れ降っていった。堰の下では水銀が沸騰しているかのように、輝きと瞬きと火花が飛んで波間に沿って瞬き、波と共に曲がったハンノキと薮の暗闇に消えていった。背後では大きな木々の陰の中で、墓場の塀に光が当たり、黒い門の脇の粘板岩の柱と、ヘブライ文字がぎっしり彫られ直立した墓碑も明るく見えた。墓碑の間の草も、老いたフェイヴル・アーローンの墓の上でも何も動かなかった――

暗くなる前に管理人チェルマークは事務室から、ヘレンカが中庭を通って急いで家に戻るのを見た。彼は彼女の際立って急ぐ様子に目を留め、彼女に何か起きたのではないかと思った。その後事務室から出た時、彼はまた彼女を見たが、それは老嬢の所に行くところだった。彼女はもう急いではいなかったが、彼の姿を見ると彼が彼女を後ろから撃つのではないかと恐れるように、急に階段に向かって走り出した。その時森番は家にいることを管理人は知っていた、彼は少し前に森から戻っていた。

しかしその後晩になって、管理人が門を通って屋敷の外に出て、外側から森番小屋の窓辺に立とうとした時、彼はマホヴェッツが肩に鉄砲を担いで家から出てくるのを見かけた。管理人は素早く菩提樹の陰に隠れた。マホヴェッツが立ち去ると、彼は慎重に少し離れて彼の後を追った。管理人はマホヴェッツが穀物倉の脇の木戸を通って外に出たのを訝しがった。彼の娘もそこから駆けてきたからであった。

管理人は彼を尾行して庭まで来た。しかしそこで立ち止まり、リンゴの古木の太い幹の後ろに身を隠さねばならなかった。その先には行かれなかった。森番はとても用心深く進み、絶えず振り返ったからであった。管理人は、彼が森の斜面の右側をユダヤ人墓地の方角に降りていくのを確認しただけであった。その道を通って濃い夜の闇や木々の下の闇の中を、より注意深く忍び足で歩いても、彼に聞かれず気付かれずにその後を追うのは不可能だった。またこんなことは余計かもしれない、これは森番の夜回りに過ぎないという思いがふと彼の頭を過った。でもこのように突然二度目の森の巡回とは——この道を通って——ここを通ってどこへ——近頃は密猟者の噂は聞いていなかったのに。管理人は不満げにまた不安げに戻った。翌朝彼は森番が夜もかなり更けて、真夜中過ぎに屋敷に戻ったことを知った。

その後一週間して事務室に郡庁の文書が届いたが、その文書は管理人を恐怖に陥れた。そこには五人の密使たちの名前と特徴が書かれていた。彼らは特にフラデツ地方を歩き回り、フス派の本を配布し不信心な人々を頑なにさせ、秘密の集会を穀物蔵や屋根裏や水車小屋で画策し、そこで両形色（＊語注93）でミサを行い、また人々に国外逃亡を唆しているという。

管理人は読み終えると、支配人が来るのを待ちきれなかった。ルホツキーが事務室に足を踏み入れると同時に、彼に熱心にまた心の中でそれ見たことかと言う気持ちで、何が届いたか伝えた。支配人は不安をかき立てるこの種の文書を喜ばず、文書を読み終えると不機嫌に言った。

「私たちのここでは何も無かったし、何も無い、ここは平穏だ。でもこれを周知しなければなるまい。」

「すぐに村長たちに使いを出します。」

「マホヴェツはこれを読んだか。」

「いえ、あの男は——」

「彼にも読ましておくように。彼は森や野原を歩き回っているから、きっとこのような鳥に出会うに違いない。」

「その通りです」管理人は同意したが、心の中ではあいつがこんな鳥を捕まえるはずがないと憤慨した。

マホヴェツが来て文書を手に取った時、管理人は彼から目を離さなかった。しかし森番は瞬きしながら紙に目をやると急に窓の方を向いたため、管理人は彼の顔を見ることが出来なかった。彼はゆっくりと読み、それから文書を机の上に置くと曇った声で、しかし落ち着いて言った。

「よく分かりました。彼らに注意します。」

彼は立ち去った。管理人は彼の後ろ姿に怒りをぶつけ、膨れ面から息を吐きだすと心の中で思った。

「立派な注意だ、おまえというやつは。」——

翌々日指示通りに、村長や市参事会の長たちがやって来た。彼らは丸天井の事務室で、ムラドタ家の紋章がある壁に掛けられた、鮮やかに彩色されたキリスト磔像の前に立った。彼らは慎ましく不安げに、また神妙に管理人の言う

＊ 10 ＊

ことに耳を傾けた。彼は黒い机を挟んで立ち、始めに暗く厳しい顔で一昨年発布された王国の勅書を、鋭い声で彼らに再度読み聞かせた。「己の家および市町村および辺境の住居に異端の説教師を留め、また隠れ家を提供して彼らを隠匿しようとする者、また異端の私的な秘密の集会を持とうとする者、あるいは異端の書籍を運び込み配布しようとする者、また同様に異端の密使《エミサリウス》や、山岳地帯や森林地帯の説教師の使者に関しても――」

彼は勅書を読み終えた。それから文書を離れて以下のことに厳しく言及した。村長はすべての者にこのことを伝え、またそれらよそ者の誘惑者や彼らに荷担する者を締め出すだけでなく、心が定まらず国外に逃亡する嫌疑がある領民に対して、その企みを躊躇せず防がねばならない。村長はこれら全てのことに、とりわけ責任を負わねばならない、というのも村長自身も投獄されたり、鞭打ちの刑に遭うだけでなく、その財産も没収されるからである――

それから再び紙を手に取ると、追及中の密使たちの人相書きを読み上げた。

「一人目はヤクプ・ミクレツキー、別名仕立屋《クレイチー》。彼はリトミシュルの領地の領民で、四十歳前後、職業は靴屋、中背、胸と頭を突き出して偉そうにし、鼻は小さく曲がっていて、目は青く髪は栗色で短く刈り、黄土色の上着と白っぽい胴衣を着て、頭に耳まで引き下ろしたジタヴァ風の頭巾を被り、その上に帽子を被り（＊ドイツのプロテスタントの典型的な姿）、タバコを所持し嗅ぎタバコも喫煙もする。」

管理人はその箇所で読むのを中断し、タバコへの忌々しさから「ブタめ」と叫び、唾を吐いた。そしてさらに先を読んだ。

「二人目はマルチン・ツィフラーシュ。彼はフヴァレチツェから逃亡した者で、中背、ハンガリー製の上着を着て、水車小屋で使う篩《ふるい》用の布を持って、ラベ川沿いに小川や川が流れているところはどこも歩き回っている。ジタヴァから通いそこから本を持ち込んでいる。

三人目はイジー・ヴォストリー。彼はポリツェの領地フラヴニョフの出身で、小柄で痩せぎす、長い黒髪で右目に赤い疣があり、ボタンのある緑色の上着を着て、背中に黒い子牛皮の袋を背負っている。誰か知人に会うと『やあ、やあ、きみ、いらっしゃい』と言う。」

その時突然、管理人は読むのを止めて不機嫌になり、村長たちを見回して怒鳴り付けた、なぜ彼らが不安げに身を回し、ポドブジェジーの村長が何を隣の男に耳打ちしたのかと。

「一体何だ。」

「謹んで申し上げます」ポドブジェジーの村長は言った。

「今お読みになったその男を私は見ました。」

「一体誰だ。」

「その緑色の上着を着て、目に疣があり、背中に黒い子牛皮の袋を担いだ男です。」

管理人は机から素早く離れると驚いて息を凝らし、どこでその男を見たのか問い質した。

「ここのドロウヒーの水車小屋です。」

彼はポドブジェジーから小一時間程の、ドブレー村の近くの谷間にある水車小屋のことを言った。管理人は文書を手に持ったまま、その百姓の方へ真っ直ぐ駆け寄ると、突然の喜びで興奮しながら、それはいつだったか、何曜日で日中の何時頃でどの様な様子だったのかと尋問し始めた。しかしすぐ行き詰まった。村長はすぐには明確に言えなかった。彼の言うことには、自分はドロウヒーの水車小屋に小屋で使う雌馬を買うために見に行ったが、水車小屋に着いた時ちょうどそこから見知らぬ流れ者が出てきた。その姿はそこに書かれているのとそっくりで、目に赤疣があり、緑の上着を着て背中に黒い子牛皮の袋を担いでいた。自分は彼をじっと見て、水車小屋の主人にあれは誰だと聞いたところ、あれはどこかの時計職人だと答えた。

村長は管理人がしつこく迫るので、どうしても思い出さねばならなかった。指を折って数え、数え、最後にそれが何曜日だったかを数え出した。管理人はすぐそれを書き留めた。彼は不安であった、マホヴェツのことが頭にあったからである。村長がここに書かれた男を見たと答えた時、そのことはすぐ彼の頭を過っていた。それから彼はさらに残りの二人の『誘惑者』の人相書きを読んだが、上の空であった。彼は誰かこれらの中の一人でも見た者はいないかと尋ねたが、村長たちは誰も答えなかった。

村長たちが立ち去った時、管理人は、村長がドロウヒーの水車小屋であの『時計職人』を見かけた日に何があったのかを考えた。事務室の中を行き来して、いろいろ思い出し数えていたが、突然立ち止まり頬を膨らまし息を吐き出すと、手を振って思わず大声で「分かった」と叫んだ。その日マホヴェツは、午後遅く森から帰って来たが、いつもとは違って晩にまた家を出て坂を降り、ユダヤ人墓地の方

角に行った日であることを突き止めたのであった。そして
ユダヤ人墓地はドロウヒーの水車小屋の方角にあった。
「この蛇野郎め」管理人は心の中で憤慨し、握り拳を振り
上げて威嚇した。

11

フィレチェクとサメチェク、ドイツ語風に綴ると File-tschek と Sametschegt は、ほとんど毎日プラハの馬市場（＊語注78→プラハの市場）にあるビール醸造所（＊語注73）兼ビアホールのウ・ブジェジヌー（＊語注11）に集まった。晩になると彼らは、ビアホールの丸天井の部屋で扉の右手の隅にあるテーブルに座ったが、各々の席は決まっていた。サメチェクは壁際の長椅子に、フィレチェクはいつも彼と差し向かいの椅子に座った。サメチェクの右手にはミクラーシュ・クロウパが座った。彼はブランドリンスキー・ゼ・シィチェクシェの珍しい家について、驚き称賛してしばしば語った。一方フィレチェクの左手にはヤン・クビーチェクが座り、彼はしばしばフブリクの類まれな家について感動し、夢中になって語った。また彼は時に、元気な赤ら顔で白髪の七十歳になる祖父が熱心に、まだ眼鏡もかけずに読んでいる、チェコの年代記について語り、また自身が愛好家である絵画についても、また自分の姉のアンチチカの事を話す時は、常に心を込めて優しく語った。彼女は男やもめの彼のために家事を切り盛りしていた。

この仲間の五人目のフロリヤーン・マリヤーネクは、腰の落ち着かない男だった。ある晩はフィレチェクの隣に、別の晩はサメチェクの横に座った。時には一晩の内にちょっとこちらに座ったかと思うと次にあちらに座り、さらに老いたクビーチェクの方に椅子を引き寄せて、何度聞かされたか分からない、彼の繰り言を聞いていた。それは彼クビーチェクが若い時から老齢になるまで、五十年以上も騎士フブリク閣下と彼の高貴な家族に仕え、騎士フブリクつまりホベルク・ズ・ヘンネルスドルフがプラハのズデラスル地区のミクランツカー通りに家（＊〔原注〕一二二番地の宮殿風の建物、mapy.cz で→Mikulandská 122）を構えているという話であった。

この五人はずっと以前からほとんど毎晩ウ・ブジェジヌーの店に通い、仲良く意気投合する時も、内輪もめする時もあった。この仲間意識が一番強かったのがフィレチェクとサメチェクであった。彼らの仕事はよく似ていた。

イグナーツ・フィレチェクは法務局の廷吏で、フィリプ・サメチェクは王国プラハ葡萄畑管理局の廷吏であった。二人とも五十歳前後でフィレチェクの方が痩せていて、二人とも独り身であった。フィレチェクは子供が無くて妻に先立たれ、サメチェクは年老いた未婚者だった。二人にはそれぞれ持ち家があり、フィレチェクはプラハ旧市街の石炭市場（＊語注78）に面して、サメチェクは聖インドジフ教会（＊ヴァーツラフ広場を横切るインドジシュスカー通りの奥にある、なお Indřich は Heinrich のチェコ語読み）の後ろに家を持っていた。二人とも信心会（＊語注50）の会員で、フィレチェクは旧市街の聖霊教会にある高名な万霊信心会の会員で、サメチェクは新市街の神体教会（＊今日のカルロヴォ広場の中央に建っていたが一七八九年に取り壊された。付録図版2）にある聖母マリア受胎告知信心会の会員であった。

彼らはみな良質のブレジル（＊嗅ぎタバコの一銘柄）が好きだった。二人も上着の深いポケットに銀のタバコ入れを持っていた。フィレチェクのものはトルコ人の姿が蓋に彫られ、サメチェクのそれは女性の姿が内側の底に彫られていた。それについてフロリヤーン・マリヤーネクは、それが最古の女性イブのように裸で、イチジクの葉一枚も付けていない全裸であると主張した。サメチェクはそうではないと否定し、嗅ぎ終わってタバコ入れが空になったらその女性を彼らに見せることに同意した。しかしその時彼は意味有りげに笑い、タバコが決して底まで無くならないように、いつも減ってくるとぎっしり詰め込んでいた。

この様に多くのことで二人の廷吏に類似点があったが、服装もそうであった。二人とも栗色の上着と同じ色の丈夫な木綿の胴衣を着て、二人とも市民のように丈が半分のスペイン風のかつらを付け、スペイン風の杖を手に持っていた。彼らのことを知らない人は彼らが双子の兄弟だと思った。と言うのも顔もそれほど違わず、狭い額も口も顎もすべてが同じで、特に鼻は二人ともかなり長く、先は団子鼻であった。つまり双子のようであった。

しかし彼らには一つのイチゴでも分けて食べるほどの友情があっても、時に口論もした。しかしそのような衝突の後でも、彼らはビアホールから別々に出て行くということはなく、ホールを出る前にいつも仲直りしていた。一番多く彼らをけしかけ、時に自分たちのテーブルやホール全体のテーブルを楽しませるために、彼らを怒らせるのはフロリヤーン・マリヤーネクであった。

彼もまた子供のいない男やもめであったが貧しかった。彼はかつらを付けずに歩き回り、袖飾りのない錆色の上着を着てすり減った短靴を履き、夏はいつも首にスカーフも巻かなかった。彼はその仲間の中でただ一人自宅を持っていなかった。と言うのも老いたクビーチェクも、クビーチェクより少し若いミクラーシュ・クロウパも自宅に住んでいたからである。クビーチェクはズデラス地区の聖ヴォイチェフ教会のそばに、クロウパはシュテパーンスカー通りに家があった。かつてはマリヤーネクも雨露がしのげる自宅で暮らしていた時もあった。その家には小売店も付いていて、そこには多くの品物があり、門の後ろには畑と葡萄畑があった。しかしその店の商品はほとんどみな干涸びていった。彼に最後に残ったのはとても百ズラティーの価値があるようなものではなく、麻屑を詰め込んだ箱と紙に包まれ香料が少し振りかけられた麻屑（＊麻屑は量を増やすため）が少しあるだけだった。彼が畑と葡萄畑を売り、そのあと家を売った時に店も閉めた。それを閉める時、彼は店の黒ずんだ扉に大きな文字で「すべては終わり」とチョークで書いた。

その後彼は「借家人」となって、インドジシュスカー通りの貸家に住み、家の売買や部屋の斡旋をしたり、あらゆる種類の祝辞を、一番多いのは守護聖人の祝日（＊聖人を一年の各日に割り振った聖人暦で、自分の守護聖人に当たる日にするお祝い）に寄せたものだが、それらを書いたり、また葬式の世話をしたりして生計を立てていた。

彼はそれらの「身内の」故人や、時に他所の故人についての過去帳（マトリカ・モルトゥオールム）を持っていて、そこに名前と没年日を書き留めるだけでなく、故人の死亡時の状況や、似姿としての簡略な特徴付けも書き留めていた。昨年クリスマス・イヴに彼の身近で幼い女の子が亡くなり、彼が葬式の世話をしたが、彼はその過去帳に次のように書き込んだ。「クリスマス・イヴの晩に幸せに亡くなり、天上のクリスマス・イヴの夕餉《ゆうげ》に呼ばれたのは、幼子カテジナ、パヴェル・クライジンゲルの娘であった。」

そのさらに一年前、同じくクリスマス・イヴの日に若い伯爵プシェホジョフスキーが亡くなった。場所がプラハではなかったため、彼は葬式には関わらなかったが、その知らせはフロリヤーン・マリヤーネクの気持ちを強く捉えた。そこで次のように記した。

「一七二三年十二月二十四日、高貴な生まれのFr・K・プシェホジョフスキー・ス・クヴァセヨヴィツ伯爵、この家系の最後の子孫はターボルで亡くなった。彼は花婿として婚礼に向かっていたが、より力のある死神の花嫁がその権利を得た。願わくは彼が彼女の持参金として永遠の王国を得られんことを。」

今年始めに彼は書き留めた。「一七二五年一月二十三日、高齢のトマーシュ・レイセクが亡くなった。良い音楽家で穏やかなユーモアを持ち、争いを好まず誹謗中傷を行わなかった。」

フロリヤーン・マリヤーネクは、ウ・ブジェジヌーの仲間へのニュースの提供元だった。それは主に、いつ「大貴族」の誰がプラハに到着したか、どこに滞在しているか、自分の家かそれとも一角獣屋（ウ・イェドノロシュツェ）か、鐘屋（ウ・ズヴォヌー）か、浴場屋（ヴ・ラーズニーフ）か、金のスズキ屋（ウ・ズラテーホ・ヴォコウナ）かというものであった。しかしまた何か悪いことが起きたり、何らかの「商売《ハンデル》」が出来た時、彼はそのニュースを持って「二人の廷吏」のもとに、ウ・ブジェジヌーの所では冗談であだ名していた『双子』のテーブルに出かけていった。そこはフィレチェクとサメチェクが仕切っていた。

もちろんマリヤーネクが葬式の世話をしている時は、身

近や周りの誰がいつあの世に旅だったのかを最初に知るのは、いつも彼であった。そして彼はいつもこのニュースを最初にもたらした。しかし復活祭は終わったが、外ではまだ雪が舞っていたある時、彼らのテーブルに老いたクビーチェクが、今日の午後彼らの隣人が亡くなったというニュースを持ってやって来たが、彼はマリヤーネク自身もそれには驚くだろうと確信していた――

「私はもう知っています」マリヤーネクは口を挟んだ。

「そんなことあり得ない。」

「マリヤーナ・フケロヴァーでしょう。」

「そう、マリヤーナ・フケロヴァーだ、敬虔な婦人だった。」

「小間使いの――」

「そう、この上なく高貴なココジョフツォヴァ嬢に使えていました。」クビーチェクは彼も彼女の隣人たちも知らないことをマリヤーネクが語るのを聞いて、さらに驚いた。それは彼女がすべての遺産を、彼女のかつての愛人で婚約者だったチェルニーン伯爵の従僕に遺言したことだった。その男は彼女を捨てたが、それでも彼女は彼にすべてを、三百ズラティーと五本の銀の匙と大きな数珠と、彼が結婚を約束した時に彼女に送った指輪を贈与し、きっと彼は満足するでしょう、そして礼拝の時にはどうか私のことを思い出して下さいと、彼女は死の床で遺言したことだった。

「何と高貴で敬虔な婦人だ」老人は感嘆して熱っぽく言った。

「愚かな女です」マリヤーネクはそれに対して言った。「あの男は悪事を除いては何も思い出すことはないろくでなしで、みんな飲んでしまうでしょう、あの数珠も。」

「それなら彼女のことを何と書くつもりだね」フィレチェクが尋ねた。

「何も書きません。」

「何だって。じゃあ、それなら君は私について何と書くかね。」つい思わずフィレチェクは言ってしまった。

「あなたについてですか。こうなります。法務局廷吏、彼は召喚状で人々を法廷に呼び出していた。そして今自分自身が、最高位の裁判官によって天上の法廷に召喚された。イグナーツ・フィレチェク、風呂敷包み一杯の罪と不正を持って。」

テーブルの周囲や傍で大笑いが起きた。フィレチェクは困惑し、マリヤーネクに対して憤慨したが、大笑いして身を屈め、目を瞬《しばた》いているサメチェクにも腹を立てた。彼は最後に、それでは君、マリヤーネク、自分についてはどうなのだ、きっとさぞ立派なことを書くだろうと大声を上げた。

「それでは言いましょう。こんな風に書かれます。フロリヤーン・マリヤーネク、噂を流布する拡声器、畑と家を失い、老いた膝で歩き回り、祝いの日の祝辞で口を糊し、僅かの金であらゆる葬式の世話を務めた。」

この厳しい自嘲はフィレチェクを少しは宥めたが、サメチェクに対する怒りは、彼の中でその晩中燃えていた。彼は話すのを止めた。彼は刺々しいほどに苛立っていた。マリヤーネクは顔をしかめて、いつもは冗談でからかうだけだが、この気まずい雰囲気の中では、フィレチェクはサメチェクに面と向かって文句を言うだろう、今回はサメチエクの鼻の下に嗅ぎタバコではなく、皮肉一杯のものを突つ込んで、サメチェクを怒らせようとしていると思って待つていた。フィレチェクは「葡萄畑管理局」には大学よりも多くの祝日があり、収穫祭が済むとその直後に葡萄祭やあらゆる種類の祭があり、それ以外にも絶えず祝日が、勝手に決めた《アド・プラキトゥム》祝日があると言った。これに対してサメチェクは直ちにフィレチェクに怒って反撃し、自分が属する聖母マリア信心会の方がフィレチェクの万霊信心会より尊いと考えると言った。なぜなら神体教会にあるサメチェクらの信心会の特権祭壇（＊語注67）は、聖霊教会にあるフィレチェクらの信心会の特権祭壇よりも多くの贖宥《しょくゆう》（＊語注49）を持っているからであると。

しかし何も起こらなかった。フィレチェクは鼻を机に向けてうつむき、サメチェクは警戒して目を合わせないようにしていた。彼は十分気をつけていたが身を守り切れなかった。水の話から、ヴルタヴァ川の水の話から突然小競り合いが始まった。サメチェクはあるビール醸造職人から、それは「女主人」の所で働いている職人頭のチールテクのことだが、彼から聞き知ったことを述べ始めた。皆はサメチェクがレルホヴァーのことを言っていると理解していた。彼女は聖ハシュタル教会（＊語注70）の近くのビール醸造所ウ・プラジャークー（＊語注12）の蔵元で、亡くなったブジェジナ夫人の母であった。

その職人頭はサメチェクに、モルダウ川（＊ヴルタヴァ川のドイツ語名）には三つの違う水が流れていると教えた。本来のモルダウ川の水は真ん中を流れ、他の二つは両岸に沿って流れていて、両方の岸で水が違うことはプラハでは周知のことだ。両岸のそれらの水はプラハの上流で川や小川からモルダウ川に流れ込んだもので、良く晴れた日にはその水の違いはよく分かるという。

「たわごとだ。」机に屈み込んで友達に目もくれなかったフィレチェクが、突然大声を上げた。

「たわごととは何だ。」サメチェクは思わず慎重さを忘れて言い返した。そしてすぐに鋭く言葉を継いだ。「経験豊かな職人頭のチールテクが話し、ウ・プラジャークーの副職長もそう言っている。そのことはビールの味で分かるのに、たわごととは一体何だ。小市街側の岸の水からはより良い白ビール（＊小麦を多く使って醸造したビール）が出来るが、こちら側の旧・新市街からは、より良い苦味のあるビールが出来る。そしてこちら側の苦いビールが小市街のものより上質なことは、経験から明らかだと言われている。」

「そんなことはない」フィレチェクは叫び真っ赤になった。「ウ・グロビツー（＊今日でもこの名のレストランがある→U Glaubiců）のも良い、むしろもっと良いかも――」

「こちらより良いというのか。」サメチェクはわめいた。「こちらよりも、例えばここのウ・ブジェジヌーのものよりもか。」

「ここのウ・ブジェジヌーより良いとも」フィレチェクは頑なに主張した、もっとも彼にとっても、ここの苦味のあるビールは最高の味であったが。それから彼は嘲笑しながら言い添えた。「はるかに良いであります、閣下。」彼が閣下呼ばわりした途端、事態はひどくなった。悪意のあるこの称号は、彼の心を突き刺した。サメチェクは対抗し彼らのテーブルで激しい口論が始まった。この騒ぎは隣のテーブルにも飛び火し、もはやヴルタヴァの水が問題ではなく、旧・新市街全体の苦味のあるビールと、特にブジェジナのビールが論争の的になった。特にウ・ブジェジヌーの帳簿係のヴェンツルとイジー・コツォウレクが煽った時、嵐はすべてのテーブルに広がった。このコツォウレクは、かつては学生で聖職見習いもしたが、その後教師になり最後には靴屋になった男で、粗野な皮肉屋であった。また自分たちの剣を頭上の壁に掛けていた法学部の大学生が多かったが、彼らもまた面白がって、この争いに首を突っ込み口論し始めた。白い帽子を被りエプロンの前に大きなポケットを付け、スリッパを履いて両手に沢山のジョッキを持った、がっしりした働き者の女給は、戸口で立ちすくまねばならなかった。店の中で人々がやり合い、苦味のあるビールの名誉をかけた大騒ぎのため、彼女は皆に給仕していたビールを持ったまま、先に進むことが出来なかった。クビーチェク老人はこの混乱の中に留まることを望まず、そっと気付かれないように退散した。
　痩せて頬骨が高く突き出し顎の尖ったヴェンツルは、小市街のグロビツーの方が美味しいと言ったやつは名乗り出ろ、もう一度言って見ろと叫んだ。そしてフィレチェクを睨《にら》み付けた。
　フィレチェクは仕出かしたことに肝をつぶして、黙ってしまった。好戦的な気持ちは消えてしまった。彼は椅子から立ち上がりながら、おずおずと周りを見回したが、ヴェンツルに目をやることは出来ず、再び座り目を伏せた。その時サメチェクが立ち上がって彼の方に身を乗り出して、さあ、ウ・グロビツーの方がもっと美味いと言ったことを、そうここの主人つまりブジェジナが聞き知ったならば、一体どうなるのだと言った。この言葉は痛いところを突いた。彼らにとってウ・ブジェジヌーは我が家のようなもので、その主人はしばしば彼らのテーブルに同席し、ブレジルを勧めて話を交わしていた。彼らは彼とは友達付き合いで、彼の家族も良く知っていた――
　マリヤーネクは水に放り込まれたカマスのようだった。彼は体をひねり、テーブルから何度も立ち上がり、大騒ぎの喧騒の中へ大声を上げ、何度もフィレチェクの方を眺めていた。フィレチェクが自分の避難所を求めるように、彼に怯えた視線を送った時、マリヤーネクは彼の狼狽と不安な様子を笑ったが、彼に同情して嵐を鎮め始めた。手にビールのジョッキを持ってビアホールの真ん中に進み出ると、さらに学生たちのテーブルに向かって歩み、か細いバリトンで歌い始めた。

　おお、我がブジェジナの麦芽よ、
　美味いビールの原料よ――

　彼はうまい餌を投げ、「おお、我が最良の――」の歌詞の部分を「ブジェジナの麦芽」に差し替えて歌い始めたのであった。学生たちは直ちにその後を受けて歌った。

　最後の最後の一滴よ――

　その時ホール中に大声が響いた。

甘さに満ちた麦芽よ、
おまえは惜しげもなくそれを与えてくれる——

その歌声に、突然戸口でリュート（＊ギターに似た古楽器→lute）の音が加わった。リュート弾きのジュフニチカがそこで弾き始めた。彼は背が低く、長いもつれた髪のとても痩せた男で、太股《ふともも》まで届く長い縞模様の胴衣を付け、かつては赤色だったがすでに色あせた長い上着を着ていた。その上着の広く折った袖には大きなボタンが付き、丈は彼の膝を越えて、青い靴下をはいた細いふくらはぎも越えていた。彼は自分の意思でこの大騒ぎの歌に加わったのではなく、若いヤン・ライネルとロス・ズ・ロゼンフェルドの命令で、やむなくそうしたのであった。彼らは通りでジュフニチカと出会って、彼をここに連れてきた。彼はウ・アーローヌー（＊［原注］リリヨヴァー通り二一九番地）に行く途中で、そこで演奏するために行かなければならないと、恐怖で震えながら訴えた。彼はロスが乱暴者で、すでに一度ならず逮捕されていることを知っていた。ロスは誰ともうまく行かず、家でもぐうたらな彼を養っている母や姉たちとも、うまくいかなかった。その代わりに悔い改めの日々のような大きな叫び声を、しばしば彼らに対して浴びせ、その騒ぎの中で自分の母をつかむと扉から窓の方に投げ飛ばすのであった。

この大柄で力も強いズ・ロゼンフェルドの若者は、通りで小柄でひ弱で哀れなジュフニチカに怒鳴りつけると、すぐに剣で威した。そして若いライネルもまた、伊達男の放蕩息子で、自分の父の袖を引っ張って彼が墓場に入るのを助けたほどだった。このようにして哀れなリュート弾きはウ・アーローヌーの代りに、ウ・ブジェジヌーの喧しい集団の中に姿を晒すことになった。歌うというよりも吼えている、この二人の招かれざるパトロンに両脇を囲まれ、彼は戸口から丸天井のホールにおずおずと入り、演奏し歌った。フィレチェクはあわてて帽子を取ると、泥棒のようにこっそりと後も振り返らずに、外に飛び出した。彼は戸外でも帽子を被るのを忘れていた。正面に衛兵詰め所（＊ヴァーツラフ広場とそれに交わるヴォヂチコヴァ通りの角の家の向かいにあった）とその前に立つ兵士が見える、通り抜けの通路の端に来て、やっと彼は立ち止まり、自分の三角帽を頭に乗せた。その時、彼の後ろで皮肉ではなく共感を込めて

「もう帰りますか」という声がした。

彼は驚いて振り返った。

サメチェクが彼の後ろにいた。彼は今日の天気では雷も鳴らないでしょうと言い、そして付け加えた。

「私も帰ります。」サメチェクはフィレチェクに調子を合わせ、彼の突然の逃亡を注意深く弁護するために、憤った様子で彼は言った。「あいつらの自慢話を聞くつもりはないです、伊達男たちめ。」

フィレチェクは胸中ほっとして感謝した。そしてその憤慨に喜んで付け加えた。

「あの飲んだくれが。」

それですべてが水に流れた。お互いのことも、怒ったことも消えた。彼らは無言で並んで歩いたが、二人の心はより打ち解けて、いつもの晩のように歩いていった。サメチェクにはあのテーブルに一人でいるのは耐えられなかったであろう。喧嘩したと思ったらもう仲直りしていた。しかし今日サメチェクはいつもより遠くまで、馬市場の坂の下端まで、黒々と見える閉店した屋台や露店がある方まで、フィレチェクと一緒に歩いた。そこで彼はフィレチェクに手を差し出し、少し柔らかい口調で言った。

「それではおやすみなさい。」

フィレチェクもまた同じように、

「それではおやすみ。」

サメチェクは再び馬市場の坂を上に戻ると通りを左に曲がり、聖インドジフ教会の横の闇と静寂の中にある、こぢんまりした墓場の壁の背後に消えていった。

12

翌日の晩はウ・ブジェジヌーの双子のテーブルと、ビアホール全体も落ち着いていた。嵐の後は静かに晴れて、団結とブジェジナの苦味のあるビールは、皆にとってもまたフィレチェクにとっても、美味いという一つの考えでまとまっていた。フィレチェクは何らかの後悔の念に駆られて、声に出してそのビールを褒め称えた。そのテーブルにはフロリヤーン・マリヤーネクがまだ来ていなかった。彼はいつもより長くやってこなかった。そこで彼らは一緒に飲み一緒に談じた、昨晩の乱暴者の若いライネルとロス・ズ・ロゼンフェルドについて。

昨日いつもより早くテーブルから姿を消したクビーチェク老人は、その二人について今初めて聞き、その伊達男の父親の故ライネルについて話し始めた。彼は可哀想な老人で、とても優しく善良な男で、絵画について良く知っていた――

「彼もまた、私たち神体教会のチェコ信心会の会員だった」サメチェクが思い出して言った。

「そう、そう、彼は信心深かったが、あの息子に信頼を置き過ぎた。彼はあの軽薄な子に彼の評価で千五百ズラティーを越える価値の三十枚以上の絵を託し、それを持ってライプチヒ（＊ドイツ中東部ザクセン地方の都市）に行き、それを売るように頼んだ。彼は弟のロフスと共に出かけて行った。彼らは無事に着いたが、一緒には戻らなかった。ただ弟のロフスだけで、彼は空っぽの財布で戻ってきた。」

「売れなかったのか――」クロウパが推測した。

「いや、売れたとも、十二分に売れた。あの兄のヨハンは、最も良い作品のいくつかをライプチヒで売ったが、ロフスには何も渡さず、代金の大部分を飲み食いで使い果たし、残りの絵を持ってウィーンに行った。そのため弟のロフスは戻って来た。しかし私はちょうどその場に居合わせた。私はゲツセマネの園（＊語注28）で汗を流しているキリストの絵が欲しくて、そこに行っていた、私はそれを予約していた。今それは私の家の窓辺に掛かっていて、青い額に入っている――」

「ライネル老人はどうしました――」

「可哀想に彼は怒り、やくざな息子を嘆いていた。彼はウィーンにいる息子に戻るようにと手紙を書いた、あの絵を持って、もし売れたなら稼いだ金を持ってと。しかしヨハンは何も言ってこない。そこで老人はもう一度手紙を書いた、もっと執拗に。するとその伊達男は返事を書いたが、一体何ということだろう。美辞麗句を並べ立ててはいるが、絵についても金についても一言も無く、すべては彼がウィーンで見た出来事で、父にはどうでもよいことだった。トルコ人のこと、高価な毛皮を着たモスクワ人たちがやって来たこと、イタリア喜劇が上演され、それは見もので美しい娘役《コロンビーナ》もいる――破廉恥な――その娘役は何と上手く変装することか――おお、厚顔の破廉恥め――こんなことを彼は父に書き綴った、唾棄すべきこんな無駄口や下品な事を。ライネル老人には、さらにおおきな怒りと悲しみが襲った。彼は苦しんで、とうとう重い病に罹った。あの親不孝者は老人をそのように悲しませ、墓場まで連れていった。絶対あの息子のせいだ。彼は戻ってきたが、悲しむためではなかった。夜な夜な町をさ迷って、見ての通り狼藉を働いている。」

「何で暮らしているのだろう。」

「多分、従兄弟の画家ヴァーツラフが教会で描く時、彼の下で教会での日雇いの仕事をしているのだろう。ご存じだろうか、ヴァーツラフはライネル一族の中で一番の芸術家（＊語注90）で、なかなかの奴だ。しかし彼は今結婚しようとしている。相手はズデラス市門の近くのナ・ペルシュティーニェ通りに住むヘルツォゴヴァで――それは――」
クビーチェクは、他の人々が背の高い老人に目を向けたのを見て、急に話をやめて振り返った。その老人はちょうど入ってきたところで、幽霊のように彼らのテーブルのそばに立った。彼は背が高く痩せていて、かつらを付けない白く長い髪の頭に帽子を被り、左肩に外套を掛けその下から剣が覗いていた。彼は両手を腰に当て尊大に構え、頭を少し左肩の方に傾け、上目使いにホールの皆を眺めていた。帽子も取らず挨拶もせず、皆の驚きを少しも気にしないで、静かな声でゆっくり話し始めた。
「栄光ある帝国・王国のカトリックを代表する陛下の名において申し上げるが」彼はそこで帽子を少し持ち上げて「チェコ王国の地方行政長官たちが任に就かれており、プラハ城代のズ・ヴルドビ伯爵、ご存じパンスカー通りの黒猫屋（ウ・チェルネーホ・コツォウラ）の隣に住むシャフゴチ伯爵、インドジフーフ・フラデッツ家の家長でロレタの向かいに居を構える（＊現在のチェルニーンスキー宮殿）チェルニーン伯爵および他の貴族たち十一人の地方行政長官と、宰相を含めた十二人はすべてまとめて」彼はテーブルに向かって頭を下げ、周囲を注意深く見渡してから、大事な秘密を打ち明けるようにささやき声で言った「全員まとめて――何も無い、宰相も誰も何の権限もない。すべてはウィーンに――ウィーンで決まる。ここでは言い訳《パルドン》は何も通用しない。」突然彼は、話を変えるかのように背を伸ばし、声高に再び尊大に誇らしげに言葉を発した。

「私は、特使が戴冠式でこの地に来た時、彼と会談し取り決めた。」

「どの特使とでしょうか。マテジョフの高貴な殿《パーン》」サメチェクは笑いながら尋ねた。老人は答えずに彼に向かって叫んだ。

「閣下《ヤスノスチ》と言え、愚か者。閣下だ、おまえは侯爵、老侯爵を知らぬのか。」彼は背を伸ばし腰に当てていた手の肘をちょっと持ち上げた。

「どうかお許しください、閣下」サメチェクは詫びたが、彼の目は笑っていた。「どの特使とでしょうか――」

「ヴェネチアの、戴冠式に派遣された栄光あるヴェネチア共和国の特使とだ。」

「誰とお話しされたのですか、閣下」サメチェクは驚いた様子《ふり》をして尋ねた。

「誰とだって、教えてやろう」マテジョフスキー老人は怒鳴りつけた。「彼はわしと学寮長を尋ねたのだ。」

「イエズス会のですか。」

「わしを尋ねてきたと言っているだろう。彼はわしの所に六頭立ての馬車で来た。二人の先駆けと、羽根の付いた帽子を被り、口ひげを蓄えた警護《ハイドゥク》の召使が御者台に座っていた。」彼はその召使が、どのような口ひげを蓄えていたかを手で示した。「そして従僕たちが後ろに従った。大使は言った。閣下、当地の人々は頭でっかちで、争いを好むと聞きました。彼らは不満で、しかもその気持ちが強かったです。その事を覚えている人々がいます。そこでわしは言った、いる、いる、そして不満であったと。でも今彼らはすでに大人しくなっていますと大使は言った。おお、彼らは従順だとわしは言った。再び大使は言った、たとえ短い間であっても、皇帝陛下がチェコに来られ、神聖なる尊敬を得たことは良かったです。わしはそれに対して言った、神聖なる尊敬、それはとうの昔に忘れていたからな。」彼は黙り、考え込むかのように目を伏せた。彼はそのテーブルに座った人々が笑い、残りの客も彼の方に目をやり、ヴェンツルや靴屋のコツォウレクや他の人々が、面白がって近づいてくるのに気付かなかった。

「誰でありますか、閣下」サメチェクが尋ねた。「誰が忘れたのでしょうか。」

「その様なことを尋ねるもの皆だ。今は統治も容易だ。十二人の地方行政長官は何も出来ない。彼らの代わりにウィーンですべてが行われている、プラハではない、ウィーンで。」

ヴェンツルはぷっと吹き出し、皆に目配せして面白いことになるぞと合図を送った。しかし突然、老マテジョフスキーの背後で叫び声がした。

「神父様があなたを探しておられます、閣下。」

閣下はぴくっと身を震わせ、すぐに尋ねた。

「誰、誰だって。」

「マテジョフスキー神父様です、あなた様の甥の。もうすぐ来られます。」

「あれが来ると、来るとな――」老人は手を下ろすと、それまで話していた傲った尊大さが突然無くなり、落ち着きなく神経質になった。「あれが来るとな」彼は繰り返した。「それならわしは彼に会いに行く、会いに行く。」

初め頭を真っ直ぐに伸ばし、ゆっくりと威厳に満ちて『老侯爵』は登場したが、今彼は、自分の甥である聖クリメントのイエズス会神学寮（＊語注26→クレメンティヌム）の神父を火のように恐れている哀れな老人となって、不安げに慌てて外に飛び出した。彼はその呼び声に応じて、靴屋のコツォウレクやヴェンツルの叫び声や笑い声を気にも掛けずに、すでに消えていた。彼は姿を消したが、話題では残っていた。彼らは彼のことを話し合った。マテジョフスキー神父が彼を厳しく監視しているが、老人は機会があれば彼の所から逃げだして、プラハ中をさ迷い、聞いた話では何度も市門の後の葡萄畑に逃げ出し、彼を探して山狩りもあったという。クビーチェクは『侯爵』が可哀想だった。彼は八十歳を超えた老人でしかも気が触れていて、多くの辛いことを経験していた。また彼について聞いていたのは、彼はチェコ生まれではなく、彼の父が信仰のため国外に移った亡命先の神聖ローマ帝国のドイツで生まれたが、十何年か経って戻って来て悔悛し、カトリックの信仰に変わったこと、その時はまだ『侯爵』は少年であったことであった。

「そういうことならば、彼もまた――」クロウパが推測した。

「そう、実際言われている、彼はルター派の信仰の中で生まれたと。」

「そんなことはあり得ない。」

「あり得るとも。なぜ否定するのか、もっとも――」

フロリヤーン・マリヤーネクが入って来た。揉み手をして皆に笑いかけたが、下の歯並びの真ん中に、隙間があるのが見て取れた。その際彼は、何か秘密めいて勝ち誇ったような様子で眺め回した。テーブルにいた彼らは彼を見て、何かニュースを持ってきたなと見て取った。すぐに老マテジョフスキーの話は捨て置かれ、サメチェクは直接マリヤーネクに何だ、何のニュースを持ってきたのかと尋ねた。するとと彼は出し抜けに言った。

「婚礼がありますよ。」彼の目はきらきら輝いた。

「婚礼が――誰の――」

「今日の昼、婚約がなされました。花婿と花嫁がしかるべく指輪を交わしました。」

彼らはもっと話すようにと詰め寄った。

「ここで結婚式が行われます。ここで、つまりウ・ブジェジヌーでです。ここの主人のヨハネス・ブジェジナが結婚します。」

驚きの声が上がった。ここの主人は五十歳を超えて、三年間男やもめであった。ヴェンツルは、それは事実ではない、なぜなら自分は帳簿係としてそれについて何か知り得るはずだからだと言った。

「彼はここの帳簿係です」マリヤーネクは笑った。「でも蔵元の帳簿係ではなく、ましてや法学準博士でもありません。その人が宣誓書を上手に書いてくれました。」

マリヤーネクはこのように確信を持って言ったので、彼らは疑うことを止めた。さらに彼らは息を殺して、主人が誰を嫁にもらうのか、花嫁は誰なのか尋ねた。そこでマリヤーネクは誇らしげに公言した。

「尊敬すべき高貴な令嬢、ヴィシーノフ・ズ・クラレンブルク家（*始めはカレル橋の通行税徴収官だったが、三十年戦争末期のスウェーデン軍によるプラハ包囲の際の愛国的行為で、皇帝より貴族の称号を受けた）のアントニエ・モニカ嬢です。」

13

すべては聖なる真実だった。すべてはマリヤーネクがもたらした通りであった。その晩それはまだ秘密であったが、翌日には上手の馬市場市門（＊語注78→プラハの市門）付近にある大きなシャイドレロフスカー庭園から、下手の堀（＊プシーコプ、旧市街と新市街の境にあったものでナ・プシーコピェ通りの名の由来）に至るまでの、すべての馬市場の人々と、馬市場の両側の人々が知ることになった。『双子』のテーブルでもそのニュースについて幾晩も話された。それは彼らを興奮させた、なぜならそのニュースは彼らが知っているこの家の、主人とその家族に関するものであり、彼らはその経過を熱い共感を持って見ていたからである。特に七年前に主人のブジェジナは、今プルゼニで助任司祭をしている年長の息子、ヴォイチェフのために散々苦しんだ。当時彼は浪費家の陽気な大学生で、聖職者になることを望まなかった。今シトー会（＊ベネディクト会から派生した修道会）

の修道士の次男オンドジェイの場合も同じ様であった。

　彼にはさらに家に二人の息子がいた。インドジフは仕事に就いていて、末の息子はイジークであった。彼は一七二五年のその年には聖クリメントのイエズス会神学寮の修辞学学級《レトリック》（＊語注18↓ギムナジウム）に通っていた。

　子供たちは成人したので、ともかくブジェジナは自分の男やもめの状態を変えようと決意した。先ず始めそのことを、亡くなった妻の母に示した。彼女はウ・プラジャークーの女主人で、彼女自身三度寡婦になっていて、男やもめではしかるべき生活が送れないと彼に同意し、反対したり思い止まらせたりしなかった。彼女はまた彼が花嫁を上手に選んだことも知った。彼は花嫁をビール醸造業者の一族から選んだが、花嫁の父カレル・ヴィシーン・ス・クラレンブルクは、ビール醸造業者の組合長で十人官《デセチパーニ》（＊［原注］負債の係争を裁く裁判官）の一人であり、ビアホールのカマス屋（＊ウ・シュチクー、カルロヴァ通りとリリヨヴァー通りの角にある）の所有者で資産家であった。彼の兄弟は旧市街市役所の法律顧問で裕福であった。そして他の親族も同じく著名人であった。

　ただ女主人が気に入らなかったのは、花嫁が彼より二十歳も若いことで、また気がかりなのは彼女が家事を十分にこなせるかということであった。それは彼女がまだ娘の頃、彼女の父が彼女に舞踏の教師を付けただけでなく、楽器の演奏も習わせるため個人教師も付け、多分読み書きの教師《シュプラフマイステル》も付けていたからである。もっとも女主人の意見ではこれは必要なことであった。彼女は読むことはできたが、署名の際自分の「ロジナ・テレジエ・レルホヴァー、旧姓トロイシュティノヴァ・ズ・ハイデルベルグ」と書くのは苦手であった。しかし計算は良くできた。彼女はブジェジナに、花嫁の「学の高さ」については言及せず、神が彼に幸せをもたらすように、特に花嫁が子供たちに、彼女の孫たちに良くしてくれるように心から希望しただけであった。

　婚礼は五月の終わりに予定された。そのためフロリヤーン・マリヤーネクには、亡くなった者たちに最後の旅路を用意する時よりも、ずっと楽しい仕事が来た。彼は結婚式の準備を手伝った。彼はヴェンツルの右手となって、良いアイデアや助言を出して二人分の仕事をした。そして晩には双子のテーブルに、準備は万端、特に大部屋に関しては整ったというニュースを持ってやって来た。そこでは「扉のカーテン《ポルティエール》」と窓のカーテンを直し、三つに分かれた長いテーブルを置かねばならなかった。つまり盛大な祝宴のためにすべてを用意しなければならなかった。

彼はその際、ブジェジナ家では家具や用品などすべてに、何と高価なものが満ちあふれているのかを、驚きと共に語った。錫食器やマジョリカ焼きの陶器や銅の鍋があり、銀製品では単にさじや小さじや砂糖盆だけでなく、半ピンタ（＊語注74）の水差しやカップがあり、ガラス製品ではコップや瓶が、またその中で一際美しいのは、聖ヴァーツラフが描かれた瓶であった。これらは一見して見える富であり、通常のまた作り付けの衣装戸棚には、まだまだ多くのものがあり、小部屋の絹の天蓋が付いた寝台の傍には、純銀の洗面台があり、比較的小さな二つの部屋の壁には清楚な模様の壁布が貼られていた。これは主人が新たに貼るように命じたものであった。

これらの話にフィレチェクは、とても真面目な顔をして口を挟んだ。「すべては十分だ。でも一つ足りない。」

「何でしょうか」マリヤーネクは叫んだ。

「フォン。」

「フォンとは何ですか。」

「主人が貴族《フォン》（＊ドイツ語の von は貴族の出身地を示す）ならば良いのだけれど。花嫁は貴族の出身（＊チェコ語のズは von と同じ）だ。」

「今はそうではないですが、そのうちそうなるかもしれません（＊語注11）。」

「ところでマリヤーネク」クビーチェク老人が言った。「イジークはどうしているかな、継母が来るというので。」彼は柔らかい口調で関心を持って、ブジェジナの一番下の学生の息子について尋ねた。

「それについては私は知りません、一度も彼を見ていません。彼は部屋にこもったままで、本を読んだりヴァイオリンを弾いたりしています。」

「彼は確か在俗僧（＊語注35）の方が気に入っていて、兄のヴォイチェフ神父の時のようにはならないだろう。」——

——

マリヤーネクは結婚式当日の朝早く最後の仕事をした。彼の監督のもと使用人たちは、馬市場から玄関に通じる通路の入り口と、通路から住居に通じる木の階段への入り口を、青々とした針葉樹と白樺の枝や花束で飾った。彼は早朝はいつもの服で来た。しかし飾り付けが終わると自分の部屋に飛んで帰り、全身上品な身なりで戻ってきた。髪をとかし首に白いスカーフを巻き、きちんとした短靴を履いていた。また安いレースの付いた袖飾りが、ブラシをかけて磨いた彼の上着の袖から、白く輝いて見えた。

彼と同様にウ・ブジェジヌーに通っている皆も、お祝いの装いをして、中庭もまたその様であった。

中庭は掃除され、ビールを酒場に配達する荷車も隅に片付けられ、転がっていた樽も並べられていた。また昨日ウ・ブジェジヌーに立ち寄った「ジェメスロ」と呼ばれるビール醸造の遍歴職人も、一張羅の緑の胴衣を着て、遍歴職人を示す斧（＊スプラヴェッと呼ばれる、本節中の挿絵参照）を緑のリボンで飾った。そして彼は、ドミニコ会の教会（＊旧市街フソヴァ大通りの聖イルイー教会）から戻ってくる婚礼行列を待っている、召使たちの間に立っていた。通りでは行列を前にして、物見高い見物の大きな群衆が出来ていた。そして彼らは見た。

何台もの屋根付きの馬車が、ブジェジナの大きな家に着いた。先頭の二台は花婿のものだった。一台目にはリボンと花で飾られた白馬が繋がれていた。晴れやかな五月の真昼の日差しの中で、婚礼の客たちが現れ対《ペア》になって並んだ時、彼らの高価な着物の色が鮮やかに映え、身につけていた宝石がきらきらと輝いた。

最初の馬車には花婿のヤン（＊ヨハネスのチェコ語読み）・ヴァーツラフ・ブジェジナが乗っていた。彼は五十歳を越えていたが、押し出しも良く若々しく見えた。肩まで届く長い巻き毛のかつらを付け、高価な真っ白いスカーフを巻いていたが、その刺繍が施された端は、金ボタンの付いた黒い上着を広く覆っていた。また金糸で刺繍された手袋をはめ、脇に銀の剣を帯びていた。彼は花嫁を導いた。彼女はすらりと均整が取れているが、華奢《きゃしゃ》でもろそうな体つきで、上品で高貴な顔立ちをして、真珠の付いたリボンとローズマリーの花輪を頭に付け、金糸のレースで飾られた釣鐘型の錦織りのスカートを履いていた。

彼女の後ろには、付き添いの娘たちが続いた。彼女らは乙女の証のリボンを付け、端が尖って体にぴったり合った長い胴衣を着て、薔薇色の絹の靴下と踵の高い短靴を履いていた。彼女らと共に、まだ髭も薄い若い男子たちがかつらを付け、真っ白で柔らかな袖飾りの付いた黒い上着を着て、花婿と同じ黒い靴下を履き、胸には女性から送られた色鮮やかな飾りリボンや花束を付けていた。彼らの後ろに客たちが、新市街と旧市街の主要な市民とその夫人たちが続いた。彼らは主にビール醸造の蔵元と市行政の役人たちで、「高貴で勇敢な家長《ヴラディカ》」の称号を持つ市参事会員（＊語注38）や、「六人官《シェストパンスキー》」役所（＊語注97）や十人官の役人、平民の名称の市民たちであった。家畜市場の蔵元のカレル・パルマと、彼の兄弟で馬市場にある金のガチョウ屋の隣の緑屋（ゼレニー・ドゥーム）の、ベルナルトの二人はかつらを被り、黒い着物を着ていた。昔風のふさふさしたかつらを付け、赤紫色の晴れ着を着た、肥えたイジー・ハラーネク老人や、ウ・カリヴォドゥーのビアホールの少し弱々しいカレル・ベプタ、白い外套を着たインドジシュスカー通りのダニエル・ライトクネフトは背が高く痩せていて、新市街騎士団の少尉で蔵元でもあった。

　彼らの中には貴族の称号を持つ市民もいた。ミハル・ズ・ブラーヒは蔵元で旧市街一個中隊の大尉であり、花嫁の父でカマス屋のカレル・ヴィシーン・ス・クラレンブルク老人は暗い色の外套を着て、二人のザホジャンスキー・ズ・ヴォルリーカは、共に赤黒い外套を着ていた。家畜市場にある枕屋（ウ・ポドゥシュク）の自宅に住む、新市街の法律顧問で法学士のヤン・レオポルドもいれば、ソコリ近くで新市街石灰窯を持っている、生真面目で目立つ顔をした痩身のヴァーツラフもいた。彼らの前に立つのは、博士のガウンを着たチェコ王国官医（＊医療と共に公衆衛生にも関与する）で三球屋（ウ・トシ・コウリー）の薬学・医学博士、ヤン・グロビツ・ズ・ブチーナであった。彼は背が高く、堂々とした態《なり》であった。その後ろには威厳のある、歳は四十過ぎで旧市街の「高貴で勇敢な家長」であるヤン・V・ヴェイヴォダが続いた。彼は頭頂から肩まで広がる豊かな巻き毛のかつらを付け、黒い服に真っ白な襟で皆と同じ様に脇に剣を差していた。そして背の高いサムエル・タティレク・ズ・ヘルデンブルカは赤い外套を着て、ヴァーツラフ・カルリーク、ヘルモヴィの水車（＊旧市街北部のヴルタヴァ川辺にあった水車だが、川の改修で周囲は大きく変わった→Helmovy mlýny）の「旦那」は白い外套を着ていた。

　このように彼らは整列し、彼らと共に妻たちも並んだ。若い夫人もいれば年配の奥方もいたが、多くは二重あごをした元気な赤ら顔で、夫の左側に立って、彼らに「あなた《ヴィ》」とか「旦那様《パネ》」と呼びかけていた。彼女らは若くても年配でもみな「奥様《パニーマーマ》」で、みな金色の帽子や琥珀織りやビロードの角帽を被っていたが、様々な色の角帽は、レースや高価な花柄のリボンで飾られていた。みな端が尖った長い胴衣を着て、絹や錦織の贅沢なドレスに身を包み、丸い枠の入ったスカートをはいていた。タティールコヴァー・ズ・ヘルデンブルク夫人は快活で、周囲に愛嬌を振りまいていたが、市参事会員夫人のアリア・ズ・レーヴェンターラや他の多くの主だった夫人のようには、彼女はドイツ語が話せず、署名することも出来なかった。彼女は黒い緞子《どんす》の「張り骨スカート」をはき、ベプトヴァー夫人は赤い張り骨スカートをはいていた。彼女らはみな祈禱書を手にし、モスリンや絹のレースのスカーフを巻き、金の鎖や真珠やガーネットのネックレスを身に付け、金やサンゴの腕輪や指輪の宝石からの光で彼女らは輝いていた。――

緑の針葉樹を飾った門前の、若い白樺の枝を立てた所で、色鮮やかな行列はしばし立ち止まった。そこでは職人頭が副職長を脇に従え、雇い人たちの先頭に立って短い歓迎の言葉を述べた。どうか神が新婚の二人に長寿を授けますように、天上での神の永い支配が続きますようにと願い、心からの「神よ幸せを与えたまえ」の言葉で締めくくった。通路から陽気な雇い人の「万歳《ビバ》」の声が轟き、彼らの頭上で遍歴職人は斧を振り回し、その飾りの緑のリボンが激しく翻った。

この万歳の声に階段の傍にいた音楽隊のファンファーレが加わり、そこでまた新しい祝辞が述べられた。これは祝宴の客全員と特に『双子』のテーブルを代表して、フロリヤーン・マリヤーネクが述べたものであった。この祝辞の後、新たなより大きな万歳とファンファーレがあり、さらに陽気な音楽が始まった。音楽は婚礼の行列が階段を昇り、部屋に入って姿を消しても続いていた。

家中が騒がしくなった、階上では多くの部屋で、下では通路や広い中庭で、そして太いアーチで支えられ中庭に突き出たバルコニーで。外では箱馬車がひっきりなしに大きな音を立て、花婿の友人として家畜市場の黒鷺屋（ウ・チェルネーホ・オルラ）の若いシュミットが、また介添えの若者たちが、客たちを招待のテーブルに導いていた。物見高い人々はまだ家の前に大勢いた。彼らはそこに留まっていた。というのも彼らはすべてをつぶさに見たくて、また祝宴が終わった後、舞踏会に来るはずの仮装した客たちを待とうとしていた。

下の中庭ではヴァイオリンと竪琴の音が響き、それから音楽が「さあ行こう乾燥室へ（＊語注73）、われらビール作りの職人よ――」の歌を奏で始めた時、陽気になった使用

* 13 *

人たちの歌声がこだました。
　このようにその日の午後は、賑やかに陽気に過ぎていった。そしてあっと言う間に夕暮れになった。空はまだ輝いていたが、バルコニーでは夕焼けの最後の金色の帯は消えていた。下の中庭はどこも陰になっていた。その中で新たな気晴らしが始まった。ビール職人の一人が若い娘の手を取り、歌いながら回り始めた。

　　おじさん、おじさん、ぼくが来たわけ分かりますか。

　ヴァイオリンと竪琴がすぐに加わり、仲間たちが手拍子を取ってさらに歌い継いだ。

　　かあさんがここでエプロンをなくしたの。
　　どんなのかって。おじさん、ぱっと目に付く派手なやつ――

　その時二階のバルコニーにブジェジナの末の息子のイジークが立った。彼は十七歳の修辞学学級の学生で、背は高いがきゃしゃな若者で、黒い靴下と黒い服を着て、真っ白なレースのスカーフの端が、胸の前で広がっていた。彼は帽子を被らず、学生の黒っぽい短いかつらを付けていたが、その下の細長く優しい顔立ちは、さらに華奢に青白く見えた。
　彼は婚礼の宴席から逃げ出した。本来彼は騒々しい集まりが苦手だったが、その時までその宴席に足止めされていた。奥方や娘たちの間にいることは、彼には苦痛だった。そしてさらに、自分の継母の近くに座らねばならないこと、彼にはどうしても馴染めない、父や皆の陽気さを見なければならないこと、彼を笑わせないあらゆる冗談を聞かされることで、彼の苦痛は増した。彼は笑う気にならなかったが、怒りの苦さは感じなかった。ただ胸を締め付ける不思議な悲しみが彼を襲った。それが彼を外に促した。少し楽になった時、香りのある水の入った銅の小鉢と、指を拭うためのナプキンが差し出され、皆が舞踏会の事を話し始めると、彼はもう我慢が出来なかった。次に来る舞踏会は彼の我慢を超えた。確かに彼は舞踏の教師に付いて、完璧ではなかったがサラバンド、クーラント、メヌエットやトラカナールを踊れたが、今は踊る気にはならなかった。
　彼はその陽気さから逃れたが、バルコニーで思わず立ち

✱ 13 ✱

止まり、薄暗い中庭の陽気な騒ぎを見下ろした。そこからは歌声や音楽や笑いや、荒々しい喜びのどよめきが広がり、彼のいる所にも来た。この騒ぎの中に突然通路から叫び声が聞こえた。

「仮装だ、仮装舞踏だ。」

釜が突然沸騰して吹きこぼれるように、中庭からすべての人がどっと押しよせ、通路の方に駆けつけた。そして市場の広場からも、やってくる仮装の集団を間近で見ようと、好奇心に満ちた人々の別の流れができた。この仮装舞踏は盛大な結婚式には付き物で、踊りに加わりそれを盛り上げようとするものであった。黒や赤のドミノ仮装衣を着た人や、白い仮装衣を着たプルチネッラ（＊イタリアの仮面即興劇で典型的な役柄の一つ、猫背でわし鼻の黒いマスクと白い外套が特徴）が雑踏の中に割り込んだ。彼らのために主に肘を使って、通路から右の階段への道を作ったのは、フロリヤーン・マリヤーネクであった。彼は彼らと共にそこに姿を消した。

通路の好奇心に満ちた人々は、あのマスクの下は誰だろうと推察していた。ヴェンツルは階段の所に立って喧騒に向かって、退いて外で待つように、自分も何も知らないが後で分かるだろう、第三の踊りが終わるまで待たねばならないと叫んでいた。と言うのも三番目の踊りが終わると習慣に従って、結婚式での仮装は顔からマスクを外さねばならなかったからである。

その騒ぎと雑踏の中で、帽子を被り外套を着たブジェジナの末の息子の学生が、通路の群衆の間を通り抜け、外の馬市場に向かったことに誰も気付かなかった。

14

彼は市場を下り、ナ・プシーコピェ通りを横切りナ・ムーストク通りを通って、旧役場（＊語注19）の角を曲がり、筒瓦（＊半円筒形の瓦→prejz）で葺かれ、大小の小売店が並ぶ長い建物のコトツェ（＊石炭市場と果物市場の間にあり、ラシャやリンネルや毛皮を売る店が並んでいた。プラハ全景図②参照）の衛兵詰め所の脇を通って行った。コトツェの周囲やその背後の聖ハヴェル教会のアーケードの中にある小屋や屋台では、日はもう暮れかかっていたが、まだがらくた市の喧騒と活気が残っていた。イジークはこの人混みには目をくれなかった。急ぎ足でツェレトナー通りを横切り、薄暗い通り抜けの通路を通って、清潔とは言えないテンプロヴァーの狭い通りを聖ヤクプの修道院（＊語注86）に向かって進んで行った。

彼は先週の日曜日にもそこの教会に急いだ。それは彼の音楽教師である聖マルチン教会のオルガン演奏家のブリクシ（＊語注79）の所で、あのイタリアのヴァイオリニストが聖ヤクプ教会で、盛大な演奏会を開くと聞いたからであった。それは昨年の戴冠式からフックスの祝祭劇の後も、プラハに留まっていたジュゼッペ・タルティーニ（＊一六九二―一七七〇、イタリアのバロック音楽の作曲家でヴァイオリニスト、超絶技巧の「悪魔のトリル」で有名）で、現在はキンスキー伯爵の宮廷楽団にいた。

イジークはその芸術家のことを知っていたが、彼についてはさらに多くのことを、かつての家庭教師だったフバーチウスから聞いていた。そのため日曜日に聖ヤクプ教会に急いで行ったのであった。タルティーニは実際そこで演奏した。彼自身熱烈なヴァイオリンの愛好家だったイジークは、我を忘れて聞き入り、さらに家に戻ってもまだ彼の心は、あの魔法の音に満たされて、幻の中にいるようであった。

いま教会の扉は閉まり、あたりは静かだった。教会を見回して、さらに聖ハシュタル教会がある通りの端に急いだ。教会からさほど離れていないそこに、彼の祖母レルホヴァーの蔵元の家が建っていた。それはウ・プラジャークーと呼ばれる、陰気な外観の大きな二階建ての家で、みすぼらしい周囲を従え、隣接する小さな低い家々の上にそびえていた（＊語注12）。家々は大部分がこけらぶきの屋根で、それらの屋根の間にある木製の樋が、通りに向かって突き出て見えた。ありふれた門灯が、昔からのビアホールの門の脇に掛かっていた。

レルホヴァー夫人には二人の息子がいた。最初の結婚でラファエル・ブラーハが、次の結婚でカレル・ウィルスができた。二人ともビール醸造業者になった。彼女自身はこの三番目のビアホールのウ・プラジャークーを経営していた。多くの男女の使用人を使っていたが、彼らをしばしば「隷属解除契約（＊語注94）」によって、つまり彼女は彼らを買い取って自分の財産に加えていた。イジークはよく彼女のところに行った。幼かった頃の最初期の訪問の一つでは、彼は驚くような装いをした。彼が五歳ほどの時、その後間もなく亡くなった彼の妹と一緒に、お祝いを述べるために祖母の所に出かけた。彼はドミニコ会の白い修道服を着て黒いお守りを下げ、妹は聖ウルスラ会の尼僧の法衣を着た。当時子供たちを外出させる時に、このように装わせるのが流行り始めていた。

イジークははっきり憶えていた、どのようにして家の者たちが彼を修道士に、亡くなった妹を尼僧に仕立て上げたのかを、母がドミニコ会とウルスラ会の修道院に（お布施を出して）これをする許可を得たことを、そして母は大喜びで彼らを眺め、父は小さな尼僧を机の上に立たせて上機嫌であったことを。それからイジークと妹のレージンカは二階では部屋から部屋に、一階では門道の通路まで、家中を引き回されたことを、彼らを見た皆がびっくりして驚いたことを、また母と女中のマジーが彼らをここウ・プラジャークーに連れてきたことを、祖母が小さい修道士と可愛らしい小さな尼僧の姿を見て、そして彼ら二人が一緒に祖母にお祝いの言葉を述べ始めた時、祖母の目が涙で曇ったこともはっきりと憶えていた。もっとも祝辞は、小さな尼僧のレージンカが急に口ごもり、それ以上言えなくなったので、彼が一人で述べたのだが――

その後彼は一人で祖母の所に祝日やクリスマスに、またギムナジウムに進学してもなお、生徒だった頃のように通った。そして最も足繁く通うようになったのは、母が亡くなって一人になった最近であった。

彼に再び母が来た今日、彼は古い蔵元の家に急いだ。なぜならそのことで、より熱く亡き母の思い出がよみがえり、より強く悲しみを感じたからであった。彼はこらえきれずにそこに急いだ。彼と同様に、母の思い出を大切にしている彼女の母、つまり祖母の所にいる時は、彼にはそこは何か、より母に近いところのように思えた。

通路ではいつものように、ビアホールの女将ヴォルシラが椅子に座って、どっかと構えていた。手にジョッキを持ちビールを待っている人々が、彼女の回りに群がっていた。イジークはその脇を通り過ぎ、真っ直ぐに木の階段を上って二階の大部屋に向かった。しかしそこには足を踏み入れず、控えの間で立ち止まった。扉が開いていてよく知った声が部屋から聞こえてきた。祖母の醸造所でヴァシーチェクと呼ばれていた副職長フランタが、懇願していた。

「お願いです、ご主人様、どうか発酵し損なった樽の代金を、少し割り引いて下さいませんか。」

それに対して祖母の厳しい声がした。

「よくお聞き、副職長、おまえと職人頭を比べて見ようか。私は彼と次の取り決めをしている。彼が例えば私の二十樽を台無しにした時には、彼はそのすべてに対して責任を持たねばならず、私は彼に何も配慮することは無いのだ。彼は私の所でもう二十年も働いているが、自分が仕出かしたことは自分で解決している。おまえは自分を彼と比べてみればよい。私はおまえを助けることは出来ない。」そして彼女は杖で床を突いたように聞こえた。

イジークは祖母が使用人の誰かを厳しく叱ったり、たしなめたりする時はいつも、胸が苦しくなり不快になった。今も彼は可能な時は、そこから立ち去り姿を消していた。その好ましくない行為の現場に、足を踏み入れたくなかった。そこで右の扉の方に向きを変えた。そこは祖母の「小さな倉庫」、つまり丸天井の小部屋に通じていた。祖母のレルホヴァーが副職長といた大部屋は天井が木で出来ていた。

イジークは幼い頃から彼を引き付けていた、この丸天井の小部屋が好きだった。もっとも当時は、この部屋の雰囲気に引かれたのではなく、壁を飾っていたものに引かれたのであったが。彼はこの部屋の第一印象を憶えていた。彼がこの部屋に入ると、部屋の隅にキリストの磔像があるのに気付いた。それは明るい光の下ではなく薄闇の中にあり、血に塗られた茨の冠をつけた頭の周りから、金色の光が発していた。この光は鈍い金属の輝きだったが、磔にされたキリストの脇腹にはっきりと、そこの傷から明るい照り返しが輝くように瞬いていた。当時の彼は、磨かれた水晶が脇腹に埋め込まれ、そこから光が発していたのを知らなかったが、彼はこの輝きの不思議さと、聖なる傷からのその輝きにただもう驚いていた。

磔像からは、驚きと恐怖の静かなおののきを感じた。しかし彼は向かい側の壁に掛かった絵からは、快さと晴れやかさを感じた。その絵には花で満ちあふれた園庭で、死者たちから蘇ったキリストが、マグダラのマリアの前に現れた姿が描かれていた。イエスは黒ずんだ赤色の外套を着て帽子を被り、彼の前には金髪の若い女性がひざまずき、背景には暗く木々と薮が描かれ、その背後の空は夜明けの最初の光で輝いていた。この絵の上と下には聖体祭（＊移動祭日で三位一体祭の主日の後の木曜日）の時に飾った、二つの花輪が枯れたまま掛かっていたが、彼の目はしばしばこの絵に留まっていた。

ここにはさらにもう一つ貴重なものがあった。それは普段の衣類を収めた箪笥《たんす》の上にある、真鍮《しんちゅう》で縁取られたガラスの箱であった。その中には巧みに作られた二本の鮮やかな緑の木の間に、幼子イエスを抱いた聖母マリアの像があり、その脇には蠟製の幼子イエスの像があった。その箱の手前には、豊かに装飾された蠟製の二本の柱の間に、聖別された琥珀の数珠と、銀の留め金が付いた祈禱書があった。この本のいくつかのページには、色あせた押し花が挟まっていた。これはパレスチナから来た巡礼がもたらしたもので、祖母は自分の棺に入れるため用意していた。まだ幼かった頃イジークはこの花を見て、強く心を捉えられた。それはこの花がゲツセマネの園に咲いていたものであったからである。キリストはそこで恐れを抱き、死に向かう悲しみの心で夜通し祈ったとされ、彼は感動してその話を聞き、その後自分でもその話を読んだ。

この小部屋に彼は生徒の頃からしばしば、祖母と座って時を過ごしていたが、それは女主人の祖母が世間や商売の心配から離れて、落ち着いた一時を求め、孤独と静けさが欲しい時や、優しい言葉が欲しい時であった。イジークはここで彼女のためによく読んでいた。彼女は、彼が大きくはないが心地よい声で、ハーイエク年代記（＊語注68）やシュテイェル（＊語注45）の『聖なる鏡、あるいは神に愛されし聖女たちの生涯』を読んでいるのを聞くのが好きだった。彼女は喜んで聞いていたが、その際、長いまつ毛の目を本の各行に向けている青白く滑らかな頰の繊細な若者を、秘かな慰めを持って見ていた。

彼もまた祖母に読み聞かせるのが好きだった。静寂の中、二人だけで座っているのも気に入っていた。そして読むこと自体が、それがはるか昔の出来事でも聖人たちの殉教や英雄的な行為でも、彼の心を捉えしばしば感動させた。時に彼自身そこで読むのではなく、話を聞くこともあった。それは彼がイエズス会のギムナジウムの初級《プリンキピエ》に入学する前で、十一月の午後のある日、その小部屋にダニエル・スク神父が入ってきた。彼はイエズス会士で祖母の従兄弟に当たり、ここウ・プラジャークーをよく訪れていた。彼は宣教団には加わらず、長年イエズス会の各地の神学寮で教えていて、一番長かったのはクラトヴィ（＊プラハの南西一一〇キロメートル）で、次にプラハの聖クリメントの神学寮であった。しかし近年は教えるのを止め、教壇の代わりに告解場（＊信徒が神の代理とされる司祭に自分の犯した罪を告白しゆるしと償いの指定を受ける場所→zpovědnice）が彼の仕事場になっていた。

このダニエルは愛想のよい黒っぽい目をした神父で、近眼で少しぼうっとしたところがあったが、従姉妹の孫が気に入っていた。彼が小部屋に入った時、イジークは祖母にハーイェク年代記を読んでいるところであった。彼はイジークの頭を撫で、とても良いことをしているよと彼を褒めた。彼もまたそれを読んでいるが、故人のボフスラフ・バルビーン神父（＊語注71）は子供の頃、ハーイェク年代記を五回続けて読んだことを教えたかった。

彼はすぐにバルビーンのことを口にしたが、それはいつものことだった。ダニエル神父は少し自慢げに、彼のことを話すのが好きだった。それは、自分がそのような学識ある人と聖クリメント神学寮で暮らしたこと、若い僧として彼に仕えることが出来たこと、バルビーン神父が彼を気に入っていたこと、神父が卒中で倒れた時、資料を並べたり探したりするために、彼ダニエルを選んだこと、そしてバルビーンはしばしば彼に口述し、彼が書き留めたこと、そしてバルビーンは満足し、神よ、この様な愛しい良き若者を、学もありしかも慎ましい若者を、身近に置いていただき感謝しますと、述べたことであった。

ダニエルはバルビーンについては篤く語ったが、ジシュカとフス派教徒については、恐れと醜悪さを込めて語り、ルターとカルバンを這い回るヘビトカゲと呼んだ。彼はイジークが年代記を開いているのを見て、一方祖母のレルホヴァーが呼ばれて小部屋から出ていった時、自ら語り始めた。彼は聖ヴォイチェフ（＊語注10）について、その一生について、また彼が特に好んでいた「主よ、我らを憐れみ給え」の歌について語った。彼はイジークに、生き生きと夢中になって語り聞かせた、その歌を聖ヴォイチェフ自身が作ったことを、自身の神聖さで聖別し司教の力で確認し、また四十日間の贖宥の効力をそれに付与したことを。

彼は司教ヴォイチェフについて、どの様にして彼はチェコを見捨て、どの様に沿海の北の地まで出かけ、どの様にそのプロシアの地で異教徒たちに説教をし、殉教者としての死を受け入れたのか、どの様に聖なる林の樫の根元で殺されたのかを語った。そしてヴォイチェフは首を切り取られ、外套に包まれた首が運ばれようとしたその時、彼の首は大声で「主よ、我らを憐れみ給え」と歌い始めたことを

――

その時イジークは小部屋で身動き一つせずに、泡のようにじっとして目を見開いていた。彼には心の中ですべてが見えた、林も、その背後で打ち寄せる波も、ジシュコフの丘の葡萄畑にあるような樫の古木も。そして聞いた、その樹の下で死者の頭が歌うのを、薄闇に「主よ、我らを憐れ

み給え」の歌が響くのを。そして見えた、教会の殉教者たちの絵に描かれているような、半裸で髭の生えた異教の殺人者が、恐怖に襲われてひざまずくのを——

その時からしばしばダニエルは、彼らがいつも座る大部屋で語るようになった。しかしイジークには、十一月の夕暮れ時に暗くなっていく丸天井の小部屋で、大昔の歌について聞いたあの時のようには、心を動かされることはなかった。

今彼は、祖母の副職長に対する厳しい叱責を聞かなくても済むように、急いでそこに入った。白塗りの丸天井の下や部屋の隅はすでに薄暗かった。庭に向いた唯一の窓の付近は少し明るかった。窓際にくすんだ古い皮の装丁のハーイェク年代記があり、その上にはより新しい装丁の『聖なる鏡』が置かれ、横には質素なインク壷と何本かの羽根ペンと、刻み目を入れた古い棒（＊計算とメモのために棒に刻み目を入れたもの）があった。それらの上方の窓のくぼみの壁には、新年の祝辞が印刷された、黄ばんだ大判の紙が留めてあった。そこには「時々のまた永遠のあらゆる御繁栄を祈念して、やんごとなきまた高貴で勇敢な方々に、すべての聖職または世俗にある方々に、主のベトレム礼拝堂（＊語注81）の聖母マリア勝利と栄光の被昇天記念の輝かしいチェコ信心会の会員である、高低の身分のご主人と奥方とその令嬢の方々に。」と書かれていた。この祝辞は「ヨゼフ・ゼレンカ、この高名な信心会（以下省略）の寺男」が「職務上」言上したものであった。この祝辞の下には昨年の一七二四年に亡くなった信心会の「兄弟姉妹」の名簿があった。（レルホヴァー夫人は彼女の娘婿のブジェジナと同様に、ベトレム礼拝堂のチェコ信心会の熱心な会員であった。）

別の時だったらイジークは、年代記に手を伸ばしたかもしれなかった。しかし今はその傍に立っていても、それに目をやることも無かった。彼は下の庭を眺めた。そこでは灌木と窓近くのカエデが新緑の葉を広げていたが、咲いている草花はまだ少なかった。それを眺めて彼は思いを巡らした。彼の頭に浮んだのは、祖母の所に遊びに行くと、亡くなった母がよく彼と幼い妹を連れて、下の庭に行ったことだった。その時、彼の後で驚く声がした。彼は振り返った。祖母がいた。戸口に立っていた。がっしりした体格で白髪交じりの彼女は、帽子を被りスカーフを胸の所で交差させ、青い前掛けをしてラシャのくすんだ色の短靴を履き、真っ直ぐな飾りのない杖を手にしていた。肉付きのよい短い二重あごの彼女の顔は、表情に富んでいた。血色の悪い頬は丸く垂れ下がっていたが、褐色の目は若々しく、豊かな経験から学んだ知恵で、物事を見通し察しも早かった。

「そこにいるのは、イジークだね。」杖をついた重い足取りで孫に近づいたが、足を引きずることはなかった。「何が起きたのかね――婚礼に加わっているはずのお前が、この小部屋にいるとは。」彼女は疲れたように、窓辺にある象眼を施した長持ちに座った。その中には彼女の婚礼の衣装が、畳んで仕舞われていた。もうそれに袖を通すことは無く、またその中の一番美しく一番高価なものは教会に寄進することに決めていた。それは銀糸のレースが付いた緞子のマントで、聖ハシュタル教会の聖母マリア像の肩衣《かたぎぬ》（＊語注15）になるはずであった。

イジークは祖母を驚かしてしまったと、やっと気付いた。狼狽しながら祖母の横に座った。

「何か起きたのかい。ひょっとしてお前に」彼女は孫の身になって、手短に鋭く尋ねた。

「いいえ、おばあさん、何も。」

「それなら一体何で――」突然彼女は彼の方に身を屈めると、優しく尋ねた。「悲しかったのだね――」

「そうです、あすこにじっとしていることが出来ませんでした。」

「そこで私の所に駆けて来た、よく分かるよ」彼女は彼の肩を撫でた。「今日私も思い出していた。孫や、私も思い出していたよ。」しかし彼女は感情の高ぶりを押さえて、穏やかに叱るように付け加えた。「でもそこを離れてはいけなかった。そのことでお前はお父さんを怒らせるだろう、でも新しいお母さんを怒らせないようにしなさい。お母さんはおまえと話をしたかい。」

「話しました、でも少しだけ。いつも回りに人がいるので僕は――」

「そしておまえは、あまり彼女に近づかなかったのだろう。彼女はそれに気付くだろう、もし彼女でなくても他の人が。おまえは帰らなくてはいけない。」

「あすこでは今もう踊っています。」

「それならますます気付いてしまう。」

「でも僕は踊りたくない。」

「踊る必要はない。でも姿を見せねばいけない。そうしなければならない。もう踊っているならば――」彼女は披露宴に来た客たちについて尋ね始めたが、急に話を止めてきっぱりと言った。

「それでは、イジーク――」

「おばあさん、僕はそんなこと考えてもみなかった――」

彼は目を伏せた。

「お前はこれからのことも考えていないね、おまえは新しいお母さんと暮らすことになるし、いつも彼女と一緒だし、彼女が反対すれば、何も始めることは出来ないのだよ。」

イジークはうなだれて悲しげに聞いていた。祖母が話し終えると彼は祖母に目を向けたが、それを見て祖母は驚いた。いつもは穏やかで静かな灰色がかった彼の青い瞳に、痛ましさと失望と悲しみと非難が見えた。彼は急に立ち上がった。祖母は彼の手を掴むと彼を引き寄せ、彼を撫でて、なだめるように言った。

「言わなくていい、イジーク、言わなくても私には分かる。私もお前がここにいる方が嬉しいのだ。でもよい子だから聞いておくれ、私がお前をわざとここに置いていたと、お父さんに言われないように、お前が継母の花嫁の前から逃げ出したと、言われないようにするために。どうか分かっておくれ。明日おいでイジーク、必ず来るのだよ。そしてしっかり憶えておきなさい、私はお前の味方だ。もし――。いいかい、決して決しておまえを見捨てるようなことはしないから――」

イジークは、いつもはきっぱりして厳しい祖母のこの熱い言葉に打たれて、彼女の手を取り無言で心を込めて彼女を抱くと、そこを飛び出し急いで去っていった。

15

祖母のレルホヴァーが再び大部屋に戻ってからしばらくして、黒い僧衣《スータン》（＊聖職者が日常着用するくるぶしまでの長衣）を着て、三角帽を手に持ったダニエル・スク神父が入ってきた。彼は大柄ではなく白髪で血色のよい頬をしていた。彼は部屋に入ると、よく見えるように黒い目を細めた。彼女は暗色の安楽椅子に座っていたが、彼に心のこもった挨拶をした。彼女は彼の従姉妹に当たったが、彼を聖職にある僧として「あなた」で呼びかけていた。

「イジークはここにいるかな」彼は座りながら尋ねた。

「いませんよ、彼は結婚式に出ています。」

「何の結婚式に――ああ、そうだそうだ、ブジェジナのところで婚礼があったな。私は忘れていた。それは輝かしいものだが、同時に罪深い誇示だと思っている。高価な帽子やとさかのような帽子や最新の頭巾、もちろん令嬢や奥方は宝石を身に付け、化粧し着飾りめかし立て――そして張り骨スカートをはいて——どうか神様、彼女らを罰することがありませんように。今そこで私は一人の娘に会った、未婚の乙女の、彼女は丸い枠の入ったスカートをはいて——幅広の、とんでもなく幅広のスカートをはいて、いいかい、ロージチカ（＊レルホヴァーの愛称）、まるで一年中妊娠していても、何人もの子を身ごもっていても、誰も気付かないかのような。あれはスカートかい、あれは樽だよ。」

「何をそんなに怒っていらっしゃるの、私はあんなもの、はきませんよ。」笑いながら彼女は反論しすぐに話を逸らした。

「何で今日はこんなに遅くなったのですか。」

「遅いかな、本当だ、遅くなってしまった、でもあのことがあったので——ロージチカ、私はもっと早く来ることは出来なかったし、しかも君とイジークが今日中に知るように、あの英雄的行為を君たちがすぐ聞けるように、私はちょっと立ち寄っただけだ。彼は実際英雄で、いわば受難者だ。」

「誰が——」

「私たちのコニアーシュ神父（＊語注30）だ。」

「何が起きましたか——きっと聖なる宣教中のことでしょう。」

「そう、そうとも。宣教中に。彼はいつも比類ない熱心さで巡回し、神と聖母マリアのご加護を持って不信心の蛇を打ち負かし、異端の本に満ちた有害な巣を除いていたが、先日また説教のため地方に出かけた。」

「彼に何か起こったのですか」レルホヴァーは待ちきれずに尋ねた。

「起こった、起こったとも。傷が癒えた今日の午後、報告に来た——」

「おお神様、何があったのですか——」

「全身傷だらけで、全身青あざで、そしてここに——」ダニエル神父は立ち上がり彼女に背中を向けると、うなじの上の後頭部を示し「ここに大きなこぶが、ぞっとするようなこぶができている。」

「でも、ともかく——彼の身に何が起きたのですか、どこで彼はそのような目に——」

「百姓たちが彼をこのように、非キリスト教的に殴った、百姓たちが、チャースラフ地方（＊チャースラフはプラハの東南東七〇キロメートルの町）の異端のさ迷える者たちが。彼はある村で異端の本を探していたが、ある屋敷に

＊ 15 ＊

行った、それは辺鄙な所にあった。禁止された異端の本を彼に差し出すように言って探し始めた時、彼らは彼に襲いかかり、突き倒して打ち据えた、そして彼がほとんど意識をなくすと、神聖な僧の彼を放り出し閉じ込めた、どうか神様お許し下さい《サルヴァー・ヴェーニャー》、豚小屋に、そしてそこに放っておいた。」

「何ということを。」

「彼は放っておかれた、全身傷だらけで血に塗れて、水も与えられずに。彼は傷から熱を出したまま、そこに丸一日と一晩、さらに丸一昼夜、つまり二日二晩横たわっていたが、水を飲むことも許されず、飢えと渇きと痛みの中で放置された。彼らは彼がそこにいないかのように、彼の呼び声が聞こえないかのように振る舞った。彼は死を覚悟しそれを待って祈り、聖母マリアに懇願した。すると聖母マリアは彼の言葉を聞き届けて――」

レルホヴァーは思わず手を合わせ、緊張と興奮の中で安楽椅子から身を乗り出した。

「三日目の午後に、これらのならず者はみな屋敷を離れた、もちろん居酒屋に行ったのだが。その間にコニアーシュ神父は羽目板の隙間から、一人の女がちょうど傍を通って行くのを目にした。すべての力を振り絞り彼女に叫んだ――」

「聞こえましたね――」

「聞こえたとも。彼女は異端者ではなくて、善良で敬虔な女だった。彼女はすぐに扉を開け、飢えと渇きと殴打で弱り果てていた神父は、力の限り急いで、これは言わなくてはならないが彼は脱腸を患っていて、やっとの思いで逃げ出した。しかし聖母マリアは彼を憐れんだ。彼は近くの森にたどり着き、そこから一番近い司祭館に行った。その女はその間ずっと彼を導いた。しかし彼が司祭館の中庭に、足を踏み入れるや否や彼は倒れ、その先に行くことは出来なかった。彼は運ばれすぐに寝台に寝かされた。その司祭館に何日か留まり、少し元気になった今、プラハの神学寮に戻って来た。彼を見ただけで彼がどんな目にあったかが分かる。彼はやつれ果て、あのこぶが――」ダニエルはまた立ち上がると後ろを向いて、コニアーシュに出来たこぶの場所を、自分の頭で示した。「卵ほどの大きさで消えていなかった、医者はこれは多分もう消えず、記念としてずっと残るだろうと言っていた。英雄だ、実際に英雄で、もう少しでブルナティウス神父（＊イエズス会士で宣教中の一六二九年に殺された）のような殉教者になるところだった。この方を知っているかい、イチーン地方のリブニ村の百姓たちが、彼を野原で突き殺し、彼の助手の学生で聖母マリア信徒団の一員だった、ロキタと言う名の全く罪のない若者は、家畜小屋の糞の上で殺された。二人とも殉教者だ。コニアーシュ神父もほとんどそうなる所だった。しかし彼はブリデリウス神父（＊22節参照）のように、怖じけることも恐れることもない。私はその神父を知っている、もっとも一回見ただけだが。彼もまた大胆に異端者の中へ、山に森にまっすぐ彼らの所に、彼らの秘密の集会に入っていった。」

「その百姓たちはどうなりました――」

「彼らは車輪に編み込まれて処刑された、イチーンの異端者たちは。」

「あの者たちは、コニアーシュ神父を襲ったあの者たちは――」

「彼らはすでに捕まり、呪われた石頭の異端どももも排除された。ところでイジークはなぜ来ないのかな。」

「言いましたよ、結婚式に出ていると。」

「そうだった、でも来ればよかったのに。」

「今日はもう来ません。」

「それなら明日だ。彼にあの英雄的な行為を聞かせたかった、私はイエズス会を代表する、聖なる教会の不屈の者たちについて、彼によく語っているが、その新しい事例を知ってほしかった。彼らは勇猛果敢で、病人を恐れず疫病の真只中に向かい、腺ペストと戦って致命的な打撃を受け――」

「コニアーシュ神父は――」

「おお、あの男は再び準備をしている、今度はフラデツ地方だ、魂を救い、忌まわしい本を滅ぼし燃やすために。まだあすこには多くある、まだあの地方には、特にあのフラデツ地方には。そうすればチェコ全土が、聖ヴァーツラフと聖ヴォイチェフの地が浄められるだろう。」ダニエルの頬は、長く苦しい戦いを締めくくる、勝利の到来を予感する信念と喜びで紅潮した。

彼は帽子を取り、興奮で無口のまま扉の所まで行った。しかしレルホヴァーは彼に、あの奥様はまだご病気ですか、良くなられたでしょうかと問い質して足を止めさせた。彼女は年老いたヴァンチュロヴァー・ズ・ジェフニツ、旧姓ブゾフスカー・ス・ポルビェ夫人のことを念頭に置いていた。彼女の聴罪司祭になっていたのがスク神父だった。

「神様のおかげで、今また良くなっている。」

「あなたはまだ彼女の所に通っていらっしゃるの。」

「ずっと通っているとも。教会にはまだ無理で寝ているが、昨日はもう座っていて、また教会に行く力が戻ってくるだろうと喜んでいた。もう待ちきれない様子だった。善良で敬虔な御婦人で、真っ直ぐで昔を重んじるチェコ女性だ。」

彼は熱い褒め言葉を加えた。「そうだ、彼女はまだ昔気質の人だが、彼女の周りはもう若い者ばかりで、他と同様に大きく変わっている。今貴族たちの間ではドイツ語が広まり、フランス流が流行《ア・ラ・モード》っている。悪魔流のファッションが流行りだ。」

「それではトゥルコヴァー夫人は如何ですか」レルホヴァーが尋ねた。彼女はクリシュトフ・トゥルク・ズ・ロゼンタールの未亡人で、古い家柄の市民で旧姓パイエロヴァー・ス・パイエルスベルク、八十歳を超える老女であった。彼女はもうずっと以前に自分の土地と財産すべてを、聖クリメントのイエズス会神学寮長に、つまりイエズス会に遺言していた。

その問いはダニエルの足を引き留めた。

「そうそう、ロージチカ、トゥルコヴァー夫人のことを忘れていたよ。」彼は窓の外を眺めた。「もう暗くなった、トゥルコヴァー夫人のところに行かなくては。」だがそう言いながら彼は、戸口から従姉妹の方に戻った。

「もう遅いのでは。」

「いや、この時間でないと。晩に大きな恐怖が彼女にやってくるのだ。」

「彼女はもうボタンを数えていませんか。」レルホヴァーは思い出し、トゥルコヴァー夫人を訪れた時のことを話した。彼女は寝台に座って掛け布団の上に、亡くなった夫と二人の息子の上着と胴衣から取った銀のボタンを置き、それらを並べて、いくつあるか数えていた。スク神父はすぐそれに答えて言った。

「卵形の大きなボタンが四十個以上、同じ形の小さいものが山のようにある。それらの重さはたっぷり一リブラ（＊語注92）あり、つまり正真正銘の純銀一リブラだよ。それは彼女の慰みになっている。」

「でもなんと可哀想なのでしょう。私は彼女を見て怖くなりました、神様どうかこんなことを口にするのをお許し下さい。彼女は骨と皮だけで、目だけが、人を驚かすようなあの落ち窪んだ目だけが大きく、頭は拳ぐらいに干涸びて

いて帽子にすっぽり覆われて、あんなに干上がって――でもまだスウェーデン人を憶えていて、それがプラハを攻略したこと（＊語注51→スウェーデン軍のプラハ包囲）を覚えています。」

「痩せた、痩せ衰えたとも。でもそれにはわけが――もしあの恐怖がなかったなら。夜に、今は二晩にわたって彼女は、部屋の中を歩く音を聞いた、でもそれは足音でも靴音でもなく、蹄を踏み鳴らしているような音だ。蹄、ひ、づ、め、だ。しかも彼女は誰も見ていない、明りがあり夜通し灯しているにもかかわらず、聖イエロニーム会の修道女が彼女の所にいて、枕元に座っているにもかかわらず。もし修道女が歩き回るなら、ゆっくりした足取りだが、その足音は踏み鳴らしている、蹄で、馬の蹄で――」

「どうか神様、私たちと共に、そして悪霊を追い払い給え。」

「まさに私もその様に考え、そこに悪霊がいて、歩き回っていると恐れた。しかしさらに恐怖があった、それは煉獄にある魂について、亡くなった夫と息子たちについて、また親戚もなく彼らのために祈る者もいない、見捨てられ忘れ去られた者たちについての恐怖だ。それらが彼女の前に現れ、号泣して懇願するそうだ。そして彼女は、哀れな者たちが耐え苦しんでいるのを見て震えていた。その苦しみはとても大きく、その中の最も軽いものでも、この世の一番大きな苦しみよりはるかに辛い。それはまた――」スク神父は出かけるのも忘れて、語るのに夢中になった。「この世の火事は煉獄の炎に比べたら、紙がぺらっと燃えるようなものだ。一時たりともその痛みは止むことは無く、苦しみから苦しみに引き渡され、神に向かって何千回溜息をついて、叫んでも無駄である。主は彼らの声を前にして、己の耳を塞いでいるようである。哀れな魂たちに対して、このようにトゥルコヴァー夫人は絶えず考え、もはや眠ることも出来ない。そして一番酷くなるのが晩だ。そこで彼女は私に来て欲しいと言付けたので、私はそこに通い、彼女が安心するように祈っている。そしてまた魂たちを助けるために、私が助言したことをすべて行い、彼らのために尊い秘跡を受け、彼らのために贖宥と聖なるミサと施しを求めた――」

暗くなっていく部屋の静けさの中に、レルホヴァーの震える溜息が響いた。彼女は身動きもせずに座って、恐ろしげに従兄弟の僧が語る、煉獄の様子を聞いていた。一方彼は苦しみを語ることに一生懸命になって、トゥルコヴァー夫人と彼女の所に行くことを忘れていた。しかし小間使いが火の付いたろうそくを、錫の燭台に乗せて入って来た時、彼ははっと気付いてあわてて戸口に向かった。

「どうぞ行って下さい、行って上げて。」レルホヴァーは彼を促して「病人を慰めて下さい、そして私がよろしく言っていたことと、穏やかな夜を過ごせますようにと言ったことを伝えて下さい。」レルホヴァーは椅子に掛けてあった杖を取ると立ち上がった。

「伝えよう、分かった、どうかイジークが来るように。おやすみ。」

スク神父の白髪頭が扉の中でちらっと見えた。彼を見送ろうとレルホヴァーが彼の方に行くより前に彼の姿は消えていた。

16

イジークは家に急いでは帰らなかった。のろのろした足取りで下を向いて歩いていた。再び大部屋に姿を見せねばならないと彼は考えていた。そのことで祖母の意志に従おうとした。しかし彼はちょっと姿を見せたら、そこに留まらないと決めていた。そしてもし誰かが彼を踊りに誘ったり、踊っている女たちの間に加わるように促されたら、また姿を消した方がましだと考えていた。彼は戻るのは気が進まず、また継母のことを考えると心が重くなった。彼は彼女の所に行かねばならないだろうか、父はそれを彼に要求するだろうか。

　もう黄昏が始まっていた。聖ヤクプ修道院から、通り抜けの通路が明るく照らされ、テーブルに人があふれていたウ・シュトゥパルトゥー（＊ヤクプスカー通り六四七／二番）の悪魔の酒場（チェルトバ・クルチマ）に彼が近づいた時、旧市街広場から鐘の音が聞こえてきた。市役所で合図の鐘を鳴らし始めたのであった。それは昨年のカレル六世の栄光に満ちたプラハ入城の前に、自分の家に街灯を設置した家主に対して、それを点灯する時間が来たことを示すものであった。またそれが無いところでも鐘で示された点灯時間に二人の「点灯人《ヴィジタートル》」が、公共の建物の照明具に点灯しなければならなかった。

　イジークがツェレトナー通りを横切った時、そこではすでに幾つかの小さな街灯がともっていた。ツェレトナー通りを背にしてさらに行くと再び夕闇が、そして馬市場も夕闇に包まれていた。

　家々にはすでに明りがともっていた。最も明るく輝いていたのはウ・ブジェジヌーの家であった。正面の窓はすべて明るく照らされ、通路から広場に赤い光の帯が、針葉樹で飾られた門と、若い白樺の枝を通して広がっていた。そしてまた騒音と喧噪も流れ出していた。

　門道の通路で、ビアホールの女将の周りのテーブルに座っている人々は賑やかで、ホールは騒がしく、その扉は開け放されていた。獣脂ろうそくが燃えているテーブルはどこも満席だった。様々な声が飛び交う中、弦をかき鳴らす音と歌声が聞こえてきた。色あせた赤い上着を着たジュフニチカがそこでリュートを弾き歌っていた。彼は一人でやって来たが、それは多くの稼ぎを期待し、おひねりで一杯になったその皿を独り占めしようとしていたからであった。

　イジークは、誰かが彼を見つけて尋ねはしないかとびくびくしながら通路を進んでいた時、ジュフニチカはちょうど細いテノールの声に感情と熱い思いを込めて歌っていた。

さらば、麗しの被造物《ひと》よ、
君を手放さねばならぬなら、
君を委ねよう、
神と聖母マリアに――

君への愛を込めて褒め歌を作ろう、
天使のような被造物《ひと》よ、
これを最後ともう一度、
どうか口づけしておくれ――

階上の大部屋ではずっと以前に、花婿と花嫁と付き添いの娘たちの純潔への乾杯（＊「処女のステータス」を失うことを惜しみながら、新しく得る「婦人のステータス」を祝う）も終わり、すでにテーブルも片付けられ、隅に置かれた小机や壁の所でろうそくが燃えていた。部屋の隅に作られた舞台では、六人の楽士たちがもう大分前から演奏していた。ヴァイオリンとヴィオラとフルートの心地よい合奏が、人々をコロの踊り（＊輪を作って踊る民俗舞踊）に誘った。花婿の友人の若いシュミートが花嫁を連れて踊り始めた。二人だけで踊り、他の者は入らなかった。しかし彼は長くは踊らず、踊っている花嫁を花婿の所に連れていった。彼は再び一人《ソロ》で踊り、彼が踊り終わってから若者たちがパートナーと踊りに加わった。

その後仮装した人々が賑やかに加わった。彼らは花婿、花嫁に腰をかがめて挨拶し、花嫁の父と母にそして花嫁の付き添いの娘たちに挨拶すると、直ちに踊りに加わった。そして全員が踊り始めた。真っ白なスカーフを巻き、飾り袖の付いた黒い着物の若者たち、顔にマスクを付けた色とりどりの仮装した人々、リボンと乙女の冠を被り着飾った花嫁の付き添いの娘たち、張り骨スカートをはき、充血した目をきらきらと輝かしている若い町の娘たち、肩まで届く大きなかつらを付けた貫禄のある隣人たち、そして年配だが着飾っているかつての少佐夫人の寡婦ズザナ・リフトロヴァーがいた。彼女は上気して真っ赤になっていたが、ブジェジナ一家とレルホヴァー夫人の良い知人であった。

彼女はとにかく踊るのが大好きで、また事あるごとに自分たちも加わった軍事遠征や数々の戦いについて、特にペトロヴァラディンとベオグラードの戦い（＊語注14↓オイゲン・サヴォイスキー）について、公子オイゲンについて語り、一番多いのは亡くなった自分の夫クリスチアーン・リフトルのことで、疲れも知らずに語っていた。彼は「叩き上げ（フォン・ピク・アウフ）」の軍人で、カプラリ連隊の甲騎兵を皮切りに、その後ヒセル連隊で同じく甲騎兵として務め、そこから下士官としてハイストル閣下の連隊に移り、ヴィルテンベルスキー公爵の竜騎兵隊の少佐で亡くなった。彼は文字を書くのは苦手であったが高名な騎兵で、彼にはペンは重かったが、直身刀は軽かった。

少佐夫人は、楽士がゆっくりしたテンポのサラバンドを、重々しく演奏し始めるとすぐに踊り出した。彼女はメヌエットでもトラカナールでも息が上がらず、さらに大喜びで急なクラント（＊軽快な三拍子の舞曲）にも大胆に加わった。

その踊りでは若い踊り手は跳躍し、空中で足を真っ直ぐにまた交差させて火のように打ち鳴らした。

イジークが階段の所まで行くと、仮装した人々の三番目の踊りが終わった後だった。彼は階段の所でそのことをすぐに知った。彼はマリヤーネクに階段の途中で出会った。マリヤーネクは全身赤らみ、喧噪の中で大汗をかいていたが、寸暇を見つけて階下のテーブルに急いでいる所だった。彼は急いでいたが、驚いてイジークを呼び止め、どこにいましたか、あなたのことを皆が尋ねていましたと言った。

「イジーチク（＊イジークの愛称）、フバーチウスもあなたを探していましたよ。」

「彼もここに、仮装した人々の中にいるのですか。」

「彼は仮装の中にいます、またヴラジュダ男爵の家庭教師の若いタティーレクと、あのフランス人の言語教師のヘルバイスも、また——見れば分かるでしょう。私は下に行かなければなりません。とにかく行ってください、イジーチク。」

彼は階段を飛び降りていった。

一方イジークは、人々が彼を探していると聞いて不安になり、ゆっくり一段ずつ階段を登っていった。きっと父も探していて、問い質されるだろうと思っていた。音楽は彼に向かって鳴り響いていた。玄関の間でも明るく照らされた廊下でも、彼は行き交う小間使いや客たちを見た。階段の最後の段で突然彼を抱擁したのは、白い上着のプルチネッラの仮装をした陽気な若者で、仮面は着けていなかったが輝く目をして、人々に笑いと楽しさを振り撒いているフランチシェク・フバーチウスであった。彼はかつてのイジークの家庭教師で、優秀な音楽家で法学部学生であった。イジークは今もしばしば彼を訪れ、一緒にヴァイオリンを弾いていた。

「イジーチク、何をしていましたか、どこにいましたか。さあいらっしゃい、いらっしゃい。」

「すぐ行きます、ただここに外套と帽子を置いてから——」

今は外套掛けの場所となっている、明るく照らされた小部屋に彼は入った。机や椅子や扉の横や壁の衣類掛けには、外套と三角帽と剣がずらりと並んでいた。赤や白や暗色の外套が、壁の巻き軸装飾《カルトゥーシュ》（＊漆喰を盛って壁に作られた飾り）の一部や、点景を伴った風景画の大部分を覆っていた。大部屋への扉は取り外されていた。イジークは戸口に立ったが、その中を見渡せなかった。コロの踊り手で一杯だった。対になった二人が向き合い、大きなかつらが左右に揺れ、重々しく儀式めいたお辞儀と、また曲に合わせて揺れる歩調と、そして踊る殿方が右手で相手の御夫人の左手を持ち、高く差し上げた手が生き生きと波立って動いていた。そしてすぐ逆向きになり、ヴァイオリンとヴィオラの心地よい音楽に合わせてお辞儀をした。

イジークの視線は、かつらが黒っぽいけし坊主のように波打つ、この色取り取りに揺れる満開のけし畑の中で、継母を探したが無駄だった。すると突然そこに――彼は驚いた。母である花嫁がすぐ彼の前に、パートナーのザホジャンスキー・ズ・ヴォルリーカと向き合って立っていた。ダイヤモンドの指輪が輝く彼女の美しい指は、優雅に軽やかに錦の釣鐘型のスカートをそっと摘んでいた。すらりと伸びた華奢な体つきで真っ白な肌の彼女は、頬を踊りで紅潮させ魅力的な優雅さで、しかし目を伏せて恭しくパートナーにお辞儀した。

しかし彼女は突然目線を上げると、思わずイジークが立っている戸口に釘付けになった。彼を見つけると彼女の顔は輝き、口元と目は彼に向かって愛想よく愛おしげに微笑んだ。イジークは顔中、額から耳まで真っ赤になった。しかし彼女の姿は瞬く間に消えていった、踊りが彼女を先に運んでいった。彼女はもう一度振り返り頭で軽くうなずくと、ゆったり踊っている多彩な人々の群れの中に消えていった。イジークの視線はこわばっていた。興奮してじっと前を見ていたが、彼には継母の眼差しと微笑みがまだ目に焼き付いていた。

彼は驚いた、しかしそれは心地よい驚きで、狼狽の中でも不快ではなかった。あの眼差しと微笑みは、それほど心和むものであった。彼女を目で追ったが一曲が終わりかけた時、彼は踊り手たちの間に彼女を探し始めた。彼の視線は踊り手たちの間に彼女を探し始めた。

はそれを待たずに大部屋には足を踏み入れずに、小部屋に退いた。そしてそこが踊り手たちで混むと次の部屋に行った。穏やかで不思議な恐れが、大きな恥じらいが、彼を外に連れ出した。彼はあえて逆らわなかった。次の部屋で彼はフバーチウスに出会った。フバーチウスはそこで二人の仮装した踊り手、ヴラジュダ男爵の家庭教師とフランス人の言語教師ヘルバイスと一緒に、葡萄酒を飲んで元気をつけていた。ヘルバイスは一昨日彼に起きたことを、たどたどしいドイツ語でちょうど彼らに話しているところだった。その日は天気が良くて彼はプッツと共にブブニ（＊プ

＊ 16 ＊

ラハ中心部から北にヴルタヴァ川を渡った所にあった村）に出かけた。彼はこの新しいかつらを付けていた。それは本物のパリ製であった。彼らは張り出したバルコニーの下にある居酒屋に席を取った。その時造幣局の向かいに住む商人ムッシュー・ブリュールが入って来て、妻と一緒に彼らの近くに座った。そこで彼女はじっと見つめ、しかめ面をして、おお、あれは何と大きなかつらだろう、でもあんな大げさな格好は褒められないと言って、バルコニーに席を取るため出て行った。

「そこには私以外にそんなに大きなかつらを付けている者はいなかったので、私はすぐに彼らを追ってバルコニーに行き、マダム、誰のことを言っていましたかと尋ねた。すると彼女は激しく、夫のブリュールも同様に答え、それから論争が始まった。彼女は『がさつ者《フレーゲル》』、『神に見捨てられたやつ（ヘルゲロフェネル・ケルル）』と罵り始め、さらに私の後ろ盾は市長とグロビツ先生なのを知らないかと叫び、だから彼女は――」

その時大部屋で音楽が鳴り始めた。若者たちはすぐに踊りの会場に飛び出していった。フバーチウスは急いでさらに尋ねた、それからどうした、ヘルバイス君、それからどうしたと。

「私は訴えた、あのあばずれ女を。」

彼らの姿は消えた。イジークは一人残った。彼は大部屋に戻ろうか、しばし迷った。そうしようと思い、外套掛けの小部屋に行ったが再び向きを変えた。継母は少し前に彼をここで見ているから、彼女は父に私がここにいると言うだろう。そのように自分で言い訳を考えた。そしてすぐにまた戻ってこよう。彼はあたりを見回し、ちょっと待ってから急いで自分の部屋に向かった。ろうそくに火をつけると、壁にかかったヴァイオリンの胴が光り、暗い机の上方にある本の背が見え、机の脇には譜面台が立っていた。部屋の隅にある緑色の寝台のカーテンが白く反射した。開いた窓を通して五月の満天の星空の夜の闇から、この部屋の中にハープの爪弾きとヴァイオリンの音が、下の中庭から流れてきた。

イジークは窓を閉めた。しかし踊りの会場からの音楽は、彼の心の中で絶えず響いていた。彼はウェルギリウス（＊古代ローマの詩人）の作品集（学校用の抜粋本ではない）を手に取り読み始めた。しかしすぐにそれを脇に置いた。彼はろうそくの光を避けて前を見つめると、踊りの輪と着飾った若い娘たちが、はっきりと目の前に現れた。彼女たちの赤らんだ頬と白い胸が彼の眼前をかすめた。また彼の継母のすらりとした姿が現れ、彼に微笑みかけじっと見つめていた――そして音楽が静かに鳴っていた、ご機嫌を取るような快いメヌエットが。彼ははっと気付いて、おずおずと周りを見回し、机の上にあった小さな本を手に取り、たまたま開いたページを読み始めた。それはカドリンスキーの『遊園の林に置かれた栖突く夜鳴きうぐいす《ズドロスラヴィーチエク》』（＊語注補遺2）で、スク神父が最近彼の所に持ってきたものであった。彼は読んだ。

おお、純金の街灯よ、
月の仲間たち、
聖母の明るさに忠実な
夜の婦人のお供たち、
月の明るさを持った星たちよ、
ちょっと止まってください
そして私の苦痛の証人になって
しばらく留まってください――

それ以上彼は読まなかった。再び虚空を眺めた。亡くなった母はもう長いこと思い出さなかったし、考えることもなかったが、それでも彼は悲しく切なく痛ましかった。そしてその時、遠方からのように静かにまたあのメヌエットが響いて来た。

その時扉が開いた。彼は驚いた。母が、継母が入ってきた。彼にはその瞬間それが幻のように見えた。彼女は戸口に立ち曖昧に微笑んだ。彼女の視線は愛想良く、でも探るように彼に向けられた。そして彼女の足音が聞こえないまま、彼女は彼の前に、彼の真正面に立った。

ラベンダーのような快い香りが漂った。彼は彼女の目を見つめなければならなかった。それは澄んで愛らしい眼差しだった。彼は狼狽を感じたが、気まずいものではなかった。彼はすでに母のことを忘れていたが、今は継母についても忘れていた。彼はそこに、以前にもまして美しい着飾った魅力的な若い夫人を見ていた。以前彼はきっと尊大な人だろうと思い、彼女を恐れていたが、今彼女は彼の方に愛想よく身を屈め、彼の肩にそっと手を置いていた。そして真面目にしかし自然な心遣いで彼に尋ねた時、彼女の声は彼の心を捉えて響いた。

✴ 16 ✴

「イジーチク、何であなたは逃げているのですか。」

彼は答えることが出来なかった。でも彼女が彼に「あなた《ヴィ》」と、よそよそしく呼びかけているようには思えなかった。彼女はさらに穏やかな叱責を込めて、とは言っても柔らかく端的に尋ねた。

「私の前からですか。」

「いいえ、それは違います――」彼は一生懸命反論した。

彼女の目が光ったが、慎重な口ぶりで付け加えた。

「私は知っています、誰もお母さんの代わりは出来ないことを。でも私たち二人はこれから上手くやれますね、いいですね」彼女は魅惑的な微笑みで尋ねた。

この「いいですね《ヴィチ》」と暗黙の「君《ティ》」の呼びかけは、彼を気持ちよく驚かし、彼女の暖かい心遣いが伝わってきた。彼の顔と目には率直な同意が見て取れた。

「それでは、イジーチク」彼女は優しく急かすように言った。「私の希望を叶えてね。私と一緒にお父さんの所に行きましょう。さあ、行きましょう――」彼は驚いて彼女を見たが、ちょっと見ただけで喜んで立ち上がった。

「はい、行きます。」

「イジーチク、お父さんも喜ぶわ。」

17

騎士ムラドタ・ゼ・ソロピスクは六月の始めに手紙を送ったが、それは叔母とルホツキーを少なからず驚かした。彼はプラハではなくカルロヴィ・ヴァリから手紙を書き、その中で医者が彼の妻に助言したので、何週間かそこに留まりそこからプラハに戻って、その後妻の父の所領と館があるマシュチョフ（＊プラハの西北西八〇キロメートル）に多分行くだろう、スカルカには秋までには行く予定だというものであった。

ルホツキーはこの知らせを悲しまなかった。彼がこの手紙を読み終えてポレクシナに返した時彼は、彼らは多分今年は来ないだろう、カテジナ夫人はどうしたのかな、カルロヴィ・ヴァリが気に入ったのかなとぽつりと言った。老嬢は病人の床の脇に立った時のように、きっぱりと認めて言った。

「叔父さん、彼女がどうしたのか言いましょうか。スカルカが彼女の心に重くのしかかっているのです。」

ルホツキーは陽気に同意した。

「そうだとも、これは重病だ。」

「原因は確かにスカルカで、古い館です。それを治す薬は病人自身が知っているでしょう。スカルカを取り壊し、最新の館を建てることです。あなたは昨年『取り壊す』、ただもう『取り壊す』と言う言葉だけ聞いたでしょう。古いスカルカを取り壊したら、伯爵夫人は小魚のように跳ね回るでしょう。それまでの間どうぞ苦しんで下さい。そして彼女にはそれもいいでしょう。カルロヴィ・ヴァリでごゆっくり。」

「楽しい社交界もあるし。」

「一方スカルカには、ただ年老いた叔母が――」

このように二人の老人は土曜日の昼食の時に話し合った。その日の午後、森番の娘ヘレンカが老嬢を探して庭園に来て、明日の日曜日にメジジーチーの祖母の所に行きたいのでお暇をいただきたいと、彼女に願い出た。祖母は病んでいて、来るようにと言ってきていた。

「おばあさんがどうしたの」すぐ老嬢は医者の好奇心から尋ねた。

「それは言付かっていません。でも長いこと足が悪く、外に出ることはありません。」

「行ってらっしゃい。おばあさんのどこが具合悪いかよく聞いてきなさい。彼女に薬を届けることもできるから。いつ戻ってくるの。」

「あすの晩です。叔父さんが私を送ってくれるそうです。」

「一人で行くの。」

「トマーシュも行きたがっています。彼もご主人にお願いするつもりです。」

「それなら私が彼に言いましょう。」

ポレクシナは、口数が少なくあまり社交的でないヘレンカが、素早くお辞儀をして彼女の手に接吻し、喜びをはっきりと現したので驚いた。彼女の大喜びする姿を見て、ポレクシナは世の人々は子供たちが身内と、また父やきっと祖母とも一緒にいることが嬉しいのだなと思った――

ヘレンカは翌日の日曜日の朝、もう一度老嬢の世話をするためやって来た。九時過ぎに彼女はトマーシュと一緒に出発した。管理人のチェルマークは彼らが出発するのを見ていた。彼は監督から彼らがどこに行くのか聞いた時、森番はどうする、一緒に行くのかとすぐに尋ねた。

「いいえ、家にいます、教会に行く準備をしています。」

管理人はうなずき何も言わなかった。

森番の子供たちは急いで屋敷の門から、果樹の並木にある野原の道に出た。トマーシュは待ちきれない様子で喜んでいた。ヘレンカはもっと慎重だった。トマーシュはスカルカから少し離れた時、「管理人を見たかい」と尋ねた。「もし彼が知ったら」彼は顔をしかめていった。

「どうか知られることがありませんように。」突然ヘレンカは、トマーシュが聖歌集を持ってきたか気になった。

「どうして忘れたりするものか。」

その後彼らは野原の道から、真っ直ぐドブルシュカに通じる白い埃っぽい街道に曲がった。天気は良く草原には花が咲き、左右の穀物畑はそよ風に合わせて静かに波打っていた。ドブルシュカには立ち寄らなかった。町の背後で野の方に曲がった。トマーシュはここからメジジーチーまでの道をよく知っていた。以前彼らの母がまだ生きていた頃は、彼らは一年に何度もそこに行っていた。いつもそこには、もう故人となった以前の管理人が喜んで貸してくれた乗り物で出かけていった。しかしチェルマークが管理人としてスカルカに来た時、この遠出も終わった。森番の妻はすでに亡くなり、森番は一人で子供たちと共にしばしば出かけることは出来ず、管理人に子供たちのために乗り物を頼むのは嫌だった。そしてヘレンカは老嬢のもとに、仕事に行くことになっていた。

今ヘレンカは久しぶりに、また祖母の所に行く途中であった。祖母に再会するのを楽しみにしていた。彼女は祖母に沢山の良い思い出を持っていた、祖母の所への遠出も彼女の実直な人柄も。また亡くなった母から何度も聞かされ、その後父からも聞かされたのは、祖母が娘だったころ両親の家で起きた、彼女が信仰を守るため受けた迫害のことだった。五十年いやそれ以上も前のことだが、宣教団が兵士とともにやって来て、百姓たちを苦しめた。彼らはまた幼い娘だった祖母も痛めつけ、両親がどこに本を隠しているのか言わせようとした。彼らは彼女を鞭打ちその後彼女を解放したが、彼女の背には血塗れの跡が残っていた。しかし彼らは彼女から一言も引き出せなかった。彼女は言わなかった。

その後彼女が嫁いだ時、新たな苦しみが襲った。審問に彼女とその夫が引き出され、宣教団は二度彼らの家を捜索し、オポチノの役所で彼らは威され、様々な拷問を受け苦しめられた。亡くなった祖父はこれら全てのことで憔悴し、本を引き渡して告白しようとした。しかしその時祖母は彼の心を強く支え、彼の心に呼びかけたので、彼はそれを恥じてさらに長く耐え続けることが出来た。

それゆえマホヴェッツの子供たちは、老婆を単に優しい祖母と見るだけでなく、英雄としても眺めていた。しかしそのためヘレンカはこの道中、思いを巡らし不安を感じないわけではなかった。祖母はきっと貴族の下での彼女の仕事を褒めず、厳しく詰問されるのではないかという考えが、彼女の胸を押しつけていた。彼女は単に祖母の所に行くだけでなく、信仰させていた。彼女は単に祖母の所に行くだけでなく、信仰の兄弟たちと合流する、つまり彼らの秘密の集会に加わることになっていた。このことが彼女の心を不安がらせていた。彼女は彼らに会いたいと強く思っていたし、秘かな秘密の集会を待ち望んでいた。しかしまたスカルカや老嬢の事を思うと動悸が高まり、もし管理人のチェルマークがこれを知ったなら――

丘から降りてくる彼らの前に、広々とした緑の平原が開けた時は、すでに正午であった。南から北に広い畑が幾重にも連なる広大な草原は、大きな弧を描いてロヘニツェ近くの丘に向かって流れている、ズラティー・ポトクの川岸にある、草木や林の茂みに消えていた。このロヘニツェ村の前方には今日のロヘニチェクの小村はなかった。いたるところ草原で先には畑が続いていた。

見渡すことの出来ないほど広い、花々の咲き乱れた草原の背後には沼沢地があり、その南端の芦やイグサで縁取られた深い淵の水面では、真昼の太陽の照り返しがきらきらと輝き、果樹園の木々の樹冠が城壁のようにそびえる中に、メジジーチー村の藁《わら》屋根が見えた。当時は今日ほど広くはなかった。それらの木々や屋敷の上空にはゴシック様式の教会とその鐘楼（＊［原注］今の教会は一七五二年に建て替えられたもの）が、白くそびえていた。

トマーシュとヘレンカはそこを目指した。木の橋を渡るとその背後の墓場の中央には、古い黒ずんだ丸太で周囲を囲われ、こけらぶきの朽ちた屋根の古い教会があった。丸太組の水車小屋の横には小さな花壇のある司祭館があり、近くには古くみすぼらしい藁屋根の学校があった。彼らは父が指示したように、先ず始めにそこで教師タウツの所に立ち寄ることになっていた。

教会のミサはずっと前に終わっていた。教会の前と屋敷と百姓小屋のあたり一帯は静かで、人影はなかった。ヘレンカとトマーシュはまっすぐ学校の中に入った。土間のある通路で、黒い市民風の上着を着て黒い靴下を履き、留め金のない靴を履いた、見知らぬ男の姿が彼らの目に留まった。彼は左手の教室から右手の小さな部屋に姿を消した。彼に続いて教室から出てきたのは教師のタウツであった。彼は髭を剃り歳は四十歳位で短い黒っぽい髪で、広い口をきりっと結んでいた。暗緑色の上着を着て、膝までの黒いズボンを履き黒い靴下を履いていた。彼は教室の敷居の所で立ち止まり、やって来た者を探るように眺めたが、素早く彼らの方に足を運んだ。

「君だったね、トマーシュ。そしてこれは多分――」

「妹のヘレンカです。」

「お嬢さん、見ての通り、私は君が分かりませんでしたよ。もっとも君には長い間会っていませんが、すっかり大きくなりましたね。君たちは神の言葉のために来たのですか。」

「そうです。」

「お父さんはどうしましたか。」

「父はよろしくと言っていました。もし邪魔が入らなければ来るでしょう。」

「おお、分かります。ヴォストリー兄弟も話していました。」

「言わなければなりません。」トマーシュはあたりを見回した。「ヴォストリー兄弟は追われています。事務室に御布令が――」

「私も知っています、オポチノにも来ました。しかしヴォストリー兄弟はもうずっと以前に出て行って、また変装しているでしょう、黒い子牛皮の袋はここに置いていったから。彼はスカルカについてすっかり話し、ヘレンカ、君のことも話しましたよ。」

ヘレンカの額がぽっと赤くなった。

「さあ、奥にいらっしゃい」教師は短く言った。

「ありがとう。でも祖母の所に行かねばなりません。」

「では行きなさい。そこで詳しいことを聞くでしょう。ヘレンカ、おばあさんを手本にしなければなりません」彼は重々しく厳しく言った。「もし試練が来たら思い出しなさい、おばあさんが神の真実の下で、いかに忠実で揺るぎないものであったかを。そしてその中で自分のすべての子供たちを育て、皆の心を確かなものにしたことを。亡くなった君のお母さんもそうだった、彼女はおばあさんによく似ていました。」

部屋の扉が開いた。あの見知らぬ男が敷居を越えて入ってきた。彼は身を屈めたが、扉が彼には低かったからである。彼はタウツより年長で、彼の黒い目と顔全体には重々しさと穏やかさがあった。

「あなた方の話を聞きました」彼は柔らかい声で言った。「扉を閉めておく必要はありません。神があなた方を祝福されますように、若い同志たち。」

「これはスカルカの森番の子供たちです。」教師は紹介した。

「クランツォヴァー同志の孫ですね、分かります。おばあさんに伝えてください。」その男はマホヴェツの子供たちに言付けした。「私は彼女を祝福し、集会の前に彼女の所に伺います。あなたたちは勇気を持って行動して下さい。」

彼は親交の証としてトマーシュとヘレンカの頭に手を置き、再び部屋に戻った。

教師はマホヴェツの子供たちを建物の前まで導くと、そこで身を屈めて彼らにささやいた。

「あの方が同志モツで、ルバニから来た説教師です。彼の話を聞きます。彼が言付けたことを伝えてください、しかし他の場所では決して彼のことを言ってはいけません。黙っているのです。」彼は指を立て、また視線でその警告を強調した。

ヘレンカは学校の中では一言も言わなかった。そして彼らが外に出た時も、口数は少なく、今見て聞いたことに驚き興奮していた。彼女は教師の言葉を、戒めと警告のように受け取ったが老嬢の所の仕事で、あたかもこの戒めを少し損なったような気がして、心に暗い不安を感じた。それと同時に自分がここで同胞同盟（＊語注66）の僧と話したことを老嬢が知ったら、何と言われるかと思うと背筋がぞっとした――

一方トマーシュは元気に歩き出し、押さえた声ではあったが快活に喋っていた。彼の最大の興味は、遠方から来たあの説教師であった。父の話からルバニとそれがザクセンの地にあることを知っていた。

彼はヘレンカに自分が感じ推測したことを述べた。それは説教師モツは夜の間に来て、今日秘かに学校に入ったこと、今彼については誰も何も知らないだろうということであった。「主任司祭でさえ」彼は薄笑いを浮べて付け加えた。「もし説教師がちょうど彼の隣にいると聞いたら、目を剥くだろう。」トマーシュは説教師のことで頭が一杯だった。

彼は今まで同胞同盟の僧が話すのを、聞いたことがなかった。彼は大きな集会で説教するだろう。

村でも集会がここで行われる兆しは何も見えなかった。左右の建物はじりじりと照りつける暑い太陽の下、正午の静けさとまどろみの中で、見捨てられたように佇んでいた。庭の背の高い草はそよぐこともなかった。その中で青い実を一杯付けた木々が立っていた。建物の脇の花壇では、ボタンが燃えるように咲き、セージやヨモギやタイムの濃い緑のこんもりした茂みの上方で、八重咲きのバラの茂みが赤らんでいた。また垣根のそばでは、地面に打ち込まれた高い棒から、濃い流れを作って伸びた野生のホップの蔓が束になって、そこかしこで建物の外観を覆っていた。

この見通すことのできない緑の壁は、クランツの木造の屋敷の玄関を遮っていた。その中庭は静かであった。乾いた堆肥の上で小さな羽虫が、無数の群れをなして飛び回っていた。家畜小屋や馬小屋の丸太の壁には、首輪の真鍮の円盤が二枚輝いていた。暑く息苦しい大気は松脂《まつやに》の臭いで満ちていた。その臭いを放っていたのは、回り廊下のある古い納屋の脇に積み上げられた、乾燥した粗朶《そだ》の山であった。その背後には閉じられた木造の穀物倉があり、その窪み黒ずんだ藁屋根には、ビロードのような苔の帯が生えていた。その時屋根の上には何も見えなかった。鳩もそこに白い姿を見せず、小鳥も建物の横にある丸太組の井戸の、高い跳ねつるべにも止まっていなかった。

人気のない中庭の息苦しい静けさの中で、玄関の間で寝ていた褐色の番犬の吼え声が、荒々しくトマーシュとヘレンカを迎えた。

建物の中に突然活気が湧いた。がっちりした体格の百姓女のクランツの妻が若い親戚を心から迎え、彼女の夫の叔父は今近所に行っているがすぐ戻ると言った。

「おばあさんはどうですか」ヘレンカは尋ねた。

「相変わらずです。居間から一歩も出られません。」

「寝ているのですか――」

「寝たり起きたりです。でも今日は身繕《みづくろ》いしなければなりません。お客様が来ますから。さあ、おばあさんの所にどうぞ。」

彼らは玄関の間を通った。百姓女は木のつまみを持って、白木の低い片開きの戸を開けた。そこには取っ手もかんぬきもなかった。

「お連れしましたよ」彼女は敷居のそばに立って、明るい声で言った。自分は居間には入らなかった、来客に昼飯を用意するために急いでいたからであった。

18

黒ずんだ梁が渡された丸太組の居間では、左手の長い壁際に整えられた寝台が、右手の扉の脇には絵が描かれた長持があり、背の高い腰の曲がった老婆が机に座っていた。彼女はぴったり合った白い質素な帽子を被り、白い手袋をして袖ぐりを開けた黒い胴衣を着て、暗緑色の混紡《メズラーン》（＊綾織りの木綿の布）のスカートと黒い靴下で、靴は履いていなかった。高齢のため彼女は白髪で、張りのない腕と皺が刻まれた顔は灰色がかっていた。彼女の顔と灰色の目には、かつての受難と閉鎖された生活と、秘かな信仰のための絶え間のない脅威から、厳しい重々しさがあった。

村の予言者《シビュラ》（＊本来はアポロンの神託を告げる巫女、ここでは女預言者の通称）のように見える彼女は、がっしりした樫の机に座っていた。彼女の前にはページが黄ばみ、その角が手脂で汚れた、黒く色あせた表紙の古い聖書があった。ゼラニウムと灰色のローズマリーの香りで満ちた、天井の低い静かな居間で、彼女はただ一つの小さな窓から差す光の中に座っていた。その窓を通して庭のリンゴの古木を見ることができた。その庭は野ゼリ《エチューサ》の小さな白い花が、背の高い雑草の中に散らばっていた。そこは緑のベールが陰を作り、窓ガラスも曇って見えた。

老婆は心を集中して聖書の言葉を静かに読んでいた。その深い静けさの中で突然嫁の声がした。彼女は額をしかめたが、それは一瞬だった。孫たちが入ってくると彼女の目は輝いた。自分で自由に立つことが出来なかったので、彼らを座ったまま迎え、頭を撫で次々と質問した。彼らは屋敷からどうやって来たのか、父はどうしているか、また学校とルバニの説教師について答えた。彼は夕方ここに来るでしょうとヘレンカが伝えると、祖母は静かに頭を振り、満ち足りた至福の中で息を吐いた。「とうとう来られます――私は長い間待っていました。やって来られて人々に力と喜びを与えられます。どうか神が称えられますように。」

彼女の息子であるこの家の主人が入ってきた。大柄で歳は四十ほどで、膝までの皮ズボンを履き胴衣は付けず、鉛のボタンを後ろで留めた白いシャツを着ていた。亡くなった妹の子供たちを迎え入れて心から歓迎し、叔母が待っているから食事をして元気をつけるようにと、すぐ食卓に呼んだ。

しばらくして彼らは祖母の所に戻ってきた。彼らは祖母の近くに座り話したが、一番多く話題になったのはやはりスカルカについてであった。トマーシュは管理人のチェルマークについて、彼がこちこちのローマ・カトリック信者で、父や彼らを見張って目を離さず、猟犬のように嗅ぎ回っていると不平を言った。ヘレンカは老嬢のことを述べた。自分から話し始めたのではなく、それについては祖母が切り出した。ヘレンカは仕事について、信仰について、教会について詳しく述べた。祖母は老嬢が彼女に薬を送りたいと聞くと、驚いて頭を振って言った。

「おまえたち、気を付けなさい。もし誘惑や迫害にあった時は、おまえたちが生まれてきた原点に留まるため、ヘレンカ、亡くなった母を思い出しなさい、トマーシュ、おまえもだよ。もしいつかそこから離れたら、死ぬほどの罪を犯すことになる。お父さんがおまえたちのことを嘆かないようにしなければならない。聖書の言葉を堅く守りなさい。私自身が体験したように、それはおまえ達に力を与えよう、そしてそこには慰めがある。」祖母は日に焼け乾燥して血管の浮き出た手で、聖書を軽く押すと、孫娘に読みなさいと言った。

静かな居間にヘレンカの澄んだ快い声が響いた。彼女は流暢に心を込めて読んだ。彼女はマタイ福音書の、祖母がちょうど中断していた箇所から読み始めた。

「人々に心せよ、それは汝らを衆議場に付《わた》し、会堂にて鞭《むち》たん。

汝らわが名の為に、もろもろの国人に憎まれん。然《さ》れど終わりまで耐えしのぶ者は救はるべし――」

（＊マタイ10章17、24章9、13）

祖母の呼ぶ声を聞いてヘレンカが読むのを止めた時、居間は薄暗くなりかけていた。その時控えの間で声がした。「来られたようだ。」老婆は息をのんで扉に目をやった。トマーシュは扉に駆け寄り一寸眺めて言った。「いや、あれは説教師ではありません。知らない人が二人来ました。ご主人が迎えています。」

まもなく二人が居間に入ってきた。イジー・ウルバン、ジヂャルキ（＊ナーホトの北東七キロメートル）の若い百姓で中背の小柄な男で、細長い赤ら顔に幅の狭い尖った鼻と、黄色がかった髪が額までかかり、明るい色の眉が特徴的だった。真鍮の平らなボタンの付いた暗緑色の上着を着て、膝までの皮ズボンと白い羊毛の靴下を履き、埃まみれの靴を履いていた。彼の後ろには彼より少し大柄で肩幅の広い田舎の若者がいた。その若者は耳の後ろで黒っぽい長い髪を束ね、白いサージの上着を着て皮ズボンに長靴を履いていた。彼はフロノフのヤン・イラースクーフで、二人ともナーホト（＊H・Kの北東三五キロメートル）の領地から来ていた。

彼らは朝暗いうちにクラッコ国境（＊現在はポーランド領のKlodzko、メジジーチーから東北東に三八キロメートル）の丘陵地帯から、この地を目指して出発した。たっぷり八時間歩いた。メジジーチーにはまだ明るいうちに着くことも出来たが、用心のためボフスラヴィツェ（＊メジジーチーの北東四・五キロメートル）の近くの森に留まり、そこで黄昏を待った。その森にはすでに何人かのショノフ（＊ポーランドとの国境地帯）やクルチーン（＊ナーホトの近郊）やフラーデク（＊H・Kの近郊）から来た兄弟たちが隠れていた。彼らは森から一斉には出ず、一人二人とばらばらに出発し、ここメジジーチーでは同じ信仰のフバーチェク、コルチャル、ヴァニェチェク家などの各所に注意深く分散した。

これら全てのことを、生き生きと雄弁に物語ったのは、ジヂャルキのウルバンであった。彼の青い目はきらきら輝いていた。彼の友人は口数が少なかった。しかしウルバンが話の中で、彼が信仰のためナーホトの館に拘禁されて鞭打たれ、鎖とくびきを付けられて賦役で働かされたことを述べた時、老婆は彼の方を向き再度彼に手を差し伸べた。

ウルバンは薄暗い居間の中でさらに話を続け、彼らのナーホトの領地がどんな様子か、そこにまた宣教団が来たこと、それらはイエズス会の神父たちでマテジョフスキーとあのフィルムスともう一人、彼は説教はせずにただ告解を聴くだけであるが、この二人もまた本を探し回っていた、もちろん、執拗に――彼はフラヴニョフのヴォストリー兄弟のことを聞き知ったが、その時ノヴェー・ムニェスト（＊ナーホトの南六キロメートル）のことを思い出し、多分お聞きになったと思いますが、天にまで届く恐ろしいことが起きましたと言った。それは、プロヴォドフの同じ信仰の姉妹トラスカロヴァーがノヴェー・ムニェストの城に拘留され、その牢屋で子供を出産し双子だった。彼女は産褥期の六週間の間、母の家に返して欲しいと懇願したが放置され、彼女は囚らわれたまま死に、二人の子供も亡くなったことだった。

「それで彼女の夫はどうしました」老婆は悲しそうに尋ねた。

「彼はザクセンに去りました。」

その時急ぎ足で教師のタウツが入ってきた。やって来た二人が彼に自分たちのことを言うと、彼らに暖かく手を差し伸べた。

「ようこそ来られました、山岳地帯からはるばると。もっとお話ししましょう。」そしてすぐ老婆の方に向くと「もういらっしゃいます」と声をかけ、主人に「行きましょう」と言った。

二人は急いで説教師モツを迎えに外に出た。教師は彼を秘かにクランツの屋敷の脱穀場の裏に連れて来ていた。

居間は急に騒がしくなった。主人の妻が木の燭台にのせた獣脂ろうそくを持ってきて、白いテーブルクロスを敷いた机の上に置いた。ヘレンカはその上にまた祖母の聖書を置き直した。老婆は机の所に留まっていた。その時彼女は山岳地帯から来た兄弟も孫のことも忘れた。聖書の上に組み合わせた両手を置き、待ちきれずに扉を見つめていた。彼女の口は、あたかも歯のない歯茎で何かを噛んでいるように動いていた。突然彼女は命じた。「パンと、もっとろうそくを。」

　主人の妻が大きな丸パンと皿とナイフを持ってきた。卓上の二本のろうそくは、この部屋では何か普通でないお祝い事のようであった。

「そして窓を――」老婆は不安げに指摘した。

　ヘレンカは急いで亜麻布の白いカーテンを引いた。暗い色の外套を着たモツが、教師と主人に付き添われて入ってきた。主人は、白と褐色の側板で飾って作られ、蓋に彫刻のあるジョッキを持ってきて、長持の上に置いた。居間のさざめきは一瞬にして収まった。教会のような深い静けさの中に、敷居の所から説教師の重々しい「主はあなたたちと共に」の声が静かに響いた。

　老婆は説教師だけを見ていた。彼女の視線は彼にだけ注がれた。彼女は彼の到着に、彼の特別の訪問に感動し、彼がこれから彼女に聖餐式《せいさんしき》（＊語注54）を行うという思いに興奮していた。彼女は立とうとしたが、彼に手を差し伸べるのがやっとであった。モツは彼女に心から挨拶し、その後残りの人々と挨拶した。彼らは彼を迎えたが、居間には留まらなかった。居間は彼らには狭く、聖なる時にはその中はゆったりしている必要があった。主人は木戸と扉の上半分を閉めるために、素早く控えの間に出た。彼は戻ってきたが居間には入らず、妻と山岳地帯からの客と並んで、扉の脇と戸口に留まった。ヘレンカとトマーシュも出ようとしたが、祖母は彼らを引き止め、自分と一緒にいるように言った。一方教師のタウツは丸パンの皮を剥ぎ、中の柔らかい部分を薄く四角に切り取って、いくつかの聖体《ホスチア》を作り、それを皿に載せると扉の方に退いた。

　居間は突然聖所になった。説教師は外套を脱ぐと、その下に背負っていた背嚢から、大きくはないが分厚い典礼儀式書《アジェンダ》と、錫の聖体皿《パテナ》と質素な錫の聖杯《カリフ》（＊語注58）を取り出すと、白いテーブルクロスが掛かった机の上に、それら全てを並べて置いた。手を合わせていた老婆は彼の一つ一つの仕草を目で追っていた。彼女の灰色の厳しい目は、興奮と敬虔な感動で生き生きと輝いていた。

　説教師は机の脇に立って彼女に向き合うと、抑えた声で「さあ、すべてが成就した」と歌い始めた。教師のタウツはすぐに唱和し、彼に続いて戸口や扉のそばにいる人々も、居間にいるトマーシュとヘレンカも、みな歌い始めた。老婆の年老いた震える声も、小さなこの集会の中で響いた。

それは大声で朗々としたものではなく、壁から外に漏れないように、押し殺し抑えられたものであった。

歌が終わると説教師は儀式書を手に取り、そこから罪の告白と赦しの懇願の部分を読んだ（＊定形の形→聖餐式式文）。老婆は彼と一緒に、静かにその祈りの言葉を述べた。だが彼が彼女に自分の罪を悔いているかを尋ねた時、彼女ははっきりとした声で答えた。

「私は神の慈悲により悔いています。」

「あなたは十字架上のキリストの受難と死により、あなたの罪が許されることを信じていますか。」

「神の慈悲により信じています。」

「あなたが自分の罪を心から悲しんでいる時、このあなたの告白により、私はあなたに神の慈悲と赦しを明言します。」

そして彼は聖体を一つ取り、それを鈍く輝く錫の聖体皿に載せると、ジョッキから聖杯に葡萄酒を注ぎ、皿の聖体と杯の葡萄酒を祝福した。そして聖体を千切るとその一片を老婆に与えこう言った。

「取りなさい、そして食しなさい、これは我らのすべての罪の故に、死に渡された汝の救世主、イエス・キリストの真の体である。これが汝を慰め力づけ、永遠の命への正しき信仰を保つように（＊この部分はカトリックでは言わない）。アーメン。」

老婆はこのパンの小さなかけらを受け取ると、それを口の中に置いた。彼女の手が震えているのが見て取れた。

説教師は杯を手に取ると彼女に近づき、再びあの儀式めいた口調で言葉を発した。

「取りなさい、そして飲みなさい、これは我らのすべての罪の故に流された汝の救世主、イエス・キリストの真の血である。これが汝を慰め力づけ、永遠の命への正しき信仰を保つように。アーメン。」

周囲には敬虔な崇拝と、篤い参加の気持ちで満ちた静けさがあった。みな視線を説教師と老婆に向けていた。しかし我を忘れて立っていたヘレンカは、祖母にのみ目を向けていた。ヘレンカは感動し興奮して、祖母が敬虔に慎ましく聖体を受けるのを見ていた。また祖母が口に杯と葡萄酒を感じた時、白髪頭をうなじまで曲げ、目を軽く閉じているのを見た——

その瞬間老婆のまぶたの下から、涙がどっと吹き出した——ヘレンカは自分の心臓が急に打ち出したのを感じた。

震えながらヘレンカはその涙を見た。それは大きなしずくとなって滴り落ち、落ちくぼんだ顔を顎まで流れ下った。

説教師がひざまずき、皆もひざまずいて感謝の祈りをささげた。ヘレンカも手を合わせたが祈ることはなかった、もっとも神聖な気持ちで心の底まで感動していたが。ヘレンカは祖母を見ていた。彼女は真っ白に見えるほど青ざめ、半眼でじっと動かずに座っていた。頬には喜びの涙の跡が輝き、顔全体が従順と穏やかな至福と忘我の表情で輝いていた。

19

南はメジジーチーから北はロヘニツェに広がる、見渡す限りの平原は、夜の闇に包まれていた。日中は目を眩ませるような金属的な反射で輝いていた深い淵の水面は、その輝きも消え、芦やイグサの黒々とした藪の中に沈んでいた。小川の岸辺の茂みは、その曲がった流れの先で黒ずみ、その上空にはあたかも陣営の頭上の隊旗のように、樹冠まで枝を払われた若いポプラの木々が突き出ていた。川岸の木々の林とその背後の樫の古木の森は、柔らかい輪郭の巨大なシルエットとなって広がっていた。

この暗くなった平原へ、様々な方角から幻のように、男や女たちが向かっていた。彼らはメジジーチーの屋敷や小屋の脱穀場から出て、一人で、また二人、三人と出かけて行った。別の者たちはロヘニツェやスラヴェチーンの方角から、またクラーロヴァ・ルホタやボフスラヴィツェやポホジ（＊これらはみなメジジーチー近郊の村々）からもやって来た。彼らはこれらの近隣や少し離れた村から、野原や小道や露で濡れたあぜ道を通り、また穀草の茂った畑の間や人気のない休耕地や、荒れ果てた切り通しの横を通って来た。その両側には茨の薮や、ぽつんと立った自生の梨の木が黒々と見えた。彼らは声を立てずに歩き、時に窪地で姿が消えたかと思うと、再び現れて高台にある小道を歩き、影が影を追い、あたかも黒い無言の湖に沈んだかのように突然草原の中に消えた。

トマーシュとヘレンカもまたその晩平原に出かけた。しばらく叔父のクランツの後ろを付いて行った。彼はジヂャルキのウルバンとヤン・イラースクーフと共に歩み、彼の白いサージの上着が、濃い闇の中で二人に道を示していた。ヘレンカは夢の中を歩いているように思えた。彼女は深く感動して祖母の居間を後にし、まだ感動で震えていたが、新しい興奮に向かって歩き始めた。すでに夜道が彼女の心を緊張させていた。

彼らの前には暗い果てしない平原があった。右の東方には霧で霞んだオルリツェの山々の帯が地平線となり、その中にデシェンスキー・コペツやマルシン・カーメンやその他の山々が消え、城壁のような巨大な影と溶け合っていた。この広い黒い平原の上には高い空がそびえ、そこで星が静かにきらめき真っ白い雲がじっと止まっていた。六月の夜の湿った空気の中に、露の降りた平原から寒さが伝わってきた。突然どこか刈り取られた平原の一画から、乾燥中の干し草の香草のような重い香りが漂ってきた。

静寂が、大きな静寂が山々から広い平原のすべての上にあった。ただ時折その静けさを破るのは、遠い芦原や柳の茂った沼沢地から聞こえる、クイナのしゃがれた鋭い鳴き声だった。

突然先方の左の小道から別の三人の姿が、二人の男とスカーフをした女が現れた。彼らはクランツとその友人たちを待ち、それから彼らと一緒に先に進んだ。この秘密の巡礼に魅了され陽気になったトマーシュは、あれが誰だか推察した。しかしヘレンカは彼に答えなかった。彼女は緊張と静かな恐れも感じていたが、高まる期待の中で自分が口をつぐんでいることも気付かずにいた。前方に目を凝らし、どこに行くのかもうどこまで来たか、どこで集会があるのかを考えていた。もしそこに父がいたら、彼は来たがっていたので、それはあり得ることだった。もし彼が見つかったら、もし管理人が――そして老嬢が知ったなら、支配人が知ったなら。一体どういうことになるだろうか――

「ヘレンカ、気を付けて」トマーシュが叫んだ。「さあ手を出して。」彼らは茂った薮の中に入り、ぬかるみを通って小道に出た。しかし彼女は自分で歩いた。その後彼らの頭上で、古いハンノキの樹冠の下にある濃い闇が閉じられ、小川にかかる小橋のたもとに来た時、やっと彼女は手を差し出した。そこで叔父たちは彼らを待っていた。彼らの頭上は闇で、橋の下も真っ暗だった。そこには静かな水音がしていた。

彼らが小橋を渡り木々の間から再び広い場所に出た時、彼らの前にある草原の向こうに、低い丘に広がる樫の森が黒々と見えた。そこが彼らの巡礼の目的地だった。トマーシュは森の端に誰か男が立っていて、草原の先にも別の男が、そして右側にももう一人が立っているのに気付いた。誰かを待っているかのようにじっと動かずに立っていた。彼は彼らについて聞いた。

「あれは見張りで、警戒して立っている」叔父が説明した。樫の森の付近には誰もいなかった。そこには誰もいないように見えた。森はすべて真っ暗で光は無かった。しかしその茂った覆いの下に足を踏み入れると、彼らは様々な方向から木々の間を通り抜けていく、黒い影のような男女の群れを見た。彼らは一人でまた一団で古木の森の真ん中に向かっていった。まもなく絡み合った黒い枝を通して光が輝いた。

その光は太い樫の木の枝に吊るされた木製の角灯から出ていた。火の付いた獣脂ろうそくを入れた別のランタンが、その木の曲がって地上に現れた根の間の地面に置かれていた。その横に大きなジョッキと白いスカーフに覆われた籠があった。ランタンの揺れる光は古木の幹に沿って、またそれらに囲まれた小さな草原に沿って瞬いていた。

この吊るされた角灯の近くに、黒い外套を着た説教師モツと教師のタウツと何人かの百姓たちが立っていた。百姓たちは黒く長い上着や白いサージの上着を着て、頭につばの広い帽子を被っていた。彼らの中にはトマーシュが良く知っているメジジーチーのフバーチェク、コルチャル、ヴァニェチェクがいた。彼ら三人は働き盛りの裕福な百姓であった。彼は他の村の住人の中からロヘニツェの白髪のピクス・ヤクプと、長い首が特徴的で背が高く痩せたスラヴェチーンのマチェイ・クプカをヘレンカに指し示した。彼はこの二人も良く知っていた。

残りの人々についても彼はいろいろ尋ねて聞き知った。あのずんぐりした男はクラーロヴァ・ルホタのヴィリーメクで、彼の隣にいる灰色の上着を着て黒い長い髪の大きな男はスラヴェチーンの粉屋で、彼はシェストヴィツェのニエメチェク（小柄な男であった）と話していて、彼らの傍のあの男もまたスラヴェチーンの者でヤクル・ミクラーシュということだった。彼は父や叔父の話から、それらほとんど全ての人の名前を知っていた。彼らは極めて熱心で、特に重きをなす同じ信仰の兄弟たちであった。

他の人々はその小さな場所の周囲に集まりすでに男女に分かれていた。一方の男性には裕福な百姓もそうでない者も、他方の女性には晴れ着を着た者も胴衣だけの者も、嫁いだ女も未婚の娘も、白い質素な帽子やスカーフを被った者も、無帽で額にリボンを付け、後ろでお下げを編んだ者もいた。

クランツは説教師の近くにいた前方の人々の所に、山岳地帯から来たイラーセクとウルバンの二人を連れて行った。ウルバンはモツに多く語りかけ彼を心から歓迎した。

女たちの中に立っていたヘレンカは、この集団や森の薄闇の中やぼんやり瞬くランタンの明りの中にいる、この秘密の集会の人々を見つめていた。男たちの間に父がいないか探した。そして突然草原の反対側に彼を見つけた。彼はちょうど大急ぎで到着したところだった。それは赤らんで汗をかいた顔と急な息遣いからも明らかであった。説教師と彼の周りの人々は彼を見て喜び迎え入れた。

樫の木のそばにいた男たちが帽子を取って、他の人々の間に退くと、木々の間の会話が急に静まった。説教師だけがそこに留まり、彼と共に教師のタウツもいた。モツは外套を脱いでそれを木の根元に置いた。彼はかつらを付けず黒い通常の上着を着て黒い靴下を履き、手に典礼書を持って、集まった人々と差し向かいに立った。男たちは帽子を脱いだ。教師は「さあ我々は歌おう」を歌い始め、説教師と皆は、彼と共に歌い始めた。光は樫の森で隠すことが出来たが、声を上げての集団の歌声は森から漏れ出て、夜の深い静寂の中を遠く平原や畑まで届く恐れがあった。そのため皆は声を抑えていた。

ヘレンカはトマーシュと同様に、聖歌集を持って来ていたが、すぐ近くの人々の中に三番目の灯火が燃えていたにもかかわらず、この深い闇の中ではポケットからそれを取り出すことは出来なかった。また彼女にはそれは必要なかった。その歌は空で歌うことが出来たからであった。これまで彼女はそれを合唱で聞いたことはなかった。いまその歌を日焼けした男たちが、若者も老いた白髪の老人も、皺が深く刻まれ、また若々しく肌の艶やかな女たちも歌っていた。その歌はその押し殺した声でも、それが響いている場所でも感動的なものであった。その抑えられた歌声は、枝を広げた樹冠の黒い屋根の下で響き、瞬く灯火の赤い光の中で黄色い苔に覆われ、その先の深い闇の中に沈む古木の幹の間で消えていった。

歌が終わると樫の木の方から静けさの中に、集まった人々へ説教師の挨拶の声が響いた。彼はよく通り心に響く声で語り始めた。

「アブラハムはベルサベーに木を植え、そこで強く永遠の神、主の名を呼んだ（＊創世記21章33）。私たちの兄弟、姉妹たちもまた木の下に、隠れ家のこの樫の元に、私たち先祖の信仰に従って私たちの神を呼ぶために集まった。なぜならこの世界の権力者たちは、私たちから私たちの祈りの書を奪い、私たちはローマ法王の教会に通い、彼らの僧の説教を聞かねばならず、また私たちは人の手で作られた偶像やあらゆるごまかしに呼びかけ、古いまた新しい聖人を崇拝しなければならないからである。しかしそれらはみな聖書の至純の真実に背くものである。

私たちはすべての人から虐げられ、取るに足りないものである。しかし主キリストはそのものたちが損なわれず、守られるように命じられた。」

森番のマホヴェツはオウイェストの教会では、頭を下げ目を地面に向けて、管理人チェルマークが悪意を込めて石の柱と呼んだ姿勢で、目を覗き込まれないように立っていたが、今はそうではなかった。彼の心は説教師の言葉にすべて開かれていた。始め一、二度子供たちに目をやったが、その後彼は説教師から目を逸らさなかった。しかし次の言葉を聞いた瞬間、思わず彼は目を伏せた。

「あなたたちは否応なく罪の召使となり、心で信じているのとは別のことを仕方なく口で告白し、偽善的な生を送っている。」

彼はあたかも判決が下るのを待つかのように、顔に不安な緊張の表情を浮べて説教師をじっと見た。

「あなたたちは自分の良心が安らかになることはなく、また今もそうではない。」説教師は彼の心を捉えて言った。「というのは、マタイ伝で主キリストが『人の前でわたしを拒む者を、わたしも天にいます私の父の前で拒むであろう（＊マタイ伝10章33）』と述べておられるからである。」

森番は秘かに深く溜息をついた。

「そして人よりも神に聞き従うべきであり」説教師は語った「ヨシュア記で神が命じているように、我らは心が信ずるままに口でも告白すべきである（＊ロマ書10章10）。どうかこの律法の書が、あなたたちの口元から去らないように、そしてあなたたちはそれについて昼も夜も考えるであろう。」

その言葉は森番の中で燃え上がり、彼の良心は説教師の言葉と響き合った。彼の良心はしばしば彼を、時に非難し時に不安にさせ、彼は森に一人でいる時にも、家の中で彼の心を突き刺す眠れない夜の時にも、しばしばその事を考えていた、さあ決心しろ、決心しなければいけないと。つまりすべての非難と叱責は、良心のすべては音の姿を獲得してそこではっきりと聞こえたのであった。

ヘレンカはその言葉の間、説教師のその言葉が鋭く彼の心に流れ込み彼に打撃を与えた時、しばしば父を見た。彼女は父の顔付きが変わるのを、苦慮が顔に走るのを、彼が身震いして思わず二度髪をかきむしるのを見た。それは、近隣の兄弟たちは知っていたことだが、説教師が何人かの人の名前とその村をあげ、彼らがこの二面性を捨ててこのバビロンの幽閉から逃れて、国境の向こうの自分の先祖の信仰を自由に告白できる約束の地に赴いたことを取り上げた時であった。ヘレンカはこの呼びかけと父の動揺に驚いた。

さらに彼女は説教師が、聖書の言葉が実現し、主が彼らを異郷の民の下に送り、彼らは杖を持って追われているこの逆境の時代に、皆が自分の先祖の信仰に忠実であり続けるようにと促す言葉を聞いた。また彼女は説教師が、信仰と、財産と命を推し量っている各々の者たちの心を強くし、聖なる朗読と敬虔な歌の歌唱によって慰められるように、今最も強い力である聖餐式を行い、彼らが力を得て慰められるようにしようと呼びかけるのを聞いた。

そしてその準備がなされた。モッツは明瞭な声で罪の告白と赦しの懇願を先唱し、集会に集まった皆はささやき声で、彼に続いてこの祈りを口にした。そして罪の後悔についての儀礼的な質問に、集会の皆は声をそろえて答えた。皆に対する罪の赦しの後、両形色による聖体拝受があった。

その際教師のタウツは説教師の助手になった。彼はすでに聖体の形に切り分けたパンを籠から出して彼に渡した。

モツはそれを祝福すると、タウツがジョッキから聖杯に注いだ葡萄酒も祝福した。男たちと女たちは樫の木の下に歩み寄った。説教師はパンを千切り、聖餐式を受ける各々の手に聖体皿からそれを渡した。タウツは聖杯を持って彼の後ろに従い、それを彼らの口に傾けた。

ヘレンカはトマーシュが父に寄り添い、彼と共に聖体拝受に向かうのを見つめ、父の後悔に満ちた顔も見た――その時トマーシュの姿は消え、拝受を受けるため自分がすぐ脇の女たちと共に列の前にいるのに気付いた。その瞬間彼女の頭に浮んだのは、祖母の震える手と、皺が深く刻まれ涙で輝いた祖母の顔であった――彼女自身も説教師から祝福されたパンを渡された時、背筋がぞくっとして震えた。そしてその時彼女の視線の下方に聖杯が輝くと、自分が青ざめるのを感じた。

その後彼女は神に感謝して皆と同じ様にひざまずいた。敬虔な抑えた歌がまた響き、その歌声は乏しい明りで霞んだように瞬く赤みがかった光と、荒々しい幹に沿って舞う鋭い影の中を、静かなじっと動かない樹冠の黒い丸屋根の高みに消えていった。

ヘレンカは歌わなかった。興奮で歌えなかった。でも彼女は至福であった。体のための食べ物と飲み物は、彼女にとって魂の食べ物と飲み物になった。あらゆる重荷が彼女から降りた。彼女は心が軽くなり明るくなるのを感じ、彼女と一緒にひざまずいている全ての人々に一体感を感じていた。彼女は彼らと心が一つになり、敬虔で篤い彼らの歌を彼女も自分の心の中で歌っていた。

20

管理人チェルマークはその日曜日の翌日、いつものように朝とても早く起きた。顔を洗ってから床にひざまずき、顔を部屋の隅の机の上に掛かっている聖像に向けて少し祈った後外に出た。屋敷はずっと以前から活気づいていた。そこではいたる所で早朝の仕事の賑わいがあったが、一番仕事があったのは家畜小屋と馬小屋だった。管理人はいつものようには、そこに見回りには行かなかった。森番小屋を見回し監督の所に行くと飼料について尋ね、話のついでのように森番たちは家にいるのか尋ねた。

「森番はいます。彼はすでに帰って来ています。でも子供たちはまだです。」

「彼もまた出かけたのか。」

「それは知りません。でも私は朝彼に会いました。戻ってくるところで、遅くすでに明るくなっていました。」

「そんなに遅くにか。どこにいたのだ。」

「彼の話では、オオヤマネコ（＊ユーラシア大陸に生息するものは体長八五〜一一五センチメートル、体重一二キログラムの大型獣→rys）を追って森から戻って来たところだそうです。オオヤマネコがセドロニョフ（＊ポーランドとの国境近くの村）の森のあたりから出てきて、ここを荒らしていると言っていました。ひどい損害を与えているそうです。」

「オオヤマネコか――ふむふむ――密猟者ではないのか――」

「いいえ、オオヤマネコと言っていました。」

「でも捕まえていないぞ」管理人は真面目な顔をして、とはいえ皮肉を込めて言った。

「捕まえていません。罠をかけなければと言っていました。」

管理人は家畜小屋に向かった。彼はそのヤマネコについては信じる気にならなかった。きっとユダヤ人墓地のところにもそれがいたのだろう、彼は皮肉っぽく考えた。あの夜の放浪は――そして今、出し抜けにオオヤマネコと罠の話が。森番自身が罠にかかればいいものを。

屋敷で人々が朝食を取っている時、メジジーチーの百姓クランツの荷馬車が音を立てて門の所に来た。荷馬車は中庭には入らず、トマーシュとヘレンカが降りるとすぐに向きを変え、館の下方にある村に下って行った。その時中庭には誰もいなかった。しかし管理人は事務室の窓辺に立って帰ってくる森番の子供たちを見ていた。

昨日の長い道中や眠らない夜や今日の乗り行きにも、トマーシュは平気だった。彼はカワメンタイ（＊淡水に棲むタラ科の魚）のように元気だった。しかしヘレンカは疲れて見えた。彼女は一晩中目を閉じなかった。祖母の居間での印象、礼拝時の樫の森の様子、そしてそれが終わると皆は静かに次々と散って行った。彼らはやって来た時のように暗い平原にまた消えていった。ヘレンカとトマーシュは叔父と彼の二人の客とともに再び歩んだ。父とは数語交わしただけだった。祖母の所に彼らと共に立ち寄ることはできなかった。子供たちより前に家に着き、森から戻ったと思わせるために、彼は樫の森から真っ直ぐスカルカに戻らねばならなかった。

それから祖母との別れがあった。彼女は寝台に座り彼らの知らせをどうしても聞きたくて、一晩中待っていた。祖母は彼らに別れを告げる時、彼らを祝福してどうか心に留めておいてくれと付け加えた――さらに叔父が山から来た二人をかくまっていた、暗い丸太小屋に立ち寄り、その後彼らは荷馬車に乗った。彼らがメジジーチーを出た時はすでに夜が明けていた。馬車は露でぬれた平原と穀物畑の間の乾いた道を、音を立てて走った。周囲はすべて美しい六月の朝の光で照らされていた。しかしヘレンカの心はまだ昨晩の秘密と闇の中にあった。彼女は考え込んでじっと前を見ていた。トマーシュと叔父の使用人との楽しそうな会話も耳に入らなかった。ただトマーシュに尋ねられた時だけ答えた。穀物畑や平原や左右の木々が背後に流れ、その後建物やそこにいた人々や道にいた人々も、瞬くまに背後に流れていった。しかしヘレンカは振り返らなかった。彼らが野の道や果樹の並木を走り、スカルカが彼らの前に白く見えた時、やっと彼女は身震いした。彼女は怖かった。今またあすこに――そして老嬢の所にすぐに。彼女はその道中を、老嬢を、彼女との会話をそして質問を恐れていた。彼女は自分にいつも優しくしてくれる老嬢を騙すのが恥ずかしかった。そして彼女にはそれらしく装って自分の信仰を否認することが、今ほど嫌なことはなかった。彼女はそう思ったが、彼女が老嬢の部屋に入るとそこには誰もいなかった。だが脇の衝立と祭壇を眺めると、ちょうどそこで老嬢は朝の祈りを捧げていた。祭壇の像たち、錦織りの世俗的な布に包まれた聖母マリアの像とあの新しい聖人の像は――彼女の頭には説教師が樫の森でそれらの像や絵と新しい聖人について語った言葉が響いていた。ヘレンカは寝室の戸口にポレクシナが立ったのに気付かなかった。

「やあ、ヘレンカ、遅かったわね。でも遅れたわけではないよ」彼女は笑いながら言った。

「おばあさんの具合はどうだったかね」彼女流に手短過ぎるくらい簡潔に尋ねた。そして彼女の症状について詳しく聞くと、これはとても良く効くと言ってすぐに彼女に軟膏を、そして薬草も送ることに決めた。薬草は祖母の浴槽に入れ、その中に足を浸すと良くなるだろう、ただそれをどうやって送ろうかと言った。

「叔父の使用人が下の村で馬に餌をやっています。」

老嬢はすぐに薬草を包み、軟膏の小さな壷を持ってきてヘレンカに渡して、これを持っていって使用人にどう使うのか伝えなさいと言った。ヘレンカは喜んで部屋から出た。彼女が急いで出たのは使用人に間に合うためではなく、早く外に出て老嬢がそれ以上尋ねないようにするためだった。

その週の木曜日の午後、ドブルシュカの町の使いがスカルカに文書を持って来た。彼はそれを事務室で渡した。管理人は不在だった。彼は畑と農奴たちが草刈りしている草原を視察するために出かけていた。書記は宛先に目をやり読んだ。「高貴で果敢な貴族ヘンドリッヒ・ルホツキー・ゼ・プテニー、スカルカの領地を良好に経営されている支配人閣下、スカルカ在。」彼は即座にこの手紙を支配人に持っていった。書記は菩提樹の小さな並木にある庭で、彼を見出した。彼は長椅子に座ってオランダ製の白いパイプをくゆらし、頭上に白い雲を作っていた。

支配人はすぐ手紙を開封した。明らかに驚いた様子で読んでいたが、読み進むにつれてさらに忙しなく煙の輪を吐き出していった。読み終わり急ぎ足でポレクシナの所に向かう時でも、まだこのようにタバコを吸っていた。館の丸天井の玄関の間に入ってやっと吸うのを止め、パイプを窓辺に置いた。彼は老嬢が古い手書きの薬草書を読んでいるのを見つけた。

「こんなものが来たよ。」彼は戸口で声を上げ、開封した手紙を頭上に差し上げた。老嬢は彼の顔の表情からそれが芳しいものでないことを見て取った。

「プラハから、それともカルロヴィ・ヴァリからですか」彼女は思わず尋ねた。

「そんな遠くからではない。フラデツからだ。」彼は彼女と向き合って座り、大部分印刷された二枚の手紙をすぐ読み始めた。印刷された文章にあるいくつかの空白の部分は、宛名と同様に手書きであった。

「高貴で果敢な閣下、高く敬われし尊く親愛なる支配人殿」

この手書きの行以下は印刷されていた。

「国のいたる所から最良の手段が求められているこの時世には、篤い告解を伴う神の祝福と、天上からの大いなる慰めを哀訴しなければならない。」彼は笑い老嬢を見て繰返した。「哀訴するって。天上に、神様に哀訴するのだって。聞いたかね。」そしてさらに読んだ。「それ故この上なく権威ある司教会議《コンシストリ》の慈悲深き決議により、告解の祈禱を開始しようと考える――」そこで彼は手書きの先の行を読みながら声を高めた。「伯爵閣下所領の町ドブルシュカにて、聖霊降臨祭《ペンテコステ》（＊復活祭から五十日後に行われる移動祭日）後六番目の日曜日、七月一日朝八時に挙行。」

「宣教団だわ」老嬢は驚いて叫んだが、決して不快な感情を込めてはいなかった。

「さよう、宣教団だ。」彼は不機嫌な様子で口を挟み、その先の印刷された文を読んだ。「伯爵閣下と王国の諸領主および地方行政諸長官と前記司教会議の連名の下に慎んで要請するのは、すべての町や村落のために行われるこのキリスト教的慈愛の行為に対して、できる限りの支援と協力の用意をして喜んで援助されんことである。」彼は手紙を振り回し前よりも顔を赤らめて鋭く言った。

「これはオポチノ地方に関わることだが、もっともあのドブルシュカは私たちの鼻の先にあるけれど――」

「でも、あなた」老嬢は非難した。

「分かった、分かった。その配慮はしなければ。説教に皆を駆り出さねば。」

「お願い、その先を読んで。」

「その先だって、それは本来ドブルシュカに関わることで、私たちには無関係だ。」

「でも読んで下さい。」

彼は読んだ。

「この祈禱に関わる要求を慎んで申し上げる。先ず第一点。一軒の家でも別々の家でもよいが、説教師が然るべく快適に過ごせるように用意された二つの質素な部屋。なお部屋は漆喰で白く塗る必要はない。」

「つまり二人やって来るのですね」老嬢が口を挟んだ。

「三人でなければきっと二人だ。」そして彼は先を読んだ。

「第二点。すべての食事が提供される住居。例えば一定の報酬で我々に必要な食事を用意できるような敬虔な中年の婦人の所。第三点。神の十字架のための樫または他の堅い木で長さ一二ロケト（＊長さの旧単位でチェコでは一ロケトは約六〇センチメートル）のもの、または少し短くても十字架のためなら早く切ってもよい。第四点。十四本ほどの梁または垂木、またはその位の長さの木。少し短いものも足場のために必要となろう。また薄板を三束《コパ》（＊一コパは六十個）。」

彼は回状を持った手を膝に置き、老嬢に目を合わせると笑いながら言った「ほらこれをごらん。」そして読んだ。

「第五点。町はビールとパンを蓄えねばならない。なぜなら御布令が周知され、その仕事がさらに広められるほど、ますます人が集まってくるからである。」彼は手紙を机において繰り返した。「ますます人が集まってくると、いいかね、親愛なるドブルシュカの隣人諸君、それだけ多くビールが飲まれるのだ。彼らは宣教団が送ってきた御布令を四方に送り、我々はそれを広めなければならない。もっと多くの人々を、魂を増やすためには肉体も増やさねばならないからな。」

「でもあなた、これは神聖な宣教団ですよ。」

「そうとも、そうとも、イエズス会の神父たちには大仕事だよ——」

「でも誰が来られるのですか、私は期待しています。言ってください。」

「フラデツの神学寮の神父たちだよ。そしてさらにこう書いてある。」

彼は線で消された行を読んだ。「私はいくつかの御布令の文書を送っているが、どうか直ちに安全で確実な機会に各自の場所で、それを遂行されんことを丁重にお願いする。他のもっと容易な件については口頭で述べよう。」そして線で消されていない最後の部分は「さしあたり我らの処遇と共に、この使徒的仕事への協力を平身低頭して依頼しつつ、私は高貴で果敢で高く敬われし支配人様に、従順なる者として留まる所存であります。主キリストの僕、イエズス会宣教師Fr・マテジョフスキー。」

「ああ、そうだと思っていました。でも彼と一緒に誰が。」

「私は知らない、ここには何も書かれていない。多分鉄を被せた短靴で百姓の裸足を踏みつける、あのフィルムス神父だろう。あの男は私にも疑念を抱いた——」彼はプラハから戻った時、そのことを老嬢に隠したことを忘れていた。

「——スカルカも信仰に関しては、信じることは出来ない」と。

老嬢は驚いて背筋を伸ばした。

「何と言われましたか、あなた。スカルカですか。そう言ったのですか。いつ、どこで。そんなことはあり得ません。」

口を滑らしたルホツキーは、その時の様子をすべて話さねばならなかった。老嬢は眉をひそめた。フィルムス神父が述べた嫌疑は、彼女の気持ちを押し潰し侮辱した。

「どうしてそんなことが言えるのですか。彼は何か知っているのですか。自分で来て確かめればいいでしょう。」彼女は厳しくきっぱりと言い足した。「証明して下さい。」

「彼はどんなことをしても、それを証明することは出来まい。」——

ルホツキーが老嬢の所から戻ると、事務室の近くで森番のマホヴェツに会った。

「おまえはどこにいた。」彼は領民に向かって言うように、彼を「おまえ」と呼んで尋ねた。

「事務室にいました、ご主人様、森での賦役のことで。」

「それなら、ドブルシュカから素敵な手紙が来たことを聞いていないな。」

「管理人はまだ戻っていませんし、書記も何も言っていませんでした。」

「それなら教えてやろう、ドブルシュカに宣教団が来る、マテジョフスキー神父とさらに一人か二人だ。」ルホツキーは森番が怯えるほど驚くのを見て、思わず話すのを止めて、頭を振り目を見張った。森番は少し混乱した様子で、ここにも来るのですかと尋ねた。

「どこにだって。スカルカにだって」ルホツキーは驚いた。

「いいえ、私はオウイエストかと思ったのですが。」

「まさかそこまで来ないだろう。ドブルシュカで御布令が出て、私たちは彼らのために、そこに領民を羊のように追い立てていかねばならないのだ。」

「それは何時になりますか。」

彼は森番に答えると笑いながら付け加えた。

「わしが思うには、おまえはあの黒い天使が大好きだろうが、管理人ほどではないだろう。」

彼は事務室に立ち寄った。間もなくそこに管理人が入ってきた。支配人は彼を眺めるとすぐに、管理人が何か知らせを持って来て興奮しているのを見て取った。しかしわざとそれには触れず、ただ草原から帰ってきたのか尋ねた。

「そうです」彼はすぐに持ってきた知らせを伝えた。それは彼が戻る時、ドブルシュカの司祭館に出向いていたオウイェストの主任司祭に、街道で出会ったことであった。

「おお、宣教団。」ルホツキーはニュースで管理人を驚かせようとした出鼻をくじかれて、いまいましさを込めて言った。

「もうご存じでしたか――」

「ドブルシュカから文書が届いた。彼らが何人で来るのかは記されていなかった。マテジョフスキー神父は知っているが。」

「そしてフィルムス神父も。」

「あの素敵な靴を履いた神父だろう、それも考えた。さらに三人目がいるのだろうか。」

「コニアーシュ神父です。彼は最近プラハからフラデツに来ました。彼のことをドブルシュカの主任司祭は説教師としても、異端に対する熱心さでも、きわめて高く評価しているそうです。彼はフス派の本を探す時は何も恐れずどこにでも入り、ここチャースラフ地方で彼は百姓に暴行され、家畜小屋に閉じ込められたと聞いています。彼を飢えで死なせようとしました。」

「なんと、家畜小屋とはすばらしい屋敷ではないか。」支配人は笑いながら言葉を挟んだ。「その男もまたここに来るのだな。」

「もう来ておられます、ご主人様。神聖な宣教団に必要な御方です。異端者たちがこの地方でも酷くうごめいていて、もう公然としています。ここメジジーチーで、主任司祭が言っていました――」

「どんなことを。」

「――彼らはジタヴァの説教師を連れてきて、夜に草原で礼拝を行いました。」

「滅相もない、その司祭は何か中傷でも聞いたのだろう。」

「ドブルシュカの司祭館で彼は知りました。それは紛れもない事実です。先週の日曜日その異端者たちは集まりました、ちょうどその時――」彼は支配人を見ながら、わざとゆっくりと強調した。「森番の子供たちはメジジーチーにいました。」

「ああ、多分その礼拝に行ったのだろう」ルホツキーは嘲笑して吐き捨てるように言った。

「私は何も言っていません、ご主人様、ただその日曜日に正に――」

「もっと言ったらどうだ、そこには森番もいたと。」

管理人は自分の怒りの発作を抑えて肩をすくめ、しわがれ声で言った。

「私は司祭が語ったことを言っただけです。あのフス派とルター派のものたちが、夜に集まったことは確かです、しかも公然とこの広い空の下で。そこに誰がいたのかは――」彼はまた肩をすくめた。「森番については、彼はその晩オヤマネコを追って森に行ったと言っていたそうです。」

「そしてまた彼の子供たちも祖母の所に行っていた」ルホツキーが激しい口調で言ったので、管理人はその話を止めざるを得なかった。

「あんたは本当に疑り深い、しかも根拠も無いのに」支配人は彼を厳しく非難した。「ここにあるドブルシュカからの書状を読んで、皆に周知させろ。」荒々しく命令すると事務室を出た。

管理人は彼を見送った。彼はもう抑えられなかった。頬を膨らまし怒って支配人の背後から息を吹きかけた。抑えられた怒りの閃光が燃え上がった。それは彼の頬を越え両眼で輝いた。

「せいぜい森番に甘くしておけ。」ちょっと考えて「お前では話にならない、でも――」

21

宣教団、宣教団、どこでもその話で持ち切りだった。ドブルシュカの市役所から、領主たちの事務室から、その話は駆け巡り、説教台からその話が知らされ、いたる所でそれについて語られ、オポチノの領地とスカルカの領地で、その後ドブルシュカの穀物市場で、さらに遠くオルリツェ山地の村々で語られた。人々はそれを大事件として捉え、どこでも心配と秘かな恐怖を持って待ち構えた。というのもそれは単に壮麗で燃え立つような熱意に満ちた祈禱会ではなく、それは戦いでもあり、宣教師は単に熱狂的に説教するだけではなく、探索し襲いかかることを人々は知っていたからである。

一番恐れたのは村々であった。しかしドブルシュカの町でも、宣教師たちが公開の場で本を燃やすのではないかという話が、静かにまた秘かに語られた。人々はそれについて家の片隅で話し合い、また当時ほとんど木造の家々で緑取られていた、町の広場を囲むアーケードの所でも夕時に話し合った。また宣教師たちは司祭館には泊まらず、市当局が彼らの希望に沿って二つの部屋を探して見つけたことも広まった。一つは彼らに食事を提供するサードロヴァー婦人の所でそこには彼らの中の二人が住み、三人目は市役所の書記官の母である寡婦のパシュカーロヴァーの所であった。

フラデツのイエズス会士が到着する三日前に市当局は説教台を建て始めた。だがその場所は一昨年建てられた教区教会の墓地の中ではなかった。そこには広い場所がなかったので、当時はまだ像（＊ペスト記念塔）がなかった広場の真ん中の、市役所の近くに立てられた。市役所は石造りの階段が外にある煉瓦造りの建物で、高い望楼を持っていた（＊その建物は→ Dobruška radnice で見れる）。朝から晩までそこで大工の親方が弟子たちと働いていた。朝から晩までそこでは斧と槌の打つ音が響き、六月の日中の熱さの中で大汗をかく仕事をこなすため、体を冷やすためのビールを飲まされていた大工たちの掛け声がこだましていた。

物見高い人たちの群れが絶えず彼らの周りに立ち、大小の梁や筋交いで骨組みが立ち上がっていくのを、薄板がそれに張られていくのを、高い特別な説教台に昇るために手すりの付いた階段が準備されるのを眺めていた。好奇心の強い人たちは、老いも若きもそこに立ち続けて眺め、傍を通る人たちはちょっと立ち寄って眺めていった。市役所の望楼の上にいる見張りは、周囲を見回るのも忘れて、炎熱の太陽のもとで歩廊に一日中ずっと立っていた。彼は眼下の広場の方に身を屈め、仕事がはかどっていくのを眺め、大工たちの小さく見える集団の影が、短くなっていくのを眺めていた。彼はまた隣人たちや娘や若者たちを目にし、荷車を止めている御者を目にし、自分の主人つまり市当局のお偉いさんたちも認めた。一番足繁く来たのは市長のフロリアーン・シュヴァルトと市の法律顧問ヴァラダインであった。市参事会や長老たちも皆ここに立ち寄った。ただ市参事会員のミクラーシュ・ドウブラヴァだけは来なかった。

また同様に広場の背後の小広場に面して、身を縮めたようにあるユダヤ人「地区」からも誰も来なかった。それは六軒の木造のみすぼらしい家々からなり、五軒は住居で六軒目はユダヤ教の会堂《シナゴーク》であった。そのユダヤ人の家からは誰も見物に来なかったし、遠くから眺めることもなかった。彼らは人々に罵声を浴びせられ罵られ、お前らは宣教師たちが来るのを待っていればよい、そうしたらユダヤ人の寄せ集めがどんなものか、彼らが語るのを聞くだろうと威されるのを恐れていた。ユダヤ人たちはまた背後や面と向かって、嘲笑を込めて「ヘイ・シャローム・アレヘム（＊ヘブライ語の挨拶で「あなたがたの上に平安がありますように」の意味）」、おいユダヤ人、何か新しいことを知っているか——と歌うように言われることを恐れていた。

首席司祭のユンクはずんぐりして丸顔の男だったが、仕事が始まった最初の日にすぐ見物に来た。翌日の金曜日の午後もまたそこに向かったが、その日は暑かった。舗装されていない埃だらけの通りは殺伐として人気がなかった。丸太組みの住宅の白塗りの壁は、焼ける様な太陽の光でその白さが目に痛かった。眠気を誘う静けさの中に突然若々しい声が響いた。低い木造の学校の小さな二つの窓からその歌声は響き、ヴァイオリンが伴奏をしていた。

それを聞こうと司祭は少し離れたところで立ち止まった。でもその時、道を隔てて学校の向かいにある平屋の家の開いた窓から、この町で最長老の一人である白髪のイジー・レムフェルトが顔を出したのに彼は気付いた。レムフェルトは八十歳になっていた。よく聞こうと頭を突き出した時、彼の銀色の髪が太陽に当たって輝いた。学校から少年少女の甲高い歌声が流れてきた。

燃やせ、異端の迷いを
滅ぼせ、地獄の怪物を
焼け、異教の無信仰と
老婆の一つ一つの迷信を。
燃えろ、燃えろ、ヤン・フスよ
我らの魂が燃えぬように。

レムフェルト老人は突然窓から離れると、窓を激しく閉じた。司祭は驚き、あの喧しい歌が老人を苛立たせたのだろう、彼は静けさが欲しいのにと考えた。しかし彼には思い付かなかった、あの歌自体が彼を怒らせたことを、教師が生徒に教えているその歌は、宣教団がドブルシュカで没収した本を焼く時に、彼らが火の脇で歌えるようにするためであることを。

司祭は学校の横を通り過ぎる時に、生徒たちの長い机の前でヴァイオリンを弾いている教師のヴォンドジェイツ

＊ 21 ＊

と、彼と並んで彼の助手が籐の鞭で拍子を取って、子供たちと歌っているのを見た。司祭は満足の意を示すために窓に向かってうなずくと、すぐに熱意が教師たちに流れ込んだ。教師はヴァイオリンの弓を押しつけ両腕を揺すって演奏した。痩せた助手はより激しく鞭を振り回し始め、急な雨が大きな音を立てるように、子供たちは若い声を精一杯張り上げた。

燃えろ、マルチン・ルターよ
悪魔がお前の魂を引き裂くように。
燃えろ、おまえ、ヤン・カルバン（＊フランスの宗教改革者）よ――
永遠の業火が我らから逸れるように。

司祭は先に行き、彼の後ろで歌が大きな合唱となって響いていた。

燃えろ、イジー・ポヂェブラト（＊一四二〇―一四七一、「フス派王」と呼ばれた）よ
おまえはこってりしたビンタ二発に値する。
燃えろ、ヤン・ジシュカよ
あたかもタールで揚られた松かさ《シシュカ》みたいに――

司祭はこれらの言葉をもうはっきりとは聴き取れなかった。しかし歌声は彼が広場に足を踏み入れた時でも、まだ彼の後ろで響いていた。建築現場で彼は、市長と市参事会員のキリンゲルに出会った。彼らは説教台の横に十五ロケトの高さの樫の十字架が建てられるのを見ていた。

その時市役所から市参事会員ミクラーシュ・ドウブラヴァが出てきた。彼は素早く階段を降りると真っ直ぐ先に行こうとした。しかし市長と司祭が彼に声をかけたので、立ち止まらねばならなかった。しかし彼らとは長くは顔を合わせなかった。彼は急ぎの用があると言って家に向かった。だが彼はその日の晩遅く、レムフェルト老人を送った時その場所に来た。彼はその時まで扉を閉めた彼の家で、彼の妻も同席して老人にクラリツェ聖書（＊語注24）を読み聞かせていた。

秘かな信者であるレムフェルト老人は、自身ではもう読むことが出来ず、信頼できる同じ信仰のドウブラヴァの家に、神の言葉を聞くために通っていた。レムフェルトは子

供のいない寡夫で、家には彼と同じ考えで信頼を寄せることが出来るものは誰もいなかった。そこでドウブラヴァが彼の世話をしていた。もっともドウブラヴァは部屋の壁に聖人の絵や数珠をかけ、毎週日曜日には教会の盛式ミサ（*語注55）で市参事会員の席に座り、告解や聖体拝受に通っていた。

その六月の晩レムフェルト老人を送った時、彼は広場を通らねばならなかった。ほぼ出来上がった説教台の傍で、二人は思わず立ち止まった。彼らは無言で高い足場の下に立った。説教台には木の階段が通じ、その上に大きな十字架がそびえていた。夜空の下、星と青白い三日月のぼんやりした明りの中で、足場全体が黒々と見えた。しばしば流れ急ぐ黒雲が三日月を隠していた。

「このように――このようにして――またも」白髪で腰の曲がったレムフェルトはドウブラヴァの肩につかまりながら溜息をついた。「すでに三回。私はすでに三回の宣教団を記憶している。神よ、永遠の神よ。私たちはエジプトにいる、エジプトで捕らえられている。エジプトにいたイスラエルの民は叫び、主はそれを聞きその願いを聞き届けられた。だが私たちは声を出すことも、一言も発することもかなわない。」

「そんなに大きな声で嘆かないで下さい、ご老人。」暗い気持ちでドウブラヴァは注意した。

「でもあの歌を、あの歌を、私たちはあの歌を歌わねばならない。今日の午後に学校であったことを君に話しましたよね。私の頭からあの歌が離れない。学校が、学校が。あすこでは子供たちに『燃えろ、ヤン・フス』を歌うように教えている。」

「それは私たちの身を焼きます」ドウブラヴァは暗い声で言った。「でも子供たちはそうではありません、彼らは慣れています。彼らはローマ・カトリックでないすべてを、醜悪なものとして嫌悪するように教えられています。悲しく恐ろしいことです。」

「そうだ、その通り、私たちはもう最後の者なのだ。私たちは大地に叩き付けられた、それは酷いことだったが、さらに私たちは歌わされ、ここに来て聞かねばならない、あの黒いやつらが話すことを――」老人は震える手を、黒ずんで見える説教台とその上にそびえる十字架に向けた。

「行きましょう、ご老人、行った方がいいです、もし誰かが――でもあなたは」彼は歩き始めた時、言い足した。「あ

＊ 21 ＊

なたは家に残ることが出来ます。どこにも行く必要はありません、老人ですから。」

「もちろん行かない。行くものか」老人は怒って遮った。「私が年寄りだからではなく、もし若くても行かない。トルニエチェクは私と反対に若いが行かない、あの黒いやつらの話を聞かないと言っている。」

「でも私は行かねばなりません、私は市参事会員だから」ドウブラヴァは溜息をついた。「でも彼らを出迎えることはしません、それには行きません。でもここには」彼は説教台を見回した。「ここには来なければなりません、ここに立って慎ましく聞かねばなりません。」

「君一人だけではない。彼らの多くが村々からここに追い立てられるだろう。ところでスカルカの森番はどうするのだろう。」老人は突然思い出した。

「静かに、誰か来ます。」

レムフェルト老人は聞き耳を立てた。そしてドウブラヴァに支えられて、のろのろと老人の歩調で歩き始めた。彼は静かに溜息をつきながら言った。

「神よ、聖なる神よ、いつ私たちを憐れんで下さるのでしょうか。」

22

夜の間晴れていた空は、朝を過ぎると濃い灰色の雲で覆われた。午後遅くなって細かい雨が降り始め、晩になっても降っていた。この悪天候の中オポチノからの街道を通って、聖なる宣教団が到着した。先頭を行くのは二人のイエズス会士で、彼らはつば広の黒い帽子を被り、暗い色の外套を着たマテジョフスキー神父とフィルムス神父で、各々茶色の馬に乗っていた。彼らの後ろに彼らの助手の学生が、二つの鞄を前で振り分けた、毛並みの濃い速歩の馬に乗っていた。その後に白い雌馬が歩み、二人の乗り手を運んでいた。前に乗っていたのはイエズス会士のアントニーン・コニアーシュ神父で、同じく外套に身を包み、彼の後ろには彼の従者でまだ若い学生が乗っていた。鞍の前にぎっしり詰まった袋と小さな背嚢が結びつけられていた。僧の顔はつば広の帽子と大きな外套の高い襟のため良く見えなかった。日が暮れてきた。

＊ 22 ＊

鐘が鳴り始めた。

人々は窓に近寄りまた扉の前へ、広場のアーケードの下にまたその前に、何日もの間議論し緊張して待ち構えていた宣教団を見るために駆け出した。彼らは先頭の二人を眺めたが、一番多く一番長く見ていたのは、白い雌馬に乗った者と若い同乗者であった。彼らはこの二人を指し示し、あすこでは皮肉と嘲笑を込めて、ここでは怒り出すほどの苛立ちを持って、何という乗り方だ、あの学生は大変だな、可哀想に良く頑張って座って耐えていると言っていた。一番厳しく言ったのは糖蜜菓子屋のルカーシュ・トルニェチエクで、彼の妻も大声で罵った。これはあの若者と馬の拷問だ、前にあるあの袋をごらん、あれは飼葉ではなく本だよ、ほら角張っていて分かるだろう、きっとあすこに没収された本が入っているのさ、のうのうと座っているあの神父を馬から引きずり下ろして、ぬかるみを走らせればいいのにと。

市参事会員のドウブラヴァは、少し離れたところに立っていた。声は出さなかったがトルニェチェクに目配せして、ためらいがちに笑ったが、市長と市参事会員のキリンゲルと法律顧問が、アーケードからイエズス会士たちに向かって歩いて行くのを見て、すぐ姿を消した。彼らは帽子を取り、この霧雨のなか無帽でイエズス会士たちの前に立った。彼らを出迎えると、広場から通りを経て司祭館に案内した。司祭館は教会の横にあり、こけらぶきの切妻屋根の古い木造の建物であった。その前に枝の茂った菩提樹が立っていたが、それは教会横の墓地に通じる黒い門の近くにあった。

首席司祭のユンクは助任司祭と共に、菩提樹の下で馬から降りた宣教団を迎えるために急いで飛び出して来た。彼らは司祭館に入ったが、町からのお供は入らなかった。市長と市参事会員と法律顧問は町に戻った。教区教会の使用人は馬を広場の居酒屋に連れて行った。彼と一緒に二人の学生も、用意された住居に鞄を運ぶために行った。

イエズス会士たちの食事は、サードロヴァー老婦人の所で賄われることになっていた。しかし最初の日の夕食は司祭館で取らねばならなかった。テーブルクロスが敷かれた食卓には二本のろうそくが燃えていた。彼らは大きな暗緑色の暖炉がある広い白い壁の部屋で食卓についた。そこには何枚かの厳しい表情の聖人の絵と、鮮やかに彩色された大きな磔像があった。マテジョフスキーとフィルムス神父は美味そうに食べたが、コニアーシュ神父は少し食べただけだった。彼はビールと葡萄酒は少しも飲まなかった。水を飲んだだけであった。

コニアーシュは三十四歳であった。しかし彼は歳よりも老けて見え、背が高く骨太の二人の仲間や、ずんぐりして丸顔の首席司祭と比べたら、背は低くはなかったが華奢な体つきだった。彼の僧衣は擦り切れて、櫛を入れない暗い色の髪の毛は乱れ、顎と青々と剃り上げた頰はとても青白く見えた。マテジョフスキーの赤ら顔と並ぶと、彼の顔は一層青白く苦行僧のように落ち窪んでいた。しかし黒っぽい彼の目には、ためらいや迷いの光はまったく無く、挑む力と決断の輝きがあった。

彼は食卓には長く留まらなかった。じきに立ち上がると自分の部屋に行きたいのでと許しを乞うた。もてなす側の司祭は熱心に彼を留めようとしたが、彼がはっきりとまた少し苛立って行かなければと繰り返すのを見て、強いて留めなかった。司祭はマテジョフスキーの、彼を放っておくようにという目配せにも気付いた。

コニアーシュは出て行った。司祭は以前から彼の大きな熱意と説教の巧みさを多く聞いていたが、これまで彼を個人的には知らなかったので、彼はあまり健康ではないようですねと関心を持って言及した。

マテジョフスキーは「そうです」と同意した。一方フィルムスはそれまで樫の木のように黙っていた。「脱腸を患っています」マテジョフスキーは濃い眉の黒いアーチを上げた。「そして酷い頭痛を持っています、もう長い間。最近良くなりましたが一昨年は半時間も読み続けられず、執筆の仕事がまったく出来ないと言っていました。」

「聖母マリアがお助け下さった」突然フィルムスの声がした。しかし彼は陰気な目を向けることもなく前を見続けていた。「お助け下さいました」マテジョフスキーは篤い気持ちで同意した。「イチーンの聖母マリア（＊一六三七年にモスクワからイチーンの聖ロヨラ教会に移されたもの）、この上なく慈悲深き治癒者です。彼は聖母に土曜日毎ではなく毎日祈りを捧げ、そうすると数時間は頭痛から解放されています。しかし彼は養生していない。あまり寝ず、夜遅くまで起きていて、夜明けまで異端の本を調べることもあります。そして朝の説教をして日中もまた説教をし、さらに三度、五度することもあります。体が弱って失神したこともあり――」

「おお、何と」司祭は驚いた。

「そして彼は今新しい仕事を始めました。『私たちは人々から異端の本を取り上げている』と彼は言う、『だから私たちは彼らにそれに代る、別の正しく、より良い本を与えねばならない。私たちは彼らからフス派の聖歌集を取り上げるが、彼らは歌うのが好きだ。別のものを持たない限り、彼らは常に異端の歌集に逃げ込むだろう。』」

「神父はそうしようと――」

「彼はそうしようとして、すでに新しいカトリックの聖歌集に着手しています。古い歌を集め、新しい歌を作っています。多分もう間もなく印刷されるはずです（＊一七二七年に出版された Cithara Nového Zákona を指す、62節参照）。」

「それはあなた、それは大変な仕事です。このような宣教のお仕事の中で、それらを収集し探し集めさらに自分で作曲なさるとは。そして異端の本よりもっと良くしようとは。」司祭は驚いて言った。

「それらの仕事の中でさらに彼は肉体を拒んでいます。見たでしょう、彼が何を食べたのか、酒はいっさい飲まず、果実には手も触れませんでした。」

「何故でしょうか」司祭は驚いた。

「肉体を罰するためです。彼は肉体をほとんど嫌悪し、それが彼に逆らう時はあらゆる方法でそれを従わせようとしています」マテジョフスキーは説明した。

その時フィルムスの大きな顎が動き、彼の広い口がまたぽつりと言った。

「くたばっていた犬の話をしてみたら――」フィルムスは緑がかった目を仲間に向けて促した。

「私たちは夕食も終わったし」マテジョフスキーは笑いながらそれに答えた「でもそれはいささか――」

「それなら私が話そう」フィルムスは不機嫌そうに言った。「私はコニアーシュ神父と一緒だった。私たちはフラデツの郊外で説教をしていた。」彼は司祭を見た。「そこのある村で彼は脱穀場の裏に行き、穀物倉のどこかに本が隠されていないか探っていた時、身の毛もよだつような恐ろしい悪臭を嗅いだ――つまり、簡単に言えば――全身に蛆がわいた死んだ犬がそこに転がっていた。」司祭は震え上がった。

「もう止めようか」フィルムスは司祭に短く咎めるように尋ねた。

司祭はもう結構ですと言いたかったが、客を侮辱することを恐れてお話を続けて下さいと頼んだ。

「あなたなら背中を向けて逃げ出したいだろう。」フィルムスの曇った目に薄笑いのような光が差した。「私も同じだ。でも彼は何をしたと思う。彼は肉体、鼻を罰しようとその悪臭に立ち向かい、その攻撃を受け止めようと先に進み、地面にあるその死んだ犬の近くで横になった。そして寝たまま鼻を大きく開いてこの悪臭を長い間吸い、その攻撃を自身の中で克服した。」

司祭はそっと唾を吐いた。マテジョフスキーは話を逸らそうと素早く割り込んだ。

「あなたはすぐに彼の説教を聞くでしょう――」

「大ブリデリウスだ（＊一六一九―一六八〇、作家で詩人のイエズス会士、大学で修辞学等を教えたりしていたが、一六〇〇年から宣教活動に入り、疫病の救済中に罹患して死亡）。」フィルムスはまた短く陰気に言った。

「ブリデリウスですか」司祭は繰り返した。

「その人は五十年前、私たちの最良の説教師でした」マテジョフスキーは説明した。「恐れを知らない宣教師でした。彼は大胆にもフス派や異端の人々の間を巡り、森や荒野でその彼らの秘密の集会に潜り込んでは彼らの何千人も改宗させ、彼らの説教師と渡り合いました、とても勇敢に。ある時彼はチャースラフ地方の森の中でそのような秘密の説教師に出くわし、その男と議論になりました。その結果どうなったと思いますか。その地獄の説教師は公に自分の負けを認め、文字でそれを示しました。でも紙に書いたのではなく、議論した場所にあったブナの幹に彫ったのです。『ここで私はブリデリウス神父と議論をして、彼は神の言葉で私を打ち負かした』と。」

「ああ、ああ、その話は初めて聞きました。」司祭は驚くと共に気に入った。「コニアーシュ神父と言いましたね――」

「大ブリデリウスだ」フィルムスは強調し、さらに陰気になって繰り返すと立ち上がった。彼は十字を切り食後の祈りを小声で言った。マテジョフスキーと司祭は二人ともエビのように真っ赤になっていたが、彼らもまた立ち上がると祈った――

その間にコニアーシュは、市役所の書記官の母である寡婦のパシュカーロヴァーの所にすでに来ていた。彼女を尋ね当てるのは容易だった。彼は居間で彼女と従者の学生を見出した。彼女は学生をたっぷりの夕食でもてなしていた。婦人は彼をとても恭しく迎えた。そして彼の手に口づけするとすぐに詫びて言った、もし居間のすべてが然るべくなっていなくてもどうかお許し下さいと。彼女は燃えているろうそくを手にして彼をそこに案内したが、その間にもまた詫びて、もしお許し下さるなら——しかし神父は老婆の言葉を遮った。ろうそくを受け取ると感謝の言葉を述べおやすみを言った。

彼は部屋に入ると灯りを机の上に置き、窓がどこに面しているのか見るために、すぐに小さい窓に近寄った。庭に面していた。窓の下には何か藪があった。その枝はうっすらと露の降りた窓ガラスを通して、黒い影のようにそよ風で揺れて瞬いて見えた。机の上方の隅に聖像が掛かっている小部屋は、きれいに白く塗られ、真っ白な羽根布団の寝台と共にすべてが白く心地良いものだった。机の上のコップにはニガヨモギとラベンダーの濃い緑の中から、可愛いらしいつぼみを持った八重咲き《センチフォーリア》のバラの花が二輪赤く見えた。

コニアーシュはコップから花束を抜き取ると窓を開け、それを罪深い世俗の誘惑のように、外の黒ずんで見える藪の中へ放り出した。そしてすぐに更なる狼藉を働いた。羽根布団の上下と枕とシーツを引き剥がすと、それらを扉の横にある長持の中に放り込んだ。寝台には目が粗く硬い生地のわら布団だけが残った。彼は寝台から柔らかい快適さを排除したが、その代わり別の飾りつけをした。外套の深いポケットから一片のチョークを取り出すと、それで寝台の枕元にＩＨＳと書き（＊語注1）また扉にもＩＨＳと書いた。

彼は椅子に置いてあった背嚢を開くと、そこから骨製のインク壷、墨の入った小瓶、羽根軸ペンと文字の書かれた厚いノートを取り出して机の上に置いた。またしっかり縛ってそこにあった袋から三冊の本を取り出した。二冊は小振りで、三冊目は表題も目次も無い分厚い本だが、彼は何らかの祭日の説教集と定めることが出来た。これら三冊はみな煤けたように古く、縁が剥がれ、くたびれた黒っぽい皮の装丁だった。彼は道中これらをオポチノの手前のオチエリツェで、疑わしいものとして没収した。彼は今これらがどのような異端や迷い事を含んでいるのか調べようとしていた。しかし先ず始めにしたのはこの仕事への啓示と助力を求めることだった。

彼は床にひざまずくと手を組んで、机の上方にある聖像に向かって半ば声を出して祈った、主の祈り、アヴェ・マ

リアそして聖母マリアと全探索者の守護聖人であるパドヴァの聖アントニオ（＊一一九五―一二三一、紛失物の守護聖人）への特別な祈りを捧げた。その後十字架で三度祝福してから、その言葉の中に極めて強力なものがあり探索に特別の力を与えてくれると彼が信じている敬虔な言葉を、より熱くより声高に言った。

Ecce crucem Domini, fugite partes adversae!
Vicit leo de tribu Juda, radix David, alleluja!
（主の十字架を見よ、敵どもの群れは敗走せよ！
ユダヤ族の獅子、ダヴィデの末裔は征服せり、ハレルヤ！）

彼は立ち上がるとすぐに、疑わしい説教集のページを当てずっぽうに開き、ゴシック文字で印刷された黄ばんだページの見出しを、息を詰めて目で素早く追った。それは聖母マリアの聖エリザベト御訪問の祭日（＊七月二日）での説教であった。彼は読まないでせっかちにページを二枚、三枚とめくった。そこで止まった。そのページには何とヤン・フスの祭日（＊七月六日）の説教があった。

コニアーシュの目は、正に尻尾を捕まえた、予感して探していたフス派の異端を見つけたぞと感じて輝いた。彼は立ち上がると机に屈み込んでもう一度見出しと少し先を読み、ページをめくるとこの説教の終わりを探してさっと目を通した。突然彼はフスの祭日の見出しがある最初のページを摘んだ。一方指を一杯に広げた彼の左手は手のひら全体で説教集を押さえつけた。彼はそのページを引っ張り、引っ張り続けて引き千切った。そのページは彼の手中に残った。彼はそれを丸めると放り投げ、さらに次のページ、その次のページと引き千切った。そしてむしり取ったページを細かく裂いて丸めると、満足そうに息を吐き喜んだ。

彼はちょっとためらうように立っていたが、ペン先をインクに浸すと説教集の最初のページに abolendum、この本は破棄すべきである、つまり燃やされるものと判定し机の下に投げ入れられた。二番目の本を取り出すと座って直ちに最初から読み始めた。しかし時々別のペンを墨に浸すと太い線で数行を塗り潰した。そしてまた読み続け、その本を「より良いもの」にすると、あたりの全てのことも時間も忘れるのであった。

暖かく湿った六月の夜を通して、市役所の塔の望楼から見張りの長く尾を引く歌声が、説教台の黒い足場の上に、また宣教の十字架の上に響き渡り、広場の周囲の真っ暗な木造のアーケードの中まで聞こえてきた。それは今十二時であることを伝え、灯りと火の元に用心するようにというものだった。しかし焚き口やかまどの火はずっと前に消え、灯りは居間でも司祭館でも、サードロヴァー婦人の家の二人のイエズス会士の部屋でも消えていた。ただコニアーシュのいる居間の小窓から赤みがかった光の帯が、窓辺のタチアオイを通して狭い芝生と少し離れた梨の古木の幹に伸びていた。

コニアーシュが古い書物の文字がぎっしり詰まった行から頭を上げたのは、夜半もかなり過ぎてからであった。説教にもっと目を通さねばと思った。手書きのノートに手を伸ばしたが、そこには何か書き留めた紙片がのぞいていた。彼はそれを手に取ると、何処まで読んだかを示す印として読んでいた本に挟もうとした。だが彼の視線は思わずその紙に書かれた行に留まり、知らない内にそれを読み始めていた。それは彼がフラデツで書き始めた詩作の作品で、マンニ（＊一六〇六—一六八二、イタリアのイエズス会士）の恐ろしい『地獄の牢獄』を念頭に置いて書かれ、高名な『神曲』がその手本であった。そこにはダンテの壮大な大作から取られた恐ろしい残酷な描写があり、それによって地獄の苦しみを歌ったその歌は、神に見捨てられた者たちの苦しみを、人々に生き生きと思い起こさせるように書かれていた。これはまた狂信的な宣教師がその説教で、人々の心を焦がし脅すように描いていたものでもあった。彼は静かにそれを読んだ。

地獄の口よ、顔をしかめて大きく開けよ、
真っ暗な洞窟よ、
せめて今日だけは私の目によく見えるようにせよ、
私がお前の口の中を覗けるように。

始めはさっと見るだけのつもりであったが、作家としての彼はそれだけでは済まなかった。説教のことを忘れて先を読んだ。もうつぶやき声ではなく、半ば声を出して読んでいた。

というのも私は辛い仕事を持っている、それはすべての人々に
見捨てられた者たちの有様を描かねばならないことである、
彼らの苦しみを、地獄の鬼たちの怒号をみなに暴き出さねばならない。

そこで彼の詩は終わっていた。彼は黙り見開いた目で眼前を見つめた、あたかも地獄の門の向こうにある、永遠の苦しみの場所を見つめているように。その門には「この門より入る者は一切の望みを棄てよ」(Lasciate ogne speranza, voi ch'intrate) という恐ろしい銘文があった。彼は突然はっとしたようにペンを取ると次のように書いた。

今私は尋問されている。私の牢獄は、
開け放されている。
私の魂は私の中で死にかけ、
恐怖で意識はもうろうとしている。
ああ、私自身分からない、どこで
この痛ましい歌を歌うべきか――

ペンが彼の手から落ち、彼は両手でこめかみを押さえた。目の奥を射る鈍い痛みが、こめかみと頭の後部を激しく突

き刺し始めた。彼はしばらく全身青ざめ痺れたようになって座っていたが、立ち上がるとその痛みの中急ぎ足で部屋を横切った。突然ひざまずくと急いで僧服の胸のボタンを外し、そこからイチーンの聖母マリアの小さな聖画像を引き出した。それに口づけすると、両端を指で摘んで聖体のように自分の顔の前に捧げ、大きく息を吐き一心不乱に祈り始めた。

23

宣教団についての支配人の知らせはマホヴェツを狼狽させるほど驚かせた。さらに支配人があの彼の驚きに気付かなかったかという恐れが彼を不安にさせた。だがそれについては安心した。ルホツキーは言葉でも視線でも何ら疑いを示さなかった。この黒雲はすぐに彼から遠ざかった。しかし宣教団は――実際支配人はイエズス会士たちはオウイエストには来ないと言った、しかしそこは目と鼻の先だ――森番には夜にヴォストリーが下のユダヤ人墓地で彼と座っていた時に語った、宣教団は思いもかけない時に襲ってくるという言葉が思い出された。そして管理人は――

彼に対しては翌日の金曜日の朝、彼と支配人に会った時、いつ宣教団が来るのか何時にイエズス会士たちが到着するのか、マホヴェツはわざと尋ねた。管理人は目を瞬いたが、支配人がマテジョフスキー神父の手紙のことを自分が教えたので、彼は知っていると言った時、頬を少し膨らました。

森番は昼に子供たちに聞いたことを伝え、暗い声で付け加えた。

「万が一のため片付けよう。」

子供たちは本のことだと理解した。

「日曜日に私たちは町に行かねばならない、管理人に疑われないようにするために。私は説教にも行く、おまえたちは聞くことは――」

「私たちは聞かなくてもよいのですか」トマーシュが尋ねた。

「私は好きではない。そこには蠅のように多くの人が来るだろうから、おまえたちが姿を消して、レムフェルト老人の所ですべてが終わるまで待っていても、誰も気付かないだろう。私もまた彼の所に行きたいが、管理人のことがあるので出来ない。」

翌日の土曜日、もっと詳しい知らせを得ようと送り出していた館の農奴監督が、昼にスカルカに戻ってきた。彼がもたらした知らせとは、ドブルシュカでは今日の午後イエズス会神父たちの到着を待っていること、彼らのためにどこに宿舎が用意されているか、そして説教については明日の日曜日に全部で二回あり、一回目は午前中で二回目は午後であるということであった。昨日から寝込んでいたポレクシナは、明日は説教に行かれないと残念がった。

「君が行かなければ私も行かない。」ルホツキーは彼女の手を握り大喜びして言った。「緊急のことではないし、そうでなくても明日はスカルカの全員がそこに行くのだから。」

そのようになった。朝、屋敷と館のほとんど全ての使用人が出発した。管理人のチェルマークは明の明星と共に早々に、馬に鞍を置くように命じドブルシュカに発っていった。森番はヘレンカを待って昼食後までそこで待機していた。彼女はいつもより早く正午に戻ってきた。老嬢は彼女を行かせたが、ちゃんと聞いてすべてであったことを、イエズス会の神父様が何を説教したかを、後で自分に話すようにと彼女に言い付けたことを述べた。

森番は顔を曇らせたがすぐ、「ちょっとは見て聞かねばならないが、その後姿を消すように。説教の残りの部分は家への帰り道に教えよう。」と決めて言った。

これほど喧騒に満ちた市場は、これまでドブルシュカにはなく、その日曜日ほど沢山の人々が集まったことも無かった。すでに多くの人々が朝からそこにいたが、少し前に到着した者もいた。またばらばらで来る者も、まとまってやって来る者たちもいた。居酒屋は満員でアーケードを通り抜けるのも容易ではなく、広場には多数の群衆がいて説教台の周囲は人で一杯だった。説教台の手すりは朝から赤い布で覆われていた。

どこでも人々の多くは、遠近の周囲の村からの田舎者で、オポチノ地方やフラーデク、ビストレー、ドブジャニの山地から来た者もいた。男も女も若者もいて、男たちは帽子やリボンの付いた高い縁なし帽を被り、黒っぽい上着と真鍮のボタンの付いた胴衣を着たり、白いサージの上着を着たりしていた。リンネルの白い縁なし帽を被り、頭にスカーフを巻いた女たちや、後ろでお下げを結ってスカーフをしていない娘たちは、上着や様々な色の胴衣を着てメズラーン織りやラシャのスカートを履き、赤い靴下にスリッパや短靴を履いていた。

この色鮮やかな雑交の中で、そこかしこに軍人風の上着を着た領主の農奴監督や、暗色の上着を着た「お役人方」や書記がいたが、彼らは陰気な顔で待っている領民の人垣の傍に立っていた。いたる所で様々な色が混じり合っていたが、それらは輝くことも燃え立つこともなかった。太陽が出ていなかったが蒸していた。朝、空は晴れていなかった。

マホヴェツには子供たちと共に喧騒と騒音に満ちた人混みを通って、鹿屋（ウ・エレナ）の居酒屋に着くのは容易ではなかった。彼はそこで管理人について尋ねた。彼は管理人がいつもそこに立ち寄ることを知っていた。店では彼を見なかったが、その代わり中庭で管理人の馬の世話をしていた使用人に出会った。その男から彼は管理人が司祭館に行ったことを知った。管理人はすぐ戻ってくると言っていたので、何か伝えることがあるかと聞いた。

「私たちが来たこと以外特にない。」

マホヴェツは不安を感じて戻った。司祭館に行ったとは――そこで何をしたいのか、なぜそこに。多分老嬢からの何か言付けがあったのか、あのイエズス会士たちに挨拶するためか、それとも――

彼らは知り合いたちに出会い、立ち止まらねばならなかった。そして彼らから午前中の様子を聞いた。大きな祭日のように朝すべての鐘が鳴り続け、朝のミサの後に説教があり、二人のイエズス会士が教会で朝早くから正午まで告解聴聞をした。そして三人目のマテジョフスキー神父は広場で説教をしたが、なかなか良い説教だった、しかしこれから説教するコニアーシュ神父はさらに良い説教をして、人の心を捉えるという話だった。

騒音や喧騒の上に、様々に入り混じった声の上に、他を圧する鐘の音が響き渡った。すべての鐘が鳴り響いた。輝かしい鐘の音は説教の始まりを告げていた。洪水のように人々はアーケードからほとばしり出た。そこからまた広場の様々な場所や片隅やまた通りから、広場の中央にある市役所に向かって、人々が押し寄せた。そこには多くの人々の頭上に、薄板を張った説教台と樫の木の高い十字架がそびえていた。多くの人々がそこで押し合っていた。しかしそれは強い好奇心からではなく、ただ彼らを先導する監督や役人の指示に従っていたからであった。

説教台の周りの空間は人で埋め尽くされていた。それは鮮やかな色が散りばめられ、騒音と活気に満ちた黒雲のように、その空間を占めていた。また市役所への階段とその上にある玄関の扉の横の平場は満員だった。そこには市の主だった重要な者たちが、市長、市参事会員、客、管理人チェルマーク、オポチノの館の主人や高位の役人たちがいた。そこには豊かな巻き毛が肩まで届く、暗色のかつらがいくつもあり、多くの者は上から下まで黒い衣装で黒い靴下を履き祭日の外套を着て、首に巻いた真っ白いスカーフの尖った端が胸の所で軽やかに交差し、レースのある雪のように白く柔らかな飾り袖を付けていた。

彼らより高所で、いつもは見張りが一人で下を見下ろしている塔の望楼も同じく満員であった。いまそこには町の何人かの親方とその弟子たちが雀のようにいた。下では広場に面した家々の、説教台と市役所に向いたアーケードの上方の窓はみな開いていた。そこでは町の人々の多彩な姿が賑やかに見えた。男女の町人も、彼らの年長のまた幼い子供たちも、日曜日の着飾った娘たちもいた。また切妻屋根の破風にある窓には、どこも一つや二つの顔が覗いていた。屋根の上にも好奇心の強いものたちがいて、若者や弟子たちは屋根の窪みや木製の樋に跨るようにして、屋根の間から広場を覗いていた。

鐘が鳴り響き、その音がその場を支配していた。その中で突然下の広場から、待機している人々の間に喧騒と騒ぎが生じ、その声がはっきり聞こえてきた。説教師がもう来るぞ、もう来るぞ――の叫び声と共に人波が揺れ、人々は振り返り押し合った。

マホヴェッと子供たちは説教台に近づこうという気はまったく無かった。むしろ前に押し出されないように、アーケードの近くに留まろうと気を付けていた。また周りで、説教師はそこだと騒いだ時も、彼を見ようと押し合うこともしなかった。ただ自分の前に突然生じた波打つ人の動きは、あたかも誰かがこの群衆の中に、まだらな畝を作っているように見えた。それは開いたと思うとすぐに閉じる動く通りであった。しかし誰かがそこに現れたり通り抜けたりしたとしても、誰も気付くことは無かった。

マホヴェッはヘレンカの肩に手をかけ彼女を守り、トマーシュにはしっかり手を握ってはぐれないようにと呼びかけた。その時身を屈めて彼の耳元でささやいた。

「神父が現れたら、姿を消しなさい。」

彼がそう言った時、周囲や先の方で騒ぐ声や驚きと驚嘆の叫び声が上がった。皆が説教台に視線を向けた。

24

宣教師の姿が人々の頭越しに、説教台に登る階段上に現れた。黒いかさ高のビレッタ帽（＊カトリックの聖職者が被る硬い四角形の帽子→birett）を被り、黒い修道士服を着て幅広の黒い帯紐を締めたコニアーシュ神父が、ゆっくり階段を登って行った。彼はあたかも何か重いものを背負っているかのように、肩を少し下げていた。

森番は彼を陰鬱な気持ちで見つめていた。ヘレンカとトマーシュも興奮して見つめていた。彼らが見ていたのは、生まれて初めてのイエズス会宣教師であり、決して許すとの出来ない最大の敵で、恐れなければならないと聞かされてきた者たちの一人であったからである。その者はここで恐ろしく見えた。彼らの前や周囲で、説教師と彼が身につけているものに対して、鎖、そう鎖に対して、ざわめきと大声と驚きや恐怖の叫び声が上がった。手に大きなキリストの磔像を持った彼は、階段を登り説教台の上に立ったが、その時すべての群衆にその鎖がはっきり見えた。

彼は大きな環でできた鉄の鎖を首から胸の所で二重に巻き、その端の輪は鉄の鉤《かぎ》で繋がれていた。この重たい数珠は輝かず、その時はぶつかって音を立てることも無かった。青ざめた顔でビレッタ帽の下から乱れた髪がのぞくコニアーシュ神父は、下のざわめきが静まるまで、じっと立っていたからである。

そしてこの静けさの中、群衆の頭上に良く透る力強い彼の声が響き渡った。「諸君、篤い敬虔な心で聖霊に加護を求めよう。どうか私たちの悔いる思いに対して、神の光が私たちを照らして下さるように。」

彼は説教台の脇の大きな十字架に向かい、頭から帽子を取ってひざまずくと鎖が音を立て、彼は組み合わせた両手に顔を傾けた。教師のヴォンドジェイツは説教台の下で「我らが父、愛する主」と歌い始めると、周囲を取り囲む群衆も、階段の所にいた町の主だった者も、市参事会員のドウブラヴァもこの古い歌を歌い始めた。説教師が頭を傾けるとその黒っぽい髪のうなじの上方に赤いこぶの塊が突き出していた。それはチャースラフ地方での最近の遠征の際に受け取った田舎流の歓迎の結果であった。彼はひざまずき少しも動かず恭順な祈りに耽っていた。

下にいる全員が歌っていたが、マホヴェツだけは無言で彼の子供たちもそうだった。誰もそれには気付かなかった、というのも皆の目は、心を失ったかのように虚脱した宣教師に向けられていたからであった。歌が終わった時マホヴェツはヘレンカの方に屈み込み、さあ行きなさいでも急がないでとささやいた。それは難しいことではなかった、彼らはアーケードの際の群衆の端に立っていた。トマーシュはちょっとためらった。いま彼はここに留まることは嫌ではなかった。異様な僧の光景は彼を引き付けた。ヘレンカも迷っていた。老嬢に語れるように説教の一部でも聞きたかった。彼女は不安に満ち胸が締め付けられたが、好奇心も彼女を引き止めた。彼らはそれほど早くは姿を消さなかった。歌が終わるとコニアーシュ神父は急に立ち上がり、せかせかと前に進むと彼らの方に顔を向け、帽子もかぶらず磔像を手にして手すりの所に立ったのを、彼らは目にした。彼の背後の陰鬱な空に黒雲が沸き上がってきた。

息苦しいほどの静けさだった。その中に恐ろしい威厳に満ちた声が響いた。

「A porta inferi erue, Domine, animas eorum――」そして宣教

師は、少し明るい声でその意味を解き明かし始めた。

「聖なる教会は、死者に対する時課の祈り（＊決まった時間に捧げられる祈禱）の際、三度この詩句を繰り返す。**A porta inferi erue, Domine, animas eorum**、つまり、主よ、彼らの魂を地獄の門より解き放ちたまえ。地獄の門より、永遠の苦しみと終わり無き責め苦より、永遠の闇と永遠の業火より、地獄の奈落より解き放ちたまえ。そこでは人間の最大の敵である悪魔が支配している。」そして彼は悪魔とその醜悪な姿を述べ、彼らが天上から追放された時からすでに、人間に対してどの様な陰謀を企てているかを述べた。マホヴェツは子供たちに目をやると、彼らは目立たぬようにアーケードの木の柱の方に退いていた。その時ちょうどコニアーシュは、三百年前、聖ヤン・ネポムツキーを溺死させたヴァーツラフ怠惰王（＊ヴァーツラフ四世、在位一三七八—一四一九、チェコの名君カレル四世の息子）がチェコを治めていた時、悪魔がこの地でどの様なご馳走を用意していたのかを述べていた。この王はありとあらゆる放埓に身をゆだねたので、ちまたではチェコ王は眠り、ヴァーツラフは大いに飲み食いして、すべての欲求を放任していると言われた。

彼は続けた「悪魔はこれを見て取ると直ちに、自分の首に幾つかの種袋、つまりフシネッツのヤン（＊ヤン・フスのこと）をくくり付け、プラハとチェコ王国の全土を歩き回り、異端の教えの忌まわしい黒い毒麦を熱心に撒き続けた。そのため間もなくチェコでは、小麦より毒麦の方が多くなった様に見えた。」

フスについてのこの言葉はマホヴェツの心を引き裂いた。すぐにまた子供たちの方を向くと、行くように視線で合図を送った。彼らは聞き従い姿を消した。彼自身はまた視線を説教台に向けた。その台の上からコニアーシュは、左手と十字架を持った右手を振りながらさらに続けた。悪魔が送ったフスがコンスタンツ（＊語注34）で焚刑にされた時、悪魔は直ちに別の種袋、つまりヤン・ジシュカを用意した。悪魔は彼を通してチェコに恐ろしい殺人、略奪と暴動、姦通、窃盗をまき散らし、人の血と主に聖職者に対する容赦のない流血を広めた。

マホヴェツの口は嘲笑で歪んだが、周囲の皆の顔が緊張し、皆の見開いた目が宣教師に釘付けになっているのを見て、眉をひそめ顔を曇らせた。彼は頭を下げ少し聞いていたが、コニアーシュの次の言葉を嫌い強く反発した。それは、ジシュカが恐ろしい病で亡くなった後、悪魔は新しい種袋、つまりカルバンとルターをくくり付けたが、この者たちは人間ではなく蛇であり、自分の教えの甘い毒で幾つもの王国や地を毒殺し、チェコ王国もまたそうであったと。

マホヴェッツは急に頭を上げた。秘かな怒りで燃えた彼の目は説教師に向けられ、それから市役所の階段の所にいるお偉方に向けられた。彼の目はそこで市参事会員のミクラーシュ・ドウブラヴァを探した。彼は一団となった人々の後ろに一人でいた。だらりと垂れ下がった手に帽子をつかみ、頭を胸の辺りにまで傾けていた。しばし彼を認めると彼の思いは、レムフェルト老人の所にいてこのイエズス会士の間違った欺瞞に満ちた言葉を、聞かずに済んでいる子供たちに向いた。

一方コニアーシュは述べた、チェコにおけるカトリックの教えの光は、ほとんど消えるところだった、もし慈悲深い神が白山の戦いで、神聖ローマ帝国皇帝でチェコ王でもあるフェルディナント（＊二世、語注69→白山の戦い）の敵を打ち破り、皇帝軍に勝利を授けていなければと。これは、唯一成聖のカトリックの信仰に対する最大の敵でもあった。「あの白山で聖なるローマ教会は、この上なく輝かしい聖母マリアのお取り成しによって勝利した（＊語注60→勝利の聖母マリア）。そしてさらに勝利し、神のご加護によって異端の残滓を平定し、さ迷える羊たちを導いている。それらはルターに従い、他の者はヤン・フスの後を、また別の者はカルバンに従い、また他の誘惑者たちに従っている者である。そしてこれらの誘惑者が一番多いのが、この国である。」コニアーシュは言い放ち、あたかもそれらの者を指し示すかのように、右手を自分の前で振り次のように繰り返した。

「実際この地はどこも、貴族の領地でも町でも村でも、まだ多くの者が迷いの闇にいる。彼らにとって異端の書物は今でもこの上なく大切なものであり、この上なく貴重な秘宝として隠し持っている。もし隠し場所や地下室、長持ちや戸棚が、部屋や丸太小屋や納屋がしゃべることが出来るならば、それらは私たちにピカルト派（＊ピカルディはフランスの地名だが厳格な宗教改革者カルバンの出身地のため、チェコではフス派と同胞同盟に対する侮蔑的な呼び名で使われた）の禁止された聖書がここにあると言うだろう。もしわら束がすべて崩れ落ちるならば、そこから同胞同盟の説教集やルター派が秘かに持ち込んだジタヴァの祈禱書と聖歌集も転げ落ちるであろう。

しかし文字が読めるこれら頑なな者たちは、この恐ろしい罪が彼らの罪状を記す棒にしっかりと刻まれ、債務目録に書かれていることを忘れている。彼らは自分が盲目であることも知らず、自分たちの方が僧や学者より、ずっと良く聖書が分かっていると思っている。自分でそれを解釈し、それについて賢そうにあれこれ考えている。それは一体誰だろう。どうかお聞き下さい。そこには豚飼い、牛飼い、鉱夫、百姓、さらに医者気取りで薬草を使う老婆と、聖書を読み解く者が含まれる。おお、不幸なモグラよ、盲のフクロウよ、彼らはあらゆる盲人の誘惑者である、ジタヴァの住人やフス派の識字者を信じている。」

彼はこれらの言葉の間、自分の言葉の流れを一瞬も止めないまま、気付かずにキリストの磔像を手すりの上に置いた。そして一気に畳みかけるように語り続けた。彼の声は強まっていたが、次のくだりで和らいだ。

「私は、頑なな心で自分の迷いを認めようとしない者たちの石のような頑固さに対して、血の涙を流すであろう。もしここで私の前に、あらゆる疑わしき愛国者や読み書きの出来る者がいるならば、これら全ての者の一人一人の足元に私は伏して、イエス・キリストのすべての傷（＊イエスが十字架に架けられた時受けた、左右の手足と脇腹の五箇所の傷で聖痕と言われる）を通して、彼らが永遠に見捨てられることのないように、私は一心に祈るであろう――」。彼は手を高く組みながら前方に身を屈めて言った「罪深く賢ぶることなかれ、自分の魂を見捨てることなかれ。」

彼は突然背を伸ばすと、大きな十字架に近寄りそれを指し示して、激しく差し迫った声で呼びかけた。

「こちらへ、このイエス・キリストの下に来れ、まだ迷っている者たちよ、フスとルターの教えを信じている者たちよ、迷いの書物を隠し持っている者たちよ。ここに来れ、親愛なるチェコ人たちよ、偽りの読み物で迷わされた愛国者たちよ、ここに思いを、ここに心を寄せよ。そしてすべての力を惜しまずに、理性を唯一成聖のローマの信仰に向かわせよ。」

聴衆はこの熱狂した言葉の間、さらに静まり返ったかのように声一つ立てなかった。彼らは皆、彼の燃え上がる熱い言葉に、心を剥ぎ取られたかのように彼を見つめていた。

マホヴェッツも反論する気持ちも忘れて、唖然として聞き入った。その時コニアーシュは素早く十字架から離れ手すりの際まで行くと、身を屈めて礫象を手に取り、高くそれをかざして激しく呼びかけた。その時マホヴェッは雷に打たれたようになった。

「Redite ad unitatem！　統一に戻れ、唯一成聖のカトリックの信仰に帰れ、異端の書を捨てよ、迷いを拒絶せよ。信仰の唯一性を乱す者、唯一の信仰を口と心でも言うが、内面では心の底からは告解していない者は、唯一の神の下には永遠に達しない。」

高く掲げた礫像を震わせながら、彼は燃えるような目でこのように叫んだ。

この言葉はマホヴェッの魂に響き渡った。彼はここでもまた聞くことになった、彼を長い間絶えずどこにいても、一人で森にいても家にいても苦しめ苛んでいたことを、また先日の樫の森での夜の集会で、同胞同盟の説教師が彼に投げかけた「人の前でわたしを拒む者を、わたしも天にいます私の父の前で拒むであろう」の言葉を。それは神が今そのイエズス会士を通して、再び彼に思い起こさせたことであった――マホヴェッの良心は激昂した。

「唯一の信仰を口と心で言うが、内面では心の底からは告解していない者――」この言葉は彼の耳の中で響き、頭の中を駆け巡った。彼はさらに宣教師の説教を、彼の言葉や叫び声を聞いていたが、それらの意味はもう上の空であった。「人の前でわたしを拒む者は――」

マホヴェッは前方を見ていたが、自分が見たことにも周りで起こったことにも、ほとんど関心を持たなかった。彼の前には沢山の頭があった、男たちの毛髪の豊かな頭も禿げた頭も、女たちの帽子を被った頭も、色取り取りのスカーフを巻いた頭も。そのまだらな塊の上方に説教台の赤いラシャの帯が、その上方に黒い僧服を着た青ざめた僧がいた。その後ろの高い十字架の背後では黒雲がわいていた。その陰に入ると家々のまた群衆の様々な色は輝きを失った。巨大な暗い天幕の下にいるように曇ったのである。

黒雲の下の息詰まる静けさの中に宣教師の声が響いた、それは穏やかに説く時もあれば、すぐまた轟くような大声になる時もあった。

だが突然コニアーシュは、大きな礫像の中ほどを下から掴むと、手すりを越えて身を乗り出し、それを下方に突き出した、あたかもそれを群衆に投げつけようとするかのように。そして燃えるような目をかっと見開いて、激しく呼びかけた時、マホヴェッは何度も眼を瞬《しばた》いた。

∗ 24 ∗

「ここに主キリスト、神の子がいる。おまえ達はここで彼を捕らえている。彼を鞭打て、蹴りつけ唾を吐きかけよ、彼をもう一度磔にせよ、もし自分の迷いから自分の頑なさから、抜け出したくないならば。」

群衆はあちこちで肝をつぶし身震いをし、声にならない声を発し、また押し殺した声で叫んだ。人々はみな痺れたようになり呆然としてじっと見開いた目で、再び背を伸ばしさらに話し続ける説教師を見つめた。始めは訓戒し請願するような口ぶりだったが、今や神の怒りと刧罰《こうばつ》で脅し始めた。

「O nox, quam longa es, quae facis unum senem（一人の男を老人にする夜は何と長いことだろう）このように詩人マルティアリス（＊四〇—一〇三頃、スペイン出身のローマの警句詩人）は言う。つまり、晩から朝までに人が白髪になってしまうその夜は、ああ何と長いことだろう。人は恐ろしい体験をすると、一晩で白髪になる。しかしそのような夜に対して、あのこの上なく長い夜では、その後に日が昇ることは無く、永遠の夜が続く。そしてそれが地獄なのだ。」

そして昨夜と同様に、彼の目前に地獄が現れたかのように、前を見つめながら地獄の様子を描き始めた。額から汗が吹き出したが、息をついて休むことは一時も無かった。彼は興奮して語り、仕草はより急激になり、彼の動きもより激しくなった。彼は十字架に近寄ったかと思うと、再び急ぎ足で手すりの際に行った。市役所の階段の所にいる者たちに顔を向けたかと思うと、再びそして一番多くは大群衆のいる正面の広場に顔を向けた。手を振り回し、磔像を振りかざし、突然左手で鎖をつかむと、それを揺すって大きな音で鳴らし、見よこれは悔恨の印であると叫びながら、それを高く差し上げた。しかしそれはまた、判決を受けた悪人が報いを受ける牢獄と地獄の鎖を、いかなる解放も無い地獄の永遠の牢獄を思い起こさせた。

「そこでは、刧罰を受けたこの上なく哀れな者たちの目に、絶えず映るのは、恐ろしい悪魔のような怪物や醜い化け物や悪霊であり、彼らの耳に休むことなく達するのは、恐ろしい叫びや罵りや嘆きの声であり、彼らの舌には苦みが、口には消えることのない渇きが、胸には身の毛もよだつ恐怖が、腹には狼より酷い飢えが、そして全身は地獄の火で焼かれている。しかしこれらの苦しみの中で最悪のものは良心で、それは彼らをウジ虫のように休むことなく蝕むが、彼らは決して死ぬことは無い——」

黒雲が飛ぶように高く昇り重なり合い、巨大な黒雲に合流した。風が吹き始めた。その風で説教台の赤いラシャの布がはためき、コニアーシュの青白い額の上の乱れた髪が揺れた。そしてちょうど地獄の恐ろしい苦しみを述べていた時に、髪は頭上に舞い上がり、まるで恐怖で逆立っているように見えた。

説教台の下の大衆の頭上には、黒雲の陰と無言の恐怖が濃くなった。しかし突然静かに稲妻が光ると、群衆全体に不安と怯えた動揺が見て取れた。肝をつぶした人々は十字を切った。その時透かさずコニアーシュは、彼らの頭上で轟くような声で呼びかけた。「十字を切り、神の使いのあの稲妻を恐れよ。しかし稲妻の火は地獄の火に比べたら一体何なのだ。稲妻の轟きは地獄の嵐に比べたら一体何なのだ。」その時この息苦しく恐怖に満ちた静けさの中に、女の怯えた叫び声と号泣が突然響き、直ちにそれに絶望的な痙攣したような泣き声と、激しいむせび泣きが加わった。恐怖に駆られた女の周りで喧騒が生じ、その動揺は突然の大波のように、大衆のはるか先の方まで駆けていった。

マホヴェッツはその時、何ら考えることもためらうこともなく、薄暗いアーケードに退いた。そしてその屋根の下に立つと、すぐにそこから空いた出口を見つけ、もう立ち止まることはなかった。促されたようにそこから急いだ。彼は説教師がすぐに騒ぎを鎮めたのをもはや見なかった。説教師の声はその場を支配し、すべてのものを縛り付けているように見えた。彼は少し高い声で群衆に呼びかけた。悔い改めるように、特に秘かな迷い人は。どうか闇の侯の悪魔の、野蛮な暴君には従わず、慈愛に満ちた王イエス・キリストに向かい、彼の聖なる傷によって守られた町と城に避難するように。ここからは悪魔や迷いと安全に戦うことが出来よう。かくして地獄の永遠の闇は彼らの脇を通り過ぎ、体を備えた神、自分の救世主を見ることが出来よう――

――アーメン。

マホヴェッツはコニアーシュが説教台を去るのを見聞きしなかった。コニアーシュは汗まみれになって、さらに青ざめておぼつかない足取りで降りていった。その時司祭館の教会の鐘楼で鐘が鳴り始めた。その鐘の音は、広がる黒雲に対してどうか災いや破壊をもたらさないようにと祈っているかのようであった。

その頃レムフェルト老人は自分の居間で、ヘレンカとトマーシュと共に座っていた。白髪の老人は時おり耳を澄まし、また扉に目をやりながら、彼らに抑えた声でイエズス会士について述べていた。彼はイエズス会士について、静かにしかし興奮を隠さず敵意を剥き出して、昨日やって来た者たちと彼らの教団そのものについて述べた。彼は言った、私は彼らを知っている、おお、覚えている限りこれでもう三度目の宣教団だ、何日間か不穏な日々が続くだろう、そしてもし彼らが金曜日までいればその金曜日に、いやあいつらはきっといてすぐには這い出ないだろうから、金曜日に人を遣わして台所を調べさせ、あの宣教師たちは肉を煮ている者がいないか、鍋の中まで覗きこもう――そして本を――もし彼らが見つけたら――燃やすだろう、おお、それは確かだ、すでに教師がそのために少年たちに教えているから、おお神よ――そしてあの時、それは最初の宣教団だったが――。彼は、彼の両親の所で家とすべての場所が調べられ、引っ掻き回された時の出来事を語り始めた。

マホヴェツが入ってきた。ヘレンカは彼を迎えようと飛び出したがすぐに足を止めた。彼の顔を見て、彼が動揺していて彼に何か起こったことを察した。口数多く彼を迎えたレムフェルト老人に彼は無言のまま手を差し出し、何も気に留めなかった。彼は疲れ果てたように無言で椅子に座ると、肘を机に押し当て額を掌に沈めた。彼の長い髪の毛はこめかみから指の間を流れて垂れ下がっていた。

近づく嵐から薄暗くなっていた居間には、重苦しい静けさがあった。トマーシュは驚きヘレンカは不安げに父を注視していた。白髪のレムフェルトは心配して、どうした何があったのかと尋ねた。マホヴェツは彼には答えなかったが、手を下ろすと胸の前で手を組み、指と指を押しつけて苦しげに呻いた。

「私たちは罪を犯している。とても大きな罪を。私たちはキリストを否認している。神は私にそれを思い起こさせた、あすこであの男を通して、あの男を通して、ああ。子供たちよ、子供たちよ。」

25

ポレクシナがドブルシュカの宣教団についての知らせを得たのは、予想していたより遅かった。午後遅く生じた嵐によって、スカルカの人々は皆そこに足止めされた。老嬢はじっと待っていることが出来なかった。カチカを二度遣わし、森番たちがもう家に戻ったか見て来させた。老いた料理女はその都度彼らは帰っていません、誰も戻っていませんと告げてきた。ルホツキーは彼女がその知らせにそれほど執着しているのに心の中で驚いた。しかし彼女を慰めて、もし明日具合が良くなってドブルシュカの宣教団に行けるようだったら、自分で確かめたらどうだと言った。その後カチカが三度目に来て管理人が只今帰りましたと告げると、彼女は彼を呼ぶように命じた。ルホツキーが、もうちょっと待ったら森番たちも帰ってくるだろうと言ったが、彼女は待つのを望まなかった。

管理人はやって来ると熱狂して語った、聖なる宣教団がどんなにすばらしかったか、何という多くの人々が四方から集まったのか、オポチノの館からは誰が来たのか、高位の役人たちの誰が来たのか、そして説教は、おお、私はあの様な説教を生まれてから今まで聞いたことがありません、あの説教者、コニアーシュ神父は人の心の中に語りかけます、彼が登場するとすぐに人々は驚きました、彼は重い鉄の鎖を首に巻いていて、悔い改めの印として身に付けていましたと。

ルホッキーは部屋の隅の窓辺に座ってまだ曇っていた空を眺めていたが、急に振り返ると叫んだ。

「鎖を、鎖を巻いていたのか。」

「その通りでございます、ご主人様。」

ルホッキーは口をへの字に曲げると手を振ったが何も言わなかった。

管理人はそれに気付いたが、何も見なかったように老嬢に、何とその説教は心に突き刺さり、何と人の心を捉えたかを語り続けた。人々は痺れたように立ちつくして泣き、説教師が地獄について、どの様な苦しみが罪人や頑なな異端者と不信心者をとりわけ襲うかを述べた時、一人の女が失神したことをより強調して述べた。

「森番たちを見なかったか」ルホッキーは話に割り込んだ。

「私は見ませんでした。」

「でもそこにいたぞ」薄笑いを浮べてルホッキーは言った。

管理人はルホッキーがそれで何を言いたいのか察しがついた。彼は頭に血が上り、怒りに駆られて我慢できず短く答えた。

「少なくとも彼らはそこに行きました。」

その時老嬢は別の二人の宣教師について尋ねたが、その中の貴族出身のマテジョフスキー神父を彼女は良く知っていた。

「その方々は教会で告解聴聞をしていました」管理人は答えた。「朝と午後からでした、みな告解場に押し寄せました、特に説教の後は。」

「明日はどうです」老嬢は尋ねた。

彼は言った、明日もまた説教があるが、それは一回だけで午後からであること、そしてまた告解聴聞もあることを。すべてを詳しく述べたが、ただ一つだけ黙っていたことがあった。それは彼が司祭館に行き、そこでフィルムス神父と話したことであった。

管理人が去った後ルホッキーは立ち上がると、前と同様だがさらに気に入らない様子で吐き捨てるように言った。

「鎖を、説教の時、首に鎖を巻くなんて。」

「それは悔い改めです。」

「悔い改めなど家ですればよい。」

「でもそれで手本を見せているのです。」

「それなら鎖がなくてもできるだろう。」

「叔父さん、あなたは鎖があっても鎖がなくても、気に入らないように見えますが。」

「だって、なあ――」彼は手を振った。「だってそれは――」彼はある喜劇のことを言いたかったが、老嬢を怒らせないためにその名前を言うのは止めた。でも黙ることはなく辛辣に続けた。「あの男は鎖を付けて、他の者は別の仕方で。でもポレクシナ、私もお祈りや模範になる説教は好きだ。でもあの者たちは――。いいかい、私は何年も前だがリフノフ（*リフノフ・ナド・クネジュノウ、H・Kの東三一キロメートル）で一人の神父が説教するのを聞いた。イエズス会士は天使なので、食べもしないし飲みもしない、もし彼らが飲み食いしているのを見てもそれは幻であると。ははあ、その後私は彼を館で見かけたが、彼は美味そうにヤマウズラとキジを喰らい、ワインとビールを聞こし召していた。でもこれらはすべて幻で、彼らの主要な実際の主食は、彼らの見せる食卓《シャウエッセン》は、知恵と巧みさであると説教していたが、あの食事が彼には一番効いたようで、食後彼は真っ赤にむっちりとなった。」

「一人がそうでも、皆がそうとは限りません。」

「こういう話もある。翌日別の神父が説教した」ルホツキーは顔を赤らめて言い返した。「こういった言葉は誰も憶えているものだが、私もそれを憶えている。聖母マリアは奥方で天上の父君に、私たちが法王を頂き、食べ物に困らないようにお願いしたと。それはオポチノでのことだったが、三人目の神父は神に見放された者たちは、地獄でヒキガエルとヘビを喰らっていると言った。敬虔な考えを持った人間がこんなことを聞かされ、しかも怒ってはいけないのだろうか。丈夫さが取り柄の農奴たちや愚かな人々に説教する時でも、こんな言い方はするべきではないだろう。」

　ヘレンカが入ってきた、いつもより慎重で少し戸惑った様子であった。老嬢は叔父の憤慨した激しい物言いが気に入らなかったので、彼女が来たのを喜んだ。老嬢はすぐに彼女に来て話すように促した。しかしルホツキーは待っていなかった。彼は鎖を巻いた説教の話をもう一度聞く気がなかったので出て行った。

　その頃マホヴェッツは森番小屋に一人でいた。ヘレンカは老嬢の所に行っていて、トマーシュは支配人の犬小屋の様子を見に行っていた。彼は頭を少し前に傾け考えながら、居間を行き来していた。彼の心の中には戦いが燃えていた。すでに一度ならず彼の中では、すべてを直ちに終わらせよ、さあ亡命せよと叫ぶ声がしていた。しかし彼は敢えてそれをせず決断しなかった。彼には然るべき落ち着いた暮らしを棄て、金も無いまま子供たちと国外にパンを求めて行こうとする力はなかった。彼は敢えて行動せずさらに苦しみ、自分自身を非難しては言い訳を探していた。しかしヴォストリーがふもとのユダヤ人墓地での夜に彼の良心を突き動かし、その後説教師が樫の森でさらに強く突き動かして以来、彼の心には平穏はなかった。彼は自分がより罪深い者と認めつつ、もはや留まることは出来ない、決断しなければならないと感じていた。

　そして今三度目があのイエズス会士だった——彼は神があの宣教師を使って彼を促したと信じていた。彼は意を決して戻ってきた。自分自身についてはすでに気にかけなかった、自身については何も心配していなかった。でも子供たちは。何も持たずに彼らを国外に、不確かな世界に連れて行くのは——しかし先ず始めに自分が逃げ、しばらくして家族を呼びに戻ってきた者たちもいた。ヴォストリーは彼らの名前を挙げ、樫の森で説教師モツもそうした。子供たちだけをここに残して——もし彼らが何も知らなかったら、一体何が彼らに起こるだろう。彼らを咎め罰することが出来ないようにするためには、彼らに必ず行われるであろう尋問を軽くするためには、彼らは何も知らない方がよい。可哀想だが——彼らを見捨て、彼らだけをここに残すしかない——

　彼は暗い居間を歩き回るのを止めた。深い物思いに沈んで立っていたが、それから醒めると急いで灯りをつけた。机から紙を一枚取り出すと、窓辺からインク壷とペンを取り、全身興奮しながら書き始めた。書き、ちょっとペンを止めてはまた書いた。それから長持を開け、灯りを持ってその中に屈み込むと、底の方から上着に包んだ小さな袋を取り出し、そこから銀貨を掌にぶちまけた。彼がそれを数え直し始めた時、ちょうど戻ってくるヘレンカを呼ぶトマーシュの声が戸口で響いた。森番はその袋を長持に投げ込むと蓋をしっかり閉め、机に駆け寄ると書き上げた紙を引き出しに突っ込み、それに鍵をかけるとペンとインク壷を片付けた。その時子供たちが入ってきた。トマーシュはいつものように元気で、ヘレンカは出かけた時より落ち着いていた。彼女は上手に振る舞い、老嬢の所で話がもつれることは無かった。ヘレンカが予想したようには老嬢も質問攻めにはしなかった。彼女はすでに管理人の話からほとんど全てを知っていたからであった。

マホヴェッツは子供たちが入って来るのを見て、これも今日が最後だという思いが彼の頭を過った時、彼は胸が締め付けられた――トマーシュは窓が閉まっていないと指摘した。

「あっ本当だ、忘れていた。閉めてくれ。」彼はいつもは決してそれを忘れず、毎回自分で閉めていた。

ヘレンカの最初の視線は父が落ち着いたか、それともまだドブルシュカから戻った時のようなのかを見定めていた。彼女には彼が落ち着いて、口数も多くなっているように思えた。夕食後、扉を閉めるとトマーシュは父に言われて、長持の下の隠し場所から小さな本を取り出した、それはコメニウスの『実践』であった（＊語注32↓コメニウス）。いつもはマホヴェッツ自身が読み子供たちは聞いていた。今日もまた彼は読み始めた。ヘレンカとトマーシュには彼の声がいつもとは違い、より沈んでいて確固としたものでないように感じられた。間もなく彼は読むのを止めた。本を前に差し出すと促した。

「ヘレンカ、読みなさい。私は今日は目が痛い。」

痛いわけではなかった。彼は子供たちを眺め、子供たちと最後に過ごす時間を確認したかった。彼は身動きせずに座り、じっと耳を傾けているように見えた。しかし敬虔なコメニウスの言葉は彼の脇を通り過ぎた。辛い思いが彼の心を締め付けた。明日の晩――自分はどこにいるだろう、無事国境にたどり着けるだろうか。そして子供たちは――いつまた彼らに会えるのか、彼らの様子は分かるのだろうか。

彼は日焼けしてたくましいトマーシュを見、ヘレンカの優しい顔を見た。彼の目には深い感動と悲しみがあった。彼らに手を差し伸ばし抱き締めたかった――

彼らが横になった時、マホヴェッツは眠れなかった。ヘレンカにもまた眠りは来なかった。ドブルシュカの広場、人々の群れ、説教台、黒雲の下の青白い顔のイエズス会士が彼女の頭に蘇った。

彼女は祖母を思い出した、あのような宣教団が兵士たちと共に彼らの所にやって来て、祖母を鞭打ったのだと――彼女はまた、父が苦しみながらレムフェルト老人の所に来た様子が、また少し前彼女におやすみを言った時の様子が目に浮んだ――彼はいつもとは違って、彼女をちょっと撫でおやすみを繰り返して言ったので、彼女は驚いた。彼は眠らなかった。彼女は開いた扉から彼が落ち着かずに寝返りを打っているのを聞き、彼の深く震えるような溜息も耳にした。これら全ての原因はあの恐ろしい宣教師であった。彼女はあの宣教師への嫌悪と怒りを覚えた。

朝いつものように彼女は老嬢の所に行った。トマーシュは森に一人で出かけた。マホヴェッツは彼らを送り出したが、彼自身はその朝はどこにも行かず、午後まで出かけなかった。一人になると彼はすぐ準備を済ませようと仕事に取りかかった。袋に衣類や最小限必要なものを詰め込み、また聖歌集を差し込むと、全部ではないが長持の金もそこに入れた。彼はその一部を袋に残した。杖を選び、壁に掛かっている銃を眺めた。その中の一つを取ったが、それは彼の一番のお気に入りで、よく手にしていたものだった。悲しみが彼を襲った。とても良い最良の銃だ。もうそれを身に付けることはない。それを持って昼も夜も森を歩き回り、一人でまた支配人と共に待ち受け猟で手にしていた。ああ、あの年老いた主人は――怒るであろうが、子供たちには多分酷い仕打ちはしないだろう。

その時トマーシュが全身喘ぎながら、驚いて駆け込んで来た。

「イエズス会士が」彼は突然言った「ここに来ます、二人が召使を連れて。」

森番は青ざめた。「おまえのために来た」彼の心の中で声が響いた。そしてすぐその声に加わった、「これは密告だ、管理人がそれを――」

「どこで彼らを見たのか」彼は叫んだ。

「丘から彼らを見ました。」

「こちらに、私たちの方に来ているのか。」

「ここに、屋敷に、もう遠くありません。」

「私は行かなければならない。」

「どこに」トマーシュは驚いた。

「森に、彼らがここに来るその時には。私はここに留まれないし、そうしたくない。」彼は杖を握り、袋を肩に担いだ。トマーシュは彼に銃を渡した。

「トマーシュ、お前はここに残りなさい。ヘレンカはどこだ。」

「老嬢の所です。もう戻ってくるはずです。」

「トマーシュ、長持の中の金を今すぐ隠しなさい。でもヘレンカは、神よ――彼女に言いなさい――」彼は慌て興奮し、途切れ途切れに言った。「私がすぐ戻ってこなくても驚いてはいけない。私は戻る、必ず戻る。そしてヘレンカは――もう彼女に――」溜息をつくと戸口に急いだ。その時ヘレンカが入ってきた。彼はヘレンカを捉え抱き口づけし撫でた。彼女は驚いて声も立てなかった。彼は彼女を離しトマーシュに手を差し出した。

「それでは主と共に、トマーシュ」彼の声は震えていた。「待っていなさい、迷わずに。私の後を追って来てはだめだ、ここに残りなさい。さらばだ。」

彼は外に出た。

中庭で歩調を緩めた。庭から森に通じる裏門の所でちょっと立ち止まり周囲を見回した。彼はこれを最後と森番小屋を見たが、それはポプラの大木の広がった樹冠の下にあった。

26

その少し後、ルホッキー・ゼ・プテニーは中庭を歩き、白いオランダ製のパイプで美味しそうにタバコを吸いながら庭園に向かっていた。彼は森番小屋の階段の上にいるトマーシュを見かけた。トマーシュは何かをじっと見つめているように見えた。彼はトマーシュに声をかけ、父さんはどうしたと聞いた。彼は若者が身を震わせたのに気付き、怯えたように父は森に行きましたと言ったのを聞いた。彼はいつもと違って階段を機敏に陽気に駆け降りては来なかった。

「ここで何をしているね、誰を見ていたのかい。」

「ここに来ます、ご主人様――」

「誰が――」

「ドブルシュカの宣教師たちが二人――」

「気が違ったのか。誰がそんなことを言った。」

「私が見ました。すぐここに来ます。」

そして彼らは来た。彼がそう言い終わると同時に彼らはもう屋敷内に乗り入れた。ルホツキーはあっけに取られて、タバコを吸う手を止めた。彼は驚いて突然の来客を見た。フィルムス神父だ。もう一人はマテジョフスキーではないので、多分鎖を巻いて説教した者だろう。でもあの者は髪は乱れ、靴には乾いた泥が一面に付いている。ルホツキーは思わずフィルムスの靴にも目をやった。それは清潔で釘は打ち付けられていなかった。歓迎できない訪問だった。しかし彼はあからさまに不快な驚きを示さないように努め、彼らが鞍を降りると迎えに行った。

フィルムス神父は短く陰気に挨拶すると、手身近に付け加えた。

「こちらがコニアーシュ神父です。」

彼はとても丁重に挨拶し、高貴なムラドトヴァー嬢にもお目にかかりたいと申し出た。ルホツキーは彼らに、どうぞこちらにと声を掛け館に導いた。彼らは少し離れた所に立っていたトマーシュには気付かなかった。トマーシュは彼らを見送っていたが、急に森番小屋の階段に駆け戻った。突然の父の出立にまだ戸惑っていたヘレンカが、ちょうどその戸口に出てきた。

「家に入って、家に」彼は声を抑えて言った。彼女は家の中に消え彼も続いた。管理人のチェルマークを避けたからであった。彼はチェルマークが事務室の玄関から慌てて出てくるのを見ていた。

管理人はその時まで事務室に座り書き物をしていた。彼は森番をそれまで見ていなかった。しかし事務室まで声と馬の足音が届いた。イエズス会士を目にして興奮して外に飛び出した。昨日フィルムスと差し向かいになり、彼が知っていることを、森番のマホヴェッについて推察していることを打ち明けた時、フィルムスは彼の熱心さを認め、またすべての状況からその森番は極めて疑わしく、それについて確認しようと言った、しかしいつどのようにしてということは言わなかった。それは思いも掛けない突然のことだった。支配人と共に彼らが館に向かうのを見た。さあ、あの男は彼らを追い返せないだろう。フィルムス神父も彼がどれだけ信仰に熱心なのか、地獄をあざ笑っているのか知っているぞ――

管理人は様《ざま》を見ろと喜び勝利を感じた。しかしその輝きに小さな黒雲が湧いた。もし何も見つからなかったらどうしよう、もし森番に対して何の証拠も示すことが出来なかったら――そうであっても彼らは捜査し探索する権利を持っていて、誰が彼らを引き入れたかは暴露されないだろう。「それは告解の秘密と同様なものである（＊告解では信徒が言った内容は、決して他言してはならなかった）」とフィルムスは彼に保証していた。

その時ルホツキーは客たちをポレクシナ嬢の部屋に案内した。彼女はとても驚いたが不快には感じなかった。彼女はとても敬虔で、僧に対して大きな尊敬を持っていた。しかもここにいる彼らは聖なる宣教団の成員であった。彼女は彼らを、特に昨日の説教師を知りたがったが、その者は自身のひどくぞんざいな外見で彼女を驚かした。他の者だったら彼女は怒ったかもしれないが、鎖を巻いた説教師に対しては卓越した人物の型破りな性格として了解した。彼女はイエズス会士たちに敬意を示そうと彼らを食堂に招いた。

コニアーシュは、午前中何も食べず何も飲んでいないと言って感謝したが、それは出来ませんと言った。そして私たちは時間を無駄に過ごすことは出来ず、私たちが来たのは事情を告げ許可をもらうためですと――

その時フィルムスは斧で一撃するように言った。

「私たちが来たのは秘かな異端と、人を迷わせる隠された書籍を確認するためです。」

「ここで、私たちの所で」ルホツキーは笑いながら尋ねた。彼はそんなことはあり得ないと考えた。

老嬢は侮辱されてきっと頭を上げ、フィルムスを上目使いでにらんだ。その時ルホツキーは冗談めかして言った、それなら自分の所には、カトリックの祈禱書となにか古い暦と狩猟関係の本しかないからすぐに終わると。

「それともここですか」ポレクシナは厳しい口調で本棚を示した。「まさか聖ヴィート教会の聖堂参事会員だった亡くなった私の叔父が書いた、葬儀の際の説教集ではないでしょうね。」

「どうかご立腹なさらないで下さい。」コニアーシュは丁重に懇願し、老嬢にもルホツキーにも頭を下げた。「私たちはそのようなことは少しも考えていません。どうか信じて下さい。ただ高貴な方の書斎や正しいカトリックの考えの書籍の中に、先祖から引き継いだフス派の本が見つかることがあるのです。先祖は亡くなっていますが、本は死にません。それらは忘れられ片隅に押し込められて、高貴な方々の誰もそれを読まず何も存じ上げなくても、それらは残ります。そういうことがしばしばあり、実際発見されています。私は自分の経験から、ここフラデッツ地方の由緒あるチェコの騎士の家系で、聖なるローマ教会に帰依されている高貴な方の所でも、それを確認したと言うことをお許しください。由緒ある名前には関係しません。

その高貴なお方は自ら私を呼び、蔵書を調べるように言われました。そして私は何と三十冊以上の迷いで感染された本を見つけました。そのお方は顔を引きつらせ驚きましたが、すぐにこれらの本を手に取ると、自らの手で館のビール醸造所まで運び、すべてを釜の火にくべました。そして彼はこれが恥になることを恐れませんでした。そしてこれまで気付かずにかくまってきた神の敵を、私が彼から除いたことに感謝さえしました。」

ルホツキーはこの言葉に対して不満げに肘掛け椅子に座った身を動かし、ここではその様に釜にくべることは無いだろう、何も無いのだからと険しい口調で言った。

「そのために私たちはここに来たのではありません」コニアーシュは言った。「でも別の場所で私たちは聖なる義務を果たさねばなりません。迷いの本が人々の手にある間は、カトリックの信仰が彼らの心に根付く希望はないのです。異端の本は取り残した悪の根のようで、そこから悪は絶えず芽を出すのです。」

「つまり私たちの領民について考えているのですか。」老嬢はそんなことがあり得るのか、信じられずに曖昧にたずねた。「下の村で――」

「そこには嫌疑はありません」コニアーシュが答えた。「だが――」

「ここの森番」フィルムスが出し抜けに言い、大きな顎を動かした。

ルホツキーは真っ赤になって椅子から飛び上がり叫んだ。

「それはあり得ない、それは中傷だ、それは――」彼は自分の頭に閃いたように、きっと管理人が彼を中傷したのだと言いたかったが、口には出さなかった。

老嬢は驚き唖然としてしばし沈黙し息を吐いた。

「森番が、私たちの森番が、マホヴェッツがそうですか、神父様。」彼女は立ち上がると憤慨を込めて弁護した。「彼の家族は常に真のカトリックで、彼も彼の父もそうでした。彼の祖父も知っていますが、みな忠実な領民です――」

「忠実な者は秘かな異端にも忠実でありえる」陰気な声で

フィルムスは言い加えた。

「神父さん、一体誰があなた方に森番のことを訴えたのですか。」全身怒ってルホツキーは問い掛けた。

フィルムスは彼に、一体あなたは何を尋ねているのか、何を考えているのかという厳しい非難の緑色の目を向け、コニアーシュはその質問が聞こえなかったかのように、丁重にしかしきっぱりと尋ねた。

「私たちがこの件を確認するのをお許しくださるでしょうか。」

「マホヴェッツは家にいるのかしら。」頬に赤いしみが浮んだ老嬢はルホツキーに聞いた。その声にも彼女の動揺が分かった。

「いや、彼は森に行った。待って下さい」彼はイエズス会士に向かって言った。「彼が戻るまで。」

「それは出来ません。遅滞なく始めなければなりません」コニアーシュは答えた。「しかしともかく森番を呼びに人を使わして下さい――私たちは直ちに確認に行きます。」

フィルムスもまた立ち上がった。

＊

ヘレンカがトマーシュの呼びかけで小屋に駆け込んだ時、彼女は怯えて彼らは父のために来たに違いないと叫んだ。

「多分ポレクシナ様を訪れたのだろう。」トマーシュは彼女をなだめようと試みた。その時父が指示したことを思い出した。急いですべてのものが放り込まれていた長持を開けた。その一番上に銀貨の入った小袋があった。それをポケットにしまうと長持を閉め、再びヘレンカの方に行った。彼女は窓越しに中庭の先にある館を恐ろしげに見ていたが、新たな恐怖が彼女を襲った。もし父が今この瞬間に戻ったならば一体どうなるのだろう、もし帰って来たならば彼らは父を捕らえ連れて行くだろうと。

「そんなことがあるか、なんで。」トマーシュは自分の言葉がはっきり響くように努め、断固反論した。

「もし彼らが探して見つけたら。」

「彼らは見つけられない。そして私たちも何も言わない。分かるねヘレンカ。」

祖母のことが頭に浮んだ。彼女もまた隠された本のありかを漏らすように迫られ、鞭で打たれたが言わなかった。

「ほらあの怪物が見えるぞ。」管理人のチェルマークが書記と農奴監督を連れて館の入り口に行くのを見て、トマーシュが怒って叫んだ。二人は階段の下に留まり、管理人だけが玄関の間に入っていった。

「あいつはもう待ちきれなかったのだ」トマーシュは怒って言った。「あいつがあの神父たちを呼んだのは確かだ。」

その時ヘレンカは声を抑えて叫んだ。彼女の見開いた目は風変わりな行列を見た。それは館から中庭を通って彼らの方に向かい、先頭に二人のイエズス会士とチェルマークが、その後に助手の学生と書記が、最後に監督が続いていた。この者たちが森番小屋の前に立ち、建物と特に屋根がどの様になっているのか眺めているのを彼らは見た。しかし彼らには見えなかった、少し前老嬢の所から出てくる二人のイエズス会士を館の扉の脇で待っていた管理人が、彼らに深々と頭を下げ彼らの手に口づけしたが、フィルムスは彼を知らないような素振りをしたことを。

しかし彼らは、管理人が卑屈な愛想を浮べ全身身を屈めて彼らを案内し、甘ったるい敬意を示して受け答えをする様子を見た。それから玄関の間で彼の声を聞いた、それは・・・かまどがどこにあり、右側に物置と屋根裏への階段があるので、どうぞ左においで下さいと説明していた――彼らは木造の低い天井の居間に入ってきた。その時小さい居間に通じる扉は開いていた。ヘレンカは不意を突かれた雛鶏のように、部屋の隅に立ちすくんでいた。トマーシュは目をかっと開いて憤慨していたが、頭を真っ直ぐに上げて決然としていた。

イエズス会士たちは入ってくると注意深く居間を見渡し、部屋の隅々と壁を、家具や猟銃や二つの窓の間にある鹿角に掛けた狩りのホルンなど、すべてに目をやった。そして聖ヤン・ネポムツキーの聖像がどこにも無いのにも気が付いた。昨日フィルムスは管理人から、あの絵がどのようにしてここに来たのか、森番は恐れてそれを吊るしたが、多分最近はまたそれを片付けたのだろうというその経緯を聞いていた。しかし彼はそれについては、何も知らない様子をして尋ねなかった。彼らが最も注意深く見ていたのは森番の子供たちであった。チェルマークは彼らに父はどこにいるのか尋ねた。

「森に」トマーシュがしっかりした口調できっぱり言った。

「どこの森だ。」

「どこの森に行くのかは何も言っていませんでした。」

その後すぐにコニアーシュの質問が続いた、どんな本を持っているか、聖書かそれとも別の本か、それらを見せて欲しいと。トマーシュはすぐにまたきっぱりと持っていないと答えた。コニアーシュは厳めしくまた強調して、彼らに思い起こさせ威すように警告した、否定しないで真実を述べるようにと、否定は父だけでなく自分たちにも不利になると。そして再び質問したが、今度は直接ヘレンカに迫った。彼女は彼の青白い顔と、厳しく見透かすような視線の、落ち窪んで黒い目を見なければならなかった。彼女は怯え黙っていた。その時フィルムスはきれいに剃って青々とした大きな顎を動かして、厳しい声を上げた。

「おまえたちがそのような本を持っているのは分かっている。どこに持っている、言え、否定するな。」そして彼はヘレンカの足を踏みつけようとするかのように、彼女のすぐ目の前に立った。しかしこの彼の威嚇にも、彼女は静かにしかし確固とした口調で言った。

「私たちは持っていません。」

「それなら見つけてやる。」フィルムスの目に怒りが走った。彼は机に向かい引き出しを開けようとした。それは鍵がかかっていた。コニアーシュは彼に机の中には本はないとラテン語で言ったが、机を開けるように命じ、別の場所を探そうと言った。彼は長持を開け、監督にそこにあるすべての物をぶちまけるように命じた。監督はすべてを放り出し底までかき回して探したが、本は見つからなかった。それからイエズス会士の命令で寝台をひっくり返しわら布団を調べ、大きな居間とその脇のヘレンカの寝台がある居間も探した。どこにも何も無かった。

大きな居間の棚や衣装戸棚やあらゆる隅を探し、ヘレンカの部屋の長持や小さい机も探したがすべて無駄だった。コニアーシュは書記と監督に命令し、自身もまた検分し探索した。フィルムスはその際森番の子供たちを、気付かれないように横目で見ていた。彼は彼らの目から視線を逸らさず、彼らの一挙一動と目の動きを注視していた。子供たちは宣教団と一緒にどこでも行かねばならなかった。玄関の間で冷えたかまどの中や煙突の下や、かまどの横にある薪割り台の下を彼らが探索している時にも、物置でも。しかしそこでも探索は成功しなかった。

「屋根裏に行こう。」獣を追いかける激しい狩人のような苛立ちと共にコニアーシュは言った。

27

ポレクシナは彼らの突然の訪問で、彼女の落ち着きと判断力を失っていた。彼らが彼女のスカルカにその様な目的でやって来たことが、また彼らが自分たちにその様な疑いを持つことまでするのか、今まで想像さえしなかったことが、彼女を苛立たせた。彼女はコニアーシュを恐れ彼に腹を立てたが、もしかしてそれが事実であればと考えると、恥で顔がほてるのを感じた。そしてマホヴェツにも憤慨し、彼のせいでこの様な事態になったが、彼にそんなことが出来るのか、自分たちは彼を信頼し彼とその家族に好意を持っていたが、その彼が何でこの様なことをするのか、自分たちにこの様な恥をかかせるようなことをするのかと思った。彼女はその事をルホツキーと話し合って再び興奮し、そんなことはあり得ないと考えてまた自分を慰めるのであった。

「そんなことは決してあり得ない。」ルホツキーは請け合ったが、彼がマホヴェッにイエズス会の宣教団が来ると言った時、彼が強く動揺し恐れさえしたことを思い出した——

老嬢は彼らがもう戻ってこないか見ようと窓に近寄ったが、すぐに急いで振り返った。

「見て下さい。」彼女は外の中庭を指差した。

ルホツキーは下男や女中や何人かの農奴たちが、中庭に集まっているのを見た。彼らは菩提樹の下に立って森番小屋を眺め、階段の所には何人もの女と屋敷の子供の群れが待っていた。

「見てごらんなさい」老嬢は怒って言った。「今でもこの有様よ、もし何か見つかったらどうなるの、あっと言う間に噂が広まり、スカルカでは——」

「熱心極まりない管理人に感謝しなければ。」

「あなたはそう考えているの。」

「そうとも、他に誰かいるかい。」

「森番は戻って来ない、もうお昼なのに。あすこにいるのは子供たちだけよ、ヘレンカは——」

「そうだ、子供たちだけだ。」ルホツキーは真剣な顔で繰り返した。「彼らを痛めつけるかもしれない、あのフィルムス神父は——ともかくあすこで見ていなければ。」

「行って、行って下さい、あなた。」森番の子供たち、特にヘレンカのことを考えて心を和らげた老嬢は彼を促した。

始めルホツキーはイエズス会の宣教団と一緒に行く気はなかった。嗅ぎ回り探索するのはまっぴらだと、彼は心の中でつぶやいた。しかし老嬢が彼に森番の子供たちの事を思い出させた今、あのフィルムス神父やもう一人と同様に、管理人も彼らを締め上げるのではないかと思い森番小屋に向かった。中庭で彼は使用人たちに、何を見ているさっさと行けと普段とは違った激しい声を上げた。スズメの群れを威すように、彼らは一瞬にして散っていった。

彼が森番小屋に入った時、イエズス会士たちはお供の者たち全員を連れて、屋根裏から戻ったところだった。彼らは何も発見できなかった、そこではすべてのものを注意深く調べ埃を払って探索したが、またコニアーシュがこれまでの経験から、梁に割れ目を入れてそこに本を一冊ずつ隠していないかを調べたが、すべて無駄であった。管理人は顔をしかめ心の中で怒り、ひょっとしたら何も見つけられないのではないかと恐れさえした。そして今また支配人が薄笑いを浮べて彼らを迎え、そして神父たちはみな虚しく探し回り、何も見つけられず――

「これまで何も」フィルムスは苛々して答えた。

「父さんはまだ帰ってこないな。」支配人はトマーシュに向かって言った。彼の目から秘かな喜びが輝いた。「父さんを探しに行きなさい。そしてヘレンカお前は――」

「ちょっとお待ち下さい」コニアーシュは断固として遮った。「それにはどうか別の者を遣わしてください。この者たちはここにいなければなりません。」

管理人は直ちに大喜びして、森番を探しに人を遣わそうとすぐに外に出た。彼は監督を呼ぶと、森番を探しに森に行く者を集めてすぐに行くように、また監督自身は下にあるユダヤ人墓地に行きそこで彼を探し、またそこに誰か隠れていないか周囲も探すように命じたが、その前にここにたがねと木づちを持ってくるように命じた。

監督の妻がそれらの道具を持ってくると、管理人は再び居間に戻った。そこではコニアーシュが寝台を動かすように命じ、その下の床を調べていた。だが駄目だった。しかし彼はくじけなかった。

「長持をどけろ。」虚しい探索に苛つき怒った彼は、もう激しい口調になって命令した。その命令の言葉が発せられるとすぐ、フィルムスは「驚いたぞ」とラテン語で言った。彼は、トマーシュがコニアーシュの命令を聞いて急に目を瞬いて顔付きを変え、ヘレンカがすぐ彼の方に向き直ったのを見逃さなかった。

その時管理人が机にたがねを差し入れた。

「何をする」ルホツキーは非難して叫んだ。

「神父様が机の中を見たいとご所望です。」

「そこに何があるのだ。もし持っていたとしても、机の中には本を隠さないだろう。」ルホツキーは不機嫌になり、その行為をそれ以上見たくないと向きを変え、控えの間に出て行った。彼はむしろ管理人を追い出し、彼の手からたがねを取り上げたかった。しかし神父たちが命令したのなら、どうしようもないと心の中でつぶやいた。公的な力も彼らに付与されているに違いなく、その時には彼らは領主の所でも、何事も何人も憚ることなく探し回り、例え醜悪な疑惑だけであっても、直ちにその者に襲いかかるのだろう。そしてあの管理人は一体何だ。やつをここから摘み出すだけでなく、屋敷からも追い出してやる――何という大騒動を、何という恥をもたらしたのだ、そうだ恥だ。ポレクシナが言っていたように、その恥と忌まわしい噂は、もし彼らが虚しく空手で帰ってもずっと残るであろう。

彼は居間から机をこじ開ける槌音を聞いていたが、その時さらにもう一つの新しい打音を聞いた。それは何だろう――彼は振り向くと耳を澄ませた。あっと叫んだ。急いで居間に入った。管理人がこじ開けた引き出しを放り出し、以前長持があった場所に駆けていくのを見た。そこではちょうど農奴監督が、長い床板に継ぎ足された短い床板を引き剥がし、コニアーシュが膝を付いてその剥がされた床板の下の穴に手を入れて探っていた。隠し場所だ。とうとう見つかった。

ルホツキーは驚いて敷居の所に立っていたが、コニアーシュが突然古い本の表紙を右手で荒っぽく掴んで持ち上げた時、もう少しでひざから崩れ落ちるところだった。コニアーシュは表紙を掴んで本を高く掲げ、長い時間追いかけてやっと捕らえた立派な獲物を誇示する狩人のように勝利の声を上げた、「これだ、見よ《エッケ》、これだ。」彼はちょっとそれに目をやると、再び隠し場所に身を屈め、喜びの声を上げながら捕まえていった。「巣だ、中は一杯だ。」そしてまたもっと小さい本を取り出し、さらにその後に三番目、四番目の本を取り出した。勝利で輝いた管理人はそれらを大喜びで受け取っていった。

ルホツキーは自分が打ちのめされたかのように、仰天し混乱して立ち尽くしていた。管理人とその『黒いやつら』の勝利に対する怒りの嫉妬で彼の気持ちは動揺した。しかしまたマホヴェツに対する怒りも突然こみ上げた。思わず彼は彼の子供たちの方を向き、赤紫色になった顔で彼らを面と向かって怒鳴りつけた。

「このようにおまえたちは――親父は――異端の本が――このようにおまえたちは私たちに嘘をつき、空々しい顔をして、何という偽りだ、何年も何十年も。このようにわしとポレクシナを騙し、おまえ、トマーシュとおまえ――」

彼はぎらぎらと怒った目をヘレンカに向けた。その時まで子供たちは立ちすくんで、彼らの本を集めていたコニアーシュを見つめていたが、今ルホツキーの前で頭を下げた。

外では館の屋根の上の小塔から、昼を告げる鐘が鳴り始めた。森番小屋では誰もそれに気を留めなかった。支配人は自身の怒りの発作で本の傍にいるイエズス会士たちを気にかけず、また管理人がこじ開けた引き出しをやっと今調べ、そこから一枚の紙を取り出すと、むさぼるように目を

* 27 *

通したのにも気付かなかった。彼は背後で、顔には出さないが人の不幸を喜んでいる管理人の「ご主人様、ここに手紙が――」という従順な言葉を聞いた時、何をしたいのだと管理人を怒鳴りつけた。しかしその時フィルムスが管理人の手からその手紙を取り、それに目を通すとすぐに声に出して読み始めた。

「高貴なる支配人様、高貴なるポレクシナ様、ご主人様方。」

支配人は急に向き直り、トマーシュとヘレンカは驚いて頭を上げた。驚いた支配人は呆然としてその紙に手を伸ばさなかった。フィルムスは読んだ。

「私は不安と苦しみの中でご主人様におすがりします。どうかどうかお許しください、ご主人様。そして好意を持って私と私の子供たちのためになさって下さった全てのことに感謝いたします。」

青ざめていたヘレンカは震え始めたが、誰も彼女に気付かなかった。皆は先を読んでいくフィルムスの方を向いていた。

「お二人にそして高貴な私のご主人にお仕えすることは、私の心からの喜びで、ご主人様に関しても私の努めに関しても全てのことに、私はこれまで心から喜んでお仕えしてまいりました。私はその際、もし神の法に則り神に仕える自由な意志を持つことが出来るなら、私は喜んでそれを続けたいと思いました。しかし当地ではそれが叶わず、私の良心は――」フィルムスは声の調子を上げたが、その際悪意ある嘲笑が、彼の目と堅い表情に現れた。「私の良心は僧からの大きな力で押し潰され、また私は自分の良心に彼らの信仰を強いることは出来ません。私が自分の正しい信仰を否定した時、私は罪を犯していると痛みを持って認めました。しかしこれ以上そのように生きていくことは出来ず、また耐えられません。そのため私は去ることにしました――」フィルムスは読むのを止めた、いやそうせざるを得なかった。ヘレンカが声を上げどっと泣き崩れたからであった。トマーシュには今朝彼を襲った不吉な予感が何であったのかはっきりした。彼は目を見開き少し屈んで、その場所から動かなかった。しかしヘレンカが泣き出すと、彼女を抱いて慰めた。フィルムスはその先を読まなかった。ルホツキーは手紙を取ると急いで静かな声で残りを読んだ。

「私は切にお願いします、慈悲深いご主人様が私をお許しくださり、私の咎《とが》の故に私の子供たちを非難し罰することがありませんように。私がしたいと望みまたそうせざるを得ないことを、子供たちは何も知りません。彼らは何も知らず、すべてのことに罪はありません、どうか彼らを損なうことのないよう、神かけてお願いいたします。ご主人様の卑しい僕、ヴァーツラフ・マホヴェツ。」

　支配人はイエズス会士に向かってドイツ語で「彼は逃げたが、ここに書いてあることから分かるように、子供たちは何も知らない」と言った。彼は手紙を彼らに渡した。二人はその最後の部分を貪るように読んだ。ルホツキーは子供たちに近寄ると、先ほどのような激しく怒った口調ではなかったが、父はどこに行こうとしていたのか、どこに逃げたのか厳しく問いただした。

「私たちは何も知りません」トマーシュは答えた「この手紙のことも、父が去ったことも。朝いつものように父は森に行きました、私たちには森に行くと言っただけで、他には何も言いませんでした。」

「おまえはしらばくれている。」ルホツキーは彼の言葉を否定したが、その声の調子からトマーシュの答えは事実だと思った。

「いいえ、ご主人様、そのとおりです、それが真実です。」トマーシュは興奮して言い張った。

「それではおまえ、おまえは何を知っていたのか。」支配人はヘレンカに問い始めた。

　彼女は涙で溢れた目を彼に向けた。

「ご主人様、私は今聞いたことしか知りません、父は去り私たちを――」言い終わらずにまたどっと泣き出した。

　ルホツキーは手を振った。彼は怒っていたが、彼の憤怒の中にはすでに同情の気持ちが湧いていた。――

　ポレクシナはルホツキーの帰りを待っていられなかった。もうお昼の鐘も鳴り、もうカチカが、昼食を召し上がるのでしたら食堂に用意が出来ていますと伝えた。「戻るまで待たなければなりません。」

　老嬢はまた窓辺に立って覗いた。彼らが長いこと戻ってこないのは、まだ探索していて何も見つけることが出来ないのではないかと彼女は考えた。その後森番小屋から出てくるルホツキーが見えた。誰も彼の後ろから付いて来なくて一人で戻ってきた。窓から離れると急いで真っ直ぐ扉の所に行った。彼はすっかり様子が変わって入ってきた。

「見つからなかったのですか」老嬢は期待を込めて言った。

「残念だが見つかった。長持の下の隠し場所にごっそり本があった。コニアーシュ神父がすぐに認めたように、みなカトリックではないフス派のものだった。」

老嬢は石のように硬くなった。

「これは事実だ」ルホツキーははっきり言った。「彼らは私たちをだましていた、森番はペテン師で、長年に渡って正体を隠し私たちを欺いていた。」

「それで子供たちは、ヘレンカは――」

「彼らは彼と同じだ。」

「おお、神様。」

「彼は森にはいないし、戻って来ないだろう、彼が捕まらなければ。ほらご覧。」彼はポケットから手紙を取り出すとそれを読んだ。老嬢は呆然となって肘掛け椅子に座り込んだ。

「このことについては子供たちも知らないようだ。」ルホツキーはマホヴェツの手紙を指の背で叩いて言った。「トマーシュも、娘も。娘はそれを聞いてどっと泣き出し、ひどく驚いた。でも彼らのこの狂った親父は――何という用意をしたものだ。何と長いこと逃亡の準備をしていたのだろう。でもまだ国境を越えてはいない。もし彼を捕まえたら――」

「彼を追うのですか――」

「管理人は彼を追う者をちょうど遣わそうとしている。聞こえるだろう」

中庭から馬の足音が響いた。老嬢とルホツキーは窓に近寄った。三人の下男が馬に乗って、門の方に向かっているのが見えた。

「あれは最初の追っ手だ」ルホツキーは述べた。「そして役所に報告され、彼の人相書きが送られ、彼の探索が指示されよう。管理人は直ちにそれを思い付いた。あの男はこうした事務的な義務感で急いでことを進めている。」ルホツキーは顔をしかめた。

「神父様たちは何を――」

「彼らは管理人と共にトマーシュと娘を尋問するだろう。」

「森番小屋でするのですか。」

「いや、事務室で。管理人がそう望んでいる。マホヴェツが仕出かしたことは忌々しいが、目を輝かせて大喜びしている管理人の熱心さを見なくてはいけないことも忌々しい。あの男は心中で笑っていて、特にわしに対して大笑いしている。でもそれが公の仕事であるならば何が出来ようか、黙るしかないだろう。」

「神父様たちは昼食に来ませんか。」

「彼らは何も食べないし、何も飲まない」ルホツキーは悪意を込めて笑った。「今彼らは見せる食卓についている。これを所望したのは特にフィルムスだ。もう一人もまたそうだ。尋問が終わるまで彼らは来ない。彼らを待つことはない。」

二人は昼食の席についたが、何も美味しく感じなかった。老嬢はちょっと食事に手をつけるとすぐにフォークを置き、自分の前を見ながら考え込んで言った。

「彼らは尋問されているのね。」

「尋問されている」ルホツキーは暗い顔をして繰り返した。「でも、あのフィルムスは釘を打ち付けた靴は履いていないから、彼らの裸足を踏みつけることはないだろう。あの神父たちは拷問しなくても尋問できるだろう。でも管理人はもし出来るなら、彼らを拷問台《ごうもんだい》（＊語注29）で引っ張りたいだろうな。」

「もし実際にあの逃亡を彼らが知らなかったなら、彼らの調べには固執しないでしょう。」老嬢は食事を残して席を立った支配人の方を向いた。「叔父さん、あなたは見に行かなくては――」

「そのような尋問や子供たちへのそれは私の好みではない。でもそれはもっともだ、私はすぐ行かなければ――行って見てこよう。」

彼はしばらくして戻ってきた。彼は見聞きしたこと、そして書記が質問と答えをすべて書き留めていることを述べた。

「森番の子供たちはどうですか。」

「トマーシュは当然だが、あの子はいつもはしっこく大胆な子だった。だから彼は堂々とはっきりと答えている。しかしあの娘は――いつも静かで口数の少ない子だが――」

「今は話していますか。」

「もちろん口数は多くないが、何と立派に振る舞っていることか。言葉がもつれることも怯えることもない。真っ直ぐ頭を上げて立ち、はっきりと答えている。」

「勇敢に――」

「勇ましく反抗するのではなく、むしろ静かに悲しげに、しかしとてもしっかりと、そして――ほら――あの――あの管理人は彼女をもつれさせ混乱させようとしている。すべてを混ぜ合わせて――ほらこんな具合に。彼は言う、森番の一家は精進せず、金曜日に肉を食べていた、そして―

――いいかい――私が戴冠式の後プラハから持ってきた聖ヤン・ネポムツキーの聖像を――」

「あの聖別された聖像ですね、それがどうしました――」

「彼はそれを掛けなかったと言った。しかしヘレンカはとてもはっきりと、いいえ掛けましたと答えた。それに対して管理人は皮肉たっぷりに、どこにある、壁には掛けていなかったし神父様たちも見なかったと言った。つまり何処から疑いが出てきたか、どこからすべてのことが生じたのか分かるだろう。」

「ヘレンカは何と――」

「その聖像は最近落ちてガラスが割れたので、町に修理に出そうとしていましたと。」

老嬢は信じられないという風に頭を振った。

「私はその話に割り込んだ。神父様」ルホツキーは興奮して話を続けた。「私は彼女のためにその聖像を持ってきた時、彼女がどんなに喜んだか見ていますと。」

「あなたはまだ彼女の味方なの。」

「ああ、助けるとも、管理人が私をそんなに怒らせ、敵意を抱いているのが見て取れるから。彼は何かにつけて攻撃していた。例えば森番が、レース売りの行商人や時計職人に変装したザクセンの密使と会っていただろうと。」

「そこで子供たちは――」

「それについて私たちは何も知りません、父がその様な人物と一緒にいるのを見たことはありませんし、私たちの所にその様な人が来たこともありませんと言っていた。そこで宣教団もまた質問攻めにした、おまえたちの信仰はどの様なもので、父はカトリックの信仰に逆らうことや、秘跡に反対することを言わなかったか、聖母マリアに対して何か冒瀆的なことを言わなかったかと。」

「彼らは何と――」

「自分たちはカトリックを信仰し、父は決してその様なことは何も言わなかったと。すると直ちに、家で両形色を受けなかったかと聞かれ、いいえと答えた。そこで管理人はわめき散らして、そう実際にわめき散らして、もちろん頬を膨らまして断言した、メジジーチーでおまえたちが異端のミサに行ったことは明らかだと。するとトマーシュは彼に答えて、あなたはどうしてそのように言えるのか、証人がいるのかと。自分たちは確かにメジジーチーに行ったが祖母の所にいて、彼女は病んでいて歩くことは出来ないと。」

「あの時娘はそう言いましたね。ところで見つかった本については――」

「娘は否定せず、トマーシュも否定しなかった。彼らはそれを知っていて、父は時々そこから一冊を、聖書を取り出し彼らに読んで聞かせていたと。」

「残りの本はそうではなかったの。あなたはどんな本があったか見たでしょう。」

「見たよ。そう、どう言おうか、聖書と何かの説教集と聖歌集ともう一つ――」その時彼の顔に笑いが浮んだ「その本が宣教師の連中を一番喜ばしたに違いない。その本は『イエズス会士の鏡』と言う名前で、表題にはイエズス会士の狡獪さ、策略、実践についての読本と記されている。」

「マホヴェッツはそんな本も持っていたのですか。」

「私も知っておくべきだった」ルホツキーは意味有りげに笑った。「そして管理人は絶えず、かっかしていた。」

「でも叔父さん、あなたは彼らの弁護士になっていますよ。」老嬢は驚いた。

「管理人が彼らにあの様な悪意を持っているからな。それはあからさまで、もう何も隠していない。」

「でもあなたは事実を見誤っていませんか、森番が手紙を書き残して逃げたという事実を。」

「そうだ、そうだ、狂ったやつ。あのような名の通った森番が。残念だ、彼は惜しいことをした、彼と共に森を歩くのは喜びだったのに。何ということを仕出かしたのだ。異端の信仰のためにすべてを棄てて、子供たちも見捨てて。さあ子供たちをこれからどうしよう。あの娘を――」

「私はもう見たくありません。息子も森番の仕事に留めておくことは出来ません。」

「それは私も思っていた。」ルホツキーは同意したが、あまり気が進まずそれほどきっぱりとではなかった。

宣教師たちが入ってきた。フィルムスは無口で陰気だったが、以前のような堅い表情ではなかった。彼の険しい顔に満足の様子が現れていた。コニアーシュにも心の喜びが見えたが、言葉でそれを示すことはなかった。彼はこのような騒ぎを引き起こしたことを、礼儀正しく詫びた。ポレクシナが森番について、私たちは彼にすっかり騙されていたが、誰がそれを予想できたでしょうと弁解し始めると、コニアーシュはすぐに彼女を慰め、騙されているのはあなた方だけではありません、このような隠れたフス派はまだ山のようにいて、百姓は言うに及ばず市民の中にも沢山いるのですと言った。

「特にこのフラデツ地方には」彼は言い足した、「大きな町でも小さな町でも、偽りで見せかけのカトリック教徒が沢山いますが、誰も言いません。彼らは主の教会に通うのは誰よりも早く、帰るのは一番最後で、手に数珠とカトリックの本を持ち、告解の秘跡に行って告解し、聖体拝受に進んで参加し聖なるミサで聖体を受け、ろうそくを買い巡礼にも出かけます。しかし家の私生活では閉じられた扉の背後では、この様なカトリック教徒はフスやモチェシツキー（＊一六五一―一六八九、亡命チェコ人の社会での説教師でいくつもの信仰書の著者）の説教書の異端で呪われた本を読み、聖なる像を木偶《でく》人形と、聖なる儀式を悪魔の幻惑と呼んでいます。私たちはそのような実例をいくつも知っています。しかしその隠れた小鳥を踏みつけるのは難しい。しかし私たちは追求を緩めるわけにはいきません。聖なるローマ教会が完全に勝利するためには、その雑草は抜き取らねばならないのです。先ず始めに彼らから本を取り上げ滅ぼさねばなりません。彼らはその本のためには命も投げ出すのです。」

「命もですか。」

「そうです、命もです。それも愚かな百姓が、学のある人ではなく百姓が。それは昔のことですがここナーホト地方で、小農でしたがある男が司祭に異端の本を渡すより、池に身を投げて屈辱の中で絶望する方を選びました。」

「何と恐ろしいことを。」

「そのために私たちは、すべての悪の根源としてこれらの本を探しています。そしてそのために私たちは予告もせずに突然ここにもやって来ましたが、どうかお許し下さい。こうするしかないのです。」

ルホツキーは黙っていた。反論できないと感じて黙るしかなかった。老嬢は心の中で宣教団のその熱意に驚き彼らの目的を評価して、コニアーシュが言ったことを声高に認めた。そして再び自分と叔父が間違っていて、人をあまりにも信用しすぎたことを悔いた。するとコニアーシュは、何も言わずにただうなずくだけだった。老嬢は前より熱心に宣教師たちに、気力が付くように食堂に来ることを勧めた。彼らは受け入れたが、コニアーシュはすぐに言い足した、私たちにはあまり時間がなく、程なく出立することになります、なぜなら今日もまた説教をしなければならず、四時過ぎに説教があるからですと。

実際間もなく彼らは出発した。老嬢は彼らとの、特にコニアーシュとの別れを惜しんだ。彼はその熱意とあらゆる雄弁な行為によって彼女の尊敬を得ていた。一方ルホツキーは彼らの出立に際しても、彼らの到着の時と同じく、いやむしろ以前より今の方が、彼の反感と嫌悪が気付かれないよう努めなければならなかった。彼は神父たちに中庭への階段の下まで同行した。彼らが門を出て行く時その後ろ姿を見送ったが、彼は彼らの助手にもまた助手が鞍に縛り付けた袋にも目を向けた。それはマホヴェッツの本が入った袋で、その中の一冊『イエズス会士の鏡、イエズス会士の狡猾さ、策略、実践についての読本』が読んでみたいと思った——

28

トマーシュとヘレンカはその頃は再び森番小屋にいた。しかし何という有様で戻って来たのだろう。尋問が終わっても、彼らは自由に家に戻れるようには事務室から解放されなかった。管理人は彼らに並んで行くように命じ、農奴監督が彼らを連れて行った。使用人小屋や井戸や貯水槽の脇の菩提樹の下に使用人たちが立ち、彼らは捕らえられた泥棒を見るように、森番の子供たちを遠慮のない貪るような好奇心の目で見ていた。男も女もあちこちで彼らに対して声を上げ嘲笑を浴びせた。ヘレンカの目から熱い涙が流れ目の前が霞んだ。彼女は人々を眺めたが誰が誰だか区別がつかなかった。館の窓辺では目を伏せた。たまたま老嬢が見ているだろうか、監督とこのようにいるところを見ているだろうか――トマーシュは管理人の扱いに憤慨し、反発と頑なさに満ちて背を真っ直ぐに伸ばし、周りを見回すことなく歩んでいった。

その後すべては止んで叫び声も静まり周囲は静かになった。彼らは森番小屋に入った。監督は小屋の扉の脇にある階段の上に立って、彼らが玄関の間に入るとすぐに扉を閉めて立ち去った。鍵を閉じる音は彼らの今の状態を思い知らさせた。ヘレンカは驚いてトマーシュを見た。彼は扉に駆け寄り取っ手をつかんで開けようとした。顔が赤らむまで扉を揺すったが無駄だった。

「俺たちは閉じ込められた。逃げ出さないように」彼は怒り、薄笑いも浮べて言った。しかし彼が敷居を跨ぎ人気のないがらんとした居間に入った時、その薄笑いは消えた。寝台とすべての家具は元の場所から動かされ、長持や衣装戸棚からはすべてが放り出されていた。こじ開けられた机の引き出しと、ぽっかり開いた運命の隠し場所に目をやるのは、この上なく辛かった。ヘレンカの目はくもった。

「お父さんは私たちを一緒に連れて行ってくれなかった。」悲しくそして非難を込めて彼女は溜息をついた。

「そう、そうすべきだった。でも出来なかった。彼一人なら国の外にたどり付けるだろうが、三人一緒では逃げるのは難しい。私たちは途中で捕まるだろうとお父さんはきっと考えたに違いない。」

「でも上手く行かずに、捕まったら――」

「捕まらないよ、お父さんはずっと先に行っている、半日分は。だからもう決まった場所に、例えばメジジーチーに駆け込んでいて、そこでしばらく身を隠すこともできる。」

「もしおばあさんの所に立ち寄っていたならば。トマーシュ、お父さんは私たちを迎えに来るかしら。」

「来るとも、お父さんが立ち去る時に何と言ったか思い出してごらん、あの時――」

中庭で人の声と物音がした。トマーシュは窓に駆け寄り身を屈めのぞいて言った、イエズス会士たちが出て行く、管理人が同行し支配人は階段の所に立って、老嬢は窓際にいると。

突然彼は居間を横切り反対側の窓に向かった、そこからは屋敷と館から野原に出て行く道が見えた。

「管理人は門の先まで同行している、あいつは――お辞儀している。あ、私たちの本が。」

ヘレンカは急いで窓辺に近寄った。

「見てごらん」トマーシュは指し示した。「あの学生の鞍に付けた袋の中だ。」

「お父さんがあれを見たら。」

「俺ならあの黒い奴らを撃つのだが。彼らはあれを燃やすだろう、燃やすに違いない、聖書もみんな――」

監督の妻が食事と水を持って入ってきた。それを運んできたのが彼女だったのに驚いた。トマーシュは、老いた下女のヴェルナはどうしたのか尋ねた。彼女は彼らが事務室から連れ出された時、全身驚いた様子で事務室の戸口で待っていたのを見ていた。監督の妻は彼らを探るようにまた不機嫌そうに眺め、トマーシュの言葉を突っぱねて短く言った。

「あれはここには来ないよ。あんたたちは昔風の人間を見事に怒らせたからね。彼女もまた可哀想に尋問され、おまえたちのように恥をかいたのさ。親爺さんはそのことも考えたのかね。そしておまえたちを捕らわれたままここに残して。でも彼は捕まってここに連れてこられるさ。」

「父を追っているのですか。」

「彼が逃げ延びて欲しいけれど。」彼女は馬に乗って彼を追っていった下男たちの名を上げた。トマーシュはさらに尋ねようとしたが、彼女は向きを変えて出て行った。彼らは再び家の扉の鍵が閉まる音を聞いた。

捕らえられた子供たちは、今はただ父が上手く逃げおおせたかを考えるだけだった。彼らはそれについて話したが、悲しげにしばしば話が途切れた。その後トマーシュは動かされていた家具を元の場所に戻し、ヘレンカは放り出されていた衣類や洗濯物を片付けた。彼らは時々作業を止め、聞き耳を立てたりそっと窓に忍び寄ったりして、ある時はヘレンカが、別の時はトマーシュが中庭をのぞき、何が起きているか彼らの父が連れてこられないか見ていた。それは今彼らの辛く苦しい心配事であった。

薄闇が居間の隅から広がり始め、木々の下はそれが濃くなっていた。二つの窓の間にある鹿角に掛けた狩りのホルンの金属の輝きも消えた。居間の中は重苦しく胸が締め付けられるような静けさがあった。中庭からの最後のざわめきがこだまして彼らの居間に達していた。すると突然大きな声がした。彼らは馬に乗った男を見た。下男の一人が戻ってきて、屋敷の皆が駆け寄った。

「一人で戻ってきた」トマーシュが叫んだ。「おお、もうお父さんは捕まらないぞ。」しかしその時彼は窓から飛び退き、ヘレンカも飛び退いた。馬を家畜小屋に連れて行った下男の仲間たちが、森番小屋に向かって駆けてきた。「こちらに来たわ」ヘレンカは怯えた。「トマーシュ。」彼女は叫んで、銃の所に駆けていった兄を捕まえた。外では誰かが家の扉を叩き始め、罵り声を上げげた。子供たちをピカルト派の異端と呼び、窓の下にいた残りの者たちもすぐに荒々しい声でそれに合わせた。

「放してくれ、ヘレンカ」トマーシュは身震いして言った。「もし扉を壊して入ってきたら一発ぶっ放す。放してくれ。」

しかしその時突然外が静かになった。罵声を浴びせていた群れが散っていくのが見えた。

「誰かが彼らを追い払ったのだわ。トマーシュ見てごらん、支配人が――」彼らには館の扉の階段に立っている背が低くずんぐりしたその背格好が、薄闇の中でも見て取れた。彼は何か叫んでいたが聴き取れなかった。ただ彼が激しく右手を振り回しているのが見えた。

その後はもう乱されることのない静けさが続いた。トマーシュとヘレンカは時々中庭を、また反対側の果樹の並木道を眺めた。彼らは離れた木の下に以前立っていた男が、まだそこにいるのに気付いた。「あれは管理人の番人だ。」トマーシュは嘲笑を込めてぽつりと言った。このようにして彼らは外を覗きまた長椅子に座って、父がどの辺にいるのだろうか、昨日のこの時間はどうであったたか、彼らがどの様に本を読み、父が彼らにどの様におやすみを言ったのかを思い出していた。――それから彼らは中庭の向こうにある暗い館と、主人たちの食堂の窓の明りを眺めた。老嬢があすこで支配人と一緒に――彼らは主人たちについて語り、支配人は怒っていたが、ともかくも彼らを守ってくれたことを話した。そして老嬢は――彼らは支配人がどの様にまた何を決定するのか不安げに考え始めた――

十一時を過ぎた頃、深い静けさの中に馬の足音が響いた。下男が馬で中庭に乗り入れた、一人で、たった一人で誰も連れていなかった。事務室から彼の方に男が一人駆けていった。明らかに管理人で彼はこの時間までじりじりしながら待っていた。下男が馬から飛び降りるとすぐに別の最後の下男が戻ってきたが、誰も彼と一緒ではなかった。トマーシュは激しく手を振った。

「お父さんは彼らから逃れた。ほら見てごらん、管理人がどんな風に彼らに当たっているかを。ははあ――おまえは待機して寝ずに待っていたが、無駄だったたな。上手くいかなかっただろう、人でなしめ。――」

翌朝監督の妻が朝食を運んで来た時、彼女は昨日よりもずっと不機嫌だった。下男については一言も言わず、トマーシュがわざと彼らについて尋ねると、彼女は怒鳴りつけるだけだった。彼女が出て行った後しばらくしてヘレンカは老嬢を見かけた。老嬢は彼らの窓の傍を通って庭に向かった。ヘレンカは彼女を見つけて驚いた。ヘレンカは興奮して彼女を見つめ、息を殺して恐る恐る彼女が振り返るのを待っていた。しかし老嬢はそこに森番小屋などないかのように頭を動かさなかった。ヘレンカは再び気落ちと悲しみと恐れに捕らわれた。

その日も彼らは閉じ込められたままだった。午後二時過ぎに彼らは、向かい側の館の前に主人の屋根付き馬車が横付けされ、祭日の装いをした老嬢と、肩まで届く祭日用の巻き毛のかつらを付け、外套を着たルホツキーが、それに乗り込むのを見た。彼らはドブルシュカの宣教団の説教に向かった。ポレクシナが朝ルホツキーに、お昼から町に行こうと彼を呼び出した時否定しなかった。彼は同意し言い足した。「今はそうしなくては。」彼は昨日起きたことの後では、彼らの上に何らかの影が残らないようにするためには止むを得ないと思った。

トマーシュとヘレンカは翌日の水曜日も監禁されていた。その日彼らは、老嬢の方が支配人より彼らにもっと怒っていると確信した。彼女は何度も森番小屋の周囲を歩いたが、一度も彼らの窓の方を振り向かなかった。一方彼らはルホツキーを驚かせた。彼はタバコをふかしながら素早くそっと森番小屋を眺めたが、窓際に彼らを見つけた時、あたかも格子窓の向こうに囚人を見たように、慌てて顔を背けたのであった。

六月の蒸し暑い日は彼らにはひたすらゆっくりと過ぎていった。彼らの牢獄となった一家の居間にいるのは彼らには悲しかった。父を思い出し、また自分たちがどうなるかという不安が彼らにのしかかった。トマーシュには森が恋しかった。狭い檻に入れられた捕らわれの鳥のようだった。彼は駆け回ることも飛び出すことも出来なかった。

翌日の木曜日の午後、農奴監督が彼らの所に来て、彼らを中庭を通って連れて行った。事務室に連れて行かれることを知って彼らは驚いた。ヘレンカは多分そこに父がいるのではないか、知らない間に彼が捕まったのではないかと思って胸がつまった。父はいなかった、管理人と書記がいるだけだった。管理人は陰気な厳しい顔をして黒い机に座っていた。彼らが管理人の前に立った時、彼はしばらく彼らをにらみ付け、頬を膨らまし息を吐き出して、あたかも裁判官が悪人に判決を下すように言った。

「おまえたちの父親は、ローマ・カトリックの唯一成聖の教えに対して、また大恩ある主人たちに対して大きな罪を犯した。おまえたちは全てを否定しているが、私はおまえたちを信じておらず、おまえたちには嫌疑がかかっていて、また今後もかかり続けるであろう。おまえたちの父親は破廉恥にも逃亡し、自身の隷属民の義務を逃れた。彼の職務には別の者が就き、おまえたちは森番小屋から移らねばならない。おまえは――」彼はトマーシュに向いて言った、「銃とすべての物を引き渡し、隷属民として別の仕事に就くことになる。監督のすべての命令に従い、まだ森番であると決して思ってはならない。」トマーシュは肩を震わせた。彼はその痛手は予想していたが、突然一度に言い渡されるとは思わなかった。森番小屋から出てもう森にいけないとは――

「そしておまえは」管理人はヘレンカを見ながらさらに厳しい口調で言った。「おまえは特に罪深い。おまえは私たちの高貴なポレクシナ様をあのように騙していた、恥知らずが。どれほどの慈悲をおまえにかけられたかも知らずに。従って勤勉に勤めなければならない、下女の中に入れ。」

ヘレンカは青ざめうなだれた。その時さらに彼女の頭上に轟いた。

「さっさと消え失せろ。」

彼女はどうやって外に出たのか覚えていなかった。中庭に出た時ちょうど、館から出て階段を降りようとしているルホツキーを見かけた。しかし彼は誰かに肩をつかまれたように階段の一番上で立ち止まって動かなかった。トマーシュは彼に話しかけようとして彼の方を向いた。しかし監督は、何を見ている、早く行けと叫んで彼を突き飛ばした。

ルホツキーは思わず手を上げて、彼にかまうなと言おうとした。しかし彼の手はすぐに下ろされ、一言も発せられなかった。彼は黙っていたが、一瞬自分がどこに行こうとしているのか忘れてしまった。彼は立ったまま森番の子供たちの後ろ姿を見送った。ヘレンカは使用人小屋に、トマーシュは間近の収穫時に必要なわら束を結んでいた穀物倉に連れて行かれた。彼は彼らを見送ったが、目の前にはトマーシュの視線を、彼の心に刺さる懇願と非難を感じた。彼は階段を降りながら彼らのことを考え、彼らを、あのすべての出来事を考えた。また監督の前を捕まった泥棒のように歩まねばならなかった、ほっそりした森番の娘のことを考えた。彼女はいつも礼儀正しく可愛らしかったが、この数日彼らの所には来ず、今はあのように辱められ貶められていた。でも毅然として歩み涙を見せなかった――そしてあの若者、トマーシュはこの先身近に来ることはないだろう、敏捷な若者で生まれついての森番なのに。彼よりも上手にあのように狩りのホルンを吹ける者はいないであろう。いつも森中にあの音が鳴り響いていた。彼なしでまた父親なしでの狩りは、狩猟はどうなるのだろう――

その後庭園で彼は、咲き終わったガマズミとウワミズザクラの木陰の窓を開け放った園亭に座っていた、ポレクシナの前でその事を口に出した。老嬢は若々しく血色のよい顔で精力的な表情を浮べ、フォンタンジュ風の軽い帽子を被っていたが、彼の言葉に顔を曇らせた。老嬢は一瞬彼に目を向けて言った。

「でも誰のせいでしょう、叔父さん。私たちですか。父親が異端で、彼らもそれに感染しているのです――」

「そう、そうだ、そのとおりだ」老人は同意した。「私はただ、そう、人は可哀想と言うが、実際には誰が悪いのか分からないだろう――」

「神聖な宣教団は何と言うかしら。」

「ふむ、ふむ」ルホツキーは落ち着きなく指で机を叩いた。「そしてあの恥は、あれはスカルカにとって恥ではないの。」

「そう、そうだ、そのとおりだ。」

「それは私にも無関係ではありません。」老嬢の言葉の調子は、もうそれほど厳しくなかった。「あの娘は――」

「ねえ、わかるだろう」ルホツキーは勢いを盛り返して言い始めた。「あの子が私たちの所からいなくなるのだよ、そしてトマーシュも。ポレクシナ、それは辛い。」

「でも何も助けられません。身近に異端の者を置いておくなんて――」彼女の声は再び厳しくなり、険しくさえなった。「彼らはそれに値するのよ。」

ルホツキーは白いオランダ製のパイプにタバコを詰め始めていたが、敢えて反論しなかった。しかし「そう、そうだ、そのとおりだ」とも言わなかった。ただ気落ちして、無言で従順にうなずいた――

トマーシュはその晩初めて男の使用人たちに混じって、広いが清潔でない使用人小屋にある寝台で寝た。建物の反対側の隅では老いた下女の寝台の脇に、ヘレンカの寝台があった。彼女はありとあらゆる嫌味と嘲笑を受けながら、晩遅くまで洗濯物を洗っていた。彼女はこらえ無言で耐えていたが、一家や一人者も一緒に寝ていて、静けさもなく乱暴な言葉や子供のわめき声に満ちたこの居心地の悪い場所で、気落ちが今彼女の心を支配した。今やこれがこの先ずっと続くのだ。彼らとどう付き合えばよいか、彼らは父とその信仰を何と非難したことだろう。ああ、もし祖母が

このことを聞いたら。彼女は祖母の部屋に座っている自分の姿が目に浮び、その時祖母に読んだ言葉が聞こえてきた。「汝らわが名の為に、もろもろの国人に憎まれん。然れど終わりまで耐えしのぶ者は救はるべし。」

その言葉と思い出は彼女には今、重苦しい蒸し暑さの中の涼風の様に感じられた。彼女は思い出した、彼女が祖母の家族と別れる時、祖母は彼女を撫で、もし誘惑と迫害に遭うことになれば亡くなった母を思い出すようにと警告したことを――涙があふれ頬に流れた。でも焼けるような涙ではなかった。

トマーシュはその頃歯を食いしばり、声を出さないようにこらえていた。彼の横にいた下男は彼をけしかけ、嘲笑しながら森番の逃亡について言い、彼トマーシュもまたルター派の所に逃げるのではないか、それとも明日本が焼かれ、彼らの本もまた焼かれるドブルシュカに見物に行くか、妹を連れて行くか、不潔な異端を火にくべるのは見ものだぞと彼に言われていた。

29

翌日の金曜日に聖なる宣教団はドブルシュカに別れを告げた。その日の午後遅く町中の鐘が朗々と鳴り響いた後、マテジョフスキー神父は広場で説教をした。それは最後の説教であったが、フラデツのイエズス会士たちの六日間に渡る活動の終わりではなかった。その終わりは説教が終わった後、墓場で行われることになっていた。

教会の後ろの広い場所で墓堀人は乾いた薪の山を用意した。イエズス会士の二人の助手はその傍に、本の入った三つの袋を引きずって来た。それらの大部分は古い本だったが、主にジタヴァから秘かに持ち込まれたまだ新しい本もあり、みな当地で没収されたものであった。それらの中にはコニアーシュがオチェエリツェから運んで来たものも、スカルカで集めたものもあり、また人々が主にコニアーシュの説教の後に、自ら自発的に司祭館に持ってきたり、秘かに送りつけたりしたものもあった。

そこにはまたレムフェルト老人の三冊の本もあった。それらはみな彼の蔵書で、焼却が定められていた本の中にあった。彼自身がそれらを引き渡したのでもなく、それらを所有していると口外した訳でもなく、ましてやそれらを秘かに送った訳でもなかった。コニアーシュが彼からそれをもぎ取ったのであった。コニアーシュは彼への手掛かりをスカルカで見つけた。マホヴェッの没収された本の中に、イジー・レムフェルトの署名と一家の履歴（＊重要な本の見返しに、メモ代わりに一家の大きな出来事が記載されることがある）が記された一冊の本があった。マホヴェツはそれを借りていた。コニアーシュはスカルカから戻るとすぐに司祭館で、この名前の者を知らないかと尋ねた。

彼が聞いたのは、その名の者は老齢の市民で、彼は何もやましいところはなく、高齢で病気がちのため教会にはあまり来ないが、告解と聖体拝受にはしかるべく来ているという話だった。コニアーシュはそれを知って喜んだようにうなずいたが、翌朝早い時間にフィルムスと助手を連れてレムフェルトの家に行った。そこには長くはいなかった。半時間後には彼は司祭館に戻り、笑いながら三冊の本を机の上に並べ、驚いている丸顔の首席司祭にそれらを指し示して言った。

「ほら、敬虔で正統信仰のキリスト教徒イジー・レムフェルトがあなたのこの教区にいますよ。」

今その三冊の本は、他の表紙を剥ぎ取られ、むしり取られた本と共に墓場に置かれていた。寺男は他の大部分の本と同様にそれらから古い表紙を剥ぎ取った。表紙の大きな山がそこに積まれていた。それらは皮を張った木製の表紙や、質素なものや金属を被せたもの、隅が真鍮で補強されているもの、留め金の付いたものやそれが無いものや皮紐が付いたものなどであった。表紙を剥ぎ取ったのはそれらの本の中身により容易に火が回り、それらがより早く燃えて灰になるようにするためであった。本には没収されるまでそれを所有していた人物の名前が書かれた紙切れが付いていた。しかし自発的に司祭館に提出された本には紙切れはなかった。

悔いた所有者の名前はこの薪の山の所で呼ばれることはなく、彼らはその侮辱を避けることができた。これはその従順さに対する褒美であった。

説教が終わった。その後イエズス会士に従った大衆のざわめきと騒音が、広場から宣教団の最後の礼拝が行われる教会へと続いた。僧たちの前に男女の生徒の一団が進み、教師のヴォンドジェイツと助手が彼らを率いていた。大衆は聖母マリアを称える歌を歌いながら、司祭館の横の道を墓場の門へ教会へと押し寄せた。教会からは薄闇を通して、祭壇上の三列のろうそくの光が金色の星のように輝いていた。

礼拝が終わりオルガンの演奏が終わった時、皆は教会から外の用意が整った薪の山の方にどっと向かった。生徒たちは教師と共に、黒い僧服を着てかさ高のビレッタ帽を被った三人の宣教師と、白い短白衣を着た丸顔の首席司祭とその副司祭の前に立った。墓場は十分な広さではなく、いたる所すし詰めであった。子供や若者は墓場の壁の上にも立っていた。皆は息を呑んでこの見ものを、この特別な処刑を見ようとしていた。

薄暗くなり静寂が訪れ風も吹かなかった。蒸すような七月の夕暮れだった。教会の横の満開の菩提樹では葉一枚そよがなかった。墓場一帯とさらにその先にも菩提樹の花の重い香りが満ちていた。突然、薄闇の中で一つに溶けたような押し合う大衆の中で、赤い光が燃え上がった。炎は積んだ薪の中でぱちぱち音を立ててその中に入り込み、そこから外に高く舞い上がった。赤い輝きは炎の一番近くにいた青白い顔のコニアーシュ、赤ら顔のマテジョフスキー、大きな顎が喜びの感情で動き始めたフィルムス、首席司祭と副司祭に一番強く照り映えた。また彼らの後には町のお偉方、市長、法律顧問、市参事会員がいたが、その中にはミクラーシュ・ドウブラヴァもいた。

後方にいた大衆は押し合い首を伸ばし、特に火の燃えている所から宣教師の声が響いた時、みな爪先立ちをして眺めた。それはコニアーシュの短い宣言で、これらの本は滅びよ、これらは悪の根源であり悪魔の仕業であり、迷いと異端に満ちたものである、そしてこれらの本と共にこれらに対する罪深き愛着も燃え尽きよと。彼がうなずくと、助手の学生は最初の本の束を渡しながら叫んだ。「ヴァーツラフ・マホヴェツ、スカルカの森番の本。」寺男はそれらを受け取ると先ず始めに、表紙を剥がされた古い聖書を火にくべた。その時教師のヴォンドジェイツは右手を頭上で振り、足を踏み鳴らして歌い始めた。

燃やせ、異端の迷いを——

＊ 29 ＊

その歌に直ちに助手の甲高いテノールと生徒たちの若々しい合唱の声が加わった。

――滅ぼせ、地獄の怪物を
焼け、異教の無信仰を――

聖書に続いて第二、第三の本が火に投げ入れられた。古い活字本の頁は炎熱で急に丸まり逆立ち黒くなり、四隅はすぐに赤熱し燃え上がった。寺男と助手が新たに本を投げ入れ、どさっと音がすると火の粉が束になって舞い上がった。助手の学生は次々と本を取ると所有者の名前を読み上げたが、イジー・レムフェルトの名が呼ばれると大衆におおっと動揺が起き、オチェリツェの百姓たちの名も呼ばれた。

次々と本が貪欲な炎の上でひるがえり火の中に落ちていった。先祖の喜びと誇りが、幾世代もの人々が不安と悲しみの時に得た慰めが、燃えて滅んでいった。唯一の慰めが、自分たちの父の信仰を受け継ぐ信者たちの最後の支えと避難所が滅びた。灰となって崩れたのは聖書、フスの説教集、コメニウスの『実践』と『安心の中心（centrum securitatis）』、まだ新しいクレイフの『信仰の冠（Koruna pobožnosti）』等々であった。暮れていく空に向かって黒い煙の柔らかな柱が真っ直ぐに伸びていき、それと共に生徒たちの歌声も響いていった。彼らは特別な見ものに魅せられ、大喜びで声を張り上げて、意味も分からないまま恐ろしい呪いの歌を歌っていた。その呪いは異端者の火刑《オート・ダ・フェ》と同じく、そこに吹き込まれた醜悪さを確かなものにし、栄光ある過去と偉大なその精神に対する嫌悪を強めていた。彼らは精一杯の声で歌い、説教で示されたすべての人の救いとなるものを褒め称えた。

燃えろ、燃えろ、ヤン・フスよ
我らの魂が燃えぬように。

宣教師たちの顔には満足の様子が浮んだ。彼らの後にいた町のお偉方は、宗教行事に参列しているかのように厳粛な態度でいた。ただ市参事会員のドウブラヴァだけは炎を見るより目を伏せている方が多く、また横目で恐ろしい宣教団たちを眺め、レムフェルト老人や森番のマホヴェッツの事を考えていた。マホヴェッツは果敢に決断したが、彼ドウブラヴァは絶えず二面性を持ち、心の信仰と口の信仰が違っていた。そして彼は自分の十七冊の非カトリックの本のことを考え、この先どれだけ長くこれらを隠し通せるか、また自分自身をどれだけ長く隠し続けることが出来るか危惧の念を抱いた――

炎は高く舞い上がり弾ける音がして、渦巻いた煙がどっと立ち昇った。そして蒸し暑い七月の晩に子供たちの歌声が墓石の上空に、墓場の壁を越え暗い丸太組の小屋の間を先方に響いていった。

レムフェルト老人は家の中で身を縮めて扉の脇の片隅に座り、組み合わせた両手を膝に置き頭を垂れて只一人でいた。誰も傍にいず、家の者たちは墓場に出かけていた。彼に寄り添う者は誰もおらず、先祖から受け継いだかけがえのない古い本、彼の秘宝はその時燃やされていた。その上にさらに歌が歌われていた。子供たち、チェコの心を失った子供たちは、学校で習った通りに歌っている。その歌声の鈍いこだまは暗い居間に、重苦しいその静けさの中まで届いた。

扉の脇の片隅で老人の白髪頭が持ち上がった。それはちょっと聞き耳を立てたが、すぐにもう痛ましい慟哭で震えていた。

30

一七二五年九月にプラハに騎兵の募兵団（＊この時代の軍隊は強制的な徴兵の他に、居酒屋での酒宴という形での募兵制も行われた）が来て、馬市場にある蔵元ベルナルト・パルマの緑屋に隣接した居酒屋の金のガチョウ屋（ウ・ズラテー・フシ）に駐留した。そこに陣営を構えると、若者が竜騎兵（＊火器で武装した騎兵）に志願するようにそこで誘い始めた。彼らは若者たちを誘い招き惑わして、「この軍には何でも有り余るほどある」ことと、竜騎兵の軍服と装備を身に付け騎乗で軍務をこなすのは、何と楽しく格好のいいことかを信じさせようとした。

　募兵官たちは「募兵」の印と誘惑の餌に、その軍服と装備を金のガチョウ屋の一階の窓に掛けた。それはサヴォイの公子オイゲンの高名な連隊の素晴らしい新品の制服で、赤い襟と同じ色の裏地の付いた真っ白な長い外套で、その横には黒く広い袖の折り返しと、しなやかな黒色の裾が縫いつけられた赤紫色の上着があった。その裾と袖の折り返しには、上着の正面から見て黄色い金属のボタンが輝いていた。赤い上着の上方には縁飾りが輝く黒い三角帽子が、上着と薄黄色の胴衣の足元には銀色の拍車の付いた騎兵の長靴と、直身刀、騎兵銃、二つの短銃が輝いていた。

その窓の中と通路で募兵団の軍楽隊が賑やかに奏でていた。音楽は陽気で歌声もあふれ、飲み物のビールと葡萄酒もその居酒屋にはあふれんばかりにあった。通路を隔てて向かい側には丸天井の部屋があり、そこには登録の書類を積んだ机とインキ瓶とペンが置かれ、机の向こうには金のモールと組み紐が輝く制服姿の騎兵の士官が座っていた。彼は赤紫色や青色の血管が浮き出た赤ら顔の老兵で、滑らかに剃りあげた赤い首をして騎兵伍長風《ブリガディエール》のかつら（＊両側の髪が巻き上がる形）を付けていた。彼の頭上にはタバコの煙が雲のように漂い、彼の周りには竜騎兵たち、白髪の口ひげを生やした老伍長、募兵の下士官、三人の平の竜騎兵がいたが、彼らもまたパレードの時のような綺麗な新しい制服を着ていた。

通路にあるこの部屋の前は、若い男や徒弟やポドスカリー（＊プラハ南部ヴィシェフラトのふもと）の船乗りや馬方の見習いで一杯だった。窓辺にある華麗な衣装や金銭への欲望や好奇心が彼らを招いていたが、何人かは絶望し自棄になってここに来ていた。通りの金のガチョウ屋の前はいつも人であふれ、絶えず好奇心の旺盛な若者や年寄りの群衆が立っていた。人々は通路に入ろうと、楽団や士官や赤い上着を着た竜騎兵を見ようと、捨て鉢になって酔っ払っている若者たちを見ようと押し合った。その若者たちはもう自分の皮《いのち》を売り渡してしまい、今は歌い大声で叫び飲み、募兵ダンス（＊ハンガリーで募兵活動の中で生まれた古いタイプのダンス、動画で→verbunk）を踊って泣いていた。それは見ものであった。それを見るために人々は押し合ったが、まただ日に一度行われる募兵団の行進が、ガチョウ屋から外に出て馬市場に向かうのを待っていた。

これを見ようと法務局の廷吏イグナーツ・フィレチェクもまたやって来た。彼は通路で押し合うことはなく、歩道の一段高くなった所で待機して金のガチョウ屋を眺めていた。ちょうどその時酔った応募兵たちの、あまりそろっていない歌声が聞こえてきた。

俺は兵士、おまえも兵士、二人は兵士、

コップに酒を注がせて
すべての綺麗なプラハ娘に乾杯しよう、
中でも我々が愛したあの娘に、
もはや我らは――

その時フィレチェクの前に彼の『双子』のフィリップ・サメチェク、王国プラハ葡萄畑管理局の廷吏が立った。二人とも丈が半分のスペイン風のかつらを付け、挨拶を交わし、礼儀正しく互いに嗅ぎタバコの小箱を勧め合った（スペイン風の杖は二人とも脇の下に挟んでいた）。フィレチェクは蓋にトルコ人が彫られた銀の小箱を、サメチェクは裸の女の姿が底にこっそり彫られた銀の小箱を持っていた。二人の鼻はかなり長く先が丸まった団子鼻であったが、それで嗅ぎタバコを吸って元気をつけた。しかし二人は同じではなかった。フィレチェクは満足そうに微笑んでいた。いつもは冗談ばかり言うサメチェクはその時不機嫌だった。お元気ですかの問いに答えなければならなかった時、彼は怒り始めた。こん畜生、猟犬のようにこき使われる位なら死んだ方がましだと。

「何が、一体何が起きたのだい。」

「何が起きたかだって、厄介この上ないことさ。俺はいつも人に笑われている、葡萄畑管理局には大学よりも多くの祝日があり、収穫祭があってその後すぐに葡萄祭が、そして勝手に決めた祭がいつもある。祭ばっかりだと。」サメチェクは唾を吐いた。「でも俺は夜も安静は得られない、何の安静も、只もう駆けずり回るだけだ。」

「駆けずり回るだって、ひどい話だ、何か召喚でも――」

「そう、召喚に次ぐ召喚が。」

「私にもあるけれど。」

「でも昨日のようにラドリツェ（＊当時はプラハ近郊の村、ヴルタヴァ川を挟んでヴィシェフラトの対岸にあった。現在はプラハ五区）まで出かけて、炎熱地獄の中で差し押さえの印に、門に斧で刻み目を入れなければならない（＊［原注］経営不振の葡萄畑に行う処置で執行の第二段階）。」

「でもその代わりすべてのことに給料は出ているだろう。管理局では一歩動く毎に、ドアの取っ手を触っただけでも給料が支払われるだろう。」フィレチェクはこの皮肉でサメチェクから不機嫌さを追い出そうとした。しかしうまくいかなかった。サメチェクはさらにひどく怒り出した。

「そんなこと言うのは簡単だけど、世の果てのラドリツェに行くには、ぬかるみと轍《わだち》だらけの道を行き、得体の知れないならず者や葡萄農家の間を行かねばならない。おまけにそいつらときたら異教徒の異端なのだから。かてて加えてあの難儀が――」

「何が起きたのだい。」

「そう、私は少しそこに留まっていたので、すっかり晩になってしまったが一人の男を見た。彼は白髪の老人で、コシージェ（*ラドリツェの北西三キロメートルにあった村）にある葡萄畑の脇の道端にいた。ちょうど誰かが彼を葡萄畑からそこに連れ出したようだった。彼は老人の脇を抱えていた。でもその男は私を見ると葡萄畑に姿を消した。老人は草むらに座っていた。あの男は老人と何かあったのだろうと私は考えた。その様子からどこかの葡萄農家のようだが、なぜ逃げたのか、あの老人は誰なのだろう。私は彼の方に行った、すると老人が――誰が予期しただろう――私に向かって、なぜ来ないのだ、四頭立ての馬車で迎えに来るはずだろうと言った。」

「老侯爵だ」フィレチェクは推察した。「老マテジョフスキーだ。」

「その通り、彼だった。彼のためには四頭立ての馬車が来なければならない。でもそんなもの用意できるか。可哀想に彼はもう歩けない。」

「逃げたその男は誰だろう。」

「私は彼に尋ねた、するとあれは天使だ、彼がここに連れてきたと――さあどうしよう、狂っている、おめでたい老人だ――何という言葉だ。私はあの『天使』を呼んだが、飛び去って姿を消していた。そこで私自身が天使になった。老マテジョフスキーをそのまま放って置くことはできなかったから。」

「彼は歩いただろうか。」

「彼は歩くのを嫌がった、絶えず同じことをもぐもぐ言っていた、彼を迎えに来るはずだ、四頭立ての馬車でと。そこで私は言った、閣下、あなた様の甥のマテジョフスキー神父がご心配なさるでしょう、もうきっとお探しになっているでしょうと――」

「聞き従ったかな。」

「聞いたとも、彼はすぐに立ち上がり歩き始めた。でもこの様な老人を連れて歩くのはとんでもないことだった。私が彼を家に送り届けた時はもう真っ暗だった。何という道中だったのだろう。その後私はテーブルに行く気もなかった。」彼はブジェジナのビアホールのテーブルのことを言っていた。「そして朝私がまだ寝台から出ていないのに、管理局から可及的速やか《キトーキトー》に陪席判事を連れてくるようにとの指示があった。何が出来よう、逆らうことはできない。そして午後もまた仕事で、今やっと管理局からの帰りだ。休日があるといってもこんなものさ。彼らは机に向かって――」

彼は黙った。喧しい音楽が彼の言葉を止めた。信号ラッパや耳に突き刺さるクラリネットやフルートの音が、太鼓の低い響きが、金のガチョウ屋の前に響いた。募兵の音楽隊は密集した群衆を二つに分け、馬市場を高台に向かって進んでいった。音楽隊に続いてタールを満たした大きなジョッキ（＊タールは不運や不幸の象徴とされるので、軍隊に入る前にわざと厄落としにそれをかけるのではないか）を頭に乗せた竜騎兵が、彼の横にはビールをなみなみと注いだ、錫の蓋の付いた半ピンタのガラスのジョッキを持った別の兵士がいた。彼らの後ろの三人目の兵士は手に銀貨と金貨を入れた錫製の深い皿を持ち、それを絶えず振っていたので、硬貨は大きな音を立ててぶつかり、じゃらじゃら鳴っていた。時々彼は容器の硬貨に手を伸ばし、それらを手一杯握りしめると、高いところから少しずつ皿に落として、この銀の雨が良く見えるようにした。

竜騎兵の後にはすでに募兵に応じた若者たちが帽子に小枝や花束を付け、胸にも鮮やかなリボンを付けて続いた。彼らは列を作り、互いに手を肩や首に回して行進した。このように繋がり合った彼らは、おぼつかない足取りで真っ赤になって、陽気に歌い叫びまた歓声を上げていた。特に彼らの前の竜騎兵がビールのジョッキを頭上に掲げ、ドイツ語で「皇帝・国王陛下、我らのこの上なく慈悲深い殿、カロルス万歳、万歳」と大声で叫ぶ時はなおさらだった。そしてその時音楽隊も響き渡るファンファーレを鳴らした。

人々は歩道や空き地に立ちまた立ち止まり、男の子や少年や徒弟たちは行進の後を追いかけたり並走したりして、市場の中央にある歩哨の詰所の脇を高台の門（＊馬市場の市門、プラハ全景図②参照）に向かった。

サメチェクは葡萄農家のことも管理局や陪席判事のことも忘れて、フィレチェクと共に賑やかな行進に目を向けて眺めていた。その時誰かが突然二人の肩を叩き、彼らに陽気に呼びかけた。

「やあ独り身さん、あなたたちも竜騎兵に志願ですか。いかがですか。」

二人は不機嫌に振り返った。フロリヤーン・マリヤーネクだ。彼が口を開けて笑うと、黄ばんだ歯と下の歯並びで歯が抜けた後の隙間が見えた。サメチェクが、募兵がどうした、自分が行けばよい、馬に乗れるぞと言い返した時、彼はまた笑った。

「でも私が募兵に応じたら、実際のところ」マリヤーネクは歌うように言った。「そうなったならば、私はあなたたちの双子のテーブルを、クロウパ氏と老クビーチェク氏を見捨てなければならないでしょう。でもそれはないです、もし私をすぐに騎兵将校にしてくれても、まして将軍にしてくれても、それはないです。あなたたちを見捨てるなんて。私は戦場であなたたちのことを思い、滅入って死んでしまうでしょう。そしてご存じですか。」彼はまじめな顔で向き直った。「若者は狂っていて、すぐにでも戦争に行きたがっています。でも私が金のガチョウ屋に駆け付けたのは、私たちの隣人で染物屋のマルコの所にいる若い徒弟が、どこかの娘に振られて募兵に応じ、狂気の沙汰ですが、一生兵役につくのを決めたことを確かめるためです。彼は屈強な体格でもないのに応募して――」

遠ざかって弱くなっていった音楽が突然再び強くなった。行進は馬市場の市門の前で向きを変え、再び広場を下って来た。

「そんなわけで、晩にまた会いましょう。きっと来て下さい。」マリヤーネクは思い出して、行進してくる方に向きながら素早く伝えた。「私はこれからその若者を見に行ってきます。それではまた。」彼はもう歩道から広場に出て、待って見ている群衆の中に姿を消した。行進が近づき、音楽がちょっと途切れた。そのため応募兵たちの歌声がより大きく響き渡った。

私の愛しい家族よ、お別れの十字を額におくれ、
二度と会えないかもしれない。
さようなら、兄弟よ、別れの挨拶を送ろう、
私の愛しい姉妹よ、さようなら――

当時は低い家が多く大部分は二階建てであったが、その両側の家々の窓も見物人で一杯だった。すらりとした若いブジェジノヴァー夫人もその一人だった。彼女はレースが

付いて体にぴったり合った袖の短い上着を着て、良く似合う真っ白な帽子を被っていたが、その部屋着の装いでも魅惑的であった。彼女は窓辺に立って行進を見ていた。それは喧しく彼らの家の前を通り過ぎて広場を下に向かい、口を開けて見ている群衆の間に消えていった。彼女はじっと見ていたので、彼女の夫が入ってきたのに気付かなかった。彼は祭日用のかつらを付け、茶色の晴れ着の上着と同じ色の胴衣を着ていた。

「一人だったのかい。可愛いトニチカ(＊アントニエの愛称)、わしはここにイジークがいると思っていた。少し前、君が音楽を奏でていると聞いたので――」彼は思わず机の上にあるリュートに目をやった。

「もう演奏も歌も終わりました。」彼女は夫のそばに近寄りながらにっこりと笑った。「イジークと演奏するのは楽しいわ。」

「彼もまた君が上手に歌い、リュートを奏でると言っていたよ。」

「私たちは仲良くやっています。何時も楽しみにしています。」

「イジークもそうだ。可愛いトニチカ、いいかい、わしは彼のことを心配していたのだよ――」

「イジークをですか。」

「彼はとても内気なので、自分のことを君が悪く思わないように君を避けるのではないか、自分のために気まずい空気にならないかと心配していると思ったので。」

「あなた、それは取り越し苦労でしたよ。私とイジークの間は良好です、とっても。それにはあの音楽が――」彼女は冗談めかして付け加えた。

「それも多分役に立っただろうが、まず君だよトニチカ。君が一番の功績だよ。もっともそれは女主人も認めているけれど。」彼は老レルホヴァー夫人、亡くなった彼の最初の妻の母について言及した。「昨日彼女の所に立ち寄ったが、彼女も君を褒めていたよ。」

若い夫人の頬がぽっと赤らんだ。

「彼女は私のことはあまり知らないはずですが、どうして私を褒めるのですか。」

「イジークから聞いているよ――」

「彼女は彼に尋ねたのかしら――」

「多分、でも彼女は彼の祖母だよ。ついこの間、彼女の所に立ち寄った時、イジーク自身が君のことをとてもよく褒めていたと彼女は私に言っていた。ところで彼はどこに行ったのかな――」

「音楽から音楽へ。彼はフバーチウスの所に行って、今日彼の新しい部屋で最初に演奏すると言っていました。フバーチウスは引っ越しました。」

「今また演奏するのかい。」ブジェジナは心配げにまじめな顔で尋ねた。

「彼らは今学校も休暇中で、時間がありますよ。」

「でも彼は疲れないかね。あまり体が丈夫でないから――」

「音楽で休息しているのです。それが彼の喜びですよ。」

「こうなると思っていたよ。トニチカ、彼のことをよろしく頼むよ」ブジェジナは微笑んだ。「さて、可愛いトニチカ――」

「お出かけですか、あなた――」

「見当もつかないだろうけれど、ムラドタ男爵がお呼びだ。」

「ムラドタ男爵ですか。」

「でも何のためかは推察できる。私は彼に金を貸しているから。」

「お金を返してもらえるのですか。」

「それは違うだろう。私は彼にもっと貸すことになりそうだ。彼らはカルロヴィ・ヴァリに行って、しかも長逗留して、多分ウィーンにも行っただろう。それには大分金がかかっただろうから。」

「遅くなりますか。」

「直に戻るよ、トニチカ。いいかい、このところ私はいつも早く家に帰って来ているよね。そしてなぜ私が早く帰るのかも分かっているね。」長いかつらを付けた真面目な夫は笑って、熱烈ではないが優しい威厳を持って自分の若い妻に身を屈め、その額に口づけした。

31

五年前、当時まだ哲学級（＊語注18↓ギムナジウム）の学生だったフランチシェク・フバーチウスは、毎日馬市場のブジェジナの家に通っていた。もっとも彼が行ったのは一階の丸天井のビアホールではなく二階の小さな部屋で、そこでいつもブジェジナの一番下の息子のイジークが彼を待っていた。この訪問が始まったのは、イジークが聖クリメントのイエズス会神学寮にある、ギムナジウムの初学年に入学して間もなくであった。

そこでは授業のすべてが「イエズス会士の母語」であるラテン語であった。ラテン語で、どこまでもラテン語であった。ラテン語で読み書き話す、それがすべてであった。イジークは一生懸命勉強し暗記しても、始めはほとんど出来なかった。彼はラテン語に苦しめられたが、さらにそれに輪をかけたのは、薬学・医学博士ヤン・グロビツ・ズ・ブチーナであった。彼は王立・州立医師で、主人のブジェジナの友人で家庭医であった。彼はやって来るといつもイジークにラテン語で語りかけ始め、また彼に早口で「Pietatem ama.（敬虔さを愛しなさい）」と言ってごらんと促した。彼は初め彼の言う通りにしたが、黒い上着を着て黒い靴下を履き背が高く大柄な医者は、彼の長いかつらの房々した巻き毛が揺れるほど大笑いし、イジークが口ごもって「Pije táta, máma.（お父さんとお母さんが飲む）」と言ったと語った。そして面白そうに説明した。「それは Pije táta, máma. ではないよ。それではお父さんが酔っ払いでお母さんがビール好きの所では、息子も娘も飲んだくれになってしまう。そうではなくて pi-e-ta-tem a-ma だよ。」

その後小さな初学年生は、グロビツ先生がやって来るのを見たり、廊下や階段から彼の大声が聞こえたりすると、逃げ出すか身を隠すようになった。

イジークが助け無しにはやっていけないことは明らかであった。主人が誰か信頼できる学生が欲しいとほのめかすと、すぐにフロリヤーン・マリヤーネクがとても良い家庭教師を知っていると声を上げた。その学生は名をフランツ・フバーチウスと言って哲学級の形而上学《メタフィジカ》学級に在籍しているが、良い家庭の出身で彼の父親はターボルで法律顧問をしていると言った。ブジェジナはマリヤーネクを信用し、すぐに彼が推薦した者を採用した。

彼は暗色の上着と肉桂色の胴衣を着て黒い靴下を履いていたが、体格も良く背が高く好感の持てる楽しそうな鳶色《とび》の目の若者だった。主人はすぐに気に入り、ただちに彼を息子の部屋に連れて行った。フバーチウスはそこで机に座り本を読んでいる、青白い弱々しそうな男の子を見た。その子は驚いて、長く黒いまつ毛の下の灰色がかった青色の目を彼の方に向けた。彼は家庭教師が怖かった。しかしその最初の時間の終わりには、彼から恐怖が去っていた。二度目の訪問ではもう怖がらず、三度目とそれ以降ではその時間を楽しみにしていた。家庭教師はマリヤーネクが言うように、愛想がよく「良いユーモア」の持ち主で、良い話し相手になり教え方も上手かった。イジークはもう次年度の二年生になると学校でも家でも家庭教師と共に、キケロの私的書簡集やオヴィディウスの幾つかの詩を読んでいて、もはや太ったグロビツ先生を恐れず、彼の前から姿を隠すこともなく、彼にラテン語で答えることさえした。もっともそれはキケロのラテン語（＊キケロは古代ローマの雄弁家で文人、彼の文章は古典ラテン語の模範とされた）ではなかったが、それは貴族で学識が高く二つの博士号を持つ王立・州立医師でも話さなかった。そして「pije táta, máma」は完全に止まった。

イジークのラテン語での長足の進歩はフバーチウスの成果であった。腹の底から笑うことのできる陽気な家庭教師は、特にティーン教会の主任司祭ハンメルシュミット（＊語注72）の最近出版されたチェコ語―ラテン語の風刺詩、『チェコの輝きと悲惨のプロテウス（Proteus felicitatis et miseriae Czechicae）』をユーモアを交えて朗読することが出来た。ブジェジナの所では皆この本が好きで、特にイジークが好んでいた。フバーチウスはまた優秀な演奏家でバスの声域の歌い手でもあった。ヴァイオリンは自分の下宿で弾くだけでなく、広い空のもと春や夏の夜に、愛し合う恋人たちを称え慰めるセレナードが、プラハの町の静けさの中に広がっていく時にも、彼はヴァイオリンを弾いていた。哲学級の陽気な学生だったフバーチウスは、その後進学して法学部学生になってすでに剣を脇に下げており、自分で何度かセレナードのために人も集めていた。また別の機会には進んでお気に入りの仲間たちの演奏を手助けに行ったり、お金をもらって臨時に演奏したりしていた。彼は様々な所で演奏し、四重奏での彼のヴァイオリンは、月明りや星が瞬く時に、家の出窓の下や通りの暗い片隅でいつも歌っていた

ヴァイオリンのおかげで彼は、多くの高貴な領主でも入れない場所に行くことが出来た。それはプラハ城の王の庭園に二年前に設立された壮麗な劇場で、戴冠式の祝典時にフックス（＊一六六〇―一七四一、オーストリアのバロック音楽の作曲家）の大歌劇『コンタンツァとフォルテッツァ（節操と力）』が上演された時であった（＊付録図版5参照）。その上演では国の内外から選抜された二百人の演奏家に混じって、オーケストラの中で法学部学生フバーチウスも演奏した。その後彼はそれについての話題が沢山あって、当時ちょうど第三学年の統辞論学級を卒業したイジークにもしばしばそれを語っていた。彼は華麗に彩られた装飾や上演に使われた不思議な機械について話したが、一番多かったのは男女の歌い手や演奏家たち、戴冠式の後もプラハに残っていたヴァイオリニストのタルティーニや、そこで知り合った作曲家のゼレンカであった。ゼレンカは進んで合唱団で歌っていたが、実際は戴冠式の時にイエズス会の劇場のために、聖ヴァーツラフの音楽劇を作曲したのが彼であっ

た（＊6節参照）。しかしフバーチウスの話は何度も繰り返してタルティーニに戻った。彼は老ブリクシの口癖を真似て、おお神様、あの男は音楽とは何かということが分かるヴァイオリニストだと言った。そして彼はあのタルティーニについて、あらゆることを語り出した。彼は枢機卿コルナルの姪に当たるある娘とパドヴァ（＊イタリア北東部の都市）で秘かに結婚し、そのため追われてアッシジの修道院（＊イタリア中部の都市）に逃げ込み、以前プラハの聖ヤクプ教会にいたチェルノホルスキー神父（＊一六八四―一七四二、フランシスコ会の修道士、イタリアで学び聖歌隊の指揮者で音楽教師だった）に助けられた。その神父はそこでオルガン奏者をしていて、彼にヴァイオリンの演奏をしかるべく教えると、タルティーニはチェルノホルスキーからどんどん吸収したが、噂では悪魔がタルティーニの前に現れ、彼と契約を交わしたので、彼は悪魔からその主な技法とその秘密を得たと言われている——そこでフバーチウスは腹の底から笑い出し、笑いながら彼には悪魔が憑《つ》いている、確かに乗り移っている、でもここに——彼は右手を上げて指を震わし素早く運指しながら、その指に悪魔の力が乗り移っている——と繰り返した。

イジークは息を潜めてタルティーニの冒険や彼の技巧について、プラハの音楽家やオルガン奏者たちについて聞いたが、フバーチウスはそのほとんどの者たちと知り合いであった。イジークもすでに楽器を演奏し、特にヴァイオリンが大好きだった。彼は初学年からすぐに、壁の中の聖マルチン教会の合唱指揮者であるシモン・ブリクシに師事してヴァイオリンを習い始め、もう三年目であった。ブリクシの「重唱曲あるいはミサ奉納唱（Concertum seu offertorium）」と「天の元后（Regina coeli、語注60→聖母マリア）」は、何度も聖ヤン・ネポムツキーの祭日（＊五月十六日）の前夜にヴルタヴァ川に浮べた船上で演奏された。フバーチウスはイジークをブリクシの所に連れて行ったが、そこに行く前に彼に何と答えたらよいかを教え準備させた。

「私たちがそこに着き君が彼にお願いすると、ブリクシは君を眼鏡越しに見るでしょう、こんな具合に。」フバーチウスは真似をした。「そして突然君に質問をぶつけるでしょう。『それでは君は音楽家になりたいのだね。それなら私に言いなさい、音楽とは何だろう。』彼はそう尋ねるでしょう。イジーク、君は彼に何と答えますかね。」

イジークは驚いてフバーチウスを見た。

「いいですか、君は他の人と同じ様に黙ってしまうでしょう。するとブリクシ老人は顔をしかめ、いつも言っていることを君に言うでしょう。

ここでわしに奏《かな》でてごらん、オウムさん、
知っていることを言いなさい。
君はたくさん言うだろうが、
何にも出来はしないだろう。」

「それでは彼に何と言わなければならないのですか。」

「彼が望み要求しているのはこうなのです。君は立ち上がって言うのです。『音楽とは芸術の一つです。』彼は身震いして眼鏡越しに君を見て、出し抜けに言うでしょう。『そうそう、君がそれを知っているなら、もう一つ私に答えなさい、ヴァイオリンとは何だろう。ここでわしに奏でてごらん、オウムさん――』」

「それで私はどうすればいいのですか」イジークは尋ねた。

「君はすぐに言うのです、『ヴァイオリンとは響きの良い楽器の一つです。』すると彼は顔を曇らせ大声で言うでしょう。『若者よ、その通りだ。でも君の耳はどうだろう。それについては尋ねない、自分で確認しよう。』」

そしてそのようになった。ブリクシは驚き首を振ったが、イジークを弟子として受け入れた。そしてその後、彼の耳にもすっかり満足した。彼はブリクシの所に初級から文学級のほとんどの期間、たっぷり四年間通った。修辞学学級になって彼は通うのを止めた。しかしフバーチウスもまた、イジークはもはや彼の支援を必要とせず、課題で出されたラテン詩の詩作に長足の進歩をとげ、自分よりもうまくなったと恭しく宣言した。彼フバーチウスは『詩作の苦役』は自分の仕事ではなく、彼の詩は足を引きずって歩いていて、いつもアレル（＊語注4）の『松葉杖』が手放せないと言った。

彼はもうイジークとラテン語の復習をすることはなかった。しかしブジェジナの所には頻繁に通った、家族の友人としてイジークとヴァイオリンを演奏するために。一方イジークもまたフバーチウスを頻繁に訪れていた。

フィレチェクとサメチェクが募兵の行進を見ていたその日の午後、イジークはフバーチウスの新しい住まいに向かっていた。彼は以前の女家主に腹を立て引っ越していた。ターボルにいる彼の父にはラテン語で手紙を書き、住所は通常フランス語で書くことが多かったが、手紙はまた一部ラテン語で、一部チェコ語でも書いた。一方父は普通彼にチェコ語で返信した。ある時フバーチウスは、最近手紙が覗かれているのではないか、女家主が彼の手紙を開封しているのではないかと突然気付いた。彼は父にそれを告げラテン語だけで書いてくれるように頼んだ。しかしうまくいかなかった。

家主のつまみ食いの癖は、すでに前にもフバーチウスを怒らせていた。そのつまみ食いは家から彼に塩漬けの肉を詰めた小さな樽や菓子や、ターボルの川エビ売りが彼に川エビを持ってきた時にいつも気付いていた。彼はそれを黙認した。しかし開封は彼を激怒させた。彼は家主に食ってかかったが、彼女はほとんど否認もせず、悪いことをしようと思っているわけではない、ただその手紙が彼の恋人から来たのではないかと思っただけだったと笑って言った。これに対してフバーチウスは「そんな恋人なんかおまえにくれてやる、強欲な山羊め」と心の中で言い、住まいを引き払った。

こうして彼はツェレトナー通りの白いインディアンまたは七面鳥屋（ビーリー・インディアーン・チ・クロツァン）から、聖ヤクプ修道院の近くの神の目屋（ウ・ボジーホ・オカ、語注16）の古い家に移った。この家はティーンの館（＊語注64）に接して建っていたが、そこに入るのはシュトゥパルツカー通りからであった。イジーク・ブジェジナはその日の午後初めてこの家に入った。広い丸天井の通路を抜けると、周りを囲まれた狭い中庭の左手に二層のバルコニーがあり、二階に上がる木造の薄暗い階段が中庭から直接通じていた。二階より窓が小さい三階の最上階にフバーチウスが住んでいた。

廊下に二つの扉があった。イジークはどちらが彼の部屋か知らなかった。どちらの扉をノックしようか考えていると、階段の下で足音がした。下から三角帽を被りかつらを付け、暗褐色の上着を着た小柄な男が昇ってきた。彼は脇の下に古書を一杯抱えていた。青い靴下と留め金のない短靴を履いたその男は廊下に立った。イジークは、やって来たのが小柄で弱々しい五十歳位の男で、頬はこけているが綺麗な青い目が愛想よく笑っているのを見て取った。イジークが彼にフバーチウスはどこですかと尋ねると、軽く狭めていた目を見開いて輝かせ、小男はうなずいて笑って言った。

「音楽家さん、楽しい音楽家は」彼は右の扉を指さし、善良そうに何か秘密を打ち明けるかのように声を抑えて言った。「ここ、ここですよ。」そして彼は脇の下の本をちょっと動かして、左の扉に消えていった。

その時右側の扉が開いてフバーチウスが覗いた。彼は部屋着と袖なしの胴衣を着て、声高にかつての生徒で今は若い友人を歓迎した。イジークはあまり広くない、天井が低く窓が一つしかない部屋に足を踏み入れた。彼はそこに以前のフバーチウスの部屋で馴染みの多くのものを見た。譜面台、天蓋のない黒いワニス塗りの寝台、鮮やかな布団カバーに包まれた羽根布団、壁に吊るされた剣、その横に二丁のヴァイオリン、リュート、壁際の机の上には六冊の彼の蔵書《ビブリオテカ》、その中にはかつて白い表紙で目立っていた『法令要約（Compendium institutionum）』や『封建法（Jus feudale）』があった（＊これらは当時基本的な法律学の教科書だった）。そして暗色の表紙のあの『松葉杖』、アレルの『パルナッソスへの階段』がこれらに寄りかかるように置かれ、その横には黒い紙ケースに入ったラテン語の祈禱書と楽譜の山があった。

イジークはこれらをみな良く知っていた、そしてチェコ語やドイツ語やラテン語の様々な歌や、短い歌詞を集めた花柄の装丁の本も知っていた。昨年彼はこの手書きの本から、白山の戦いの勝利を称える長い歌と楽譜を書き写した。それは「一六二〇年十一月八日の白山の戦いとその勝利のアリア」で、「勝利よ、あまねくチェコの地の勝利よ」の繰り返し《リフレーン》があった。

それら全てをイジークは「白いインディアン」の部屋の時から知っていた。彼はこれらを一瞥《いちべつ》してから、新しい部屋のその他の日常家具も見渡した。しかし彼はすぐに窓に近寄った。そこからの眺めが彼を誘った。聖ヤクプ教会の堂々たる正面が、彼の眼前の通りを隔てた少し左手にそびえていた。教会の背後で通りの向かいに、悪魔の酒場がある大きな古いシュトゥパルトの屋敷があり、右手にはティーンの館の東門とその家々があった。フバーチウスは笑って、ここは教会にも酒場にも近いよと言い、すぐにイジークの着物の裾を引っ張って、こちらに来て演奏しよう、新しい美しい二重奏の楽譜があるからと言った。

彼らが譜面台を立てた時、イジークはフバーチウスの隣人のことを思い出し、彼はどんな人かと尋ねた。

「私の聴衆ですよ、ヨハネス・スヴォボダ氏、法務局の読

み上げ官（＊語注89）です。私がここに引っ越した時、彼は私の音楽を呪うだろうと思っていました。でもそうではなく、音楽は私たちを親しくさせました。隣人は私の所に立ち寄り、隣で私が演奏しているとは何と贅沢なことだろうと自慢しました。」

「彼は音楽家ですか――」

「絶対にそうではないし、楽器もまったく駄目です。ただ時々歌うだけですが、歌手でもない。ある時彼が歌うのを聞きました。彼が歌っていたのはとても不思議な何かずっと昔の歌でした。その後私が彼に、あの時私は聞いていたと彼に告げると、彼は途端に驚き恥じて自分は歌手ではない、時に一人で何か宗教的な歌を歌うけれど、もし私が在宅なのを知っていたら、歌わなかったのに――と言い訳をしました。」

「彼は壁越しに、自分の部屋で聞くのですか。」

「今は、私が呼ぶとここに来ることもあります。」

「さっき彼は沢山の本を運んでいましたが。」

「彼は地リスのようにそれらを運んでいます、古い本が大部分ですが。彼はユダヤ人の町でも買っています。さあイジーク始めましょう。」

しかし楽譜の二、三連を演奏した時、扉が開きそこからすでに室内着に着替えた読み上げ官がそっと入り込んだ。彼は袖の着いた胴衣を着て、かつらはすでに部屋の掛け台に掛けて、その代わりに頭に黒い毛糸の帽子を被っていた。彼は扉の所でそっと手を振って、彼らの邪魔にならないように、飾り棚のある火の気の無い緑色の暖炉の横の椅子に座り、慎ましく聞き曲が終わるまで動かなかった。終わると彼は音楽家たちに近寄って、とても良い曲だ、何と美しい二重奏だ、良く合っていた、そしてイジークについてこの若者もまた本当のヴァイオリニストだと言ってほめた。

フバーチウスは彼を紹介した。読み上げ官は次々と話し続けたが、彼が何か別のことを言いたがっているのは明らかであった。彼は話しながら何度も胴衣のポケットに手を入れて確認し、ポケットに手を入れては握っていた。フバーチウスはそっと笑い、彼がまた何か本を持ってきたなと予感した。彼の推察は半分当たっていた。それは本ではなかった。彼がとうとうポケットから取り出したのは新聞で、ローゼンミューラーの『チェスキー・ポスティリオーン』（＊語注62）であった。彼は石炭市場を通って金の十字架屋の前のローゼンミューラー印刷所に行き、そこでこの号を買ってきたと述べながらすぐにそれを開いた。ここにはニュースが――彼は笑い始めた――世界で起こっていることが、ローマからはどんな知らせが――彼はもう見出しを読んでいた、ブリュッセル、チェシン（＊ポーランド南部の都市）、ペテルブルグからも。

「プラハのことは無いですか」フバーチウスが冗談めかして言った。

「それもありますよ、もちろん。ここ、ここに――」彼は急いで紙を裏返して読んだ。「高貴なる神聖ローマ帝国の貴族、トラウトマンスドルフとヴァインスベルクの伯爵であり、グライヘンベルク等々の男爵でもあるフランチシェク・ヨゼフ氏を、ラチーン家出身の奥方である同じく高貴な貴族トラウトマンスドルフ伯爵夫人テレジエ様は、先月八月二十九日にプラハ新市街の御自宅で、洗礼時にフランチシェク・タデウスの名を得た一人の若い伯爵によってお喜ばしなされた――」

「つまり彼女は伯爵を若い伯爵を使って喜ばせた――」フバーチウスは笑った。「プラハの別のニュースはないのですか。」

「ないです。でもウィーンからのものがあります。」読み上げ官のスヴォボダは読みたくてうずうずしているように言った。「これもニュースです。」そして読んだ。

「ウィーン新市街からのニュース。我らのこの上なく親愛なる皇帝・国王閣下は、先の火曜日に狩猟をお楽しみになるためバーデンに行幸され、そこで神聖ローマ帝国皇后様と共に御昼食を取り、午後から再び狩りを楽しまれ、夕方新市街にお戻りになった――」

彼はとても真面目そうに読んだが、二人に向けられた目はいたずらっぽく笑っていた。そしてすぐに続けた。

「聞くところでは、栄光を持ってお治めなさるお二人は――」

「何があったのだろう。」フバーチウスは突然声を上げると窓辺に駆け寄った。そしてすぐに、下で何か騒ぎがあって人々がウンゲルト（＊語注64→ティーンの館）の門に駆けて行くと言った。

読み上げ官はもう読むのに都合のよい時間ではないことを察して、新聞を畳みそれを再びポケットに押し込んで笑いながら、下でも何かニュースがありそうだと言った。彼はフバーチウスが急いで楽譜を片付けてもう演奏しないことを見て取って、とても楽しかったとても良い演奏だったと感謝した。口と目で笑いうなずくと、来た時と同じ様に消えていった。

「変わった読書家ですね」イジークが言った。

「そのとおり、彼は買った本を自慢したり私にそれを読むように勧めたりして、すでに何度も本を持ってやって来ているよ。でも私にはまったく時間がない、おまけにあんな古くて分厚い本では。出ましょうか。」

「時間ですね。」

「一緒に行きましょう、ウンゲルトで何が起こったのか見なくては。」

そこには何もなかった。彼らは旧市街広場で人々が大騒ぎしていると聞いた。

「そこに行きましょう」フバーチウスが促した。

彼らはティーン館の中庭を通り抜けた。そこは外国や田舎の商人たちの馬車で一杯だったが、商人や御者たちの姿は少なかった。またいつもはそこにいる税関の役人たちも一時職務を中断し、何が起きたのかを集まって議論していた。そこには王国の標準秤を扱う、貫禄のあるトーレンシュタイン、物品検査官の一人ヴシーン、皮革検印官のベラーネクがいて、彼らに細々と説明しているのは倉庫管理人

＊ 31 ＊

アントン・ラシュであった。

　フバーチウスはイジークと共に急いでそこを通り、ティーン教会（＊語注64）の柱の間にある小さな店の脇を通って、ティーンスカー通りを抜けた。いたる所に大勢の人がいた、ある者は広場に急いでいて、また別の者はそこから戻ってくるところであった。叫び声や問い掛けや断片的な会話から彼らが理解したのは、誰かを捕まえたこと、何らかの犯人を、その男は旧市街市役所の拘禁所に連れて行かれたことであった。彼らが狭い通りの暗がりから、夕方の最後の光に照らされた旧市街広場の広々とした場所に出た時、市役所を取り巻く多数の黒い群衆が見えた。それはシルコヴァー通り（＊旧市街広場南側の今のメラントリホヴァ通り）に面した所が一番多く、その頭上には薄闇に包まれた聖母マリアの石柱（＊語注60）がそびえていた。さらに右側の葉が黄色く色づいた木の下にある衛兵詰め所は、今は空いていた。白い軍服を着て黒いゲートルを巻き肩に銃を担いだ兵士は、建物の壁板に沿って左右に歩くのを止めていた。彼は市役所と群衆の方を向いて立ち、好奇心を持って眺めていた。

　イジークは広場の端に留まっていたかった。しかしフバーチウスはさらに先の方へ群衆の中に駆けていった。そこで彼らは、プラハ城の聖ヴィート教会で聖ヤン・ネポムツキーの墓を荒らした、どこかの若者が捕まったことを聞いた。その男は正午にわざと教会に閉じ込められたが、午後の勤行のあと現場で取り押さえられた。その若者は聖ヤン・ネポムツキーの墓の上方にある天蓋から、金の飾り紐と金の房飾りを切り取ったが、彼がそれを持っているのが見つかった。ならず者の体《てい》のその男がここに連れてこられた時、彼は羽根をむしられた鳥のように、ボロボロになった着物が体から垂れ下がり、殴り倒されて血だらけ傷だらけであった。人々は彼を忌まわしい瀆聖者《とくせいしゃ》として八つ裂きにしてやりたかった。

32

群衆はその犯罪に憤慨すると共に激しい好奇心で燃え上がり、新しいニュースや事件の詳細を貪欲に求めていたが、イジークはその中に長く留まることはなかった。彼はそこにいると息苦しくなった。彼は教会でなされた窃盗に唖然としたが、捕らえられた泥棒への残酷な仕打ちに震え上がった。彼は祖母がビール醸造所の雇い人や使用人の誰かを罵る時は、いつもそれを避け立ち去っていたが、血塗れの傷について、また捕らえられた者がその傷を負い半殺しになって、街路に倒れたことを聞かねばならなかった。

フバーチウスはイジークと少し先に行ったが、行きつけの居酒屋に向かうため、彼は戻っていった。イジークは歩みを進めた。もう日が暮れていて真っ直ぐ家に戻ろうとしていた。彼は父の結婚式の日、祖母の所からためらって嫌々戻ってきた。彼は継母に気兼ねし秘かに彼女を恐れてもいた。しかしすぐその晩に彼女自身が彼の不安を取り除いた。

彼女は言わば瞬時に彼の心をこちらに向かせた。彼女は彼の心を獲得するとすぐに、それを保ち続けた。彼からは彼女に対する何とも言えない恐れと窮屈な怖じ気が消えた。その後この接近を補強したのは音楽だった。若いブジェジノヴァー夫人は彼女の継子と同様に音楽が好きだった。レルホヴァー夫人は婿の二番目の妻が「学がある」ことを心配したが、女主人の孫にとってそれは幸いなことだった。彼は音楽によって継母とより親密になった。彼女がリュートを奏でて歌う時、彼はヴァイオリンでそれに伴奏した。

それはあまり普通のことではなかった。祖母のレルホヴァーは、イジークから継母が彼と一緒に演奏していると聞いて驚いた。彼女は、それは結婚した女には、特に家を切り盛りする女主人には相応しいことではなく、女主人は鍵と台所と使用人に目を配るべきだとつぶやいた。しかしブジェジナ自身さほど厳しくは考えていなかった。彼の若い妻にはそれがよく似合い、彼女が演奏し歌う時はそれを見るのが楽しかった。そしてイジークが彼女に合わせて奏でる時、その二重奏のハーモニーは特に彼を喜ばせた。

イジークがその日の午後フバーチウスの所に向かった時には、彼の新しい住居と何を演奏したかが、彼女との話題になるだろうと思っていた。ところが予想を超えてフバーチウスの不思議な聴衆である読み上げ官のことが加わり、最後には聖ヴィート教会での泥棒のニュースまで加わった。

その頃階下のビアホールの双子のテーブルでは、フィレチェクとサメチェクの二人が向かい合って座っていた。サメチェクの右側にはミクラーシュ・クロウパが、フィレチェクの左側にはヤン・クビーチェク老人が座り、その時老人が話していた。しかしその話は、いつものようにフブリクの珍しい家についての感動と驚きを持っての話でも、チェコの年代記でも自身が愛好者である絵画の解説でもなく、旧役場（＊語注19）と呼ばれる家にいるドイツの一座の喜劇と喜劇役者について、またポジーチー（＊プラハの東側にあった集落、現在ナ・ポジーチー通りの名が残っている）で上演されていたオペラのイタリア人男女の歌手について不満を述べ怒っていた。

彼が一番厳しく批判したのは、旧役場の喜劇役者たちであった。劇場で何という狼藉を働いていることだろう、またそこでユダヤ人を扱った何か喜劇を演じているが、彼らはその劇場で公然と割礼を、ユダヤ人の割礼を演じている。

ユダヤ人を茶化すのは何も問題はないが、割礼を公然と——

「それであなたは気に入らないのですな。」サメチェクはからかい始めた。

老クビーチェクはキバチに刺されたようになった。彼は真っ赤になって身震いし怒鳴り始めた。本当にサメチェクはそう考えているのか、彼クビーチェクがあのような賤民たちの中に行き、死んでも教会墓地には入れずにどこか垣根の外に埋められるような不埒者の、自堕落な道化を見るために行っているのかと。

「見ものだったそうだ、私の聞くところでは」彼はさらに怒った。「彼らの間では喧嘩が絶えない。彼らの座長、あのパンタローネ（＊［原注］有名なパンタローネ役者のヤン・ラインハウスのこと、彼はまた人形劇団も率いていた。なおパンタローネはイタリア喜劇で典型的な役柄の一つ、金持ちで欲深く色欲旺盛な老商人）は劇場で団員たちに平手打ちを喰らわせ、昨日女優たちの一人に公然と『このあばずれが……』と罵った、公然と通りで——」

「でもポジーチーのイタリア劇場はまだましですよ」サメチェクは褒めて言った。「上手く演じて歌っています。領主たちもよくそこに通っています。」

「領主たちがだって、彼らがそのような慰み事を、たとえ罪作りなものでも求めているのは良く知っている。」

「シュポルク伯はそれに資金を出しています、今彼らは劇場を美しく建て替えようとしています——」

「おお、でもまだ建ててはいない。シュポルク伯、あれは半分無神論者で気違い同然だ。でも然るべき市民たちはもうそれに対抗した。知らないのか、あすこでは隣人たちが、ポジーチー全体が立ち上がり、地方行政局がその建築を許可しないように抗議したのを。それはとんでもないことで、もし火事でも起きたら大変な災害が生じるだろう。鍛冶屋が隣にありそして——」

その時常連客の一人イジー・コツォウレク、かつては学生で聖職見習であったが、その後教師になり今は靴屋でいつも粗《あら》探しをしている男が飛び込んで来た。彼は全身興奮して突然入ってくると、敷居の所で叫んだ。

「みんな知っているか、この出来事を。」

一瞬ですべてのテーブルにざわめきと不安が起きた。

「お城の聖ヴィート教会で聖ヤン・ネポムツキーが盗まれたぞ。」

彼が望み願い期待した通りの大騒ぎが起きた。パンタローネもすっ飛び、ドイツ人とイタリア人の不埒な道化もどこかに消えてしまった。その聖物窃盗は皆を憤慨させた。さらにフロリヤーン・マリヤーネクがそれをさらに焚き付けた。彼はより確かでより詳しい知らせをもたらした。それはどのように窃盗が行われ、どのように泥棒が捕らえられたか、また盗まれたものはみな市役所にあるというものであった。彼はすでに、盗まれたのは天蓋から切り取られた六個の金の房飾りと多くの金の組み紐で、それらは三十二ロタ、三クヴィントル（古い重量の単位でロタは一七五グラム、クヴィントルはその四分の一）の重さがあったことを知っていた。

この泥棒をどうすべきか彼らは議論し、さらに口論になった。その男は処刑されるだろうというのは皆の一致した意見だったが、その仕方について彼らは推測した。ある者は絞首台と決め、他の者は、その中にイジー・コツォウレクも入っていたが、火あぶりにするべきだと主張した。そこにブジェジナのビアホールの帳簿係のヴェンツルが入ってきた。コツォウレクはすぐ彼に向かって、聖ヴィート教会で何が起きたか知っているか、まあ聞けと――

しかしヴェンツルは、それはもう知っていると言って彼に最後まで言わせず、彼の楽しみを奪った。

「マリヤーネクさん」彼は双子のテーブルに声をかけた。「私は言付けを頼まれて来ました。どうかすぐに主人の所に行って下さい。」

「すぐ行きます。」マリヤーネクは帽子を取ると仲間と挨拶も交わさなかった。彼は皆に笑いかけ、また来ますと言った。

33

その晩マホヴェツの子供たちは、すでにプラハの旧市街広場に面したゴルツ伯爵の広い家で（＊語注33）二日目を過ごしていた。スカルカからここには丸三日かかってやって来た。彼らは突然思いもかけずにその旅に出なければならなかった。イエズス会士のコニアーシュとフィルムスが没収した本を持ってスカルカを去った日から、彼らは屋敷の使用人たちの間に、ヘレンカは女中たちの、トマーシュは下男たちの間にいた。

管理人は彼らに何の自由も与えず何の配慮もしなかった。やがてルホツキーはそれに気付いた。彼は管理人を厳しい口調でたしなめて、自身で監督とその妻に森番の子供たちには重労働を課さないように命じた。彼らは仕事の負担が軽くなったのを感じたが、心の苦しみは減らなかった。父がどうなったのかという不安が、絶えず心にのしかかっていた。彼についての知らせはまるで無かった。メジジーチーに駆けていって叔父に尋ね、祖母と話をすることなどは考えることもできなかった。スカルカでは彼らの一挙手一投足が見張られていた。ヘレンカとトマーシュは、多分メジジーチーから秘かに彼らに伝言が来るのではないかと待っていた。しかし一週間が経ち次の一週間が経っても、誰も彼らの所には来なかった。多分誰かがすでにそこに来たのであろうが、彼らのもとには近付けず許されなかったのであろう。

また彼らは頻繁に会うことも出来なかった。雑多な彼らの仕事は二人を隔てた。日曜日も丸一日は自分たちの時間を持てなかった。午前中はいつも使用人たちと一緒にオウイェストの教会に行かねばならず、使用人たちが彼らを見張っていると感じていた。ただ午後になると彼らは一緒に使用人小屋の前や、中庭の真ん中に立っている菩提樹のもとに座りそこから、枝を伸ばした古いポプラの木の下にある、かつての彼らの森番小屋を悲しげに眺めるのであった。またその場所からその家の新しい住人である森番と、階段や庭で遊んでいる彼の子供たちも度々見かけていた。彼らは自分たちの生家を眺めた時、一度ならず話をやめ悲しげに沈黙した。

日曜日に一緒になれるこの時に、彼らは父やメジジーチーを思い出し、また苦しさや辛い仕事について語り、また支配人やポレクシナについても語った。彼らはルホツキーが彼らを楽にしてくれたことを知っていたが、老嬢と同様に彼もまた彼らに出会った時、彼らのどちらも呼び止めたり声をかけたりすることもないのに辛く耐えていた。それは特にトマーシュの気持ちを押し潰していた。最近、収穫が終わって狩りの季節がやって来ると、朝支配人が鉄砲を持って犬を連れて森に行くのを、屋敷で辛い農作業をしながら目にする度に、彼の心は締め付けられた。秋のこのように活気に満ちた朝には、支配人と父と共に野や森を歩き回り、狩りを知らせるホルンを陽気に吹ける時がよくあったのに。

ここでの彼の仕事は面白くも楽しくもなかった。特にそれが重く感じられるのは逃げ出そうという誘惑に駆られる時であった。彼はそう思うとすぐそれを考えるのを止めた。彼一人ならここから逃げ出すことは出来るであろうが、その後ヘレンカはどうなるであろうか。

しかしトマーシュには考えもつかなかった、そのような朝にルホツキーが穀物倉庫や中庭で仕事をしているトマーシュを見つけた時、早くこちらに来て一緒に行こうと、どれほど彼に声を掛けたがっていたかを。ルホッキーは新しい森番に慣れることが出来なかった。彼はマホヴェッの様ではなかったし、トマーシュもいなかった。イエズス会士たちが去った時、ルホッキーはマホヴェッの子供たちがそれほど長く手元から離れることはなく、トマーシュを再び森番の仕事に付かせられると期待していた。そして収穫が終わった時、彼はその事を姪の前で言い始めた。彼女もヘレンカにあまりに慣れていたため、ヘレンカがいなくてとても不便をしているのが分かっていた。彼女にもヘレンカに代わる者はいなかった。また彼には彼女が思わず言った言葉から、彼女にはヘレンカが可哀想だ、ヘレンカをあの貶められた状態で、辛い仕事をさせるのを見るには忍びないと思っていると考えた——

彼がトマーシュをその内に時折だけれど、狩りに連れて行きたいと持ち出した途端、精力的な老嬢は真面目な顔付きになり厳しく叔父を見つめた。

「叔父さん、あなたはトマーシュを狩りに連れて行き、私はあの娘を自分の側に戻したいと言うのですか。そうしたら人は何と言うでしょうか。始め罰して、後で好意を示すとは。それは私たちがあの異端の子供たちがいなければ、やっていけないと示すようなものですわ。あなたは彼らの中に父親の異端の心は何も残っていないと思っているのですか。」

「彼らは異端ではない。」

「でもそれに害されているのは確かです。自分たちの身近に、あの様に長い間あなたを騙し偽っていた者を、信用の置けない人間を置いて我慢できるのでしょうか。私はあの娘をまた、自分の部屋の聖母マリアと聖ヤン・ネポムツキーを祀った祭壇に近付けるべきでしょうか。思い出してください、彼らがネポムツキーの絵をどうしたのかを。正直に言うと私はあの娘が可哀想です、私は彼女に好意を持っていましたし、他の点ではとても良い子で、今の状態を思うととても可哀想です。しかし彼女は父によって間違った道に入りました。信じてください、彼女がトマーシュと同様に、秘かにあの迷いの中に留まっていると思うと、時に私は彼女の魂の救済のことを考えて、胸が苦しくさえなります。私は何をすべきか、何か直す薬は無いか色々考えています。あなたも私も彼らを治すことは出来ません。彼らを正しい道に連れ戻すこと、私たちのカトリックの信仰を堅持させることを私は考え、そうなって欲しいのです。それは私が彼らに好意を持ち、他の点では申し分ないからです。でもそのためには何をすればよいでしょう――司祭館は遠いし、主任司祭には多くを期待できませんので術がありません。またあなたは考えていますか――」

「何を――」

「――彼らの父が戻ってきて、彼らを盗み出し秘かに連れて行かないとも限りません。」

ルホツキーは首を回し指で机を静かに叩いたが、否定はせずに「そう、その通り――」と繰り返すだけだった。しかし彼は心の中では自分の目論見や、ポレクシナに折に触れてそんなに頑なにならないでと言おうする考えを、完全に放棄したわけではなかった。しかし、さしあたりは自分が間違っていたと同意した。九月の後半のある日ルホツキーは昼食の時、プラハへの荷馬車が用意できた、後はもうバターと卵と家禽を積み込むだけだと言った時、ポレクシナは突然閃いた考えに身震いして、目の前をじっと見つめてから言った。

「ねえ叔父さん、一番よい方法を思い付きましたよ、森番の子供たちをあの荷馬車と一緒にプラハに送りましょう。そこは安全な所で、そこでは父親も彼らを盗めないし、そこでは彼らの教化に相応しいことが図られるでしょう。」

ルホツキーはこの提案に不意を突かれた。彼はその話はあまりにも突然で、甥のアントンに前もって聞いてみなければならないと言って反対し始めた。しかし彼は、さしあたりトマーシュを森番の仕事に付けられず、むしろそれは彼がプラハから戻ってからの方が良いだろう、またそこはヘレンカにも良いに違いない、さらに管理人がさぞ腹を立てるだろうと考えて反対するのを止めた――彼はそれに従ったが、姪自身が甥に手紙を書き、彼女が一人でこれを進めることを前もって確認した。というのもなぜこのことを前もって言わなかったのかの言い訳が、自分には出来ないと述べたからであった。ポレクシナは分かりました、私が手紙を書きましょうときっぱり答えた。彼女はアントンに事情を釈明する中で、ここには二人の若い魂の救済の問題が関わっていると彼に伝えた。

ルホツキーは管理人がどれほど大喜びするかよく分かっていた。管理人は身をよじり真っ赤になり頬を膨らして反対し始めた、男爵が何と言われるか、彼は私を怒りつけるだろう、何故なら――

「彼はあなたには怒りません、それは私が引き受けます――」老嬢は彼の抗議を強い口調で遮った。

管理人は体全体で憤慨して立ち去った、そしてルホツキーに言われたように森番の子供たちを老嬢のもとによこすように命じた。

ヘレンカとトマーシュは驚いた。数か月経って始めて老嬢の前に呼び出されたからであった。

何が起きたのだろう、なぜ彼らを呼び出したのだろう。はっきり分からないまま彼らは恐る恐る部屋に入ったが、そこには支配人も座っていた。ヘレンカは、よく知った様々な薬草の香りで満たされた、懐かしい部屋の空気が彼女を包んだ時、彼女が日中をそこで過ごし、今は長い間見ることもなかったその部屋を眺め、そして再び老嬢の声を聞いて身を震わせた。彼女の声は厳しかったが、鋭いものではなく怒ってもいなかった。彼女は話し始め、二人はローマ・カトリックの教えを認めてはいるが、彼らの中でそれは損なわれているので、それを然るべく正し、またきっちりと教化するためにプラハに送られることを、出立は明日であることを告げた。

それは二人にとって突然の一撃であった。二人は驚き呆然として老嬢を、そして老嬢から支配人に目をやった。彼は彼らが仰天したのを見て咳払いをしながら、それは一時的なもので良くなればまた戻ってこられるだろうと言い始めた。

「そうなれば良いけれど」老嬢は叔父が口約束をしないようにに言葉を挟んだ。「よい子になりなさい。」彼女は森番の子供たちの方を向いて「心の頑なさを棄てなさい、そしておまえは――」ヘレンカを見て「私の所に来ていた時よりもっと誠実になりなさい。」その言葉は叱るように響いたが、厳しくはなかった。「さあ行きなさい、神様が共におられますように。」

ヘレンカは目に涙を一杯ためて彼女の手に口づけした。老嬢はそれを拒まず、思わず柔らかい口調で繰り返した。「どうか神様が共におられますように――」

ルホツキーは胸が苦しくなり子供たちが不憫だった。彼は軽く咳きばらいをしながら曖昧に慰めるように言った。「そう、そう――しかしそれは――そう、永久ではないだろう。それでは元気でな――」

森番の子供たちは混乱し呆然として領主の住居から出てきた。外に出た時はもう黄昏時で、薄暗くなっていた菩提樹の下まで行って、やっとヘレンカが気付いたのは、彼らがすぐ明日出立せねばならないこと、もう祖母には会えずさようならも言えないこと、自分たちに何が起き、どこに連れて行かれるのかを彼女に伝えることが出来ないこと、そしてオウイエストの墓地に行って母の墓にお参りすることも、もう叶わないことであった。

そのことを兄に言っているとすぐ監督がやって来て、直ちに出発の準備をするために戻りすぐ寝るように、明日は朝早くまだ暗いうちに出発するからと彼らを急かした。監督は使用人小屋の戸口まで彼らに同行した。しばらくして彼は再びやって来て、真っ直ぐトマーシュの所に来た。

「これをご主人様がおまえに遣わされた――」そして彼はトマーシュに、以前森番小屋に残しておかなければならなかった狩りのホルンを手渡した。「それをプラハに持っていくがいい。もしそこでそれが必要になれば、おまえに上げよう。そしてこれは暮らしぶりがよくなるように。」それは紙に包まれた三枚のトラル銀貨（＊語注63→通貨）であった。

トマーシュは狩りのホルンをすぐに手に取った。彼はもはやそれを見ることはないと思っていたが、今彼の手元に残った。それは森番小屋、父、支配人、森そして楽しかった狩りの大切な思い出であった。

間もなく別の贈り物がヘレンカに届いた。老いた料理女のカチカがそれを、老嬢からの包みを持ってきた。その中には道中の食べ物と、体が弱り意識を失った時の点滴薬の小瓶と、また痛みや傷に付ける軟膏の小壷があった――

しかしながら老嬢は彼らの不安や気落ちを宥める薬を渡すことは出来なかった。トマーシュとヘレンカには、使用人小屋からその貶められた仕事から、切り離されるのは嫌なことではなかった。しかしそれがあまりにも早く起き、事によるともっと悪くなるのではないかという思いが彼らを混乱させた。そして彼らの心に重くのしかかるのは、彼らが祖母にさようならを言えず、多分もう会えないのではないか、今は父に会うのがもっと難しくなったということだった。彼らの前には不確かさしかなく、彼らがプラハでどのように扱われるのか知らなかった。他の時なら彼らはそれを楽しみにしたかもしれないが、今はそれに不安を抱き、特にヘレンカは恐れていた。

34

彼らは朝早く起こされた。まだ濃い薄闇の中、彼らはスカルカから備蓄の食料を満載した荷馬車の後ろを歩き始めた。館も森番小屋も中庭も全て闇の中にあった。菩提樹とポプラと庭の並木は、霞んだ肌寒い大気の中に黒ずんでいた。彼らは門の背後で最後に森番小屋を振り返って眺めたが、その屋根の上方では古いポプラの茂った樹冠が眠りから覚めたようにざわめき出していた。

ヘレンカとトマーシュは荷馬車の後ろを歩んだ。現場監督と彼らの見張りを勤める荷馬車の御者が、彼らと一緒であった。彼らは坂を下り粘板岩の険しい崖の下に着いたが、その崖の上にスカルカの館がそびえていた。彼らはふもとの村に行きさらに谷間に進んだ。建物はどこも暗く、村は真っ暗で眠っていた。ただ若いユダヤ人ラザル・キシュの丸太小屋の前にだけ荷車の脇でランプが灯り、キシュが荷車に馬を繋いでいた。トマーシュはそのユダヤ人を見つけると急いで彼の所に駆け寄り、もしメジジーチーから誰かが彼の所に立ち寄ったならば、その人を通じて彼らがプラハに連れて行かれることを、そして彼とヘレンカが叔父と祖母に別れの挨拶を送っていたことを、叔父のクランツに伝えて欲しいと早口で頼んだ。そしてもし出来るなら早くメジジーチーに伝えて欲しいと。

ラザル・キシュは驚いたが、そうします、必ずと直ちに約束した。

「お伝えします、きっと。あなた方のお父さんは私に良くしてくれました。私もまた信仰のため苦しんでいますが、彼は私の味方になってくれました。遠慮しないで下さい、私は何でもします、何をお望みですか。何だ、監督さんよ――」現場監督がトマーシュに、そこでユダヤ人と何している、さっさと歩けと言った時、彼は厳しく言った。そしてヘレンカに素早く近寄った。

「ヘレンカ、私が紡糸を持ってプラハに行く時には、あなたの所に立ち寄っておばあさんのことを伝えます、きっと伝えます。私はどこにムラドタ男爵が住んでいるか、良く知っています。それはウンゲルトの近くで、私はいつもそこに積荷と共に行かねばなりません。分かったよ、監督さん、そんなに怒るな、彼らが不幸な人たちだということを分かって下さいよ。それではさようなら、どうかプラハでうまく事が運びますように――」

これがスカルカでの最後の優しい言葉であった。そこの全ての者が彼らから離れた時、その言葉自体が慰めであり、伝言を取り次ぎ祖母の様子を知らせるとの約束も彼らを慰めた。

街道へ曲がった時、彼らは街道の脇の渓谷を越えて右手を振り返った。彼らの視線はその小川の岸辺の黒い木々の上を越え、谷間の背後の険しい崖に、秋の朝方の薄闇の中に黒ずんで見える崖の上の館や、中庭の森番小屋の脇に立つ、巨大なポプラの籠のように絡み合ったその枝に向かった。彼らはそれを出来るだけ長くこれを最後と見続けた。

彼らは寒い薄闇の中、白い亜麻布を掛けた荷馬車の後ろや脇を歩き、御者は鞍をつけた馬に乗っていた。明るくなって彼らは、人気のない地帯や村々や町や畑や色あせた草原の横を通って行った。

監督は時々彼らに声を掛け、荷馬車に乗ることができたが、また降ろされて埃だらけの道を歩んでいった。彼らは大きな中庭が運送用の荷馬車で埋まった、広く古い旅籠に貧しく泊まった。そして再び朝早くまだ暗い内にさらに先に歩き出し、一日中休耕地の間や黄ばんだ切り株の畑の横や、猟区の横を進んでいった。猟区の前にはここで密猟をして捕らえられた者は誰でも、縛り首に処すという恐ろしい布告の高札が立っていた。

彼らは道中で小売商人や騎乗の者や、外套に黄色い輪をつけたユダヤ人や放浪の楽士や箱馬車や荷馬車に出会い、また托鉢僧と彼の後ろで托鉢で得たものを一輪車で運んでいる男を目にした。チェスキー・ブロト（＊プラハの東三五キロメートル）の近くでヘレンカは、ロマ（＊ジプシー）の男と、真っ黒に日焼けし黒い縮れ毛の子供を背負った女を見て、震え上がった。彼らは耳の上に血のにじんだ亜麻布の包帯を巻いていたが、その下から張り付いた巻き毛がはみ出していた。監督はそれを見て直ちに言った、あいつらはきっとブロトで鞭打たれてから、印を付けるため各々右耳を切り落とされたのだろう。あの腐れ肉のロマ女とロマ男は、縛り首を望んでいるのだろうが首切り役人の刃を逃れることは出来ず、もう片方の耳を切り取られた後、終わりが来るだろうと——ヘレンカは恐怖に捕らわれて、害獣のように追われていく不幸な流浪の民を見送った。

マホヴェッの子供たちと監督は歩き時に荷馬車に乗って、終わりのない街道を進み続けた。分かれ道にある路傍十字架像の横を、道端の菩提樹の古木の下にある白い礼拝堂の脇を、まだ新しい聖ヤン・ネポムツキーの像の横を進み、丸太小屋の村を通るとさらに前方に別の村々が見えた。それら村々の上方のあちこちには、古いまま残っている城塞や赤い瓦葺きの屋根の新しいバロック様式の館が、黄色くなった木々を見下ろして建っていた。そして三日目も終わりに近付き最初の黄昏が霞む頃、彼らにはジシュコフの丘に広がる牧草地や葡萄畑の背後に、城壁に囲まれた広大な都市と城壁の後ろで高くそびえる教会と塔の輪郭が見えてきた。

その後彼らの頭上にあるポジーチー市門のアーチの下の空間に、薄闇が訪れた。彼らはプラハに入った。プラハ、それについてスカルカの屋敷で語られる時、ヘレンカはいつも息を殺して聞いていた、そこには何と美しく、驚くような宮殿や領主の館が沢山あることかと。その後戴冠式が終わって支配人がプラハから戻って来た二年前のあの晩に、彼はポレクシナに述べた、祝典と栄光について、戴冠式の行列について、葡萄酒が噴水から流れ出す様子について、人々に金銭がばらまかれた時の様子について、伯爵夫人や公爵夫人について、石の橋とその上の新しい像について、何百人もの音楽家と歌手が演奏し歌う様子について述べた。そしてポレクシナがどこかの美しい教会について思い出した時も、ヘレンカは息を殺して聞いていた。

あの頃のヘレンカには魔法であったその町に、今彼女は入った。しかし何ということだろう。道中は悲しかったがそこには目新しさが一杯あり、彼女の心を捉えていた。プラハを目前にした後、兵士であふれた騒がしい市門から入り、喧騒に満ちた街路を先へと進んだ。しかし彼らはどこにも立ち止まらなかった。黄昏が濃くなっていくと監督はさらに急いで先に進み、やっと止まったのは旧市街広場の屋敷の前で、そこに彼らの荷馬車を止めた。そこはティーン教会の近くで、陰気に黒ずんだ教会の二つの塔と間にある高い破風はその前に建つ家々の上空の闇にそびえていた。

ゴルツ伯爵の家はスカルカの館より高く、四階建の高い瓦葺きの屋根で正面に張り出し窓を持ち、家の角には張り出した塔があった。広くがらんとした門道に彼らの姿は消えた。監督は彼らを奥にある丸天井の小部屋に連れて行き、そこに彼らを残した。彼は「蓄え」を積んだ荷馬車と若い隷属民たちのことを告げるため出て行った。彼らは長い道中と余りにも雑多な印象を受けて疲れ果て、ぐったりして腰を下ろした。しかしそこでまた不安を煽る不確かさが生まれた。これからどうなるのか、彼らに何が起きるのだろうかと身構えて緊張し、男爵が彼らを呼ぶように命じるのではないかと恐れた。

彼らは長い間待っていたが、監督はもう戻ってこなかった。白い帽子を被りスカーフを胸の所で十字に結んだ一人の女が、彼らの所にやって来た。彼らにパンとチーズと水の入ったジョッキを渡すと、それを持って一緒に来るように言った。彼女は木の階段を登ってどんどん階上に彼らを連れて行った。その階段はオウイェストの鐘楼に登る階段よりずっと多かった。そして屋根裏にある木造の低い天井の小部屋が彼らの目的地であった。彼らがその部屋の一つだけの窓から眺めた時、そこがとても高い所であることを知り、またその部屋には二つの古い寝台と古びた机と二つの椅子があった。

彼らには広場の一部やティーンの前の家々や、それらのアーケードしか見えなかった。アーケードの闇からは柱の脇にある木造の小売店の二、三の灯りが瞬き、ツェレトナー通りの入り口にある家々も見えた。しかし彼らが驚いて視線を向けたのは、黒ずんだ聖母マリアの石柱とその背後の市役所であった。石柱は欄干の所にあるいくつかの黒く見える像を見下ろして、真っ直ぐ伸びていた。家々も広場もすべては闇に包まれていた。ただ市役所の塔の下にある店の中で灯りが赤く燃えていた。建物の角にある街灯は、ぼんやりと灯り近くの夕闇を追い払っていた。人々はもう疎らで、黒い影のように広場を急いで歩み、そこかしこで角灯を手に持っていた。

騒音は上の彼らの部屋にまで届かなかった。静寂であった。この静けさの中に近くのティーン教会の高みから小さな鐘の音がすすり泣くように鳴り始めた。その音は、ある貴族夫人の身支度を手伝っていた一人の女中が、ちょっと祈ろうとしてひざまずいたため、かっとなったその夫人に絞め殺され、後で後悔した夫人が鋳るように命じたと伝えられているその鐘からの音であった。むせび泣くような鐘の音は、ゴルツ伯爵の家の小部屋まで達した。その鐘の音と共に名状しがたい悲しみが訪れた。ヘレンカは眺めるのを止めた。彼女の眼前には、屋敷の塔で鐘が鳴っているスカルカの黄昏の光景がよみがえった。彼女は故郷と父と祖母を思い出し悲しみで泣き出した。

彼らは窓を離れた。トマーシュは獣脂ろうそくを灯し、ヘレンカをそして自分も慰めようと話し始めた。ユダヤ人のキシュはここを良く知っているから、彼らをきっと見つけるだろう。いつプラハに来るのか聞くのを忘れたが、きっとこの冬までには来るだろう。そしてメジジーチーからの知らせを、多分お父さんについての知らせも持って来るだろう。可哀想に、おばあさんは私たちのことをまだ何も知らないだろうと。

彼らは長く疲れる道中の後だったのですぐに眠った。すっきりと目が覚め、悲しみも夜の内に消えた。もう明るくなりその活気と下の広場の生業《なりわい》が、彼らに多くの目新しさを見せたので、彼らは胸苦しさもしばし忘れた。昨日秋の晩の薄闇の中で彼らに黒く見えたもの全てを、彼らは明るい白日の下で見た。それらはティーンの前の家々や聖母マリアの石柱や市役所であった。そしていたる所ずっと賑やかであった。トマーシュは何か見慣れぬものを見つけるとしばしば声を発したが、特に二人の男が緑色の椅子かご（*語注7）でどこかの婦人を運んでいるのを見た時には大きな声を上げた。

昨日彼らをここに連れてきた女が彼らにスープとパンを持って来た。その後また長い時間二人だけになり窓辺で外を眺めていたが、そのうち彼らは驚いてツェレトナー通りを見つめた。そこからモールで飾った赤いビロードの胴着を付け、銀の房飾りの付いた赤紫色の上着を着て、頭に赤い帽子を被った二人の若者が駆け出てきた。短い杖を手に持ち駆け足で市役所の方に急いでいた。彼らの後にツェレトナー通りから、六頭の栗毛の馬に曳かれた大きな箱馬車が音を立てて現われた。かつらを着け羽根飾りのある三角帽を被った御者は、赤いビロードで覆われた高い御者台に乗り、座るより立っている方が多かった。馬車の両脇には、赤と白の羽根飾りのある縁なし帽を被った二人の大男がいた。馬車の後ろのステップには、赤紫色のお仕着せを着て羽根の付いた帽子を被った二人の従僕が立っていた。箱馬車は先駆けの後をゆったりと大きな音を立てて進み、市役所の後ろのイエズス会通りに消えていった。

「驚いただろう田舎者には。どうだ、すごいだろう――」

壮大な見ものを眺めていたマホヴェッツの子供たちの背後で声がした。

その言葉を発したのは顔を滑らかに剃り、モールで飾った赤色の上着を着て、自身赤ら顔ででっぷり肥えた従僕だった。彼らは彼を知っていた。彼は領主と共によくスカルカにやって来ていた。彼もまた彼らを覚えていた。彼は高飛車に問い質し始めた、一体何を仕出かしたのか、父親はどうしたのか、老嬢は何を考え、支配人はマホヴェッツの子供をここに送って、どうしようと考えているのかと。また彼は、今ここは手が足りていて割り当てる所もないので、彼らをどうするか男爵様はとてもご立腹で、彼らを送り返そうと考えておられるが、今差し当たりは下に行って掃除を手伝うようにと言った。

彼らは混乱し、その突然の知らせに驚きながら下に降りていった。四頭立ての馬車が外に待機しているのが門道から見えた。そのドアの所には従僕が、馬車の踏み段にも二人の従僕がいた。彼らが思わず眺めていると彼らの後ろで音がした。高貴なムラドタ夫人、『伯爵夫人』が階段を降りてきた。二人の小間使いが彼女の後ろに従っていた。彼女は大きな張り骨スカートの上に華麗なドレスを着て、駝鳥の羽を付けた高い髪型をしてレースやリボンや宝石で飾りたて女神のようであった。この様な姿はスカルカでは彼

女が教会に行く時でも決して見ることはなかった。トマーシュにはスカルカの黒い古い箱馬車と、それに繋いだ二頭の黒馬が目に浮んだ。それは老嬢を教会に送るものだった。この華麗さに対してあの馬車は何とみすぼらしく――

トマーシュは緊張しまた少し恐れて男爵夫人をじっと見たが、ヘレンカも同じだった。二人には従僕が言った、男爵は怒っていて彼らを送り返そうとしているという言葉が心に残っていた。男爵夫人は何と言うだろうか――彼女は彼らを見て彼らに気付いた、彼女は彼らを特にヘレンカを知っていた。しかし彼女は彼らをちょっと見下しただけで、衣擦れの音を残して気位高く馬車の方に行ってしまった。彼女はそれに乗り込み、馬車は出発し従僕は消え、小間使いたちも戻った。門衛はトマーシュとヘレンカに、さあ行って仕事に取りかかれと促した。彼らはどこかこの近くに監督がいないかと周囲を見回した。トマーシュは彼がもう戻ってしまったかと尋ねてもみた。いやまだだ、彼は明日帰路に就くと聞かされた。

彼らもまた明日またあの長い道中に出るのだろうと思いながら昼食に向かった。スカルカの屋敷とそこでの賦役労働は怖かった。唯一の救いは彼らが祖母の近くにいて、父がどこに行ったか知ることが出来るかもしれない、もし彼らが戻れば父はそこできっと彼らを見つけるだろうということだった。

昼食後彼らは再び中庭へ仕事に降りていった。でも彼らをその仕事から離したのもあの肥えた従僕だった。彼は一緒に来るように言った。彼らは男爵の所に連れて行かれると思った。しかし階上には登らなかった。彼らは従僕の後から二階の綺麗な部屋に入ったが、そこには誰もいなかった。従僕は出て行ったが間もなくどこかの主人と一緒に戻って来た。その男はかつらを付け、きれいな褐色の上着と同色の胴着を着ていた。彼は彼らを見るとしげしげと眺め、何という名前か、歳はいくつかと尋ねた。トマーシュにはホルンが吹けるのかとも尋ねた。その後従僕に何かドイツ語で言ってから、入ってきた別の部屋に立ち去った。

「それではおまえたちは部屋に戻ってよろしい」従僕は彼らを促した。

「あの方はどなたですか」トマーシュは尋ねた。

「とても裕福な方で金を沢山持っている。あれはブジェジナさんだ。でもあの人のことはきっともっと聞くことになるぞ。」彼は奇妙な笑い方をして付け加えた、さあもう一度上の部屋に行きなさいと。彼らは新たな懸念で不安を感じながらそこに戻った。男爵は彼らを望まず彼らをスカルカに送り返すと言っている、そして今突然彼らはあの醸造家の前に連れて行かれ、彼は彼らをしげしげと眺め質問した。彼らは何か悪い予感を感じながらその事を話し合った。

しかしその後トマーシュが窓から外を覗いて、ヘレンカ見てごらん何か起きている、沢山の人が下にいると叫んだ時、彼らはそれら全てを忘れた。彼らは群衆が駆けつけ市役所の周りに集まるのを見た。そこでは人々が壁のようになって立ち、新しい野次馬が絶えず近くの街路から、ばらばらに、また群れをなしてそこに駆けて来て加わった。

それは聖ヴィート教会から市役所に連れて来られた、あの泥棒のための騒ぎであった。その騒ぎと事件のためにブジェジナもまた遅れた。彼は予定したよりも遅く黄昏になってから帰宅した。若い彼の妻はまだ何も知らなかった。驚いて彼からその泥棒についての知らせを聞いた。彼は詳しくその泥棒についてまた人々の騒ぎについて語った。その時イジークが入ってきた。

「聞きましたか、何が起きたか。」彼が敷居に足を踏み入れるとすぐに継母は尋ねた。彼は、聞きましたし市役所での騒ぎも見ましたと言ってうなずいた。

「そのため私はこんなに遅くなったのだよ」ブジェジナは続けた。「ムラドタ男爵の所からここにはずっと早く戻れたのだけれど。」

「首尾はどうでしたか。彼の御用は何でしたか」ブジェジノヴァー夫人が尋ねた。

「わしが言った通りだったよ。支払いは無く更に金を貸してくれと言われた。そしてその際彼は不機嫌に言った、今回所領から送られて来た物は金にすると僅かで、しかもあのようなおまけが付いて来たと。私は言った、閣下どんなおまけですかと。彼の言うことには、いつも秋になると所領から、野鳥獣の肉や備蓄を積んだ荷馬車が送られて来るが、その際二人の若い隷属民が送られて来たそうだ。領地では彼らが逃げ出すのではないかと恐れ、また彼らの救済も心配しているという。」

「彼らの救済ですか」ブジェジノヴァー夫人は驚いた。イジークは金銭の問題には関心がなく、机の上にあった楽譜を眺めていたが、急に父の方を向いた。彼はさらに述べた、この二人の若い隷属民は兄と妹だが異端の家族の出で、彼らの父の森番は秘かなフス派教徒かそのようなもので、信仰のために仕事を棄てて国外に逃亡した。フラデツ地方では不信心者はそうするそうだと。

「なぜ彼は子供を連れて行かなかったのですか」イジークは尋ねた。

「出来なかった。急いで宣教団から逃れたので。子供たちは逃げないように一時幽閉され、その後使用人たちの中に入れられた。」

「その森番は隷属民だったのですか」ブジェジノヴァー夫人が尋ねた。

「そうだ。そして今その所領では彼の子供たちについて心配しているのだそうだ。特に男爵の叔母に当たる老嬢が心配している、父親が彼らを奪いに秘かに来るのではないかと。それからさっき私が言ったように、老嬢は彼らの魂の救済についても心配している。彼女は、プラハではすべての点でより良く対応できるだろうと考えている。そのことについて彼女は長い手紙を書いたそうだ、男爵が言っていた。」

「男爵は怒っているのですか。」

「怒っているとも、彼に何の相談も無かったので。また彼はこの若い異端の者をどうしたらよいだろう、ここには従僕や召使が十分いるので、彼らをどこかにあてがうことも出来ないと言っている。そこで突然彼は私に目をつけ、私が彼らを私の隷属にすることが出来ないかと考えた。そんな訳で私は彼らを男爵の隷属から買い取った。彼は二人の解放に百コパ（＊旧貨幣単位で一コパは六十グロシュ）要求したが、十コパまけてくれた。」

「あなたはその二人を見ましたか。」

「もちろん、従僕が彼らを連れてきた。男の子は十七歳で娘は十六歳だ。男の子は健康で体格も良く、ちょっと音楽家だ、狩りのホルンを上手に吹くという話だ。」

「彼は誰かに習ったのですか」突然イジークが尋ねた。

「それはないだろう。そして娘は良い子だ、本当に良い子だ。すらりとして田舎娘にはとても見えない。すぐ私は思い付いた、あの娘はトニチカ、君にぴったりだよ。」

「その福音派の子がですか。」

「彼女はそう宣告されてはいないけれど。」

「ありがとう、でも私には彼女は要りません。もしそうなると私はリズラを手放さねばならず、それはいやです。私はリズラに満足していて二人は必要ありません。」

「それでは私はしくじったな」ブジェジナは笑った。「さあ私は別のあてがい先を考えねば。」

「その男の子はどうするのですか。」

「その子は手元に残しておく。葡萄畑で使うつもりだ。彼は丈夫そうだし、畑の働き手にラッパで合図する者が今いないからな。」

「お考え通りにして下さい。ところでフバーチウスさんはどうでした」夫人は微笑みながらイジークの方を向いた。イジークは神の目屋にある彼の住居やそこでの彼の暮らしや、また彼の聴衆である法務局の読み上げ官、ヨハン・スヴォボダ氏について喜んで話し始めた。

35

翌日午前中に赤いお仕着せを着た太った従僕が、マホヴェツの子供たちがいる部屋に入ってきて、笑いながら彼らに言った、さあお別れだここに居る必要はないと。トマーシュは素早く立ち上がって、自分たちをスカルカに送り返すのですかと尋ねた。

「いや、そうではない、スカルカには行かない、おまえたちはあの巣にはもう二度と戻らない。」

マホヴェツの子供たちは声を出すことも出来なかった。

「男爵様はおまえたちを欲しくないけれど、おまえたちはプラハに残る。あのブジェジナの旦那がおまえたちを男爵様の隷属から買い取った。もう昨日からおまえたちはあの醸造家の隷属になっている。」

売られてしまった、その驚きの中でヘレンカは最初に声を出した。締め付けられたような声で、二人ともですかと尋ねた。

「二人、もちろん二人とも。でも喜びなさい。おまえたちはプラハに留まり、あのろくでもないスカルカの、あの巣窟に戻らなくてもいいのだ。実際あすこの生活と言ったらひどいものだ。おまえたちはブジェジナさんの所で寂しい思いはしないだろう。」

フロリヤーン・マリヤーネクが入ってきた。彼は口を大きく開けて笑って従僕に挨拶すると、マホヴェツの子供たちを探るように眺めて言った、ブジェジナさんがここにいる若者を連れてくるように私に言われたので来ました。どうか準備してください、解放のための全ての手続きは済みました、全て滞りなくと。

「それでは先ず初めに君、息子さん」彼はトマーシュの方に向いた。「先ず始めに君を連れて行き、それからこの娘さんを。」

ヘレンカは突然奈落の縁に立たされたように思い、驚いてマリヤーネクを見つめながらトマーシュを掴まえた。彼女にはマリヤーネクが恐ろしく見えた。

「それでは妹はどうなるのですか」彼は間を置かずに尋ねた。

「彼女は君を連れていった後です。」

「なぜ私と一緒ではないのですか、私たち二人は同じ隷属になるのに、なぜ二人一緒ではないのですか。」

「そう、そう、君たちは同じ人に隷属していますが、ブジェジナさんには二人分の場所がないので、娘さんの方は——」

「どこですか。」

「とてもよい場所です。」

「ここプラハですか」ヘレンカは不安で息を詰めて聞いた。

「もちろん、ここに決まっています」マリヤーネクは笑った。「知りたければ言いますが、レルホヴァー夫人の所です。でもブジェジナさんの隷属のままです、念のため。君たちは、ばらばらになって世界の果てに行くのではありません。君は」彼はトマーシュに向かって言った。「馬市場に、そして娘さん、君は聖ハシュタル教会の近くです。君たちはお互いにそれほど離れていません。ただ泣き言を言っては駄目です。あなたの所には午後に来ます、そして君、トマーシュ、トマーシュと言いましたね、さあ行きましょう。」

拒否することも助けを求めることも出来なかった。トマーシュは聞き従った。彼は自分の包みと杖を手に取った。

「ラッパはどうしましたか、ここに置いていくのですか。

✴ 35 ✴

ブジェジナさんは君のそれを特に必要としています。」

気落ちしたトマーシュはヘレンカにさようならを言った。彼女は静かに泣いていた。彼女の支えであり最後の慰めであった彼が、彼女から引き剥がされた。ヘレンカは彼らの後を追って階段まで出た。その階段を太った従僕が降りていき、彼の後からフロリヤーン・マリヤーネクがそしてトマーシュが降りていった。マリヤーネクは階段からもう一度彼女に慰めの声を掛け、悲しまないで下さい、お互いに遠くには行かないのだからと言った。しかし彼女は彼の言葉に注意を払わず、トマーシュの後だけを目で追った。彼女は手すりから身を乗り出し、彼がらせん階段を降りて暗がりに消えるまで視線を送った。部屋に戻ると泣きながら机の横の椅子に座り込んだ。

その日の午後、薄曇りの中イジークは祖母の所に行った、彼は今学校が休暇中なので（＊〔原注〕九月後半から十一月初めまで続いた）ほとんど毎日訪れていた。古い蔵元のウ・プラジャークーの門道の通路は静かだった。居酒屋の女将のテーブルの周りにも人はいなかった。まだ時間も早く涼しい秋の日には、蒸し暑い夏に一杯引っかけて元気をつけるのとは違って、早くから居酒屋の女将の所に人は集まってはいなかった。その代わり樽と二輪車が一杯並んだ中庭から、歌が聞こえてきた。若い醸造職人が、酒場へのビールの配達に使う二輪車の一台を塗りながら歌っていた。

ご主人がおれを呼び出して、
クビを言い渡した、
お仕事ご苦労さん、幸せになれよ、
幸せになってくーれーやー。

感傷的で引き伸ばされ、変わったアクセントの付いたこの歌の歌詞と旋律は、イジークのいる木の階段まで届いた。彼は二階に上がりながら知らずに聞いていたが、階上の最後の階段に足を乗せた時、急に立ち止まった。扉の脇の白く塗られた控えの間に、すらりとした容姿が目立つ若い娘が手に包みを持って立っていた。頭には毛皮の帽子を被っていたが、そのてっぺんには小さな黒い房が縫いつけられていた。灰色のラシャの上着は彼女に良く似合っていた。彼女は暗い色のスカートをはき赤い靴下をしていた。小さな町から来た田舎娘のようであった。その娘は大きな部屋の扉を不安げに見つめながら、じっと立っていた。彼女は階段の足音を聞いて素早く振り返った。彼女の視線はおずおずとして怯えていた。

イジーク自身も驚いたがその時彼の頭をかすめたのは、これが多分あの異端の娘だろうということだった。父は昨日の晩その娘について語ったが、彼女の件でマリヤーネクを呼び、彼に明日彼女を祖母のところへ連れて行くように言い付けていた。彼は驚いたが、娘の横を通って真っ直ぐに大部屋に入るより、右に曲がって小さな倉庫に行った方が良いだろうと思った。しかしその時大部屋の扉の向こうで、誰か男の良く通る早口の会話の声が聞こえ、扉が開いた時その声はもっと大きくなった。フロリヤーン・マリヤーネクがちょうど帰るところで、部屋の方を向いてその様に喋り、笑いながら絶えず相槌を打っていた。「そうです、そうです、ご主人様」そしてまた「はい、はい、もちろんです、本当、本当です、ご主人様、どうしてそうでないことが——」その時彼は振り向いてヘレンカを呼んだ。

「さあ、娘さん、いらっしゃい、入りなさい。あっ、イジーチェク。」

レルホヴァーは杖をついて扉の所に立っていた。彼女は孫に微笑みかけ白髪の頭でうなずくと、今用事があるのでちょっと倉庫に行っていなさい、すぐに行くからと彼に言った。

マリヤーネクは自分の仕事の首尾に満足し、喜んで素早く階段を降りていった。しかし下に降りてから通路の端で立ち止まり、二輪車にビールの樽を積み込んでいる何人かの醸造職人をちょっと眺めた。しかし長い間彼らを無言で見てはいなかった。彼は大口を開けて笑い、醸造職人をからかう歌を歌い始めた。

車が二つしかない馬車に、
そこにビールを積み込んで、
酒場の女給に配達し、
そこで女といちゃついて——

その歌に「車が二つしかない馬車に」で始まる醸造職人たちの突然の合唱が加わった。的を射た罵言と威嚇の嵐が彼に降りかかった。そして一人の男が、あたかも鉄拳を見舞ってやろうかとばかりに、荷車から飛び降りた時、歌っていたマリヤーネクは笑いながら素早く脇に退き、駆け足でドロウハー通りの方に急いで逃げ出した。

イジークは小さな倉庫に入りながら敷居の所で振り返ると、祖母が娘に入るようにと呼んだのが見えその声も聞こえた。しかしそれはフロリヤーン・マリヤーネクのように彼女を陽気に促すのではなく、重々しく厳しくさえあった。イジークはちょっと彼女のことを考えた。しかしそれは彼女が美しくすらりとした容姿であることではなく、何か暗い恐れと思わず感じる哀れさであり、父親が信仰のために逃亡したならば、彼女も多分異端の教えを信じているだろうということであった。その際彼は、祖母が呼んだ時彼女はすぐ部屋に入ったが、包みを持っていなかったことに気付いた。あの包みはきちんと扉の外に置いていた。

多分彼女は秘かな異端であることに間違いないであろう。その様な者をどう扱えばいいのか――彼はすでに子供の頃から異端者について、主にルター派とフス派であるが、彼らについて常に軽蔑と嫌悪を持って語られるのを聞いてきた。そのことは家でも学校でも教会の説教でも聞き、また年代記や説教集にも書かれていた。不信心に対するこの様な恐れを彼は一度体験した、しかもここで祖母の古い蔵元の家で、何年も前の少年の頃に。

ある冬の黄昏時に祖母は彼に物語った。この彼女の家はとても古く百年前にはダヴィド・ククラ・ズ・タンゲベルカという名の裕福な町人のものであった。金持ちの醸造家で四つの家と葡萄畑を持っていたが、ルター派で皇帝に対する反乱に加担した。そのためあの反乱が白山の戦いで打ち破られると、そのククラもまた厳しく罰せられた。彼は葡萄畑を取り上げられ、また全ての持ち家も取り上げられ、はるか昔の記録にない頃からウ・プラジャークーと呼ばれていたこの家も没収された。そのダヴィド・ククラはここから亡命の旅に出た。しかし急なことでほとんど逃げ出す有様だったため、すべてを売り払うことも持って行くことも出来なかった。彼は特に銀食器をとても多く持っていた――それらを持って行くことが出来なかったので、彼は出立の前夜すべての銀食器を、皿も鉢も水差しもみな熔かし、熔けた銀を魚の形をした大きな鍋に流し込んだ。そしてその鍋をひっくり返すと魚の形をした大きな銀塊ができたので、彼はそれをこの家の壁に秘かに塗り込めた。それは大きなものでまた危険な時代だったので、それを持って行くことは出来ず、彼はまた戻って来ると考えた。というのもその当時は福音派の者は誰でもまた戻って来ると信じていたからであった。ダヴィド・ククラはウ・プラジャークーの家から去ったが、もはや戻らなかった。彼は亡命中に亡くなり、その大きな銀の魚がどこの壁に塗り込められたかを知る者はいなかった。そしてその秘宝は今日までこの家にあるが、それがどこかを知る者は無く、この家を取り壊さない限りは分からず、またこの先一体誰がそれを知るであろうか――

この祖母の話は当時のイジーク少年を興奮させた。驚いた彼は思わず倉庫を眺め回した。ここにあの異端者ククラがいて、彼はあの最後の夜に多分ここであの銀の魚を鋳造し、きっとここのどこかの壁にそれを塗り込めたのであろう。イジークは帰る際驚きに満ちて、古い家の中を繁々と見回した。そしてその後も長い間、祖母の所に行く時はいつもそうであった。物を詰め込んだ薄暗い隅はみな、彼にはもっと秘密めいたものになった。あの男はそこの中に秘宝の銀の魚を隠したか、または地下の深い物置の中に隠したか。そして古い家のいたる所に、金持ちのダヴィド・ククラの影が横たわっているように思えた。敬虔な少年は秘かな異端者を恐れるとともに同情もした。彼は信仰に頑なであったが不幸でもあった、というのもその頑なさを持ち続けその中で死んで行き、きっと地獄の苦しみを受けるようになったと考えたからであった。

その頃イジークはすでにA、B、C、Dを書く文字練習板や初級読本は卒業し、教理問答《カテキズム》（＊語注21）の入門書から福音書に進んでいた。そして彼の母は彼について喜びと自慢を込めて祖母に話していた。彼は何と信心深く熱心なのでしょう、彼は煉獄にいる魂に祈るのを忘れた時は眠ることがどうしても出来なかったけれど、その後お祈りが遅れたことに気がつくと魂たちに祈り、すぐに目を閉じて心地よく眠りましたと。また別の日にも母は祖母に、この私たちの子は毎日自分の部屋で聖母マリア様にバラとお花を飾っていますが、この頃は自分で編んだ花冠でマリア様の頭を飾っていますと。

彼の母はこれらのことを喜んで自慢していたが、彼女はその篤い敬虔さやバラや花の冠の内に、彼の無意識な詩的感性があることに気付かなかった。それが強められたのは、教会の盛式ミサで香炉の煙の青みがかった雲が陽の光に照らされ、高いアーチに昇っていく時であった。そのアーチは、鮮やかな絵や豊かで真っ白な飾り漆喰や金箔の装飾の輝きで満ち、唱歌席からは響きの豊かな音楽や巧みな歌声が喜ばしく流れて来た。また別の時に彼を捉えたのは教会の深い静けさであり、その時彼は祈るのも忘れて祭壇やその像をじっと眺めた。その時に彼の思いを占め魔法にかけたのは、聖人や聖なる慈悲深い贖罪者たちの姿であり、巻き毛や金髪の天使が、また開いた天空から天使たちの目を射るような光が、鮮やかな色彩で描かれた人々の群れに降りかかっている様子や、薄闇に包まれた不思議な建物の背景と木々や灌木の茂みの柔らかな輪郭や、その背後の空に浮ぶ輝いて消えゆく夕焼け雲であった。

また彼は家族で約束して、緑の木曜日（＊復活祭の直前の木曜日）に初めてプラハ城内の聖ヴィート教会に行くことになっていたが、当時の彼はそれを待ちきれなかった。そこに出来るだけ早く行こうと、マグダラのマリア（＊新約聖書中の聖女、イエスの死と復活を見届けた）の宗教行列に加わりそこに向かった。そして彼の願望はその日に大衆に示される聖遺物であり、それを見ようとそこで群衆に揉まれていた。最も見たいと強く望んでいたのは二つ、主キリストが晩餐をしたテーブルの木片と、そこに敷かれていたテーブルクロスの断片であった。彼は皆と同様にそれらをこの上なく神聖なものとして信じていた。

このような敬虔さは当時の彼には、外から注ぎ込まれたものだった。それを強固なものにしたのは祖母の叔父のダニエル・スク神父であった。しかしまた彼は非カトリックとの戦いでイエズス会の貢献を称賛して、イジークの中に異端への嫌悪と反発も焚き付けた。

ある午後にもう初級学級の生徒であったイジークが、ダニエル神父と一緒に石の橋を渡っていた。そこで突然白髪の神父は、まだ新しいイグナチオ・デ・ロヨラの像（＊語注5）の前で立ち止まった。

「ほらイジーク、見てごらん、この聖人の像を。これは誰だろう。」

「聖イグナチオです。」

「その通り、ではカルバンとルターが人間ではなくヘビであることも知っているね。ヘラクレスでもこの二人には勝てないだろう。しかし聖イグナチオはヘラクレスより強かった。彼はこの二匹のヘビを退治した。それでは、あの銘板に何が刻まれているか読んでごらん、さあ。」

イジークは一音ずつ辿《たど》りながら読んでいった。

「Hic stat, quo opem ferente Christiana in fide orbis stat.」

ダニエルはすぐ大意を汲んで訳した。「ここにあの天使がいる、彼の強い力によって全世界はキリスト信仰の中に確固としてある。」

その時イジークは神聖な感動にとらわれ、無言でイエズス会の創設者の像を仰ぎ見たのであった。老神父が狂信的なほど熱狂的に語った言葉は、彼の耳を通り過ぎることはなく、華奢な青白い少年の心に深く留まったのであった。

そして何年も経った今、もうそこにやって来ても考えることも思い出すこともなかった、かつてのダヴィド・ククラ・ズ・タンゲベルカ、「ルター派の反逆者」の古い家で、イジークはその男と同じ由来の娘に出会った。多分彼女は秘かな異端でルター派であろう。彼はその考えから抜け出せなかった。彼はその倉庫でいつものようにハーイェク年代記に手を伸ばすこともなく、その上にはまだ新しい装丁のシュテイエルの『聖なる鏡、あるいは神に愛されし聖女たちの生涯』が置いてあった。彼は下方の花壇に目をやることもなかった。彼はあの娘について考え、もしそれが本当だったなら祖母は何と言うだろうか、彼女を手元に残すだろうかと――

しかしその前に彼は別の知らせを受けた。近眼のダニエル神父がそれをもたらした。彼は入ってくると愛想のよい黒っぽい目を細めた。そこにイジークがいることを知ると、喜んで声をかけた。

「やあ、イジーク、おまえがここにいて嬉しいよ。私が持って来た知らせをお前に話すことが出来たらなと、ちょうど思っていたところだ。ローマから知らせが届いたのを知っているかな。まあ聞きなさい、今月の初めに開かれた列聖省の会議（＊教会の儀式と列聖を審査する法王付きの会議）で、十二人の内の七人の賛成で福者アロイシウス・ゴンザガ（＊一五六八―一五九一、イタリア出身のイエズス会士で疫病の看護で感染して死亡、一六〇五年に福者になっていた）が列聖され、今彼は聖人になった。新しい聖人は私たちの教団の出身で、法王はその際彼をすべての学生の守護聖人と宣言した。未来の哲学級の学生さん、君は新しい守護聖人を持つことになる、しかも何と言う立派な方を。天使のような倫理感を持った聖なる若者、彼はすべての女性の前で目を伏せて、そして――それから――ちょっとだけれど、実際彼は少しだけチェコ人だ。出生ではないけれどチェコの領主と親戚なのだ。このことは多分お前は知らないだろうが、栄光あるペルンシュテイン家の、それについてはバルビーン神父が書いたものを読むことが出来るが、その一族の一人の令嬢が福者の、今は聖人アロイシウスの兄弟に嫁いだのだ。

それは確かだ——そして——それから他の親族については——おいで、座りなさい、それについてもっと話そう——」

イジークは窓際の象眼を施した長持に腰をかけ、ダニエルは身を乗り出して話を続けた。

「私が文法級の生徒だった五十年以上前のことだが、ベルナルト・フランク、つまりベルナルドゥス・フランク神父が学校で教えていた。彼はアロイシウス・ゴンザガが福者と宣言された後間もなく、ここプラハで行われた祝典がどの様なものであったかを覚えていた。それは記憶に残るすばらしいものであったが、イジークいいかい、この祝典に福者自身の親類が、本当の血縁の者たちが参列した。」

ダニエルは微笑みながら目を細めて、自分の言葉が彼にどう響くかを見るようにイジークを見つめた。イジークは実際驚いて彼の言葉を繰り返した。

「本当の血縁者が、ここプラハにですか、それはいつのことですか。」

「三十年戦争の始まりの頃だった。そこには近い親戚の友人たち、つまり福者で今は聖人のアロイシウスの従姉妹がいた。彼女はイジー・ズ・マルチニツに嫁ぎチェコの氏になり、彼女の兄弟もまたその時そうなった。彼の家庭教師はその時司祭の位を得て、ちょうど福者アロイシウスの日（＊六月二十一日）に自分が捧げる最初のミサを私たちの聖救世主教会（＊語注26→クレメンティヌム）で挙げた。それについてベルナルト神父は私たちに語っていた。それは何と美しく何と栄光に満ちていたか、教会は飾り壁布で彩られ花と花輪で満ち、沢山の灯火が灯っていた。そして学生たち、ベルナルト神父はその時統辞論学級《シンタックス》の生徒であったが、もちろん全員が祝祭の着物を着て、各自が手に百合の花を持ち頭にバラの冠を被って、みな聖体拝受に進み出た。新たに叙任されたその彼がそれを執り行った。

最初に祭壇に向かったのは福者アロイシウスの甥で、その後嫁いだ従姉妹のマルチニツォヴァーとその夫のマルチニツ伯爵が、そしてさらに四人のマルチニツ家の者が続いた。それらの後に学生たちが、あの統辞論学級の生徒たちが各々手に百合の花を、頭にバラの冠を被って続いた。そしてその冠を各々が福者アロイシウスの聖画像の下にきれいに並べた。ベルナルト神父が私たちにその事を述べた時、彼の目は涙で曇っていた。私たちはそれをじっと聞いていた。神よ、おお神よ、正にこのような出来事がありました、このような——」

女主人のレルホヴァーが杖を支えにゆっくりと重い足取りで入ってきた。従兄弟の僧に挨拶をすると彼女はすぐ、家に受け入れた者にあなたは驚くでしょうと言った。知らせを持ってきたダニエルは、先ず初めに彼女の方の知らせを聞かねばならなかった。それは新しい奉公人のことで、イジークの父がここに送ってきた娘であった。女主人はマリヤーネクから聞いた全てのことを、ヘレンカのこと、トマーシュのこと、老嬢ムラドトヴァーのことを詳しく語り、老嬢は彼らが然るべく教え導かれ、聖なるカトリックの教えを確固としたものにしたいと、彼らをプラハに送ってきたことを述べた。

ダニエルはこれこそ真のキリスト教的愛と配慮であると言って、熱く同意し称賛した。そして自身とレルホヴァーを念頭において、私たちが迷っている者たちに助けと配慮をしなければならないと言った。

「娘は良い子です」女主人は思い出して言った。「なかなか賢くて、その高貴な老嬢の所で小間使いをしていました――」

「それだったら、なおさら良い、ますます良い――」ダニエルは誉め白髪頭を振ってうなずいた。

イジークは立ち去る時に思わず控えの間の、前にヘレンカが立っていた扉の脇を見た。そこには誰もおらず、あの包みも消えていた。

36

双子のテーブルでは聖ヴィート教会の盗難と若い泥棒と、彼がすでに梯子《はしご》を使った拷問台で引き伸ばされ両脇腹を焼かれたにもかかわらず（＊語注29）、頑なに否認していることについて、幾晩にも渡って議論されてきた。人を興奮させるこの事件のために、老クビーチェクは道化も愚か者も旧役場のパンタローネもポジーチーのイタリア・オペラも忘れてしまった。その後フロリヤーン・マリヤーネクが二人の田舎者、ヘレンカとトマーシュについて驚くような話をして、彼らが何故プラハに送られて来たか、彼がどの様に彼らを各々の場所に連れて行ったか、その秘かな異端の者たちがどんなに仲がいいかを語った。

　募兵があって一週間かそれ以上経った時、双子のテーブルはある知らせで驚いた。それは竜騎兵に志願し戦場も死も覚悟した染物屋マルコの若い徒弟が、他の者たちと一緒に連隊に連れて行かれる途中、プラハからさほど遠くないベロウンの町（＊プラハ南西約三〇キロメートル）の前で突然死んだと言うものだった。サメチェクはマリヤーネクがそれについて何も書いていないと皮肉った。

「書きました、書きましたとも」

「それでは何と書けたかね、どう書いているのだろう。」

「こんな風に書いています、もう書けています。行軍に出発したサヴォイ連隊の兵士ベルナルト・ムニークは、あの世への行軍に出た。ベロウンの宿所には着けなかったが、天上の住居を獲得した。」

「おう、おう、これは上手い。ところでマリヤーネク、今日君を思い出したよ、もしあの老漁師が死んだら君は彼について何と書くだろうかと。誰かが市場で私にその老人が百五歳だと教えてくれた。ここのオウイエスト市門の向こうに住んでいるそうだ。」

「ラホヴィツエ（＊プラハ中心部から南に一〇キロメートルの村）のダニヘル老人です。」

「君は彼を知っているのかい。」

「よく知っています。彼はスウェーデン軍が旧市街を包囲した時には、もう漁師でした。彼は当時モルダウ川で魚を取り、それをスウェーデン軍に売っていました。彼は通行許可書を持っていたので、とても儲かったそうです。彼については、サメチェクさん、何も書きません。彼は私より長生きするでしょう。」

「それではトゥルコヴァー夫人もそうかい。彼女もまたスウェーデン軍を覚えているそうだ。」

「あの女はスウェーデン軍の連中と踊ったそうだ」フィレチェクはその話は信じてはいなかったが、顔をしかめた。

「踊ったも踊らないもないでしょう。でも覚えているでしょう、彼らがプラハを前に布陣した時、彼女は八歳でした。」

「と言うことは、彼女は今――」クロウパ老人が数えた。

「八十五歳です。」

「マリヤーネク、葬式があるだろう。そして遺産相続も。」

「葬式はもちろん盛大になるでしょう。遺産相続については聖クリメントの神学寮の神父たちに聞いてください」マリヤーネクは悪戯っぽく笑った。――

秋がやって来て、テーブルでは葡萄についても議論された、どの位実りどの位熟しているか、そして間近な葡萄の収穫についても。またいつもの話題にも戻っていった。老クビーチェクは時々、今読んでいるチェコの年代記の章について解釈したり、自分の姉のアンチチカについて心を込めて優しく語ったり、またミクラーシュ・クロウパが驚きと称賛を持ってブランドリンスキー・ゼ・シィチェクシェの珍しい家について語ると、クビーチェクはフブリクの類まれな家について感動し夢中になって話していた。

　そしてまたフロリヤーン・マリヤーネクは双子をからかったり、彼らが互いに腹を立てるようにけしかけたりした。十一月の初めのある晩雪が降り始めた時に、すべてのテーブルとビアホール全体が次の知らせで興奮した。それはクシヴォクラート（＊プラハの西四〇キロメートル）の森で聖シモンと聖ユダの祭日（＊十月二十八日）の前夜、闇夜で恐ろしい風が吹いている時に人里離れた屋敷が襲われたというものであった。盗賊は十二人程でみな裏返しの胴着を着て顔を黒く塗っていた。彼らの内の一人は赤い帯を締め、盗賊たちは彼を「旦那《パネ》」と呼んでいた。彼らは屋敷を略奪し金や集められるもの全てをかき集め、人々を縛ったが誰も殺さず、ただ抵抗しようとした一人の下男を気を失うまで殴りつけた――

　その後十一月の後半に年代記と絵画の愛好家の老クビーチェクがニュースを持って来た。それはライネル家全体の中で一番有名な、優れた芸術家のヴァーツラフ（＊語注90）がもうすぐ結婚するが、結婚式はナ・ペルシュティーニェ通りに住むヘルツォク家の花嫁の家で準備され、楽しい結婚式になりもちろん芸術家仲間の盛大な仮面舞踏もあるという。彼は陽気ないい奴で、式は当然のことながら聖十字架修道会の教会（＊語注56）で今月二十一日の水曜日に行われることになっている。ヴァーツラフはその教会の丸天井一杯にとても美しく描いていて、それはそれは美しく、天井や壁にあのように描ける者は他にいないだろうと。

　彼はその絵についていろいろ語るつもりであったが、粗野なコツォウレクが飛び込んで来て、息を切らし目を剥いてホールの皆に尋ねた、聖ヤンから盗んだ泥棒に判決が下ったことを知っているかと。どんな判決だと思うか、それはウ・ブジェジヌーの全員が正解で、絞首刑になるだろうと考えた人も正解で、自分のようにその盗人は火刑にされるだろうと考えた人も、あの泥棒は絞首刑にされ火刑にされる、つまり絞首台に吊るされた後、絞首台と共に燃やされようと――

　その時ブジェジナの息子イジークはすでに哲学級の学生で、哲学級の一年目の論理学学級に通っていた。彼はフバーチウスとヴァイオリンを演奏するため、頻繁に彼を訪れていた。いつも彼らの聴衆となるのは、法務局の読み上げ官スヴォボダであった。その演奏が終わっても、いつもすぐには解散しなかった。時にもう少し話し合ったり、読み上げ官が彼の蔵書に新しく加わったものについてうんちくを傾けたりした。

　このような訪問を通じて読み上げ官はイジークが気に入った、というのも彼がイジークやフバーチウスに自分の古書について語った時、若い哲学級の学生は熱心に耳を傾けていたからであった。十月の終わりには彼はイジークに、本を見に来ないかと誘った。イジークが初めて彼の部屋に足を踏み入れてすぐ気付いたのは、壁には聖像は一つも掛けてなく、ただ扉の脇の錫製の聖水盤の下に黒っぽい数珠が掛かっているだけだったことであった。その代わり壁を背に二つの本棚には沢山の本があり、また本棚の横にある机の上にも大小の本が山になって載っていて、その上に読み上げ官のかつらが突き出ていた。イジークはそれらの本を眺め回した。それらはバルビーンの著作のように、聞いたことはあっても見たことはなかったものもあれば、彼がまったく知らないものもあり、大部分はチェコ語とラテン語で書かれた歴史に関するものであった。

　読み上げ官は自分の秘宝を大喜びで語っていたが、彼のお宝を興味深く眺める人や、彼が個々の本について、それがどの様なものでどの様な価値を持ち、どこでそれを初めて見て、どこでそれを見つけて買ったのかを物語ったり、また今特別に大切にしてそれを撫でて自慢しているその本を、どこの古物商でどのように見つけたのかを語り始めても、話を逸らしたり余所を向いたりしない人を見つけると彼はとても喜んだ。そのような本は聖ハヴェル教会の近くの汚らしい屋台の古紙の間に埃にまみれて、また薄暗いユダヤ人の店の中に転がっていた。彼はその話をしながら満足げに微笑み、黒い毛糸の帽子をちょっと揺すって嬉しそうに言った、もしあのユダヤ人が自分が持っている本の価値を知っていたならば、彼はそれを高値で吹っ掛けただろう。長い間一生懸命に探していた本をやっと見つけた時、その本を見て私の心は笑いそれに震える手を伸ばしたが、その本がどれだけ自分に大切なものであるかを彼に見抜かれないようするため、自分は何度も素知らぬ顔を装わねばならなかったと。

　イジークは初めスヴォボダの部屋には、フバーチウスとのヴァイオリンの合奏後に訪れていたが、その後スヴォボダはイジークに本を見に来るように声をかけ、彼がいつも在宅の別の時間の午後や夕方にも行くようになった。彼もまた晩にはティーン教会の近くのウ・ヴォルリーチクーという名の静かな居酒屋に通っていた。イジークが行くといつも彼は部屋にいた。彼は本を読んだり何か書き写していたり、古書を修理したりしていた。そのような時には、彼はかつて緑色だった前掛けをして、机の上には膠《にかわ》か糊の壷を置き、装丁を修理し破れかけた頁を糊付けし、きれいな紙の頁を挟み込み、欠けた語を書き足すため自分の手で昔の印刷文字を描いてもいた。

この様な訪問時のある時、イジークのノックに気がつかず彼が入った時、読み上げ官は彼の入室に驚いて読んでいた小さな本を急いで閉じて、慌てて机の上に置かれた紙と本の間に突っ込んだ。そして彼はそれを引き出すことも、それについて何ら語ることもなかった。また二度目は十一月であったがイジークが部屋に入ると、黒い帽子を被った読み上げ官が開いた衣装戸棚の所にひざまずいているのを見かけた。イジークはその衣装戸棚の底の方に、金属を被せた黒い細長い不思議な小箱があるのを見つけた。読み上げ官はすぐにその箱をしまうとイジークを机の方に連れて行った。その小箱は普通のものではなく何か特別なものであったが、イジークはそれについてはさほど長くは考えなかった、読み上げ官があの時大慌てで驚いて本の間に突っ込み、その後それについては一言も言わなかったあの本と同様に。

読み上げ官のスヴォボダは本についての会話の際、時々別のことにも触れた。それは主に歴史からで、昔の時代のことであった。その際しばしば自分の知識不足を実感していたイジークは、一度ならずその会話の中で目の前に火花が飛ぶように感じることがあった。その燃え上がった光は、彼がこれまで気付かなかったことや、その存在を予感さえしなかったことをはっきりと照らし出した。しかしまた日々のニュースについても読み上げ官は、フバーチウスのところでもまた彼の部屋にイジークといる時にも言及し話し合った。

聖ミクラーシュの日（＊十二月六日）の前日に、福者ヤン・ネポムツキーの墓を荒らした若い泥棒の処刑が行われた。イジークと同様にそれを見には行かなかったフバーチウスは、午後彼らがヴァイオリンの演奏の準備をしていた時、多分読み上げ官はあの処刑について彼らに一言あるだろうと言った。しかし彼は何も語らず来ることもなかった。しかし彼は部屋には居て何かを壁に打ち付けている音を彼らは聞いた。

一週間後の次の演奏時に聴衆はやって来た。隣人の読み上げ官は静かに扉を開けたが、いつものように聴くために無言で暖炉の脇に座るのではなく、まっすぐ演奏家の方に向かった。そして手早くポケットからローゼンミューラーのチェスキー・ポスティリオーンの最新号を取り出すと、お邪魔しますがと断ることもなく、二人ともこの号にある聖ヴィート教会で窃盗を働いた不幸な若者カシュパル・Sと彼の処刑の記事を読む必要がありますと彼らに言った。彼はすでに楽譜が広げられ調弦も済んだヴァイオリンを気にかけずに、先週の水曜日の正午前に旧市街の拘禁所から処刑場に連行されたその若者の記事を読み始めた。

「言い渡された判決に従って彼は絞首台に吊るされた後、絞首台と共に燃やされることになっていた。しかし死刑執行人の親方（＊処刑人も親方制度だった）が彼を吊るしその首を折ろうとした時、紐が切れてその悪党はまだ生きたまま焚き木の上に落ちた。その後彼は街道沿いにある礼拝堂に運ばれ、そこでしばらくして死んだ。彼の遺体は厳重な監視下でそこに昨日まで置いておかれたが、判決の執行のために昨日午前中に焚き木の上に投げ上げられそこで焼かれた。」

このニュースは彼らにはもうニュースではなかったが、そのことを新聞が書いているのは面白く、またイジークには読み上げ官の読んでいる様子が、とても深刻な陰鬱な表情でそれを読んでいるのが、また彼が読み終わった時に言った次の言葉が印象深かった。

「ここの聖ヤクプ教会では事情は違っていました」彼は指で肩越しに近くの修道院と聖ヤクプ教会の方を示した。「あすこでは聖母マリア様御自身が泥棒を捕まえました。」

彼は伝説のことを言及していた。それによれば聖ヤクプ教会の祭壇の一つにある聖母マリアの像は、そこから真珠と金貨を盗もうとした泥棒の腕を掴まえ、彼の腕を切り落とすまで彼を離さなかったという（＊語注86）。イジークは驚き、読み上げ官がさらに次のように付け加えた時唖然とした。

「もし聖ヤンが彼を離さなかったなら」彼は黙りそれから声を抑えて言った「それは新しい彼の奇跡になったでしょうに。」彼は青い目を上に向けたが、すぐに目を伏せ暖炉の所に急いだ。そしてそこに座るとちょっと微笑みながら、どうぞ音楽家《ドミニー・ムーシキー》さん達、始めて下さい、もうお邪魔はしませんここで聴いていますと言った。彼は身を縮め、楽しみでもう待ちきれないように手をこすり合わせた。――

今イジークは、休暇中のようには度々祖母を訪れることはなかった。彼がヘレンカを階上にある大部屋の控えの間

で見てから、一週間後の最初の訪問の時、彼はまたあの娘に会うのではないかと緊張してその控えの間に入った。しかし姿は見なかったが、彼女の話は聞いた。レルホヴァー自身がそれを言い始め、あの娘を選んだのは間違いではなかった、彼女は仕事が出来て熱心ですべてに巧みであると言った。

「あの子は」女主人は付け加えた。「貴族が受けるきちんとした教育を受けたように見えるけれど、実際は森番の娘だね。そして書くことも出来てしかも上手い。これで私は大分助かるよ。」

「信仰の方はどうでしょう。」イジークは真面目な顔で、控え目な警告の気持ちを込めて尋ねた。

「それについては何も問題は無く、カトリックの信者のように見える。特に気付くことはなく、十字を切り数珠を使って祈ることも出来て（＊数珠はカトリックの証し→語注44）何でもする。しかしあのような者たちを信じてはいけない。神父様は」彼女は従兄弟のダニエル神父のことを念頭に言った。「彼女は若くて頑なではないから、まだすべてを直して迷いの根を抜き取ることができるだろう、そしてその世話を自分がしようと言っている――」

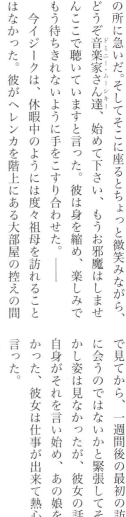

37

ウ・プラジャークーでのヘレンカの日々の暮らしは、スカルカでの最後の頃より良かった。女主人のレルホヴァーは彼女にきつく激しい仕事は一切させなかった。ヘレンカは、ほぼいつも彼女の傍で働き彼女を手伝った。その代わり信仰では平穏は得られなかった。最初は皆が彼女を愛想よく優しく迎えるのではなく、よそよそしく眺めるのには辛くても耐えられたであろう。そのようにスカルカで彼女は見られていたし、もっと酷かった。しかしこの蔵元の家で彼女は、あの辛い思い出を持つイエズス会の神父と会ったのである。彼女は、スカルカの彼らの所に突然やって来て彼らから本を奪って焼き棄て、トマーシュと彼女をかくも厳しく尋問した、あの二人を恐怖と憎しみを持って思い出した。そしてあの青白い顔で髪を乱し心を見抜くような燃える目をした男と、もう一人の、恐ろしい目で彼女を睨み付けんばかりに前に立ちはだかり、恐ろしい目で彼女を睨み付けて脅かして質問を浴びせかけた、あの大きな顎の男を彼女は思い出した。

ここでも彼女は次の日すぐに小さな丸天井の部屋に連れてこられたが、そこには白髪の老神父が座していた。彼はちょっと目を細め彼女を眺めるとすぐに、女主人のいる前で告解場でのように彼女に尋ね始めた。それは兄と一緒にイエズス会士と管理人チェルマークの前に立ち、スカルカの事務室でなされた尋問とほとんど同じものであった。ダニエル神父はそれをにこやかに寛大に尋ねた、父が聖母マリアと秘跡のことをどう言っていたのか、彼女が最後に聖なる告解に行ったのはいつだったか、祈禱書と数珠を持っているかと。彼女が数珠は持っていません、祈禱書はスカルカで没収されましたと答えると、女主人はすぐに数珠を持って来て、祈禱書は二日後にダニエルが持って来た。

彼女にそれらが渡されると説教が始まった。今度は大部屋でレルホヴァーなしで行われた。女主人が部屋から出て行った時、ヘレンカは一人でイエズス会士の訓戒を聞き彼の質問に答えることになるのが怖かった。もしメジジーチーの祖母がこのことを知ったならば、そのイエズス会士がヘレンカにカトリックの信仰を説き、福音派の教えの非正当性と迷いについて述べるのを聞いたならば、祖母はどうするだろうかという思いが彼女の頭を過った――彼女の体は熱くなりこめかみが脈打った。彼女は目を伏せうなだれて、組んだ手の指を無意識に擦り押し付けた。そしてもぐらやヘビトカゲについて、ルターとフスについて聞かされた時、彼女は息が詰まり大きく息を吐かねばならなかった。彼女は夜遅く森番小屋の閉じられた扉の中で、これらの人々のことを大切に語りその著作を読み上げる父の姿を思い出し、もし彼が今この事を聞いたら怒りで燃え上がるに違いないと思った。彼女は出来ることなら叫び声を上げ、飛び出して逃げ出したかった。しかし慎ましく黙るしかなかった。彼女は目に涙が押し寄せるのを感じた時、頭をさらに深く下げた。

直ちに神父は彼女の最初の心の動きに気付いた。彼はそれを自分の言葉の影響だと思った。そしてその熱い言葉でさらに強調して語り、より厳しく異端を非難した。そして彼女の涙を見た時、自分の言葉の熱さを鎮めた。彼女の心を捉えたことに満足して彼はなだめ始め、彼女を安心させ喜ばすように、イエス様は永遠の憐れみであり、聖母マリア様のお取り成しで彼女にも正しい信仰の光と慰めが来ようと言った。そして彼はそれにはただ聖なるマリアの名前を唱えるだけでよいと教え、そしてその名前の中には何があるのか、どの様な文字で綴られているか、各々の文字の中にあるものを覚えておくようにと言った（＊語注60→聖母マリア）。MARIAのMはmediatrix、つまり慈悲深い母であり（＊trixは行為者名詞torの女性形、仲介者、神と人間の間を取り持ってくれる者の意）、Aはauxiliatrix、我らの避難場所（＊守ってくださる人）であり、Rはrestantrix、落ちていく者たちを支える腕であり（＊reparatrixという解釈もありそれでは償い手、我々の罪を代わりに償ってくれる人）、Iはilluminatrix、明るい光であり（＊照らす人）、Aはadvocata、弁護する人である。キリストが父なる神の横にいて我々を弁護して下さるのと同様に、聖母マリアも自分の息子の横にいて弁護して下さる。その名前の中にはすべての祈りと慰めがあり、その名を呼ぶように、呼びかけるのを止めてはならないと。

ヘレンカの額に汗が浮んだ。上気し無意識にダニエルの手の方に身を傾けた。彼は話し終えると、その手を彼女に差し出し口づけさせた。そして聞いたことを全て心に留めて行くようにと言って、優しく愛想よく彼女を解放した。

――

雇い人や使用人が多く騒音や活気に満ちた古い蔵元から彼女は、日曜日の朝に近くの聖ハシュタル教会へ行った以外は、最初の一週間は一歩も外には出なかった。しかも教会には門道の通路にある酒場の女将が彼女を連れて行った。女主人も彼女が町に出るのを勧めなかったし、彼女自身もそうしたいとは言わなかっただろう。彼女は自分が人々に見張られていることを感じまた気付いていた。牢獄の中にいるようでそこから出ることを望んでいたが、それはプラハを見物するためではなく兄と会いたいためであった。彼について何も知らされなかった。マリヤーネクはゴルツ伯爵の家で彼女を慰め、ここへの道すがらでも兄に会えるだろうと言っていたのだが。

彼女は彼が来るのを待ち切望し、待ちきれない程待ち続けていた。彼を思い彼を思い出し、彼がどんな仕事をしているのか、彼の新しい主人はどんな人なのか、彼は彼女のようにどこかのイエズス会士の所に通わねばならないのか考えていた。そしてその悲しみの中で一度ならずユダヤ人のラザル・キシュも思い出した。彼は彼らのことをメジジーチーに伝えてくれただろうか、いつ彼はプラハに来るのだろうか、そして今彼らはムラドタ男爵の家にはいないので、彼は彼らを見つけられるだろうかと。

三週間後の曇った十月の午後に彼女はトマーシュに会えた。彼は突然彼女の部屋に入ってきた。ヘレンカは突然の嬉しい驚きの中で彼に駆け寄った。彼は今までここに来ることが出来なかった、絶えず沢山の仕事と葡萄畑の見回りが続き、暇が取れなかったと彼女に言った。今日始めて外出したが、まだ一人ではなく、若い醸造職人を案内に付けてくれたが、彼は見張りも兼ねていて彼を待っている、そして彼女のいるここに来る前に彼は女主人の所に行かねばならず、女主人は主に葡萄畑と彼の仕事について詳しく全てのことを尋ねた。

これまでヘレンカが寂しさと悲しみの中で過ごしてきた慎ましい部屋は、その時ぱっと明るくなった。質問が雨のように飛び交った。ヘレンカが尋ねトマーシュも尋ねた。ユダヤ人のラザル・キシュのことも二人の頭に浮び、彼が来たか直ちに尋ね合った。彼がどちらにも立ち寄っていないことが分かった。トマーシュはウ・ブジェジヌーでの初めの日々のことを語り、新しい主人のブジェジナと彼の家族について、知ったことと気付いたことを述べた。彼は女主人のレルホヴァーについても、ヘレンカの受け入れと仕事についても聞いて知っていた。そしてまた彼は語り始め、じきに蔵元の家から葡萄畑に行ったが、それは市門の外側でジシュコフと呼ばれる丘のふもとにあり、そこの葡萄畑はとても良くいつも戸外にいると言った。そこでは葡萄の栽培で多くの仕事があり、それは今でも続いていて、またそこからすべての葡萄畑とプラハが一望できるすばらしい眺めがあり、彼も驚いたが彼女もぜひ見て欲しいと言い、今しばしばお偉方の誰かが葡萄畑にやって来ているが、昨日は主人のブジェジナとその夫人と息子の学生が来たと言った。

「その人はここの女主人の所に良く来ます。彼女は祖母に当たります」ヘレンカは言葉を挟んだ。

「彼は私に狩りのホルンを持って来るように言いつけた。」

「兄さんにですか、何をしたいのですか。」

「彼は私にホルンが吹けるのか、習ったのか尋ねた。私は一人で学びました、多くの曲は吹けませんと答えたが、彼は私に吹いてみてくれと言った。私たちは葡萄畑の家の脇にある樫の木の下にいたけれど、その樫の古木はとても美しかった。そこに立つと私は、スカルカの森にいて支配人がいつものように『トマーシュ、吹いてみろ』と言っているような気がした。そこで私は大喜びでホルンを吹き鳴らし、その音は樫の木から葡萄畑を越えて下方に、また周囲に陽気に響き渡った――若主人は拍手し、私がよい耳をしていて巧みに吹いている、ぜひ教師について学んだ方がよいと言った。そして主人もまた私の音楽を誉めた。だからそこはなかなか良く、泣き言を言わずに済みそうだ。そう、あの皮剥ぎの管理人がいるスカルカの使用人小屋より十倍も良い。」

「信仰の方ではどうですか――無理強いされませんか。」

「これまではなかった。」

「イエズス会士の所に連れて行かれませんか。」

「いや――」

「ああ、私もそのように言えたらいいのですが。」ヘレンカはより小さな声でダニエル神父について、二度彼のもとに訓戒を受けに行かねばならなかったことを話した。トマーシュは顔をしかめた。彼女が話し終えると彼は回りを見て静かな声で元気づけた。

「思い出しなさい、ヘレンカ、お父さんを、おばあさんを。分かるだろう。しばらくは我慢しなければならない。でも私は夜に葡萄畑の見張りで巡回している時、自分に言い聞かせている、もし信仰のことで彼らが私に何か無理強いするなら、私たちは父が来るのを待たずに彼の所に逃げ出そうと。」

彼女は驚いて彼を見つめた。

「実際ヘレンカ、ここプラハから逃げ出す方がスカルカから逃げ出すよりずっと容易なことが分かるだろう、私を信じなさい。」

部屋の中は薄暗くなっていたが、彼らはそれに気付かなかった。トマーシュの案内人が部屋に入ってきてもう時間だ、行かなければならないと促した。

トマーシュは見た目には陽気に、今度はもっと早く来るからと言って妹を慰めて出て行った。しかし彼の心にはヘレンカについての心配が残り、彼女がイエズス会士について語ったことで不安が募った。一方ヘレンカはずっと安心していた。兄と話して彼が辛くないことを確認した。ただ彼と一緒に居たい、せめて彼に会いに行きたかった。そして若主人がトマーシュにホルンを吹いてごらんと言い、彼を褒めたことが彼女の頭の中に残った。

二週間後もう十一月になっていたが、ある午後レルホヴァーは大部屋で計算をしていた。彼女は何かの勘定書を並べてヘレンカが数字を書き留めていた。突然女主人は小さな倉庫にある計算用の刻み目を入れた棒を思い出した。ヘレンカはそれを取りに駆けて行った。それを持って帰ってくる時、彼女は控えの間で『若主人』のイジークに会った。彼女が扉の取手を握り大部屋に入ろうとしたちょうどその時、背後で足音を聞いた。振り返るとイジークがあまりはっきりしない声で呼んだ。

「待って下さい。」

彼は自分がしたことに、つまり彼女に声をかけ彼女に「あなた」と呼びかけた（＊原文の「待って下さい」の počkejte は丁寧な命令を示す二人称複数形）ことに自分で驚いたかのように、ためらいながら階段の所に立っていた。ヘレンカは声を聞いて立ち止まった。彼は言わねばならないことがあり、彼女に見知らぬ者のことを伝えねばならなかった。

「階下の通路で誰かがあなたのことを尋ねています」彼はおずおずと、ほとんど恥ずかしげに言った。「どこかのユダヤ人です。」

彼は彼女がその知らせに驚き大喜びしたのを見た。そしてその驚きの中で彼女はすぐにその者の名を挙げた。

「それは私たちのスカルカからの、ラザル・キシュです。」

しかしイジークはユダヤ人には注意を払わず、話を続けるのを気兼ねして、ただ祖母が大部屋にいるか尋ねただけだった。彼はそこに向かった。ヘレンカは扉の横に立っていた。彼が彼女の横を通った時、彼女は口ごもりながら「ありがとうございます」と言った。彼は部屋に入り彼女も続いた。彼女は計算用の棒を机に置くとすぐに女主人に、階下の通路に少し行かせてもらえないかと頼んだ、そこには故郷から言付けを持って来た者がいて――

「誰だね――」

「スカルカのユダヤ人キシュです。」

レルホヴァーは不審そうに彼女を見た。その時イジークは、彼はそこにいます、そのユダヤ人は私に言いましたと口添えした。

「それなら行きなさい、でも長くは駄目だよ。」

ヘレンカが急いで姿を消すと、女主人はイジークにそのユダヤ人はどんな様子か尋ねた。

「田舎の人間で年寄りではありません。彼はその娘をとても長い間探していると、何度も頼みました。」

「それなら彼女の代わりに書きなさい、イジーク、この数字を。分かるね。」

イジークは数字を書いていたが彼の目には、ヘレンカが控えの間で彼に向かって立っている姿が、彼女の目が輝いた様子が、頬がさっと赤らんだ様子が残っていた。あのユダヤ人は彼女に故郷からの言付けを持って来た。でも誰からのだろう——父は信仰のため国外に逃げ出した。そう考えてはっとして我に返った。彼は注意深く数字の列を書き写し始めた。

ヘレンカは矢のように階段を駆け降りた。ラザル・キシュは通路で扉の所に立っていた。彼は毛皮外套を着て、黒い巻き毛の上に古い狐の毛皮の帽子を被っていた。スカルカの家では皆と同様に、彼女は彼を単にユダヤ人としか見ていなかった。しかし今は懐かしい同郷人として彼に駆け寄り、喜びをはっきり顔に出して彼に挨拶した。故郷の片鱗が彼と共に届き、あれほど焦がれ長いこと待ち望んだ知らせを彼はもたらした。

彼は語った、昨日プラハに着いて昨日の内すぐに、馬と荷車を片付けるとすぐに、ゴルツ伯爵の家に向かったが、そこで彼らを見つけることは出来なかった。彼が声をかけ尋ね当たるまで随分時間がかかった。というのもどこでもユダヤ人の彼は拒否され、特にあのような家ではなおさら難しかったからであった。上手くいかなかったので探って調べることにした。先ず馬市場のウ・ブジェジヌーに立ち寄った。しかしそこで兄のトマーシュについて、彼は葡萄畑にいて市門から少し離れているのでそこには行けないと言われた。従ってトマーシュと残念ながら話せなかった。一目会いたかったのだけれど、どうか彼によろしく伝えて下さい——

「祖母はどうですか」ヘレンカは我慢できずに彼の話を遮った。「あなたはメジジーチーの誰かと会いましたか。」

「どうして会わないことがありましょう、会いましたとも。私は彼らと話しました。私はそこに行きました。さておばあさんですが、ご存じのように高齢ですね。」彼はヘレンカがまだ森番の娘であると見なして彼女に「あなた」で呼びかけていた。「おばあさんはちょっとご病気ですね、お年寄りにありがちですが。」

「祖母は私たちのことを知っていますか。」

「もちろん知っています。私が伝えました。あの管理人があなた方にしたことや苦しめたことは、もうすでに知っていました。そして彼女は孫である叔父の息子をあなた方に送ったのですが、彼はあなた方の所には行けませんでした、管理人が許さなかったのです。」

「そのことを私たちは全く知りませんでした。」

「そうでしょう、あの悪意に満ちた人間はそれを許さず、あなた方はそれを知ることも出来なかったのです。」

「私たちはそうではないかと思っていました。ところで父は――」

「そう、神様のおかげで」キシュは周囲を見回して声を抑えて言った。「もう国境を越えているのではないかと思います。」

　ヘレンカは彼がはっきりとは知らないのに驚いた。キシュは再び周囲を見回し扉から離れた。ヘレンカは彼の後に続いた。雪が舞い凍えるような寒さで、しかも彼女は薄い部屋着のままであったが、それを気にせず寒さも感じなかった。彼女はラザル・キシュをじっと見つめ、彼は早口でほとんどささやくように言った。お父さんがスカルカから逃げ出した時、彼は森の中に隠れて一日を過ごし、それから夜にうまくメジジーチーにたどり着きました。そこで叔父のクランツの所にかくまわれ、次の日の夜に猟銃を持たずにまた出発しました。

「あの猟銃についてはトマーシュにこう伝えることを忘れないで下さい。あの猟銃はお父さんのお気に入りだったようで、彼はそれを見捨てずにメジジーチーまで無事に持って来ました。でも彼は、もしそれがいつか必要になった時のためにそこに置いておきました。もしそうならなくても、トマーシュのためにそこに残しておこうとお父さんは言っていたそうです。メジジーチーで彼らは私にはっきりとそう言いました。」

「ああ、今はとてもそこまで考えられません――」ヘレンカは溜息をついた。「どれだけ遠くに、父はどれだけ遠くにいるのでしょう――」

「私は多くのことを知りません。私は聞いたことを、叔父のクランツが私に言ったことを話しています。しかし彼がすべてのことを話しているかどうか分かりません。そうかもしれないし、そうでないかもしれません。もしそうでないとしても、私は驚きません。この様な事は誰彼かまわずに言うものではないし、人にすべてを打ち明ければ罠が待っている時代には、それがかなっています。でも私は信じてもらえました、神様のおかげです。私はあの管理人が私たちをどう扱っているか覚えています。彼ほど私たちを嫌悪している者はいません。でもあなた方のお父さんは私たちに決して酷く当たらず、決して虐げることをせず、私の味方までしてくれました。そこで私が知っていることを話しましょう。メジジーチーのあなたの友達は私に話してくれました、お父さんは先ず初めにイチーンに向かいましたが、そこにはあなた方と同じ信仰の森番がいるそうです。彼の所に立ち寄りしばらく隠れた後、彼の助けを借りて国の外に出たそうです。私にそう話しました。」

「それ以上はないですか。」

「ありません、でももう少し」キシュはヘレンカの失望を見て急いで慰めの言葉を加えた、「お父さんは上手くやりました。もしそうでなければ彼は捕まり、ずっと以前にスカルカに連れ戻されたでしょう、そこにくびきをはめられて送られて来たでしょう。ですから逃げ切れたのは幸いでした。」

「父の伝言はなかったですか――」

「私がメジジーチーに行った時にはまだ無かったです、でもそれからもう三週間になります。もちろん手紙を書くことも出来ないし、遣わす人もすぐにはいないと思います。そしてそこは地の果ての様に遠い所です。慎重に考えねばなりません、特にこの様な時には。ヘレンカ、耐えなければなりません、そしてお父さんが追っ手を上手く避けたことを喜び、待っていれば神様がもっと多くのことを知らせて下さるでしょう、どうかそれを楽しみにして下さい。そしてこのすべてを、もちろん兄さんにも伝えて下さい。ところで彼はどうしていますか。」

ヘレンカは手短に彼に語ったが、また祖母のことを尋ねた、彼は祖母に会ったのかと――

「はい、お話ししましたように私はおばあさんに会いました、そして話しました。私がプラハに送られていくあなた方を見たと話すと、かわいそうに彼女は溜息をつき始め、何度も何度もあなた方お二人を哀れんで、神様はあなた方に何という試練をお与えになったのだろうと言っておられました。私がプラハに行ってあなた方と話すだろうと聞くと、彼女は急に元気になり寝台に座って言いました、彼らに伝えてください、私は彼らに挨拶を送ります、百回も挨拶を送ります。そして私は彼らのことを昼も夜もずっと思い続け祈り続け、どうか彼らが神を忘れることのないようにと神様に呼びかけています。彼らに伝えて下さい、私が彼らに言ったことを忘れないように、皆が彼らのことで嘆かないで済むように、彼らが生まれてきたその原点に留まるようにと。そう言いました。昔気質の女性です、でも――」

その時階上から女中が降りてきたがそれは、ヘレンカがそこで何をしているのか、なんでそんなに長く戻ってこないのかと女主人に言われて、遣わされた者であった。

「すぐ行きます。」彼女は素早くキシュにお礼を述べ、急いで支配人と老嬢の事を聞き、キシュにメジジーチーの誰かと会ったら、皆に彼女とトマーシュからの挨拶を伝えて欲しいと頼んだ。寒さで青ざめた彼女が階上に駆け上がると、女主人の厳しい叱責が待っていた、ユダヤ人と何をしていた、何でそんなに長くいたのかと。イジークには祖母の声が鋭く突き刺さった。彼はその先の叱責を聞かないで済むように、立ち上がって出て行きたかったが、その時それは出来なかった。彼はヘレンカの静かで穏やかな答えを聞いた、あのユダヤ人は私と兄に、叔父と祖母の挨拶を言付かって来ましたと。

「祖母がいるのかい」女主人は遮って言った。「おまえが来た所にか――」

「いいえ、祖母はスカルカにはいません、オポチノの近くのメジジーチーです。」

「彼女はおまえたちを、おまえと兄がどこにいるのか知っているのか。」

「それはまだ知りません、でも私たちがプラハに行かされることは聞きました。」

「おまえたちは送られる前に、彼女の所に行かなかったのか。」

「行きませんでしたし、出来ませんでした。私たちは自由にさせてもらえませんでした。私たちは前の晩にそのことを言われ、次の朝に出発しなければなりませんでした。祖母にさようならを言うことも出来なかったのです。」ヘレンカの声は弱々しく震えていた。

イジークは驚いて、細長い勘定書きの上に傾けていた頭を上げた。彼のくすんだ青色の目はヘレンカに向けられた。いつもは静かなその眼差しに、乱暴な振る舞いへの驚きと同情の柔らかい光があった。

38

冬の終わりのある時フバーチウスは、イジークは多分彼の所に通うのを止めて、じきに読み上げ官の所に引っ越すだろうと言った。彼は冗談でそう言ったのだが、笑いながらイジークはきっとユダヤ人の所にも通い、家に分厚い古書を運ぶようになるだろうと付け加えた。イジークはただ笑っただけだったが、読み上げ官は単に沢山本を持っているだけでなく、それらについてとても興味深い話をしてくれると答えた。

そしてイジークはすでに彼から何冊もの本を借りていた。読み上げ官スヴォボダは自ら彼に薦め、イジークは喜んで借りていた。彼が本を詰め込んだ本棚から引き出した最初の本は、掌に収まるほどの小振りな版の本であったが、外国のライデンのエルゼヴィルで印刷された美しいもので(＊オランダ南部のライデンで一五八〇年に創業し、エラスムス、ガリレイ、デカルトなどの著作を出した高名な出版社)、チェコの獅子とチェコ王国の紋章を描いた銅版画が表紙を飾っていた。それはパヴェル・ストラーンスキーの『ボヘミア国家』であった（＊一五八三頃―一六五七、チェコの亡命作家。表紙の絵は→respublica bohemiae)。

「これを読んでみて下さい、君、めったにない珍しい本で、私の喜びです。私はこれを何度も読みました。これを書いたのはカトリック教徒ではないけれど、何も気にすることはありません、彼は正真正銘の古き良きチェコ人です。この本からあなたは多くのことを知るでしょう、今の時代とは違って昔の私たちはどうだったのか。そうです、等族議会の人々がプラハ城の地方領主の間（＊プラハ城のヴラヂスラフ・ホールに隣接した旧会議場）に登城した時は、今日ウィーンから指令されるままのようには、彼らは皇帝の要求に慎ましく聞き従うことは決してありませんでした。またドイツ語もそこでは主要な言葉ではなかったのです、ましてや私たちの法務局でも。」生気がなく萎れたようなその小男は、イジークにその青い目を向けながら、黒い毛糸の帽子をちょっと動かした。その時あたかも彼に秘密を打ち明けるかのように、彼の方に身を屈めて声を抑えて言い添えた。

「もしあなたが私たちの法務局を覗かれ古い記録を見られるなら、それらはみなチェコ語で書かれています。しかし今ドイツ語のものが増えているのを見て、あなたは驚かれるでしょう。ドイツ語で書かれた登記と遺言が絶えず増えています。ああそうです、どんどん増えています、私はそれを目の当たりにしています。」

　イジークはそれまで法務局の登記など全く気にかけていなかったが、読み上げ官の溜息は彼を驚かせた。

「そうです、そうです、驚いていますね、君。そしてそのことに誰も少しも気付かず忘れていますが、最悪なことは等族議会の方々も（＊形骸化していたが存続していた）それを気にかけていないことです。ウィーンの宮廷では全てがドイツ語で、領主たちもまたそうです。そしてそれは公的な場合だけでなく、内輪の間でも全てをドイツ語で話し始めています、特に若い人たちは。そして、君」彼は再び何か秘密を打ち明けるかのように声を抑えて言った。「ウィーンでは私たちの言葉は反逆者の言葉《レベレン・シュプラーヘ》ですよ。分かりますか、反逆者の言葉と言われていますよ。彼らは百年前にチェコの領主たちが反逆したこと（＊三十年戦争の発端となったこと）を忘れられないのです。反逆者の言葉——そんなものにお偉方の誰が留まることを望むでしょうか、もっともなことです。ドイツ人や外国人が増えれば増えるほど、私たちの言葉はますます押しのけられるのです。」彼は本棚に向かおうとしたが、急に立ち止まりイジークの方にまた近づいた。

「例えば、人は簡単に昔のことを忘れる事例をお話ししましょう。それは私たち法務局でのことです。それが起きたのはさほど以前ではなく二週間ほど前でしたが、登録官のラムホフスキーがブルノからの文書を読むように私に命じました。それはどこかのシェレンベルガー某が登録官に送ったものでしたが、このシェレンベルガーを通じて貴族サラヴァ・ズ・リーピ（＊十四世紀末からの東チェコの領主でフス派の支持者だった）が要求したものでした。この御方は五年前のあの国事勅書について、モラヴィアの等族議会がそれを認めるかとても心配しました。というのもモラヴィアでは皆が、我々の所の例えばシュポルク伯爵や他の者たちのように、それについて熱狂しなかったからでした。」そこで読み上げ官は再び小声で言い始めた。「でも忘れてはならないのは、この宮廷判事アントン・フランツ・サラヴァ氏はこのシェレンベルガーを通して、私たち法務局の登録官ラムホフスキーに、土地台帳に彼の一族について何と記されているか探してほしいと書いてきたことです。いいですか、このサラヴァ家はチェコの出身で高名な家系でした。そしてこのサラヴァ・ズ・リーピは、主に一五七二年前後の記事を探して欲しい、それは記録の中で彼の一族の誉れとなるだろう、そしてすでに一四二七年にサラヴァ家は顕著《ゼルプスト》な軍務に付いていたと書いてきました――」読み上げ官は微笑んだ。「そこで登録官はこの軍務について調べるように私に命じました。『スヴォボダ君』彼は言いました『あなたは年代記を良く知っているすばらしい歴史家だ、それについて何か知っているかね。』そこで私は言いました、登録官殿、私は知っています、一四二七年のその時にはサラヴァ家は、クナーシュ家やマロヴェツ家や他の領主たちと同様にフス派軍に属していて、サラヴァ家の一人マチェイ・サラヴァ・ズ・リーピは軍司令官でジシュカや彼の軍と共に戦っていましたと（＊語注39）。すると君、見ものでしたよ。」

読み上げ官の顔付きが突然変わり、愛想よく微笑んでいた彼の青い目が皮肉で輝いた。「それは見ものでしたよ、登録官は両手をぱちんと打つと全身を硬直させて叫びました、そんなことをブルノの宮廷判事サラヴァ・ズ・リーピ殿にお知らせするつもりか、そんなことが彼の家系の名誉になると考えているのか。『黙りなさい』彼は命じました。『その事は口を噤《つぐ》むように、略奪者のジシュカやフス派軍については、何も書いてはならない。』そしてそのように黙りました。そう、名誉のために――」読み上げ官の目から嘲笑の光が突然消え、生気のない顔は重々しくなり、黙って重たげに頭を振った。

　イジークは家に帰る道すがらずっと、読み上げ官の所で聞いたことを考えていた。そのようなことはこれまで考えたことはなく、頭に浮んだこともなかった。チェコ語が反逆者の言葉とは――ダニエル神父は、チェコ語は聖ヴァーツラフと聖ヴォイチェフの言葉だと言ったのだが。さらに強く彼を驚かせたのは読み上げ官スヴォボダの語り口で、特にサラヴァ氏に関することを、あたかも嘲笑するような口調で言ったことであった。読み上げ官は彼の祖先のフス派教徒をほとんど称賛するような口調で、彼らを栄光ある一族と呼んでいた。

　そのことから彼が借りたその小さな本は彼の心に重みとなった。それは非カトリックの人物が書いたものだったからである。でも読み上げ官はその本を高く評価していた。

　イジークは我慢できなかった。自分の部屋に入ると直ちにその本を詳しく眺め、読み始めた。彼は座って読み、長い時間読み続けた。そして晩も翌日も読み続けた。彼は多くの新しいことを知りその本が気に入った。そしてそこにはカトリック教会を誹《そし》るものは何も無かった。彼はこの本は、あの時読み上げ官が彼の前で慌てて閉じて急いで隠した本とは確かに違うと思い出した。イジークの良心が動いた、多分ダニエル神父に今どんな本を読んでいるのか言うべきではないだろうか。でも何のために――読み上げ官自身が彼にその本はカトリックのものではないと言っている。彼はバルビーンもハーイェクもベツコフスキーの新しい年代記（＊一六五八―一七二五、チェコの作家・歴史家・翻訳家、ハーイェク年代記を拡張したものを書く）も持っているが、これらはカトリックのものだ。

　イジークは差し当たりダニエルには何も言わなかった。その代わりフバーチウスには自身の疑惑を半ば打ち明けた。フバーチウスは、イジークが何を考えているのかと言って笑い出した。読み上げ官が信仰について語ったことはなく、もちろん彼がそう告知したわけではないが彼はカトリック信者であり、イジーク自身が見ているように数珠を持ち、フバーチウスは知っていたが彼はミサにも通っていた。その言葉はイジークを安心させた。

彼は祖母の所に冬も春になっても以前と変わらずに通っていた。彼女と一緒に座り、時にダニエルと共に、時に一人で小さな倉庫で時を過ごした。何も変わったことはなかったが、ただ彼が祖母の家に入る時、ヘレンカに会えるだろうかと期待するようになった。自分ではそれを望んでいるとは気付かなかった。しかし彼女が控えの間に姿を見せない時や部屋に入ってこない時には心が満たされず、帰る時には彼女が姿を見せるのではないかと思って、立ち去るのをいつもためらった。そして待ち果《おお》せず去らねばならない時には、階段をゆっくり降りて行き、もし出会えたならと――階下の通路に降りても彼は周囲を見回していた。

四月のその時までにトマーシュは、ウ・プラジャークーの家に最初の訪問から数えて五回ほど来ていた。彼はすでにヘレンカからラザル・キシュがもたらした知らせを聞き、自分たちの父について、もっとはっきりと話すことも、イチーンのその森番についてヘレンカと共に推察することも出来た。それは「やあ、やあ、いらっしゃい」のヴォストリー兄弟があの夜ユダヤ人墓地に座り、彼らの父に語っていたきっとあの男であろう。

トマーシュとヘレンカは、キシュが再びやって来てきっと父についてはっきりした知らせをもたらすだろうと心待ちにしていた。

トマーシュは訪れる度にヘレンカに、あのイエズス会士のダニエルのことを熱心に尋ねた。神父は毎週彼女に教理問答をして彼女を諫《いさ》め、またその度に聖母マリアや誰か聖者の絵を携えて来ていた。ついこの間も彼は彼女に白く綺麗な蠟《ろう》製の子羊と赤い小さな教会旗を持って来て、これを彼女の小部屋の聖母マリアの絵の横に置くように言い、そしてその前で神の子羊であるイエスが彼女に正しい信仰の光を授け、彼女と兄と彼女らの父を憐れんで下さるように、一生懸命に祈るように課したことをトマーシュは聞いた。彼は顔を曇らせ、それで彼女はどうしたのか尋ねた。ヘレンカは目を伏せ、一体何が出来るでしょう、聞き従うしかないのですと答え、部屋の中のそれらの絵とその子羊を、スカルカでヤン・ネポムツキーの絵を片付けるようには出来ませんと言った。もちろん、なぜと尋ねることは余分なことだった。

トマーシュが最後に彼女を訪れた時、彼女はこの二週間楽になっていて、一度も教理問答を受けていないと彼に言うことが出来た。あの年老いたイエズス会士はここには来なくて、どこかの貴族夫人トゥルコヴァーの所に毎晩通っているが、その夫人はとても高齢で悪霊を恐れていて、ビアホールの女給がヘレンカに語った所によると、莫大な財産を持っているらしいが、その全てをあのイエズス会士たちに遺贈することになっていた。

レルホヴァーもまた四月末のある午後、トゥルコヴァー・ズ・ローゼンタールを訪問するために出かけた。彼女はトゥルコヴァーが臨終でもう長くはないことを聞いていた。その午後ヘレンカは大部屋に残り、女主人が言い付けた針仕事をしていた。彼女はほっとして一人平穏と静寂の中にいた。色々なことを思い出すことが出来た。誰もやって来ず静けさを乱すものはいなかった。午後も遅くなって扉が開いた。彼女は縫うのを止めて振り向いた。そこには女主人ではなく、若いブジェジナがいた。彼女は驚いたがなぜだか分からなかった。イジークも狼狽していた。部屋に一足踏み込むと赤くなった。彼は祖母のことを聞いた。

ヘレンカは彼女がどこに行ったか、そして六時には戻るだろうと言い、壁の木製の時計を見た。イジークも思わず見た。六時になりかけていた。祖母がいつ戻って来てもおかしくない時間なので、踵を返して立ち去るわけにも行かなかった。でもこの娘と留まるのも怖かった。また一言も言葉を交わさずに引き返すのも望まなかった。でも何を話したらよいだろう。彼女の兄のことが頭に浮んだ。彼は兄がここに来たか尋ねた。

「たまに来ます。」その言葉には静かな悲しみがこもっていた。

「葡萄畑ではこの時期、仕事が沢山ありますから」彼はつい弁解した。「私はそこにはしばらく行っていません。彼は上手にホルンを吹きました」彼は突然思い出した。

「秋に彼は私に言いました、樫の木の下で吹かなければならなかったと。」

「もし彼が楽譜が読めるようになったら――」

彼は言い終えなかった。レルホヴァーが入って来た。

「おお、おまえは帰るところかい、イジーク。」

「いや、今来たところです。」

「それならこちらにおいで。」

「おばあさん、トゥルコヴァーさんの所に行っていたのですか。」彼は彼女と向かい合って座った。

「行ってきたよ」彼女は溜息をついた。「生きた彼女に会うのもこれが最後ではないかしら。燃え尽きようとしている小さな炎で、もうすぐ消えてしまう。以前はいつまでも話していたけれど、今はもうそうではない。以前は死のこと、葬式のこと、それをどう取り仕切るかをいつも話していた。尼僧は私に話した、彼女はあれこれを忘れてはいけないと尼僧によく催促していたが、今日はもう何もないですと。私が彼女の所に行くと、いつもちょっと自慢するかのように繰り返していた、自分は聖救世主教会でイエズス会の神父様たちの横に葬られるから、教団のすべての功績と勤行と祈禱に参加できるだろう。神父様たちはそれらを善行者のために行っていて、彼らとそのように取り決めてあるからと。実際彼女は遺言ですべてを彼らに遺贈した。また葬式に際して二百回のミサを挙げることも決めたと、尼僧は私に話した。」

女主人は話に夢中になって、窓際で裁縫をしているヘレンカのことを忘れていた。

「そうだ、彼女はまた信心会のことも忘れなかった」女主人は話を続けた。「ベトレム礼拝堂の栄光ある聖母マリア・チェコ信心会に新しい教会旗（＊語注20）のために三百ズラティーを、聖霊教会にある万霊信心会にろうそく十リブラを、旧市街のイエズス会の所にあるチェコ信心会に五百ズラティーを遺言した。」

「貧者のことは忘れませんでしたか」イジークは尋ねた。

「忘れていない。五ストリフ（＊一ストリフは九十リットル）の良質のライ麦を彼らに遺言したが、それでパンを焼き各々に丸パンとスプーン一杯の塩が渡るだろう。そしてさらに今日尼僧が私に語ったことだが、彼女は毎日言い付けていたそうだ、『ねえ、お前、あの私がよく言っている三角袋を忘れるでないよ、言っておきますよ』と。」

「どんな三角袋ですか。」

「六クロイツェル硬貨《シェスターク》で一杯の袋で、葬式の時乞食たちが彼女のために祈るようにと、ずいぶん前から用意していたものだ。そして葬式は晩を希望し十二本の松明とトロンボーンを持った葬列と、もちろん信徒団が続く。そうそう、イジーク、私は忘れるところだった。彼女はまた自分の祖先や誰からも思い出されず煉獄で苦しんでいる魂たちのために、聖救世主教会に祈禱料を遺言した。そのために二百ズラティーを。」

「彼女の前に現われると言っていた魂のことですか。」

「彼女は特に晩にその恐怖を感じ、幾晩にも渡って蹄を踏み鳴らすような足音を部屋中で聞いていた。でも誰にも見えず尼僧にも見えなかった、部屋に明りが灯っていたのに。でもそれについては今落ち着いている、神父が」彼女はダニエル神父のことを言っていた。「祝福を与え部屋に聖水をまき、祈りを捧げたので。神父はいま毎日午後と夕方そこを訪れて祈り、トゥルコヴァーを慰めている。」

ヘレンカは縫うのを止めて女主人とイジークを眺めた。しかしすぐにまた針を持った。

「おばあさん、トゥルコヴァーはあなたに何と言ったのですか」イジークは尋ねた。

「ああ、可哀想に、すぐには私が分からなかったよ。もう別の世界に行っているようだ。以前には私が言ったように、葬式のことや若い頃のことを話していた。スウェーデン軍がプラハを包囲した時、彼女は八歳だったが覚えている。とても恐ろしい砲撃があった（＊語注51、二か月間で一万三千発の砲弾や榴弾がプラハに打ち込まれた）ことや、のっぽの神父、プラヒー神父（＊カレル橋でイエズス会士のプラヒーに率いられた学生同盟の大学生たちが、旧市街に侵入しようとしたスウェーデン軍と戦い、防衛に成功した。伝説では彼は魔法を使って弾をそらせたと言う）のことも覚えていた。

「学生を引き連れたあの彼ですか。」

「そう、その人だ。彼女は彼を良く知っていて覚えていた。彼女の旧姓はパイェロヴァー・ス・パイェルスベルクで、彼は彼女の兄弟に会うために彼らの家に来た。その神父は頭に兜をかぶり、手には鉄製の手甲《てっこう》を付けていた。彼女はいつも大喜びでその事を話し、今その兜と手甲は広場の聖母マリアの石柱への輝かしい行列の時に、棒の先に付けて運ばれているが、彼女は『のっぽの神父』の生きた頭と手に付いているのを見ている。」

イジークは息を殺して聞いていた。彼はイジー・プラヒー神父のことを、主にダニエルの高揚した語りからであったが話で聞いていた。また聖母マリア行列でのプラヒー神父の兜と鎧と手甲も知っていた。

「それについてトゥルコヴァーはいつも話していたし、また彼女とザトチロヴァー・ズ・レーヴェンブルカとその夫と、亡くなったヴィシーン・ス・クラレンブルクと妻と若いハラーンコヴァー夫人などの人々と、マリアツェルへ巡礼したことも話していた。またマリアツェルの奇跡の聖母マリア像（＊→ mariazell maria）を見た時、その前にひざまずいて涙を流し、そこで総告白（＊前回の告解以後に犯した罪だけではなく、これまでの半生に犯した罪すべてを告白すること）をしたことも語っていた。今は可哀想に、すぐには私が分からなかった。でも彼女の頭の中に光が差し始め思い出して来ると、静かに子供のように笑って私に言った。『ロージチカ、私にはもう主人もヴァーツラフもイェニーチェクもいない。』それは彼女が夫と二人の息子を亡くしたことを言っていた。皆あの疫病が大流行した一度目の時に（＊［原注］一六八一年、二度目は一七一三年）亡くなった。もう彼らを思い出すものは何も残っていない、そう彼女は言った。もう銀のボタンを並べることもなく、すべてを神に託し、すべてをダニエル神父は受け取った、文書にしてすべてを。」

「どういうことですか。」

「私が出て行く時、控えの間で尼僧が説明した。夫や息子たちの外套や胴衣から取った銀のボタン、それらは良質な銀で重さ一リブラ以上あるが、それらをイエズス会のチェコ信徒団の特権祭壇に特別祈禱料として、彼女の故人たちと自分のための特別祈禱料として捧げた。ダニエル神父はその事を遺言に書き足さねばならず、彼女はそれに署名した。しかし署名する前に神父は、彼女がまだ注意深く慎重であることを知った。彼女は彼に、もし彼女と彼女の家族が煉獄にいなくて、その聖なるミサが必要でない時には、その祈禱料はどうなるのだろうと尋ねた。」

「その時はどうなるのですか。」

「ああ、神父はその場合の助言も知っていた。彼は遺言に書いた、トゥルコヴァー夫人はその銀と金銭を然々《しかじか》の意図と考えを持って捧げたが、彼女の夫と息子と自身の魂がそれらのミサを必要としない時には、全能なる神が近々解き放とうとしているすべての魂に、これらの聖なるミサをお当てになられるであろうと。彼女はこの言葉に満足して署名した。」

この様々な魂たちについての話を聞きながらヘレンカは針に糸を通していた、とても長い間。と言うのも彼女は驚き、ダニエル神父が遺言書に書き足し、神がすることになっていた聞いたこともない異様な話を（＊煉獄はカトリックだけの教義のため、ヘレンカは初めて聞いた）、耳にしていたからであった。そして彼女には白髪の神父が目を細めて書いている様子が見えるようだった。彼女はまた真っ直ぐ祖母

「それは家《うち》のホルン吹きも聴かなければならないですね。」イジークは冗談を言って、少し前彼の妹と話題にしたトマーシュのことを話した。彼はどこでも習っていないがとても上手くホルンを吹くと言った。イジークはまた彼がフラデツ地方の田舎の出で、初めプラハのムラドタ男爵の所に来たがそこから彼らのブジェジナ家に来たこと、彼は妹と共にプラハに送られたが、それは森番だった彼らの父親が信仰のため国外に逃亡したためであること、その父親はルター派かフス派のようであることを述べた――

読み上げ官スヴォボダはその青い目をイジークに向けた。

その話が彼を驚かしたのは明らかであった。すぐに彼は森番の子供たちのことを熱心に尋ね、それは運命だ、驚くべきことだ、彼らはブジェジナ家で何をしているのかと尋ねた。

「その息子だけ私たちの所にいて、葡萄畑で働いています。彼の妹は祖母のレルホヴァーの所です。」

フバーチウスは急いでいたため、じりじりして聞いていたが彼らの話に割って入り、私は行かなければなりません、イジークも一緒に行きますか、あなたもまた演奏出来るかを見つめ注意深く聞いているイジークにも目をやった。糸を通し終わりまた縫い始めようとしたが、その時レルホヴァーは時計を見て、夕食の用意をするようにヘレンカを台所に向かわせた。

イジークはもう長居はしなかった。しかし真っ直ぐ家には戻らずフバーチウスの所に向かった。通路の階段の下で、町から戻ってきた読み上げ官のスヴォボダに追い着いた。イジークは階上の扉の前でフバーチウスに会った。フバーチウスは出かけるところで、ちょうど自分の部屋の扉を閉めていた。彼はイジークに部屋に戻れなくて御免と詫びた。というのも彼はキリアクス会修道院（＊語注22）に行かねばならず、聖歌隊指揮者のスコペッツ神父が彼を呼んでいて、来るべき聖ヤン祭の時に船上で演奏される新しいブリクシの作品『聖ヤン・ネポムツキーの栄光の守り手（Propompos gloriae divi Joannis Nepomuceni）』を試演することになっていたからであった。フバーチウスは興奮して褒めちぎり、それは大したもので、素晴らしい船上の音楽（＊川に浮べた船上で演奏する音楽、ヘンデルの「水上の音楽」が有名）で、みな驚くだろう、特にヴァルトホルンの長い独奏を聞いた時はと言った。

もしれません、あなたもその船上の音楽に志願して加わることが出来るかもしれませんと言った。突然のこの提案はイジークの心を動かした。彼はよく考えることもなく同意し、行きますと言った。

彼らは読み上げ官に別れを告げた。読み上げ官は自分の部屋には入らなかった。彼らの後を見送って立ったままであった。突然彼は駆け出した、彼らの後を追いかけるか、彼らに声を掛けようとするかのように。しかし急に思い直して階段の縁で立ち止まった。彼は向きを変え自分の部屋に入っていった。

39

その日の晩遅くドロタ・カテジナ・トゥルコヴァー・ズ・ローゼンタール、旧姓パイェロヴァー・ス・パイェルスベルクは、レルホヴァーが考えていたよりも早く亡くなった。翌々日の晩に盛大な葬式が行われた。それは棺の回りに十二本の松明が輝き、十二組の修道士が持つろうそくの明りの下、葬儀用の外套を着た信徒団の行列が続き、鐘が鳴り歌とトロンボーンが鳴り響く中で行われたもので、故人が何年も前に決めていた通りであった。

ブジェジナ一家もウ・プラジャークーの女主人も彼女の葬送に出かけた。ヘレンカは一人大部屋に残った。しかし女主人が出て行くとすぐに女中がやってきて、下で兄が待っていると伝えた。ヘレンカは裁縫を放り出した。トマーシュは決してここに平日は来ず、ましてこんなに遅く来ることはなかった。何か起きたのか、何か知らせを持って来たのだろうか。彼女の頭に閃いたのは、ラザル・キシュが今度は彼の所に立ち寄ったのではないかということだった。兄に手を差し伸べるとすぐに、キシュが来ましたかとはっきりした声で尋ねた。

「いや、来ていない、でも行こう」トマーシュは急いで声を抑えて言った。「出来たら部屋に。君に言わなくてはいけないことがあり、急いでいる」彼は明らかに興奮していた。

彼は部屋に入ると、今日はすぐ戻らねばならず、日曜日にはもっとゆっくり出来るだろうと早口で続けて言った。

「何が起きたの。」

「今日の午後私が葡萄畑を下に降りて行き」トマーシュは小さな声で語った、「開いている門の所に行くとそこに誰か男の人が立っていた。町の人で葡萄畑の者ではなかった。彼は私に『今日は』と言いそして笑って、森番の息子でフラデツ地方から来たトマーシュと言う名の若者を知りませんか、彼はここの葡萄畑にいるはずですがと尋ねたので『それは私です』と答えた。その人はすぐに私に近寄り、妹さんがいますか、どこでしょうと聞いた。私は彼に君の名前とどこにいるかを言った。すると彼はポケットに手を突っ込み、小さな本を取り出だすとその本にある絵を見せた。それは花冠で囲まれた中に開いた本があり、その上方に三本のバラと心臓があり、心臓には剣が刺さっていた（＊8節末の挿絵参照）、知っているよね――」

「その様な絵がある本を私たちは持っていました」ヘレンカはますます驚いて声を上げた。

「その人は私に、この本を知っていますかと尋ねたので、知っています、私たちは同様なものを持っていましたと答えた。」すると彼は欲しいですかと言ったので、私は殆ど彼の手からそれをもぎ取るかのように、その本に手を伸ばした。彼は笑うだけだった、そして注意してください、あなたはこれが何かご存じですが、十分に気をつけてくださいと私に言った。彼は『ではさようなら』と言うと立ち去った。彼は突然消えた。私が我に返るより前に薮の後ろに立ち去った。私は彼の後を追ったが、彼はすでに町への道を少し行った所にいた。彼の後を追うことは出来なかったし、彼はそれを望んでいないと思った。もし彼が葡萄畑の者だったら、私は少しも驚かなかっただろう。プラハ周辺の葡萄畑には多くの隠れた私たちの信者がいると、ちらりと聞いたことがある。でも私はまだ誰にも会っていない。私たちの主人の葡萄畑には誰もいないと思う。それとも、とても慎重に隠れているのだろう。彼らは怖じ気づいている、本が見つかったり秘かな集会の際に捕まったりすると、どんな目に遭わされるのか私は聞いている。

イエズス会士たちは精一杯彼らを見張り、探索している。葡萄畑にはいつも二人の宣教師が常駐している。一人は川のこちら側の葡萄畑と村を受け持ち、もう一人は対岸のすべての葡萄畑と村を見張っている。最近彼らは多くの本を没収し、兄弟たちがミサを行った夜に彼らを脅して追い散らした。そのことを最近ある葡萄畑の老農夫が私に話した。説教師もジタヴァやドレスデンからやって来ていたが、それは私にはよく分かった。しかし今は長い間来ておらず、その老人が言うには最後に来たのはトローヤのどこかとラドリツェ（＊共にプラハの北部と西部の近郊の村）だったと言うことだ。従って用心しなくては。だから私に本を持って来たあの人は――」

「町の人と言っていましたね、ここの――」

「ここの人だと思う。ここプラハにも同じ信仰の人たちがいる。彼は私たちのことを聞いたのだ。」

「それでその本は――」

「すぐに隠した。それから葡萄畑の中の納屋に入り込み、その隅でその本をさっと見た。それはクレイフの本で、通俗本の形の祈禱書だった。ちょっと読んでみた。私がどうだったか想像できるね。なんと長い間私たちは本を持っていなかったのだろう。それと同時に私を混乱させたのは、あの見知らぬ人は誰だろう、どうして私と君のことを知ったのだろうという考えと、もし君がここにいたら、もし君にこのことを言うことが出来たらという思いだった。日曜日まで待つのはあまりにも長かった。その時突然、町に行くぞと呼び出された。そこでウ・ブジェジヌーからここに駆けてきた。」

「その本を持っていますか。」

「いや、今は持っていない。それは葡萄畑の隠し場所にある。それを持って来るのは怖かった。」トマーシュはささやくように言った。「でも日曜日に持って来る。ところであのイエズス会士はどうしている――」

「あの人は来ていません。」彼女はその理由《わけ》とあの夫人の葬式が終わったので、また始めるかもしれないという恐れを話した。

「ヘレンカ、日曜日にそのことを話してくれ。今はまた馬市場に戻らねばならない。私を探すかもしれず、そうなると二度と私を町に遣わさないかもしれないから。」彼はおやすみを言うと急いで姿を消した。ヘレンカは大部屋に戻ったが、幻を見ているようであった。仕事は手に付かなかった。私たちのことを知り、私たちに配慮してくれたその人は誰だろうという謎の薄闇から、彼女は抜け出そうとしたが駄目だった。これは神慮に違いない、慰めもないまま私たちが日々を過ごすことのないように、再び本を与えて下さった、これは正に神慮であろうと。

*

ウ・ブジェジヌーの丸天井のホールは、その晩客で一杯だった。双子のテーブルは常連がみな集まっていた。フロリヤーン・マリヤーネクが座の中心にいた。

彼はちょうどそこから戻ってきたばかりの、トゥルコヴァー夫人の葬式について語っていた。彼は葬式にいなかった二人の廷吏、双子のフィレチェクとサメチェクに向かってそのことを述べていた。葬列を見た者たちにも少し新しいニュースがあった。それはあの金持ちの老女の死に際での話で、イエズス会のダニエル神父は臨終の時、彼女の息が途絶えるまで傍に付き添ったが、もし彼がいなかったなら遺産相続人は——

「彼が遺産相続人なのか。」フィレチェクは尋ねた。

「彼ではなく聖クリメント神学寮の学寮長です、つまり彼女の遺言によってイエズス会そのものが正当で完璧な相続人になったのです。そしてあのダニエル神父は、もちろん、何事も起きないように——、彼は祈り、彼女がまさに亡くなろうとする時、彼女の耳元でイエスの名前を呼びました。」

「彼女には聞こえたのか」フィレチェクが尋ねた。

「聞こえたかだって」老クビーチェクが真面目な顔で言った。「もし彼女がその聖なる名前を繰り返したなら、彼女は単にこの上ない贖宥を得るだけでなく、その最も輝かしい名前と共に至福で幸福なその一生を終えたことになる。」

「その様にして神父はすべての遺産を相続した」サメチェクはちょっと考えながら繰り返した。「彼女は貧者のことも忘れなかったのか。」

「はい、忘れませんでした。彼らには丸パン一個と匙一杯の塩と若干の小銭《クロイツェル》を。そして他の貧者には」マリヤーネクは歯を出してにやりと笑い、「カプチン会とパウロ会（*

共にフランシスコ会修道会に属し清貧を旨として托鉢をする）には、彼女のために祈るようにと、現物で葡萄酒の樽を七つずつ。」

「ところでマリヤーネク、君はどう遺言するかね。」フィレチェクは笑いながら左目を細めた。

「私はもう書いていています。」

「ここのテーブルの私たちに対してかい」フィレチェクは冗談めかして言った。

「テーブルの皆ではなく、あなたにです、それは――」

「言うな、言わなくて結構、俺は何も聞きたくない」フィレチェクは自分の顔の前で手を振った。それは、墓碑銘についての詮索好きの質問が、あの時彼をどんなひどい目に遭わせたのかを思い出したからであった。しかし他の者たち、とりわけサメチェクはマリヤーネクに、さあ言えと強いた。そこでマリヤーネクは彼らの願いを叶えて、フィレチェクに遺言したことを示した。それはなかなか素晴らしいものであり、次のようであった。フィレチェクは生前、自分やここにいるサメチェクに対して多くの問題を引き起こしたが、私フロリヤーン・マリヤーネクにはそのことについて、何ら思い当たる節はなかった。しかしそれは彼が神の霊感によって自発的に行ったわけでも、そうするように強いられて行ったわけでもなかった。だが私はひとえに愛ゆえに、ここに遺言し最後の意志を明らかにする。私は法務局廷吏イグナーツ・フィレチェクに、あの世への道中と天国で持つことを願っている住み家を用意し贈与すると。

この遺言に対して、そのテーブルや隣のテーブルから陽気な声が上がった。イグナーツ・フィレチェクだけは怒ろうとしたが出来なかった。というのもマリヤーネクは彼の墓碑銘の時に述べたようには、辛辣に彼に当て付けなかったからである。彼はフィレチェクに天上の王国でこの上なく美しい住み家を遺言した――

「でもあなたたちがその道中にまだ出発しないように」サメチェクは楽しそうに音頭を取ってフィレチェクとマリヤーネクに乾杯し、テーブルの皆もジョッキを掲げた。

＊

ヘレンカは日曜日が待ちきれなかった。トマーシュは午後早く来た。彼らが部屋に入るとすぐに彼女は本のことを尋ねた。彼は注意深く周囲を見回して胴衣の下からそれを取り出した。ヘレンカは息を殺してそれに手を触れ、息を殺してそれを眺めた。ヘレンカは息を殺してそして感動して。彼らはちょうど同じ様な祈禱書を持っていた。そこには短い教理問答と索引が、その後に花冠の中に剣と心臓とバラのあるあの絵が、そして教理問答がありその後に二回目のあの絵が、そして「聖歌集」があった。彼女の心が震えた。森番小屋での一家の居間の空気が突然彼女を包んで香り、彼女の目前に晩のひとときが蘇った。扉と窓が閉められたスカルカで、いつもは父が時に彼女が読んでいた。また重々しい父の言葉を聞き歌も歌った。彼女はそんな思いに囚われながら、黙ってクレイフの本を見つめていた。

「あの人はもう姿を見せない」トマーシュは彼女の思いを遮って言った。「来たのかもしれない。でも多分出来なかったのだろう、多分葡萄畑には来たけれど、私に会えなかったのだろう。キシュもそこには来ていない。こちらは――」

「来てないわ、トマーシュ。」

「何故だろう、ところでヘレンカ、あのイエズス会士はどうなった――」

「昨日ここに来てすぐ私に、また教理問答を始めると言いました。」

「私が彼に教理問答をしてやろうか」突然トマーシュの目が嘲笑で輝いた。「もし彼がこれを知ったら」彼はクレイフの本を指差した。

「こっちに来て、トマーシュ、祈りましょう。」彼女は釘に掛けてあった上着とスカーフを取ると、それを机の上に投げた。もし誰かが突然入ってきても、『通俗本』をすぐ目立たずに隠せるようにするためであった、というのも彼らは扉を閉めることは出来なかったから。

その後トマーシュが帰る時、彼は今度の木曜日が祭日であることを思い出した。

「輝かしい祭日だ」彼は皮肉を込めて言い添えた。「あのヤン・ネポムツキーの。ローマ法王はまだ彼を聖人と宣言していないが、もう誰も『聖ヤン』としか言っていない。」

「そして私は彼を拝まなければならないのです」ヘレンカは暗い声で言った。

「君が、どうして――」

「女主人が私に言いました、その祭日前の水曜日の午後に橋の所で行われる礼拝に行きなさい、そこでお前は見るだろう、それはきっと素晴らしいものだろうと。」

「行くのかい。」

「止むを得ません。」

「一人で行くのか。」

「女主人はシャントルーチコヴァーと一緒だと言っていました。彼女もまた女主人に買い取られた使用人です。あなたが今度来るのは――」

「日曜日に」彼は本を胴衣にしまった。「私はもう監視されていない。今日は一人で来た。彼らは私がここを気に入ったと思っている。」そして笑って言った「もう私が逃亡を考えていないと。」

「でも考えているのですか。」

「ただ、お父さんのことが知りたい。」

40

その日曜日の後、福者ヤン・ネポムツキー祭（＊五月十六日）前日の水曜日の午後にイジーク・ブジェジナは、脇の下にヴァイオリンを抱えて神の目屋にいた。彼は初めて参加する船上での音楽を楽しみにしていて、急いでここに来たのであった。フバーチウスとの約束では、イジークがここに来てそれから祭典が始まる予定の、キリアクス会の大聖十字架教会に、一緒に出かけようというものだった。彼は待ちきれずに少し早く来た。フバーチウスはまだ部屋にいなかった。そこで彼は読み上げ官スヴォボダの所に立ち寄った。彼はスヴォボダがいつものようにかつらを付けず、黒い毛糸の帽子を被り手に本を持っているのを見た。彼はイジークをにこやかに迎えたが、イジークがどこに行こうとしているのかを聞くと、彼に目を注ぎしばらく沈黙した。それから「そうそう、船上の音楽《ムジカ・ナヴァリス》、水上の音楽《ムジカ・アクアティカ》」と言っただけだった。イジークが彼に、彼もそれを聞きに行かないのですかと尋ねると、彼は頭を振り皮肉を込めて言った。「そこには別の聴衆が来るでしょう。」彼は少し虚空を見ていたが、突然イジークの方に向き直った。

「君はご存じですか、橋のあすこではずっと昔に音楽が奏でられ火が焚かれました、それは同じヤンですが、別の聖人の尊敬と誉れのためだったのです——」

「誰ですか。」

「その人は昔私たちの所では聖人でしたが、今日ではそうではありません、今日では異端です。」

「誰ですか」イジークは驚いて尋ねた。何か訝《いぶ》かしいことを予感しながら。

「ヤン・フスです。」

イジークは驚いて読み上げ官を見た。

「もっとも君、私は昔のことを言っています。三百年も昔の当時では、彼はチェコ全土でもここプラハでも聖人でした。そしていつも七月六日（＊フスが火刑にされた日）は、暦でも教会でも祭日でした。そのことは年代記から分かります。」彼は急ぎ足で本が詰まった本棚に向かい、そこにある一冊の幅広の背表紙に掌を添えた。「ここにそのことが書かれています。」

「どんな年代記ですか。」

「印刷されていない手書きのものです。これを私は読みました。」彼は身を乗り出して何か秘密を伝えるかのように小声で続けた。「ヤン・フス祭日前夜《ヴィジル》にここプラハでは市参事会員たちが橋のたもとで火を焚き、橋の塔（＊カレル橋の旧市街側にある塔、プラハ全景図①参照）ではラッパ手たちがファンファーレを鳴らして太鼓を叩き、橋の上と川を挟んでペトシーンに向かい合う水車場から臼砲が撃たれ、大勢の人々が橋の上と川岸に集まりました、今日もそうなるでしょう。」

「それは異端のしたことです」イジークは出し抜けに言った。

「そう、私は昔のことを言っています。その時はみな彼を殉教者だと信じていました。」

「彼は異端でした。」

イジークはきっぱりと不快そうに繰り返した、あたかも読み上げ官がフスと聖ヤン・ネポムツキーを比べようとしたことに侮辱されて。そして彼は読み上げ官が、フスが異端であることに同意しないのに腹を立てた。特に読み上げ官が、宥めるようではあったが再度次のように弁明した時、彼はそこに何か隠れた静かな言い訳を感じ取った。

「私はただ年代記に書かれていることを言っているだけです。」

イジークはもう答えなかった。気まずい沈黙が少しあった。その時フバーチウスが入ってきて、すぐに部屋は彼の陽気さで満たされた。彼はその新作が今日演奏されることになっていた老ブリクシを思い出し、突然彼の真似をし始めた。フバーチウスは、眼鏡越しに見るようにイジークの前に立つと彼に向かって言った。

「それでは君は私の重唱曲のミサ奉納唱を演奏したいのだな。それなら私に言いなさい、音楽とは何かを。ここで私に演奏してごらん、かわいいオウムさん。」

彼はすかさず役割を変え、生徒のように直立して子供の声で答えた。

「音楽とは芸術の一つです。」すぐに彼は再びブリクシになって、イジークを撫でて促した。「さあ奏でてごらん、オウムさん、行きなさい、時間です。」そして自分の声で読み上げ官に尋ねた「あなたは家に残りますか。」

「私も多分見に行きます。」――

彼らが外に出た時イジークは憤然として、読み上げ官はあの異端のフスについて、人々がどのように祝っていたかを述べていたので、彼は決して来ないだろうと言った。

「あんな甲虫《オタク》は放って置きなさい。彼のことは分かるでしょう。その話はその年代記から取ったものです。彼はいつも何百年も前の昔の時代にいるのです。彼はあの異端のフスをまだ称賛しているかもしれませんよ。」フバーチウスは思いつきの一言に笑ったが、すぐに訂正した。「私は何ということを言ったのでしょう。冗談です。彼は私の輝かしい聴衆で善良なカトリック教徒です、それは真実です。」

フバーチウスとイジークが立ち去った後、読み上げ官は扉にかんぬきを掛けた。重々しい顔付きになって考え始め、しばらく自分の前の虚空を見つめて立っていたが、頭から黒い帽子を取ると、押し殺した声で歌い始めた。

おお、コンスタンツ公会議（＊語注34）よ、
おまえは神聖なものと呼ばれているが、
何と軽率に
慈悲の心もなく撫で付けたのだ
聖なる人を――

その頃マホヴェツの娘ヘレンカは、シャントルーチコヴァーに伴われてウ・プラジャークーの家から外出した。彼女は、レルホヴァーが隷属解除によって買い取ったビール醸造職人の妻であった。中年の彼女は若々しい顔付きで、こざっぱりした祭日の装いで大きな白い帽子を被っていた。彼女はとても敬虔な女で迷信深く、悪魔や霊や様々な幻を恐れ、しばしば聖タフリエル（＊主にモラビア北東部で広まっていた聖人）に祈っていた。

ヘレンカは初めてウ・プラジャークーの家から遠出の散歩に出かけていた。しかしそれは楽しみではなかった、なぜなら彼女はただ聖ヤンの礼拝のために連れて行かれることを知っていたからである。しかし彼女はそれがダニエル神父の勧めでそうなったことを知る由もなかった。彼は従姉妹のレルホヴァーに、あの娘がカトリックの祝祭を見ることはとても有用で大事なことだ、それは彼女が信仰を堅くすることに役立つだろうと述べたので、レルホヴァーは今ヘレンカを聖ヤン祭に送りだし、後でまた盛大な巡礼行列と一般礼拝に送り出すつもりであった。彼はまた、ヘレンカの道案内をシャントルーチコヴァーにすることにも賛成した。

彼女は熱心に自分の務めを果たしていた。ヘレンカが何も尋ねないのに、道中彼女は絶えずしゃべり、主に教会についてひっきりなしにずっと説明した。ヘレンカは途中、旧市街広場やティーン教会やそれに隣接するゴルツ伯爵の家などの知っている場所も見た。その家で彼女はなんと多くの興奮や心配や恐怖を味わい、兄を思って泣いたことだろう。彼女は立派な建物を見回していたが、その間もシャントルーチコヴァーは広場にある聖母マリアの石柱について述べていた。ここでは毎週土曜日と聖母マリア祭に連禱が歌われ、そこにはいつも聖ヴィート教会の参事会員が来て、またその時はここにユダヤ人と荷馬車が立ち入らないように、いつも街路に鎖が張られると言っていた。そしてここではとても素晴らしい宗教行列が行われ、学生の信心会、他の信心会、特に聖母マリア信心会が来て、それはそれは素敵なものであると――

その説明を聞きながら彼女らは、少し離れたところにクロツィーンの公共井戸（＊語注27）が黒ずんで見える衛兵詰め所の横を通り、市役所も通り過ぎた。狭く薄暗いイエズス会通りではシャントルーチコヴァーはしばらく静かであったが、彼女たちの行く先の橋の方が明るくなり、前方にある橋の塔の背後で、明るく輝く春の午後の青空が広がった時、彼女はまた話し始めた。ヘレンカは周囲を眺めたいと思ったが、シャントルーチコヴァーは立ち止まらず、真っ直ぐ石の橋に向かった。そこで彼女たちは、そこから聖ヤンが川に投げ込まれた聖なる場所と、祭日前の今日飾られた彼の像を見るだろう、それはとても美しいもので——

　しかし橋はすでに人で一杯で、特に右側の歩道は混んでいた。そこには橋の欄干に五つの星の付いた十字架で示された『聖なる場所』があり（＊橋の欄干に銅板がはめ込まれている→ karlův most nepomuk）、ひどく混んでいた。つば広の帽子や子羊の毛皮の帽子を手にして、プラハの住民もサージの着物の田舎の人々も、またまだら模様のスカーフを巻きスカートをはいた田舎の女たちも、その十字架に口づけしようと、人込みをかき分けていた。すこし先にあるネポムツキーの像の所もすでに人で一杯だった。ひざまずき祈っている多彩な群衆の上に、その祝祭に合わせて特に飾られた像がそびえていた。

シャントルーチコヴァーはそこに行くことが出来なかった。反対側の歩道に退かねばならず、そこから指差しながら一生懸命にヘレンカに説明した。見てごらん、とても美しいよ、あの祭壇と多くのろうそくと色付のガラス玉を、それらはすべて輝いている。そしてあの聖人たちを見てごらん、それがここにあるのは祝祭週間《オクターヴ》の今だけで、何て美しいのでしょう——彼女は間違って教えていた、ヴンシュヴィッツ伯爵が寄贈した寓意の像を聖人と思っていた。もっとも彼の父は、聖ヤンの像をここに立てるように命じていたのだったが（＊父マチアーシュ・ヴンシュヴィッツが一六八三年にネポムツキーの像を建立）。シャントルーチコヴァーは祭壇の最上壇に描かれた名声《ファーマ》に十字を切り祝福した。それは、聖人を崇めているヨーロッパ、アジア、アフリカ、アメリカの地霊《ゲニウス》を前に、来るべき聖人の栄光を世界の四方に広めようとしていた。

　しかし彼女らはその場所に留まることは出来なかったし、橋の上にいることも出来なかった。そこからは何も見えなかった。というのもそこから祝祭が始まる予定の、キリアクス会修道院の方角の北側の欄干付近は人々の列が幾重にもできて、壁のようになっていたからであった。彼女らは橋の塔の方に戻ってその下をくぐり、聖ヴァーツラフの像（＊教会と通りの角の柱の上にある一六七六年の作）と聖十字架修道院（＊語注56）の横を通り川岸に降りていった。そこでも人々はすでに立って待っていたが、それほど混んではいなかった。シャントルーチコヴァーは聖十字架修道院の下にある新緑の柳の古木から少し離れた川岸に、さらに良い場所を見つけた

　さらに右側の入り組んだ岸辺にも沢山の好奇心に満ちた人々がいたが、薪が山と積まれ、黒ずみまた草で緑色になりかかった粘土や家畜の糞の山がある、岸から離れた所には、二、三軒の古びて傾いた小さな家が、身を縮めるようにして立っていた（＊プラハ全景図①参照）。それらの屋根はこけらぶきで、家のまわりの杭には洗濯物や漁師の網が掛かっていた。ヘレンカはそこからは、この一帯やさらにユダヤ人の町の横の不潔で凸凹した川岸を見渡すことは出来なかった。彼女は驚き大きく目を見開いて、自分の前にある橋とその巨大なアーチと橋げたと、その上にある像と橋の欄干の所にいる雑多な人々の群れを見た。しばし彼女の目は橋の向こうの高台に留まった。そこにはむき出しの岩や薮や陶窯《とうよう》のある人気のない斜面（＊［原注］今日のキンスケーホ庭園、ペトシーンの南の斜面にある→kinského zahrada）があり、そこに向かっておぼつかない小道が曲がりくねって上に伸びていた。隣の斜面では芝や薮や木々や葡萄畑が緑をなしていた。彼女は太陽が傾いていくストラホフ（＊ペトシーンの丘の西側の斜面）の方を眺め、王城をそしてその下の町（＊小市街のこと）を眺めた。川向こうのそこでは町を見下ろすように巨大な足場がそびえ、次第に高くなっていく建物（＊語注85、小市街広場の聖ミクラーシュ寺院は、この時はまだ建築中であった）の上に大小の梁や薄板があった。

　低い一部砂浜の対岸は右の先方で緑が濃く茂っていた。背の高い柳の古木や枝分かれしたポプラが、その姿を輝く川面深く落としていた。それらの樹冠の背後で屋根が赤く見え、教会が白く見えた。シャントルーチコヴァーはまた指差しながら、大きな木々がある向こう岸のそこはイエズス会の庭園であると言い（＊プラハ全景図①参照、今日そこにはストラコヴァ・アカデミーと呼ばれる建物があり、チェコの行政庁が置かれている）、あの赤い屋根は彼らの園亭で、庭園内のあの白いのは聖イグナチオ礼拝堂で、ここからでは見えないがさらに先の葡萄畑の中に聖マージー（＊マグダナのマリアのこと）の礼拝堂があると言った。そこへは輝かしい

巡礼がよく行われ、人々は船に乗ってそこに行くがそれは見ものであり、またイエズス会の庭園にはとても良い水があり（＊薬効があると考えられた）そこはとても素敵で、聖イグナチオの祝祭週間（＊七月三十一日を中心に一週間）にはそこに入ることが出来て、とても美しいと言っていた——その間に人々は増え、群衆は密集した列をなして遠くの川岸や川の両岸に広がり、水上の船の上でも人々は立っていた。橋の上では通行が止まった。若者やかつらを付けた者も、またそうでない老人もそこで押し合い、また白い帽子が多いが赤い帽子や喪の黒い帽子を被った老若の女たちも押し合っていた。皆は下流の水面を見ていた。そこはユダヤ人の町の一角で、木々の樹冠の柔らかい緑が揺れている中に、大聖十字架教会の塔と屋根がそびえていた（＊プラハ全景図①参照）。この教会は回心の聖アウグスティヌス（＊三五四—四三〇、古代末期最大のラテン教父、哲学・マニ教・懐疑主義などを経てキリスト教に回心したのでこの名がついた、告白録が有名）の兄弟たち、赤いハートの白い十字架団の修道院に付属するもので、人々はそれを縮めてキリアクス会教会と言っていた。

この教会はプシェミスル二世（＊在位一二五三—一二七八）がバルチック海の遠征から戻った時、修道院と共に定礎した大昔からの教会で、晴れやかな行列はそこから出発する予定であった。

ヘレンカは自分がいる場所からその修道院は見えなかったが、夢中になって熱く語るシャントルーチコヴァーから、それについての由来をすべて聞いた。聖ヤンが橋のあすこから投げ落とされた時どのように星が落ちてきたのか、どのように彼の頭上で輝いたのか、彼の亡骸が川を流れて、ここから離れたあのキリアクス会修道院が建っている岸辺にどのように流れ着いたのか、修道士たちはそれを自分の教会にどのように葬ったのか、そこは彼の最初の墓であるがその墓は芳香を放った、これが第一の奇跡だと。さらに彼女は、その後聖ヤンが聖ヴィート教会に葬られた時（＊一三九六年頃）、キリアクス会教会では聖ヤンの最初の墓の上に立てた祭壇の所から芳香が発し、それは確かで今日でもそこで敬虔に祈る人にはその快い香りがはっきりと感じられると語った。シャントルーチコヴァーはそこで祈る時はいつでも、そこにスミレの花束があるかのような香りを感じるとさえ言った。

傾き始めた太陽の反射を受けて輝く橋脚の柱は、滑らかな川面で震え、炎の剣のように川の中深く燃え上がっていたが、その姿も短くなった。対岸の木々の影は濃くなり、さらに川に沿って伸びていった。聖ヴィート教会と王城（＊プラハ全景図④参照）はすでに灰青色に霞み、白く輝く空を背景に立っていた。川べりや橋の上でもう長い間待たされている群衆は騒がしかった。いたる所で大声の会話やざわめきがあった。突然そこが身を縮め波立った。臼砲の轟音が彼らを捕らえた。その後二発目の発砲音がした。群衆に活気と押し合いが始まった。皆はもっとよく見ようと人混みを前にかき分けた。そしてさらにキリアクス会修道院の方角のどこかで発砲音がした。それに応えて橋の背後の射撃島（＊ヴルタヴァ川の中州の島、プラハ全景図②参照）で臼砲が撃たれた。その音に鐘の音が加わった。それはキリアクス会の所から始まり、その後赤い星の聖十字架修道会（＊カレル橋のたもと）の鐘が鳴り始め、さらに橋の背後のナ・ザーブラドリー通りの聖ヤン教会、聖オンドジェイ教会、聖アナ教会（＊共に旧市街にあった）でも鐘が鳴り始めた。

人々はみな、川下に目をやった。いたる所で息を呑む期待と緊張があった。聖十字架修道院や川に面した家々の窓は開いていたが、すぐにそこは覗き見る頭で一杯になった。鐘の音が鳴り響く中で時折臼砲が撃たれた。突然キリアクス会修道院から朗々としたラッパのファンファーレとティンパニーの音が轟いた。するとさあ音楽家たちが登場した。彼らは針葉樹で飾った小船に乗り、船首には白い短白衣と赤い上着を着て、手には赤い教会旗を持ったミサの侍者《ミニストラント》が立っていた。四人のラッパ手が舟の上に立ってラッパを吹き鳴らし、鼓手が太鼓を叩いていた。その船の後には二番目の大きな船が続き、その船は緑の針葉樹に加えて、前後左右を白樺でも飾っていた。船首には輝く十字架と共に二つの赤い教会旗があり、船の中ほどにキリアクス会の修道院長が立ち、その頭上には金で刺繍した白い天蓋があったが、それを長いかつらをつけた四人の市民が支えていた。修道院長を囲んで一団の修道士たちがいた。彼らはみな院長と同様に、白い修道士服を着ていたが、その左側の胸の所には、赤いハートと共に赤い十字架が見えた（＊キリアクス会の徽→ znak cyriaků）。

僧の船の後ろに二隻の別の船が続いたが、それらもまた大きく針葉樹で飾られていた。その中には子供の歌い手や老若の演奏者たちがいたが、左側の船では彼らの暗色の外套の中で、大聖十字架教会合唱隊の指揮者、アウグスチン・

スコペツ神父の修道士服が白く見えた。みな帽子を脱いでいた。さらに二隻の船が続いた。そこには旧市街の高官が乗っていた。彼らは巻き毛の大きなかつらを被り、くすんだ色や赤紫色の晴れ着の外套を着ていた。それらは市長のブラント、騎士のクロウザル、市役所事務長のヴァーツラフ・ヴィシーン・ス・クラレンブルカと市参事会員や六人官役所（＊語注97）の役人たちであった。

先頭の船ではラッパと太鼓が華麗に鳴っていた。そよ風はそれらの音を両岸に運び、また僧たちが乗った船の白い天蓋を膨らました。天蓋の金糸の裾と刺繍の輝きは、揺れる教会旗の真鍮の十字架からの光と同様に閃いていた。船は静かに進んでいた。それらは左岸の庭園にある背の高いポプラや柳の古木や開花したリンゴの木の脇を通り過ぎて行った。背後の小市街の上にはプラハ城が、壮麗で静かな美しさの中にそびえていた。鐘の音はヴルタヴァ川上空に広がっていたが、その川の一部は陰で黒ずみ、別の場所は流れ瞬く湿った輝きと波の閃光の中でまだ輝いていた。

ヘレンカは驚き川岸で立ちすくんだ。そして今はもう、シャントルーチコヴァーの敬虔で熱意を込めた説明には、あまり注意を向けていなかった。それは特に一連の船が現れ彼女らの前で、水面に両岸にさらに町にまで届く喜びに満ちたファンファーレが響き渡り、橋の背後で臼砲の射撃音が轟いた時であった。音楽と射撃音は興奮させた。しかしすぐ彼女は飾られた船を目で追っていた。それらは近づいて来ると幻のように静かに旋回しカレル橋のすぐ脇の、ヤン・ネポムツキーが投げ込まれた場所の下で止まった。その上方には彼の像があり、ろうそくが燃え色付の玉の後ろで輝いていた。最後に二、三発の臼砲が鳴り響くと、最後のファンファーレが多彩な人々ですし詰めの橋の上に向かって鳴らされた。そして静寂が。橋の上の群衆も岸辺の群衆も期待で緊張して押し黙った。

一方船上は賑やかであった。演奏者たちは譜面台の前や、開いたパート譜を持って立っている少年たちの前に立ち、歌手や年長や年少の歌い手たちは楽譜を持っていた。白い修道士服を着て頭がトンスラの（＊頭を丸く剃り縁の髪の毛だけ残した形）合唱指揮者は、合図を送った。混声合唱、福者ヤン・ネポムツキーへの歌の連禱が始まった。ヘレンカはこのような美しい歌に満ちた音楽を、これまで一度も聞いたことはなかった。そしてこれがローマ・カトリックの連禱であることも忘れた。ただもう聞き惚れて、歌い手たちや手を振っている白い着物の指揮者や演奏者たちに目をやっていた。それらの中に知り合いがいたが、その集団とその距離のためイジークを見つけることはなかった。

演奏が終わり歌も終わった。しばし静寂があったが、船上は再びざわめいた。彼女は楽譜が畳まれ、新しい楽譜が配られるのを見た。そして再び準備が整い楽器が手に持たれた。しかし白衣の僧はもう彼らに合図を送らなかった。彼のいた場所には黒っぽい上着を着てかつらを付け鼻眼鏡を掛けた、もっと背の低い男が立った。それは作曲家のシモン・ブリクシ自身で今は指揮者を務めた。彼は頭上に弓をさっと振り上げるとそれを振り、素早く合奏を始めた、彼の『聖ヤン・ネポムツキーの栄光の守り手』である。曲は快く流れていった。演奏はどんどん進んでいったが突然止まった、弦楽器が、フルート、オーボエ、クラリネット、そしてティンパニーも。ただ四本の当時まだ珍しかったホルンが、単独で演奏し長い独奏を奏でた。柔らかくこもったその音は心地よく心を奪うように、最後の輝きに照らされた川の上の透き通った大気を渡っていった。調和した旋律、あまり教会臭くなく、また宗教臭くもないが、心のこもった快い旋律に皆は魅了された。ホルンの最後の音が、枝の茂った岸辺の古木の下の薄闇に消えるように流れていった時、もう一度他の楽器の合奏が始まった。曲はより早く急になり、フォルティシモに満ちてティンパニーは暗い嵐のように大きく轟いたが、かつらを振り乱したブリクシの手の最後の一振りで突然すべてが鳴り止んだ。

橋のアーチの上で、また下では川岸と窓辺で突然の豪雨のような拍手が起きた。いたる所で拍手が起き、しかもそれは何度も何度も、橋の上でもいたる所で起きた。それはしばらく続いたが、やがて熱狂した称賛が止んだ。それから船上で新しくまた演奏が始まった。曲が演奏され歌手が歌った『天の元后』（＊語注60）を。

その間にすでに大気の輝きは消え、色合いも陰り左岸の陰は黒くなって川に広がり始めた。五月の夕方の薄闇の中を聖母マリアの曲が響いていた。これまで日中の光で青ざめて見えた橋の上の明りは、はっきりと輝き出し色付の玉は燃えるように輝き、下方の船では松明が燃え始めた。その赤っぽい光は川の波の上で震えていた。『天の元后』が終わるとファンファーレが再び鳴り響き、臼砲が撃たれ始めた。船は向きを変え先頭はまたラッパ手と鼓手であった。教会旗は静かに垂れ下がり、松明の赤い炎とその煙は船を

越えて水面を下流に、キリアクス会修道院の方へ流れて行った。

群衆の中にざわめきと騒音と叫び声が起きた。その場所で陽光を浴びながら何時間も立ち続け辛抱強く待っていた人たちは、水門が開かれ水がどっと流れ出した時のようだった。橋の上の者たちも岸辺にいた者たちもその場所から動こうとした。人々の雪崩が起きた。皆は押し合い圧し合って互いに呼びかけ罵り叫んでいたが、まるで魔法の楔を打ち込まれたように身動きが取れなくなっていた。

シャントルーチコヴァーはヘレンカの手をつかみ、しっかり握っていなさいと叫んだ。二人は人をかき分け、クレメンティヌムのある通りに出た。しかしそこで激しい人の流れが彼女らを引き離し、二人をそれぞれ別の方向に連れて行った。ヘレンカは、薄暗い明りが灯った汚らしい小店とみすぼらしい家々が並んだ見知らぬ通りにたどり着いた。始め彼女は立ち止まって、シャントルーチコヴァーを探して周囲を見回したが、それが無駄だと分かると先を急いだ。彼女は多分もっと迷うのではないか、家に帰るのが遅れるのではないかと恐れた。旧市街広場に出ようと試み、そこからは道が分かると考えた。突然右側に大きな広場（＊クレメンティヌムの東北の角にあるマリアンスケー広場）が見え、そこに大きな建物の正面が、広場の向かい側に教会があった。その脇でどこかの女性に出会ったので、ここはどこで旧市街広場にはどう行けばよいか尋ねた。

「これはナ・ロウジの聖母マリア教会（＊広場とフソヴァ通りの角にあったが一七九一年に取り壊された）で、その向かいはクレメンティヌムの神学寮で、旧市街広場にはこの通りを通って聖リンハルト教会（＊［原注］小広場とそのアーケードの向かい側にあった）の方に行くとそこから右に行っても左に行っても広場に行き着くでしょう。」

ヘレンカは先へ急いだ。急ぎ足で聖リンハルト教会を後ろにして左に曲がると、ベネディクト会修道院の聖ミクラーシュ教会（＊語注85、旧市街広場の北西の角にある）の方に出た。そこで彼女の前に旧市街広場の空間が開けたが、彼女にはとっさにそれが分からなかった。しかしクロツィーンの井戸や木の下にある衛兵詰め所やさらに先方の脇にあるさらし台（＊罪人を晒しものにするために使われた→pranýř）が彼女にそれを思い出させた。ヘレンカはほっと息をついた、気付くとよく知った明るい場所に立っていたからである。そこでは市役所とジェレズナー通りとツェレトナー通りの角に街灯が灯っていた。彼女は真っ直ぐゴルツ伯爵の家を目指した、それはティーン教会の横にありすぐ見つかった。すぐにそこに立ち、それからどの道を通っていくのか周囲を見回した。

その時左から誰かが早足でやって来た。彼女はそれに気を留めなかった。しかしその男は彼女を見ると急にすぐ横に立ち止まった。青白い顔をした若者で、黒い着物を着てヴァイオリンを脇に抱えた若いブジェジナ、イジークであった。彼女は驚き、彼はもっと驚いた。彼はキリアクス会修道院の所で船を降りると、ドゥシュニー通りを通って帰るところであった。彼は一人だった、フバーチウスは何人かの喉の乾いた音楽家たちと居酒屋に立ち寄ったからであった。

「ヘレンカ――」彼は驚いて言った、「あなたがここに――」

「道に迷いました――」彼女はどこから来て、どうやってここにたどり着いたのか語った。「でももう道は分かります」付け加えて言った。「ここを左に」手で示して「それから真っ直ぐに。」

「いや、その後また右に。」彼はためらうようにちょっと黙ったが、すぐに言い切った。「また道に迷いそうだから、案内しましょう。」

その好意は彼女を喜ばせた。ヘレンカはそれを喜んで受けすぐ歩き出した。しかしイジークはその突然の決断の後、恥じらいを感じた。彼女と並んで歩かねばならないと思うと興奮した。初め彼は彼女を見なかった。自分の前に視線を定め、道だけを気にかけている様子だった。しかし彼女が、あなたもまた船に乗って演奏したのですかと尋ねると、彼は振り返った。あなたに気付くことは出来ませんでした、とても見分けるのは無理でしたのでと彼女は言い、あのような音楽と歌はこれまで聞いたことがありませんでした、岸辺から船とそのすべてを見るのは何と素晴らしかったでしょうと語った。

彼はその言葉を受けてすぐにブリクシの曲について話し始めた。話題を持っていたからである。彼はその作品を、特にホルンの独奏を誉めた。

「それを聞いた時、私は兄さんを思い出しました」彼は思わずヘレンカに言った。しかしイジークが、今日ではありませんでしたが、フバーチウスと読み上げ官スヴォボダとその作品について語った時、そのことも話しましたと言った時、彼女ははっと驚いた。彼はハシュタルスカー通りの方へ右に曲がった。彼はもう立ち止まり戻ってもよかった。しかし彼にはそのことを思いつかず、自分がかなり回り道をしたことも気にかけなかった。彼らがこの様に語り合っている今、彼は陽気になりこの会話からまたこの晩の散歩から、静かな喜びを感じていた。これまでこのような気持ちで歩いたことはなかった。周囲も時間も忘れていた。ヘレンカが立ち止まった時、彼女の前には聖ハシュタル教会がありその塔が見えた。彼女はこんなに家の近くまで来ていたことに驚いた。

「私もおばあさんの所に寄って行こうかな」彼は笑いながら言ったが、祖母が何と言うだろうかという思いがふと頭をよぎった。「もう道は分かりますね。」

彼女は彼に礼を言いおやすみを言うと、急ぎ足で立ち去った。彼は彼女が闇に消えるまでその後ろ姿を目で追った。それから家に急いだ。しかしその間ずっと彼はすらりと均整の取れた彼女が横にいるように感じ、彼女が彼の横を歩いているように感じた。彼女の声が聞こえ、彼の方に何度か振り返った時の彼女の顔が見えた。その出会いとその同行は彼には事件であり、家でもそれを考えていた、特に夕食後自分の部屋に戻った時には。――

ウ・ブジェジヌーではその晩は特に賑やかで、白樺で飾られた通路にも丸天井のビールの給仕室にも活気があった。テーブルはすべて満席であった。二つのテーブルは学生たちだけで占められていたが、ほとんどが法学部の学生であった。隅にはリュートを持ったジュフニチカがすでにいた。いたる所で語られるのは聖ヤン祭のことで、主に船上の音楽であった。老クビーチェクは、プルゼニから教区の主任司祭が先導する大きな宗教行列もここに来て、さらにいくつかの行列もあり今年の巡礼者は昨年よりもずっと多いと言っていた。

「そしてその数は毎年増えるでしょう」フロリヤーン・マリヤーネクは請け合った。「ただローマから知らせが来て、法王が福者ヤン・ネポムツキーを聖者と宣言した時には。」

「何を言う、我々の所では彼はもう聖人だぞ」隣のテーブルから粗野なイジー・コツォウレクが食ってかかった。

「あなた方は信じられないでしょうが」太った隣席の穀物商がそれに答えた。「チェコではどこにでも、聖ヤンが聖人というわけではない、そう考える異端の者たちがいます。私がここのカメニツェ（＊プラハ中心部から南に二六キロメートルの村）に行った時、川向こうのそこの管理人が私に言ったのですが、そこではあのフスを聖人として、チェコの受難者と見なしている領民や百姓がなんと多いことかと。またそこでどこかの老農夫が言うことには、私たちカトリックはヤン・ネポムツキーをとても崇拝しているが、彼を聖人であると見なすなら私たちはお目出たいものだ、本当の聖人はヤン・フスで、彼はチェコ全土で聖人と見なされていた。しかし私たちのカトリックの僧たちは、そのヤン・フスから聖ヤン・ネポムツキーを作ったと言っていました。」

「こんちくしょう」コツォウレクは荒々しく叫んだ。「田舎の異端の獣だ、あんたはそいつの口に一発かましてやらなかったのか。」

「私はそれを百姓から聞いたのではなく、その管理人から聞いたのです。」

「それがどうした。彼がその百姓を殴らなければ、彼も同罪になるべきだ。」

「彼もその男を尋問しました、しかしその百姓は酔っていて何も覚えていないそうです。しかしローマでは列聖をずっと引き伸ばしているのは事実です。」

「そんなこと分からないのか」かつては聖職見習でその後教師になり今は靴屋のコツォウレクが大声を上げた。「それは審理の手順だ。列聖のための手続きだ。そこでは悪魔は自分の代弁者を持ち（＊語注3）、神も自分の代弁者を持つ――」

「そして私たちもそれらの代弁者たちにお金を払います」フロリヤーン・マリヤーネクはサメチェクにささやいた。

その時弦をかき鳴らす音がした。ジュフニチカが前奏を奏で、話の内容を考えて真面目な歌を歌い始めた。

ああ、白山は花開く――

コツォウレクは彼に怒鳴りつけた、黙れ、話せないではないかと。しかし学生たちはさあ歌えと彼をけしかけ、彼を助けさえした。

彼らは声を張り上げて、ジュフニチカのリュートの伴奏に合わせて歌い始めた。

冬の王（＊語注69→白山の戦い）は宣言する
勝利は我がものなりと、
巨大な大砲で脅しながら、

その時、奇跡が起きた。
マクシミリアーン（＊一五七三―一六五一、バイエルン選帝侯で皇帝側で戦った）は
聖母マリアと共に祝福した。
勝利よ、あまねくチェコの地の勝利よ。

41

次の日曜日トマーシュは、ヘレンカが行かなくてはならなかったあの聖ヤンの祝祭がどうだったのかを聞きたくて、いつもより早く彼女の所に急いだ。彼はヘレンカがそれについてあまり話したくないだろうと思っていた。しかし全く違っていた。彼は彼女にはあの壮麗な見ものが気に入り、音楽も歌も気に入ったことを感じ取った。しかしまた彼女がホルンのソロについて話した時、若主人が彼のことをどの様に思い出したのか、またどの様に彼女に道を教えたのかを話すと、彼は緊張して聞いていた。しかし最後に彼は暗い声で、彼女をそんな目眩ましに連れて行かなければいいのにと言い、そして心配そうに故郷と父を思い出し、なぜキシュが来ないのかと言った――

キシュはその日曜日のすぐ後にやって来て、再びヘレンカを探し当てた。女中がヘレンカに、下にどこかのユダヤ人が立っていて彼女のことを尋ねていると告げた時、彼女は大急ぎで階段を駆け降りた。ラザル・キシュが門の所で待っていた。彼はメジジーチーからの、祖母と叔父からの挨拶を持って来た。それと同時にマホヴェツについての確かな知らせももたらした。彼が話すには、メジジーチーの叔父クランツの所に同じ信仰の兄弟が、時計職人と言っていたが、その者が立ち寄り次のように知らせたという。マホヴェツは逃亡中イチーン地方の森番や他の兄弟たちの所に身を隠し、長い間隠れていたそうだ。なぜなら彼はいたる所で追われていて、国境を越えるのが危険だったからである。ようやく秋になって運良くジタヴァにたどり着いたが、彼は初めそこでは上手く行かなかった、特に冬は。というのもそこで仕事が見つからず、春になってある旦那の所で庭師の職を得た。彼は元気でいつも彼ら子供たちのことを思い出し、彼らを連れ戻しにやって来て、彼らをその捕らわれの境地から救い出すことが出来たらと思っているが、もしそれが出来ないようなら、彼らに指示するか使者を送るので用意するようにと言っていたと。

この知らせの中でヘレンカが一番喜んだのは、父が危機を逃れ安全な所にいるという確かな知らせを得たことであった。しかし父が彼らのためにやって来ることには、彼女は何か暗い不安を感じた。彼女はその時恐れも感じたが、それがなぜなのかその場では分からなかった。しかしすぐにトマーシュに父のことを話したら、彼もさぞ喜ぶだろうと考えて喜んだ。

彼女はすぐにまた聖体祭に行かされた。先ず始めにプラハ城の聖ヴィート教会に、そしてお供はまたシャントルーチコヴァーであった。ヘレンカはまた驚いた。彼女は新しい世界を再び見た、これまで見たこともない栄光を、金と燃えるろうそくと画像と花で満たされた祭壇の華麗さを、僧の衣と貴族たちの輝かしい行列の華麗さを、隊列を組んだ兵士の行進を、金箔を張った箱馬車とモールで飾った従僕や警護の召使を、高価な馬具を付けた馬を。彼女はひっそりした居間に座っていた祖母の姿を思い出すことも、一、二の乏しい明りで照らされた黒い林の中での、兄弟たちの夜の集会を思い出すこともなかった。ヘレンカはその光景に目を眩まされ陶酔したようになって、二つの聖別された小さな花輪を、一つはレルホヴァーに、もう一つは自分のために持って帰ってきた。彼女はそれを手元に置いて自分の部屋に掛けなければならなかったが、それは彼女の気持ちに逆らうものではなかった。スカルカの家でも、咲いていた野原の花を編んだ花束は彼女を慰め、その壁にとても良く合っていた。――

その後行列に継ぐ行列が。プラハでは丸一週間それらが行われた。あの祝祭の次の日に家畜市場の神体教会で、その翌日には雪の聖母マリア教会（＊語注60）で、土曜日の午後はプラハ城のロレタ教会で、日曜日にはティーン教会と午後には聖イルイー教会（＊旧市街フソヴァ通りとズラター通りの交差点）と小市街のカルメル会修道院（＊聖ミクラーシュ教会から南に伸びるカルメリツカー通りに名が残っている）で、月曜日は聖トーマス教会（＊小市街広場の北東の角の向かい）で、火曜日は聖インドジフ教会で、水曜日は石の橋の近くのイエズス会修道院で、木曜日の朝はストラホフ修道院（＊語注53）で、最後はその日の午後にヒベルン会（＊共和国広場から東に伸びるヒベルンスカー通りに名が残っている、なおヒベルニアはアイルランドのラテン語名）の神父たちの所で行われた。

ヘレンカは前もってシャントルーチコヴァーから、これらすべての祝祭について聞いていた。それらの中の一つは自分から行くことを望んでいたが、それは祝祭そのものではなく、それが行われる場所のためであった。それはロレタであった。彼女は、ルホツキーがプラハの戴冠式から戻った時スカルカで、ポレクシナからあのロレタは何と美しいのでしょうという話をすでに聞いていた。老嬢はその後もさらに、彼女がヘレンカと二人だけでいる時や冬に刺繍をしている時に、何度か話の中でロレタについて話し始めたが、老嬢は明らかにそれを思い出すのが好きだった。しかしシャントルーチコヴァーは彼女をそこには連れて行かなかった。もっともシャントルーチコヴァーはロレタを誉め、特に鐘《グロッケンシュピール》を使った音楽を称え、それはそれは美しいと言った――

しかしヘレンカはこれらの祝祭の中でさらにもう一つ、日曜日のティーン教会に行かねばならなかった。その日の朝のうちに突然トマーシュが、見知らぬ葡萄畑の者と共にやって来た。その男はトマーシュが実際に神体教会に行くかどうかを監視する見張り役であったが、そこにトマーシュを送ったのは葡萄畑の宣教師で、彼は主にトマーシュのために彼らの葡萄畑に立ち寄っていた。見張りの男は出かけるのが好きでなかった。祭壇巡りも嫌いだった。その男はトマーシュに同行者がいることを見て、彼を監視することを止めた。その代わりシャントルーチコヴァーが彼とヘレンカから一歩も離れず、絶えず彼らに指し示し多弁に物

＊ 41 ＊

語っていた。そのため彼らはすべてのこと、主に祭壇と僧について耳を傾けなければならなかった。トマーシュは道中の始めからどうやって彼女から逃れるか考えていた。

しかしその機会が訪れたのは祝祭が終わり、皆が帰る時の雑踏だった。その雑踏は石の橋の所でのあの演奏後のような激しいものではなく、シャントルーチコヴァーを見失うほどではなかったが、彼らは彼女からはぐれた。トマーシュは頃合いを計ってヘレンカの手を取り、雑踏の中に割り込んでいった。彼らはティーンスカー通りに逸れた。その曲がった道を急ぎ、彼女の家に曲がりながら向かって行く街角を迂回した。彼らは通りの上に跨ったアーチの下の薄闇に出た。突然トマーシュは立ち止まり、驚いて二階建ての古い家の方を見た。その家の一階は居酒屋になっていたが、その祭日には閉まっていた。

居酒屋からではなくその家の門道の通路から、小柄で生気のない男がもう一人の大柄の男とちょうど出て来たところだった。二人とも市民のなりをしてかつらを付けていた。小柄な男は脇の下に、スカーフに包んだ小箱のように見える物を持っていた。通路の前で二人は立ち止まり何か話し合っていた。

「見て、ヘレンカ、見てごらん、あの二人を。小柄な男が見えるだろう、あの小柄な生気のない」トマーシュは声を抑えて興奮しながら注意を向けさせた。「あの人がそうだ、ほらあの人だ。」彼はヘレンカの手を握った。

「誰ですか。」

「葡萄畑に来て、私にあの本を渡してくれた人だ。行こう――」彼はすばやく二人の男に向かって行った。彼らもまた歩き出していた。トマーシュはヘレンカの手を握り連れて行った。彼が二人に追い着くと挨拶をして思わず立ち止まった。小男の読み上げ官のスヴォボダも立ち止まり、彼に自分の青い目を向けた。その目は突然の驚きでぎょっとなった。彼はトマーシュを凝視しヘレンカを見つめ、それからより早く足を進めた。トマーシュの挨拶には気付かなかったように見えた。しかし立ち去る時彼は振り返ったが、トマーシュとヘレンカが唖然として彼らの後ろ姿を見送っているのを見て、すぐに前に向き直った。そしてちょうどその時その狭い道に現われた人込みの中に素早く容易に姿を消した。

「彼だった」トマーシュは繰り返した。

「人違いではないですか。」

「間違っていない、断じてそうだ。」

「でも彼はあなたを知りませんでした。」

「多分、または声を掛けたくなかったのだろう。あの人が誰なのか、誰なのだろう――」

「行列にはいませんでした。あの家のあすこから出てきました。」

「でも居酒屋にはいなかった。閉まっているから、そこにいるのは不可能だ。多分あすこにいたのだろう。行って見てみよう。」

彼らは通路に入った。それは長く薄暗かった。通路の向こうに狭く汚らしい中庭が見え、左側には中庭に張り出したバルコニーが、右側には隣家の窓のない煤で汚れた壁が見えた。奥の中庭の端には低く古びたこけらぶきの建物が横向きにあった。何人かの人々がそこから出てきた、男二人と女二人だった。服装からプラハ市民と見て取れた。彼らはマホヴェツの子供たちの横を通り、彼らを探るように眺めた。男たちの一人が立ち止まり、ここで何をしているのか、誰かを探しているのか尋ねた。トマーシュはすぐにそうではないと答え、向きを変えてヘレンカと立ち去った。

次の日曜日ヘレンカはトマーシュを待っていたが来なかった。彼はやっと二週間後に来た。ヘレンカは彼を見るとすぐに、彼が何か知らせを持って来たのが分かった。彼はなぜ先週来なかったのかを説明する中でそれを伝えた。

「行く用意をして葡萄畑から出た時、私は呼び止められた――」

「あの見知らぬ市民にですか」ヘレンカは息を詰めて言葉を挟んだ。

「いや、あの人ではない。葡萄畑の者だ、しかし私たちの畑の者ではなく、どこかよその見知らぬ男だ。どこから来たのかは言わなかった。私に名前を尋ね、私を待っていて私と少し話がしたいと言った。私は町にいる妹の所に行くところですと言うと、彼は『そこに妹さんがいることは知っている。しかし私は君と一緒に町には行けない。私たちは普通には話すことが出来ないから。人々の中では話せない。私とこの葡萄畑の中に行こう。』私はその気にならずこのよそ者の目的は何だろうと考えた。しかし彼が私に、私が誰かからもらったクレイフの祈禱書を持っているか尋ねた時、私はその人が信仰を同じくする兄弟だと分かった。私はその本を持っていますが、でも誰からか知りませんと答え、あなたは知っていますかと聞くと、それを君に言う

＊ 41 ＊

ことは出来ないと彼は言った。」

ヘレンカは聞けば聞くほど緊張していった。

「その葡萄畑の人は私が驚くのを見て、『何も心配はいらない、あの本を君にくれたのは同じ信仰の兄弟で、とても良い兄弟だ。私を信じなさい。』そこで私はその人と行った。私たちは葡萄畑の中を歩き回り、それから高台の野原に向かい、そこで私たちは自生の梨の木の下の斜面に座った。最初私の頭に浮んだのは、この男はスパイをするため来たのではないかということだったが、彼はあのクレイフの祈禱書を知っていて、その後彼が何をどの様に話すのかを聞いて私は彼を信用した。しかし何と言う名前でどこから来たかは話さなかった。」

「きっとその人はあなたを信用していないのでしょう。」

「多分そうではなく彼はとても慎重なのだ。彼はイエズス会士について、兄弟たちをどのように探索しているかを語ったがひどいものだ。私が以前話したことのある、葡萄畑にいるあの二人の神父が主にそれをしている。それから彼は立ち上がり見に行こうと言った。私は彼の後ろに付いて切り立った崖の端まで行くと、彼はそこで私に示した。プラハ全体がそして周囲のすべてが見えた。彼は私にそこからは見えない所も含めて四方を示し、村々の名前を挙げまた一面葡萄畑が広がる川向こうの村々の名前も挙げた。リベニ、トローヤ、そしてスミーホフ、ミフレ、パンクラーツとすべての名前を挙げ、これらプラハ周辺三ミーレ（＊距離の旧単位で一ミーレは七・六キロメートル）の所の葡萄畑には何百人もの人が働いているが、その中に私たちと同じ信仰の者が沢山いる。時々少人数で集まって礼拝をしている。そして彼は急に私の方を向いて、私もまた彼らの中に入って神の言葉を実践したいかと尋ね、そのために来たと言った。そこで私はそうしたいと言った。」

ヘレンカは驚き恐怖に捉えられた。しかしすぐに小声ではあったが、怖くはないですか、私はどうなるのでしょうと尋ねた。

「君は出来ない、少なくとも今は無理だ。それは遠い葡萄畑の中で行われ、私もどこだか分からない。彼は私を迎えに来ると言い、その合図も決めた。しかし君についても言っていた。」

「彼がですか。」

「彼は妹について、つまり君についてもまた考えていると言った。」

「でも、どうやって」ヘレンカは息を詰めて言った、しかし不安と恐れも込めて。

「私も尋ねたが何も言わなかった。ただ今すぐには無理だがと言っただけだった。」――

その後ヘレンカがトマーシュと家の前で別れた時、彼女はいつものように大部屋には戻らず自分の小部屋に入った。兄は彼女に不安を残していった。信じられない様々な思いが彼女を孤独に向かわせた。信仰を同じくする兄弟たちの、かつらを付けたあの市民とあの葡萄畑の者からの秘かな言伝は、彼女の好奇心をかき立てると共に、秘かな恐怖で包んだ。もしトマーシュが葡萄畑での秘かな集会で捕らえられたら、もし彼が牢獄に入れられたら――またあの人たちは彼女についても考えていると言っていたが、どのようにまたどこへ彼女を連れて行こうとしているのか――不安と共にそれらのことを考えた。しかしすぐに祖母なら恐れることなく、以前と同様に彼女をそこに送り出すだろうと確信した。ヘレンカは心の中で非難されたようにはっとして、ダニエル神父が持って来た聖人たちの絵や小さな教会旗と、蠟の子羊や聖体祭の時の花輪に目をやった。

間もなく彼女はまたローマ・カトリックの礼拝に行かねばならなかった。その時は聖イグナチオ・デ・ロヨラの祝祭週間（＊七月三十一日の前後一週間）であった。レルホヴァーは彼女に、シャントルーチコヴァーとイエズス会の庭園の聖イグナチオ・デ・ロヨラ礼拝堂に祝福を受けるために行きなさいと言い付けた。レルホヴァーはちょうど入ってきたイジークの前で彼女に言った。彼女らは翌日そこに出かけて行った。シャントルーチコヴァーは慈悲の友会修道院（＊病人看護と救貧が主要任務でその聖シモンとユダの教会で、旧市街北部のナ・フランチシュクにある）の横を通り、キリアクス会修道院の脇を通って小市街への渡し（＊［原注］現在のスヴァトプルク・チェフ橋の近くにあった）に彼女を連れて行った。男女で満員の大きな船に乗って広い川面を漕ぎ渡るのは、ヘレンカには何か特別のことに思えた。シャントルーチコヴァーは再び多弁に説明し指し示した、特に対岸の右手の高台を良く見るようにと。そこでは斜面のふもとが川に迫った場所の葡萄畑で、聖マージーの丸い礼拝堂が白く輝いていた。そこに巡礼がある時には是非見なければならない、それはそれは美しいと――

ヘレンカはそこに目を向けたが、彼女の視線はすぐ左手の小市街やプラハ城に、また対岸のイエズス会の庭園の端にある背が高く枝分かれした柳やポプラの古木に向けられた。それらの豊かな樹冠は、夏の蒸し暑い午後の強い日ざしを受けて輝きながら、静かに瞬くように空高く広がっていた。

賑やかな会話や笑いを振り撒きながら船は熔けて輝く銀のような川面を漕ぎ渡り、向こう岸の古木の涼しい木陰に停泊したが、それらの木々の太い枝は所々で水面近くまで垂れ下がっていた。船はすぐに空になった。船の人々は小市街に急ぐ者もいたが、大部分は右手にある近くのイエズス会の庭園に向かった。砂岩を削って作られたその門の上方の左右には、同じく砂岩で出来た角錐があった。それらの間にある飾り縁のアーチの上には聖イグナチオの像があり、その像の後に光背があった。二本の菩提樹を背にして眩しい日の光の中で像は光り輝いていた。そして木々の樹冠は門の背後で高くそびえ、絵に描かれたように絡んだその枝を庭園の壁と門の上に広げていた。しかしその下の美しく組まれた格子の扉を持つ門の中と、特にその後ろにある菩提樹の並木には、枝の茂った木々が作る緑の陰があった。そしてその並木道の終わりには白く輝く礼拝堂があった。

二人が門を入るとすぐにシャントルーチコヴァーはヘレンカに礼拝堂を示し、またすぐに川の方向の右側を示した。そこには木々の背後に煉瓦の屋根が赤く抜き出ていた。あれはイエズス会の神父様たちの園亭で、そこには井戸があり水が湧いていて、ほら周囲を見てごらん、なんと美しいのでしょうと言った。ヘレンカは彼女と共に真っ直ぐ礼拝堂に向かった。半円形の石の階段がそこに通じていた。開いた聖堂の薄闇から静かに祭壇のろうそくの列が輝いていた。もうそこでは歌が歌われていた。

祝福が終わるとまた、あの春の聖ヤンの祝祭の後のようになった。急いで出ようとして一つしかない扉の所で押し合う群衆の中で、ヘレンカはシャントルーチコヴァーを見失った。しかし今回は、自分が一人で見知らぬ場所にいるのに気付いても驚かなかった。大きな並木道から右手にある歩道に出た。彼女はそこを歩きながら、この道を行けば門に出られ、そこでシャントルーチコヴァーが見つかると考えていた。しかし急に広い視界を失った。右も左も背が高く真っ直ぐに刈り込まれたシデの灌木の壁があった。等間隔にその壁から、ハサミやナイフで立方体や円錐形に刈り込まれた若い木々の樹冠が突き出していた。ヘレンカは歩を早めたが、突然先に行けなくなった。二つの緑の壁が小道の先で半円形に繋がっていた。その半円形の壁（＊教会建築で内陣の東端にある半円形の出っ張り、アプス→apsida）の所には、同じく半円形の石のベンチが置いてあった。

ヘレンカは驚いて立ち止まった。人気のない静かな場所は彼女を引き寄せ、ベンチは彼女を招いていた。我慢できずに彼女は座った、ちょっとだけ、シャントルーチコヴァーからはぐれないように、彼女はきっと門の所で待っているだろうから。しかしちょっと腰をかけたとたん彼女は立ち上がり、真っ赤になった。彼女は『若主人』イジークの姿を見つけた。

彼は昨日祖母の所でヘレンカがそこに行くと聞いた時から、その庭園のことを考えていた。彼もまたそこに行って見てみたいという突然の願望を、自分自身で抑えながら落ち着かずにいた。彼はそれを望まず尻込みし、朝には家に留まろうと心の中で決めていた。しかし午後になって祝福の時間が近付いてくると、我慢できなくなった。彼は家から追われるように駆け出して、川の方に急いだ。しかし渡し場に近付くと歩みを緩め、そこにヘレンカとシャントルーチコヴァーがいないか見渡した。彼女たちと一緒に船に乗る勇気はなかった。彼女らを見かけなかったので彼は船に乗った。しかし彼は何か許されないことをしたような気になった。

礼拝堂で彼は群衆に混じって立ち、祭壇の所にいる僧には目もくれず、放心して他の人々と共に連禱を唱えていた。不安げに周囲を見回し、もっと良い場所に出ようと押し合った。彼の目は探して探し回った。やっと祝福の時にシャントルーチコヴァーの白い大きな帽子の横に、黒っぽい髪に乙女のリボンを付けた若々しい娘の頭を見つけた。彼女は敬虔に頭を垂れるのではなく、考えに耽り自分の前をじっと見つめていた。彼はもう周囲の何も気にかけなかった。彼は眺めていたが注視することはなかった、祭壇で鐘が鳴り僧が何か歌いながら祈っていたことも、そこで香炉の煙が青い円となって突然舞い上がり薄いベールとなって、ろうそくの炎と祭壇にある豪華に飾り立てた金色の額の中の黒ずんだ聖人の絵を飛び越えていくのも、集まった人々に祝福を与えている老僧が手に持っている、真っ白な聖体を入れた金の聖体顕示台（＊聖体を収めた円いガラス容器の周りに放射状の飾りを付けたもの→monstrance）が輝いたのも、人々がひざまずき十字を切っていたのも。イジークもひざまずいた、いつもならば彼の胸は高まり、頭は深く下がるのであるが、今日この祝祭の時に彼の目はヘレンカにじっと注がれていた。

最後の歌がまだあった、それから退出の混雑と喧騒が。ヘレンカが雑踏の中で扉の所で姿を消した時、イジークは急いで群衆の中に割り込んだ。彼が外の階段に出た時、見下ろす前方の並木道にシャントルーチコヴァーの帽子が白く見えた。彼は立ち止まり、待って振り返った。その時彼の目には、階段から並木の脇を右に曲がる歩道上のヘレンカがちらりと見えた。

彼女の姿が見えたとたん、それは灌木の中に消えた。彼は彼女の後を追い、そしてベンチに座っていた彼女を見つけた。そして今、大胆にも彼女の後を追ったことに自分で驚いた。

ヘレンカは立ち上がり少し躊躇していたが歩き出した。彼女は挨拶をして、自分の狼狽を隠すために何か曖昧な笑いを浮べて言った、シャントルーチコヴァーからはぐれてしまいましたが、この道を行ったら彼女を見つけられると思っていますと。

「私は彼女を見ました――そしてあなたも――」彼は出し抜けに言った「あなたが迷うだろうと思いました。」彼女は彼のその考えに驚いたが、急に明るい顔になり軽い喜びを感じた。

案内しましょう、この道は門には通じていないのでとイジークが申し出ると、彼女はそれを喜んで受けた。

二人はもう陰に覆われ始めた緑の壁の間をゆっくりと歩いた。彼らの頭上には最後の日の光があったが、それは木々の樹冠の中にある白い礼拝堂のこけらぶきの丸屋根の上で、震えるように輝いていた。彼らは別世界にいるようであった。彼らは二人だけで薄暗くなった緑と静寂の中を歩いていた。誰にも会わず、ただ遠ざかっていく人々の様々な声が聞こえるだけだった。二人は黙っていた、しかしその沈黙は気まずいものではなかった。彼らの心に語り掛けていたのは、二人には気づかなかったが甘い希求であり、そこには初めて味わうもっと親密な出会いの魅力、若い心の初めての陶酔の魅力があった。イジークにはまるで幻の中にいるように周囲のすべてが変わって輝き、より美しくなったように感じた。やがてヘレンカは、どちら側に門がありますかと尋ねた。

「ここからもう少し行った所です。ここを右に曲がります。」

曲がるとすぐに彼らは緑の壁の通路に立っていた。ヘレンカは自分の前の小道を指さしたが、そこに大きな白い帽子が見えた。突然彼女は驚いて言った。

「あれはシャントルーチコヴァーです。」

「こちらの道を行くと彼女より先回りできます」イジークは道を示した。「門の所で彼女に会いましょう。」

彼女は彼が言ったように行こうと一歩を踏み出そうとしたが、こらえて言った。

「ごめんなさい、それは止めておきます――」彼女はイジークを、恐る恐るまた懇願するように見た。「あれはシャントルーチコヴァーです、私は一人で行きます。その方がいいと思います、一人で行きます」興奮した彼女の声が響いた。

彼は驚き気持ちが乱された。しかし彼女がそう判断したことは彼も気に入った、また彼女の視線と震える声が彼の心を捉えた。

彼は反対せず聞き従った。彼は彼女が木々と薮の中に消えていくのを見送った、孤独な雌鹿が軽やかな足取りで駆けていくように、すらりとしたしなやかな姿を。しばらく彼女の後ろ姿を見ていたが、近道になる小道を進んだ。菩提樹の下にある門から出た時、彼はヘレンカとシャントルーチコヴァーが渡し場にいるのを見た。彼はまだ間に合うので彼女らの後を追って行こうという気にもなったが、庭園で彼に向かって私は一人で行きます、その方がよいでしょうと懇願して言った、彼女の震える声が彼の心で響いた。彼はそこに留まり、彼女が船に乗り川を渡り下船する人々の中に姿を消すまで眺めていた。

その後シャントルーチコヴァーは家でレルホヴァーに多弁に詳しく述べていた、祝福があった庭園が何と美しかったのか、ヘレンカがまた彼女を見失った混雑がどんなであったか、またどの様に二人が出会ったのかを。

「でも、今回は何も怖くなかっただろう」レルホヴァーはヘレンカにそれとなく言った。

ヘレンカは以前聖ヤンの祝祭から戻る時に起きたことを、若主人が彼女に道を教えてくれたことも含めてすべて話していた。しかし今度は彼のことは黙っていた、ただ怖くはありませんでした、恐れることもなかったですとだけ言った。そして秘かに溜息をついた。

42

イジークは旧市街への渡しには乗らなかった。どこを通ったか分からぬまま渡し場から戻ってきた。突然彼はまたイエズス会の庭園の傍に立っている自分に気がついた。その金属の格子戸は閉じられ、その上にある像の光背の輝きは消え、門の脇の菩提樹は黒ずみ庭園は暮れかかっていた。ただ薄暗い菩提樹の並木の奥で、静まり閉じられた礼拝堂が白く輝いて見えるだけだった。彼は庭の中に視線を向けじっと目を凝らすと、またヘレンカの姿が見えた——

彼は門から離れ、あれこれ考えることも無くまっすぐ道を進んだ。渡し場のことは忘れた。もう晩であった。柵の脇を通り小道を進んだ。どこかの玄関の暗闇がその上に陰を投げかけていた。その後彼は広い通りに出た。そこではあちこちで人々が扉の前や開いた窓の傍に座っていた。蒸すような暑さであった。居酒屋の明るい窓やその通路からはざわめきや歌が、竪琴やヴァイオリンの音が聞こえてきた。イジークは出会った人々に振り返ることも注意を払うこともなく、傍を通り過ぎていった。

しかしその後彼は思わず、戸口の狭い家の階上の開いた窓に目をやった。そこでは誰かが窓辺に座ってリュートを奏でながら歌っていた。それはプラハ中が気に入り一気に広まった新曲で、家でも中庭からしばしば聞こえて来ていた。というのも醸造職人たちが飽きもせず主人に歌っていたからであった。彼は俗な歌としてほとんど気にかけていなかったが、今急に強く惹かれ、リュートの伴奏にのった快いバリトンの声に耳を傾けた。

おお、ロレタの時鐘よ、
お前はなぜ、もっと長く鳴らぬのか、
私を最愛の人と
かくも早く別れさせるとは——

イジークは歌とその伴奏が彼の後ろで続く間、それを聞きながら先に進んだ。

気付くと彼は小市街広場にいた。橋の方とオストルホヴァー通りに向かう街角に、大きな街灯の炎が赤く瞬いていた。辺りの家々の玄関は暗かった。それらの上方のあちこちでは、飾られた破風を持つ最近のバロック様式や古いルネサンス様式の家々の窓に明りが灯っていた。広場の真中には細長い建物が黒く見えた。それは聖ヴァーツラフ教会とイエズス会教授たちの住居であった（＊小市街広場の中央で聖ミクラーシュ寺院と接した建物、聖ヴァーツラフ教会はヨーゼフ二世の時代に廃止されたが、現在この建物はカレル大学が使っている）。教授たちの住居の脇にあるいくつかの小さな建物を覆うように、沢山の足場が夜空に向かってそびえていた。その足場は半分ほど完成した聖ミクラーシュ教会の壮麗な建築のためにあった（＊完成は一七五二年）。

イジークは教授たちの住居の明りが灯った長い窓の列を眺め、足場にある黒い森のようになった梁や薄板に目をやると歩を早めてさらに先に進んだ。

石の橋はすべて薄闇に包まれていた。ただ左側の聖ヤン・ネポムツキーの像の下で五つの赤い炎が瞬き、その先の十字架像の下では黄色い光が揺れていた。欄干上の左右の像は、チェコの非カトリックに対するローマ教会の勝利の象徴であり記念碑であったが、それらは闇に包まれ夜空にそびえていた。像の足元の歩道での平日の喧騒は止み、放浪の学生の敬虔な歌声も止んでいた。橋の上の小店もすべて閉まっていた。群像や像は溶け合い輪郭のはっきりしないシルエットとなって立っていた。そしてその聖なる神秘と深い静寂を乱すことなく堰が水音を立て、多分どこかカンパ（＊ヴルタヴァ川の小市街側にある人工の島）の木陰で行われていた、学生たちの二丁のヴァイオリンの即興演奏の静かな音が聞こえていた。

イジークは旧市街に行くところだったが、突然立ち止まった。彼に向かって立っている巨大な群像が彼の足を止めた。それはミサの祭服を着たイグナチオ・デ・ロヨラの像で、聖体顕示台を頭上高く掲げ、世界の四つの部分を寓意する像たちの頭上で地球の上に立っていた（＊付録図版1参照）。そこでは彼の偉業である、彼によって作られた教団がすべてを支配していた。イジークはあの頃この像を恐れていた。「Hic stat, quo opem ferente Christiana in fide orbis stat――」彼にはその像の下で、当時生徒だった彼に熱くその銘文の意味を説明した白髪のダニエル老神父の姿が目蓋をかすめた。彼は、ここに立つ者はその強大な力で全世界がカトリックの教えの中で揺らぐことのないようにしたと教えた。しかし今あの老神父は何と言うであろうか、もしイジークを見て彼の行為を知ったならば。イジークは異端の家族の娘を追いかけ、彼女と共に歩き彼女のことを一歩ごとに道中ずっと考えていた。

入り混じった声と快活で心の底からの笑い声が彼の思いを断った。橋の塔のアーチの下から五人の男が飛び出してきた。小さな角灯が彼らの黒い姿の中で赤く瞬いていた。この薄闇の中でもその姿と笑い声で、イジークには彼らの一人はフバーチウスだとすぐ分かった。小市街を目指す彼らは、フバーチウスと三人の音楽家と五人目は恋人で、彼は彼らがセレナードを演奏する場所に案内していた。彼らは声高に語り合い、フバーチウスはまた腹の底から大笑いした。イジークは顔を背けた。しかしそれは必要なかった。彼に気付くこともなく彼らは通り過ぎていった。イジークは歩み出しもう急いでいた。彼はフバーチウスが彼を見つけ、彼がなぜここをさ迷っているのか知ったなら、さぞ大笑いするだろうと思った。その時またダニエル神父のことがちらりと頭に浮んだ――

頭上の旧市街市役所の塔の上では見張りが望楼の角で立ち止まり、静まり闇に包まれた広場に向かって引き伸ばした声で歌い始めた。

諸人《もろびと》は父と子と聖霊の、
主なる神を称えよ、
すでに時は十時を打てり。
灯りと火の元に気を付けよ、
誰も損なわれることないように。
主と共に安らかに眠れ。

見張りは望楼をさらに進み、次の角で立ち止まるとまた歌い始めた。その声は眠りに就いている町に重々しく広がっていった。

おお、全能の神よ、
汝の力で守り給え、
プラハの町とその住民を——

二つの歌は望楼の三番目と四番目の角でも歌われたが、その後まもなくユダヤ人の町の狭い通りをユダヤ人の夜番レンメル・シュペルクが、片手に槍をもう一方の手に角灯を持って、低い平屋の古びたラザル・ゴレルシュテペルのコーヒー店に急いでいた。その家から大声と叫び声が上がっていた。そこでは二人の若い旧市街の住人、アントニ・パセヴィとレオポルド・ケーニヒザールが暴れていた。二人とも改宗し洗礼を受けたユダヤ人であった。彼らは傲慢な態度でやって来て、剣をがちゃがちゃ鳴らし尊大にコーヒーを注文した。ゴレルシュテペルはすぐにカップと砂糖とコーヒーポットを持って来て、恭しくドイツ語で言った、とても上質のコーヒーを持って参りました、ズブラスラフ様、きっとお気に召すと——彼は言い終えなかった。若いケーニヒザールは彼に吼えかかり、お前はわざと俺に向かってそう言っているのか、俺はもうズブラスラフなどではない、糞たわけのお前は誰と話しているのか知らぬのか、お前はケーニヒザール、レオポルド・ケーニヒザール、プラハ王立旧市街の市民と話しているのだと。ユダヤ人は驚き震え上がって言い訳をし始めた、私はそのように言うのに慣れていましたし、最近までケーニヒザール様はズブラスラフ様でした、またあなたの父上のアブラハーム・ズブラスラフ様は今でもここのマイズロヴァ通り（＊旧市街広場からユダヤ人の町を北に伸びる通り）に住んで——彼は恐怖で黙ってしまった。

若いケーニヒザール＝ズブラスラフは脅し罵倒し、一撃で机の上からコップと砂糖とポットを叩き落とすと、若いパセヴィは砕け散った破片の中へ机をひっくり返して、彼の仲間と同様に叫び罵った。ケーニヒザールは剣を抜くと、肝をつぶして逃げ出したゴレルシュテペルの後を追った。その時ちょうど夜番のレンメル・シュペルクが彼の行く先に割り込んだ。

「お前、ちょうど良い時に来た」ケーニヒザールはそう言うと彼から角灯をもぎ取った。「車輪で処刑すべきあの畜生がどこに隠れたか、これで照らしてやる――」

まもなく槍も角灯も奪われたレンメル・シュペルクはコーヒー店から飛び出すと、衛兵に助けを求めに駆け出した。あのズブラスラフが、夜番もまた彼をズブラスラフと呼んだが、そしてあのパセヴィがコーヒー店の者を皆殺しにしかねない、彼らはゴレルシュテペルを探しに階上の部屋に飛び込み、そこから店主の妻を引きずり出した、彼女が身重の体で叫び懇願したのも無視して、ベッドから引き降ろして容赦なく引きずったと。

十五分後には旧市街広場の衛兵詰め所から、三人の兵士と二人の市民と白髪の下士官が駆け出した。彼らは白い上着を着て長い銃剣を付けた重い銃を手にして、ユダヤ人の町に駆けていった。レンメル・シュペルクも彼らと一緒だった。彼らは彼を知っていて、彼も彼らを知っていた。それは彼らがジッキンゲン（＊南西ドイツの貴族の家系）のダミアーン男爵の部隊の兵で、その部隊は随分長い間プラハに『駐留』し、半分はプラハ娘と結婚してプラハ市民と良好に暮らしていたからであった。

三人の兵士とレンメル・シュペルクがコーヒー店から戻ってきた時、彼らの間にケーニヒザールとパセヴィがいた。二人は剣も持たず衣服も引き裂かれ、かつらも乱れて手袋も無く、飾り袖も引き千切られていた。ケーニヒザールの白いレースの襟は血で汚れていた。

彼らは狭い通りを歩いて行った。旧市街広場に向かうその喧しい足音は辺りに響いたが、再び静けさが闇に包まれたユダヤ人の町を覆った。ただそこかしこで明りの灯った窓から赤い光が帯となって、粗末な舗装や舗装もない曲がった小道に、またどぶや水溜りやごみの山に差していた。

その頃フバーチウス四重奏団のヴァイオリンとフルートの音は、湿った夏の夜に響いていた。彼らは快い響きのセレナードを演奏していたが、そこは城の階段（＊プラハ城広場から坂下のトゥノフスカー通りに直接通じる階段の道↓zámecké schody）の下にある瓦葺きの高い家の中庭で、二本の木の下のひっそりとした静かな場所であった。月が雲の中に隠れていて周囲は暗闇であった。そして抑えたヴァイオリンの伴奏に合わせて歌が聞こえてきた。それはフバーチウスの快い低い声《バス》だった。

夏のそよ風が吹き、
恋の神《クピド》は微笑み
鳥たちも甘く歌う、
我が心、我を運び、
森で雌鹿を探して、
我が心喜ぶ――

フバーチウスが「我が心喜ぶ」の節を繰り返した時、ヴァイオリンの弓が強く押し当てられて弦はより大きな音を発した。そして間奏が流れる中、その家の階上の窓が開き白い光が見えた。演奏は再び音を落とし、フバーチウスがその続きを歌った。

ああ、魅力的な雌鹿よ、
おまえは何処《いずこ》に住めり、
おまえのため、我が心深く傷つけり。
我は山々を駆け巡り、
我が雌鹿を探して、
天地より助けを求めん――

セレナードを聞いていたのは『雌鹿』とその隣人だけでなく、他の者もいた。ずっと高所の城の階段の上方で、カイエタンスカー礼拝堂（＊ウ・カイェターヌーの聖母マリア教会）と向かい合った所で、赤と白で塗られた柵の所に王城の警護兵の一人が立っていた。彼らはプラハ城の黄金の小路（＊プラハ城の北東端にある小さな家が並んだ小路、錬金術師が住んでいたことからこの名が付いたが、十七世紀からは城の警護兵の住居になっていた。↓ズラター・ウリチカ）に住んでいたが、城の『射撃兵』と呼ばれ三角帽を被り赤い上着を着ていた。彼は柵に銃を立て掛けていた。彼は眼下に広がる無数の瓦ぶきやこけらぶきの屋根の向こうにある、魔法のように美しい薄闇と深い黒い陰に包まれた静かな町を眺め、湿った風に運ばれて来る快いセレナードの抑えた音に耳を傾けていた。

突然月が雲から出た。深く沈んでいた壮大な城はその輝く光の流れに照らされ、町の空高く魔法のように輝いた。射撃手の赤い上着が鮮やかに映え、銀色の霞の中で赤く瞬いた。警護兵はじっと立ち続け、かつての壮麗な王国の名残である荒れ果てた城は、呪いをかけられたように悲しい美しさの中にあった。

湿った夜風はもうその風音だけを響かせて、セレナードは鳴り止んでいた。プラハは静まり眠りに就いた。夜半が過ぎた。あちこちの塔からその時刻を伝える鐘の金属的な音が聞こえ、塔の番人の歌がそれを伝えていた。またヴァルドシュタイン宮殿（＊ヴァルドシュタイン（ヴァレンシュタイン）一五八三―一六三四、三十年戦争の第二～三期に活躍した将軍だが、一六三四年に罷免後暗殺された。この壮大な宮殿は彼が建設を命じたもの）の夜番は、栄光ある軍司令官の時代からすでに彼の先任者たちが歌っていた通りに歌い始めた。暗く重々しいその歌は、物悲しげに宮殿から小市街の通りの深い静けさの中に流れていった。

十一時四十五分が過ぎ、
生と死が多くの人に訪れる、
それは突然やって来て、
乞食も王でも奪っていく――

43

ヘレンカはレルホヴァーに、イエズス会の庭園で彼女の孫に会ったことを黙っていたが、次の日曜日の午後やって来たトマーシュにもそのことは言わなかった。その代わり彼は彼女に、若主人がその週に二回葡萄畑に来て、その度に彼、トマーシュの所に立ち寄って彼と話を交わしたと言った。

「彼は私たちの祖母についても尋ねた、ヘレンカ、君から聞いたのだね。」

彼女は突然のことで額が赤くなった。

「彼はさらに言ったが、それを聞いて私は驚いた。」

ヘレンカはどきっとしたが、トマーシュがその先を語ったのを聞いて彼女の目は輝いた。「彼は父親つまり主人のブジェジナに、私が楽譜を見て演奏できるように私にホルンを勉強させようと言ったが、主人はそれに対して今は無理だと答えた。若主人はそう私に言った。」

ヘレンカは心の中で喜んだ。彼女は若主人がその時彼女のことも考えたと感じたからであった。しかしトマーシュが突然、あの若主人は良い人だが、彼トマーシュが秘かな礼拝に行こうとしているのを知ったなら何と言うだろうと言った時、その喜びに影が差した。彼女は驚いて、それが何時なのか確かなことをもう知っているのか尋ねた。

「私は待っている、一週間か二週間の内だ。ところであのイエズス会士はどうなった。」

「今、平穏です。ローマ・カトリックの教理問答はみな終わりました。その後私は信仰告白をしなければなりませんでした。」

「どこで。きっと教会でだろう――」トマーシュは出し抜けに叫び立ち上がった。

「いいえ、ここの家で、女主人の前で。その時から私は落ち着きました、もう見張られていません。もっとも教会には毎日曜日に行かなければなりませんが、一人で行きます。シャントルーチコヴァーはもう私を見張っていません。」

「それは良かった、私たちは大分助かるぞ。」

ヘレンカは、イエズス会の庭園でのあの出会いの後、若主人が祖母の所に以前より頻繁に訪れるのに気付いていた。そして今は彼女自身も彼の訪問を待つようになっていた。しかし彼と二人だけで部屋にいられる機会はなかった。彼が入ってきた時はいつも、彼女はそこにはいなかった。そして部屋に留まれるのはほんの短い時間であったが、彼を見るだけで彼女は嬉しかった。

彼は祖母と時にダニエル神父と共に座っていた。しかし今は白髪のイエズス会士が語ったり説明したりしている時、彼は熱心に注意深く聞くことはなかった。イジークはしばしば放心してこっそりと扉の方に目をやり、扉が開かないだろうか、ヘレンカが入ってこないだろうかと思っていた。それは祖母がまるで教会にいるかのように耳を澄まして聞いたり、この前彼女が驚いて声を上げたような興味深いニュースを聞いたりした時でもそうだった。老いた従兄弟の神父が語ったことだが、ある手紙が神学寮に届いた。それはとても遠方のアジアから、しかも単なる僻地ではなくアジア大陸の端の中国から、そこは何千マイルも離れているが、そこの中国の首都からスラヴィーチェク神父（＊一六七八―一七三五、十八世紀初期の中国伝教に成果を上げたイエズス会士（中国名は厳嘉楽）で数学、天文学、音楽に優れていた）、プラハ神学寮出身の宣教師のカロルス・スラヴィーチェクが書き送って来たものだった。彼の久しぶりの手紙は長い時間をかけてやっと届いたのだが、彼はもう十年も中国に滞在して神の御加護でそこでうまく活動している。彼は皇帝の好意と慈悲を得て活動しているが（＊一七二二年に他の宣教師たちが広東に追放になった時も、彼は北京に留まることを許された）、その際一番雄弁だったのは音楽であった。スラヴィーチェク神父は優秀な音楽家でヴァイオリンを美しく演奏するが、フルートやさらにいくつかの楽器も演奏できる。そのため彼は廷臣《マンダリン》たちの好意を得て、さらに皇帝自身の愛顧も得たそうだ。レルホヴァーは驚いて山のような質問をした、その中国とは一体どんな国で、中国人と皇帝はどんな人で、彼らは異端ではないか、またそこには人食い人種がいるのではないかと。

　イジークは尋ねなかった、黙って考えに耽りながら聞いていた。彼はヘレンカのことを考えていた、彼が来た時には彼女を見かけなかった、今日はもう会えないかもしれない――しかしダニエルと次に出会って彼のニュースを聞いた時、イジークは自分の思いから引き剥がされた。異端の雑草を守り保護する悪魔がいて、チェコではそれらの雑草はほとんど引き抜かれているが、しかしそこかしこに――

「あなたたちはその毒麦は農夫の間にいるだけだと考えておられるだろうが、そうではなくて市民の間にもいる。あのクトナー・ホラ（＊プラハの東六三キロメートルにある鉱山都市）の市民のように、それらの者たちがどれだけの闇と恐ろしい迷いの中にいるのかを聞いたら、人は痺れ震え上がるだろう。クトナー・ホラの神学寮から知らせが届いた。そこ、クトナー・ホラではフェルマンと言う名の市民で商人がこのような忌まわしい言葉を述べた、もし法王と僧たちに莫大な金銭を遺言すれば、人は誰でも聖人に列せられると。その際彼は聖人を、いいかね、神の聖人たちをペテン師呼ばわりした。」

　レルホヴァーは身を硬直させて叫び、イジークはダニエルの方に向き直った。彼は続けた。「この言い草に驚いただろうが、あのクトナー・ホラの不信心の市民はさらにこう公言した、神の聖人は瀆神《とくしん》の者たちで、己の放埒さから皇帝や王によって捕らえられ、袋に入れられて川に放り込まれた――」

　ダニエルは細めた目をレルホヴァーとイジークに向けていたが話を止めた。彼はそうしたいとは思わなかったが、黙らざるを得なかった。レルホヴァーが突然彼に向かって何ということを言うのですか、それは聖ヤン・ネポムツキーに対して言っているのでしょうと叫んだからであった。そしてイジークはその時、聖ヤン・フスについて話している読み上げ官スヴォボダの姿が目に浮び、椅子から飛び上がらんばかりだった。ダニエルは重々しく白髪頭を振ると同意して言った。

「そうとも、そうとも、ロージチカ、それは私たちの聖なる奇跡をなす者に対しての言葉だ。あの瀆聖者は陰で言うだけでなく、何ら包み隠すことなく破廉恥にも言っていた、聖ヤン・ネポムツキーはヴァーツラフ王の命令で石の橋から川に投げ落とされたが、それはあの聖人と王妃の姦通が見つかって――」

レルホヴァーは息を呑み、思わず安楽椅子に立て掛けてあった杖に手を伸ばした。

「それは人間ではない、そんなことを言うのは」彼女は吐き捨てるように言った。「それは悪魔自身ですよ――」

イジークも驚き、そんなことはあり得ない、それは――と出し抜けに言った。

彼は言い終えなかった。彼はヘレンカが大部屋の隅の台所に通じる扉の所にいるのを見たからであった。しかしダニエルもレルホヴァーも興奮していて彼女に気付かなかった。

「人間だ、ロージチカ、それを言ったのは人間だ」ダニエルは繰り返した。「クトナー・ホラの市民で商人のフェルマンは人間だが、ロージチカ、君は真実を突いている、悪魔が彼の口を使って話しているのだ。悪魔はいつもあの福音派でフス派のヘビトカゲを通じて喋っている――」白髪の付根まで赤くした彼は頭上で右手を振り回した。

ヘレンカは驚き身動ぎもせず戸口に立っていた。彼女は入ってくるとクトナー・ホラの商人の瀆聖行為を聞き、祖母とダニエルの怒りの爆発の後そっと立ち去ったが、それを見ていたのはただイジークだけだった。彼はもう注意半分でしか祖母の質問を聞いていなかったが、祖母はそのクトナー・ホラの瀆聖者はどうなったのか、皆が怒るのになぜその者が話すのを許すのかと問い質していた。

「彼はもう言っていない。すでに監禁されて直ちに裁判にかけられている。厳しい判決が下るだろう、きっと厳しいものが。」

「そうでなければなりません――」レルホヴァーは杖で床をどんと突いた。

「きっとそうなるだろう、ロージチカ。この件はこの様な瀆聖者に対する断固たる姿勢を示すための例になろう、特に列聖の審査がなされている今は。」

イジークはもう読み上げ官のスヴォボダは思い出さなかった。隅で驚いて立っていたヘレンカのことが頭から離れなかった。彼はわざとダニエルが出て行くのを待った。彼はもう一度ヘレンカを見たいと思った。彼女が来るだろうと考えた。ちょうど出掛けに彼女は入って来た。彼女はおずおずと彼を見てから、覚束ない足取りでレルホヴァーに近付くと静かな声で言った、私は一度来たのですが神父様がお話しになっていたので、邪魔をしないようにと思いましたと。

「それではお前は、彼があの瀆聖者について話しているのを聞いたのだね」女主人は鋭い言葉で短く尋ねた。

「聞きました――」

「あれは異端の福音派だ、地獄に投げ込まれよう。」まだ憤然としていたレルホヴァーは、ヘレンカに怯える実例を与えるためにわざと厳しく言い、鋭く言い足した。

「いいかい、おまえもその中にいたのだよ。」

ヘレンカは目を伏せた。

イジークは帽子を取ると素早くさようならを言った。祖母のヘレンカへの容赦のなさは彼の心を突き刺した。彼は彼女が可哀想であった、しかし彼は祖母の言葉に対して、彼女は父から切り離され正しい信仰になったというのに、なぜ父の異端で責められるのかと反論することは出来なかったし、敢えてすることもなかった。彼は彼女の教理問答の時間も知っていたし、ダニエルが祖母に彼女を誉めたことも、彼女が信仰告白をしたことも知っていた。

大部屋で見て聞いたことはヘレンカをひどく動揺させた。ダニエルはその部屋でクトナー・ホラの市民について語り、その後レルホヴァーの言葉が彼女に辛く当たった。その言葉はずっと彼女の耳で響き、女主人とダニエルの憤慨した姿と若主人がその知らせに興奮した様子が彼女の目に残った。

ヘレンカはずっとそのことを考え、晩もそして夜も考えて寝ることが出来なかった。過ぎ去ったこと、スカルカで起きた全てのこと、彼女の記憶の中に静かに沈んで眠っていたこと、それら全てが目を覚まして痛ましく現われた。あすこではそのヤン・ネポムツキーのために全てが生じた。若主人はきっと立ちすくんで脇を向くだろう――

今イジークは彼女が信仰告白をしたことを聞いて、彼女が正しく忠実なローマ・カトリックの信徒であると思い信じていよう。スカルカでは信徒の振りをしているのは辛かった。しかし今ようやく二つの対立と自分の立場の重荷を感じていた。そして無言で全てを耐えなければならなかった。トマーシュにもそれをこぼすことは出来なかった。彼女は、レルホヴァーが彼女のかつての信仰を推し量って非難した、大部屋での出来事を彼に黙っていた、彼は何と言うだろう、祖母は父は何と言うだろう――その時初めて彼らのことを思い出すのが苦しくなり、初めて自分の思いを彼らから別のものに移さねばならなかった。

トマーシュは三週間姿を見せなかった。葡萄摘み取りの時期ではあったが、それでも日曜日の午後は葡萄畑から出ることが出来たであろう。多分あの秘かな礼拝が彼を引き留めているのだろうとヘレンカは推察していたが、それは当たっていた。十月の最後の日曜日に彼がやって来ると、すぐにそのことについて話し始めた。彼は部屋の隅に座ると小声で、昨日の土曜日の夕方に葡萄酒小屋の近くにある葡萄畑の壁の向こう側で合図があったと語った。

「どんな合図ですか――」

「クレイフの聖歌集の歌を私たちは合図にした。君も知っている巡礼の歌だ。壁の向こうで『主の名のもとに旅に出よう――』そこで私はすぐ壁に向かって歌い始めた『我が神よ、己の慈悲に満ちた目で見守り給え――』」

「歌うことが出来たのですか。誰もそこにいなかったのですか。」

「いたよ、私たちの葡萄畑の主人だ、でも彼は老人で耳が遠くまたその歌がどんなものか知っていない。」

「何時でした。」

「夕方だった。辺りが暗くなった時、私はその壁の向こう側に出て行った。以前私の所に来たあの葡萄畑の人がそこで待っていた。彼は遠くには行かないと言った。道すがら彼は話して、今日教義問答に行った、ここの葡萄畑のイエズス会士は賃金が払われる前の土曜日に私たちの間を回り、私たちと教義問答を交わしてローマ・カトリックの教えを説いている、そして彼は南京虫のようにしつこいので、ある時教義問答のあと彼が帰宅する時に葡萄畑の者たちがぶん殴ってやったが、彼はまたやって来たと言って笑った。」

「どうでした、彼はあなたをどこへ連れて行きましたか。」

「リベニ（＊トマーシュが働いているジシュコフの丘から東北に約三キロメートル）の近くのある葡萄畑へ、そこの葡萄酒小屋に。そこで彼らは私たちを待っていた。門の所で合図を送るとすぐに私たちを中に入れ、その内に連れて行った。そこではすでに、その小屋の主人の老人と彼の妻と息子が私たちを待っていた。私たちを待っていたもう一人の息子は外で見張っていた。その家にはさらに三人の葡萄畑の者と羊飼いの老人とリベニのどこかの靴屋がいて、そして私たち二人だった。」

「あの市民の人、ほらあなたにクレイフの本をくれたあの人はそこにいませんでしたか。」

「いや、いなかった。私もまた彼のことを思い出し、その道案内に彼のことを尋ねた。すると彼は『あの人は葡萄畑には来られない』と言った。扉が占められ、もちろんそれから礼拝が始まった。私はあなたたちを、君と父と祖母を思い出した。その老いた葡萄畑の主人が聖書を読み解釈をして、それから私たちは歌い始め、礼拝を首尾よく行った。老人たちは回想して言った、昔はどの様であったか、今はひどくますます悪くなっている、あのイエズス会士たちは弾圧し迫害しその一方で期待させ惑わしている。彼らは華麗さと輝かしさで人々を教会に招き入れ、クリスマスには葡萄畑の者たちに美しいキリスト降誕雛を置き、プラハ近郊のミフレ（＊プラハ中心部から南に五キロメートル）の村に学校を作ったが、それはローマ・カトリックの神学校だった。これまでここにはジタヴァから説教師が訪れていた、その頃はよかったと老いた葡萄畑の者は語った。それは名の通った説教師で、ストラーンスキー、ダニエル・ストラーンスキー（＊スロヴァキア人でルター派の説教師、多くの宗教歌を作曲しスロヴァキアで主任司祭をし、クレムニツァで一七五五年に没）と言う名だった。彼は時々やって来てプラハの周囲や葡萄畑で、また町の中でも礼拝を行った。」

「彼は亡くなったのですか。」

「そうではない、彼はハンガリーに戻った、彼はハンガリーの出身で今そこで主任司祭をしている（＊この時代スロヴァキアはハンガリー帝国の一部だった）。彼の後もまた説教師がやって来たが、もうそれほど頻繁ではなくなった。現在人々は誰かが来るのを待っているが、多分メジジーチーの草原に来たあの人だろう、分かるよね。そして君も彼に会えるだろう。」

じっと緊張して聞いていたヘレンカは突然身を震わせ

た。

「私がですか。」驚いて尋ねた。

トマーシュはびっくりして彼女を見た。

「あの葡萄畑の者が私に言うことには、彼はやって来て君も来ることが出来るだろうと。」

「晩に、夜に、そんな遠い葡萄畑まで行くことはとても無理です、トマーシュ。」

「私も彼にそう言った。しかし彼はちょっと笑って言った『それは改善されるだろう』と。どの様にするのかは言わなかった。でもヘレンカ、私たちは彼を信じることが出来る、彼は敬虔な人で同じ信仰の本当の兄弟だ。怖がらずに喜びなさい、分かるだろう。」

44

二週間後の十一月の土曜日の夕方、暗くなった頃トマーシュがウ・プラジャークーの家に立ち寄った。彼は食料の調達で葡萄畑から馬市場のブジェジナの家に来たのだが、そこからここに足を伸ばした。彼はヘレンカを探しに階上の部屋には行かず、女中を通じてちょっと下に降りて来るようにと言付けた。家からの知らせを心待ちにしていたヘレンカは駆け降りてきた。しかしトマーシュは、そのような知らせは何も持っていなかった。彼はすぐヘレンカに、通路を抜けて外の扉の前に行こうと合図した。そして彼はそこで声を落として彼女に、明日教会に行くのか尋ねた。

ヘレンカは驚きながら肯定した。

「朝のミサか、それとも盛式ミサだろうか――」

「説教と盛式ミサです。」

「それは好都合だ、一人で行くね。」

「一人です。」

「それでは教会に行く振りをして出なさい、でもそこには行かない。私は教会の所で君を待っている、それから私たちの礼拝に行こう。」

ヘレンカは驚きと恐れですぐには言葉が出なかった。トマーシュはとても急いでいたのと薄闇のため妹の無言の興奮に気付かずただ繰り返し、用意しておくように、私たちはそこに行かねばならず、そこに説教師も来るだろうと言った。

「それでは教会の扉の所で、私はもう行かねばならない。おやすみ。」

彼は早足で濃くなっていく薄闇の中に姿を消した。ヘレンカは悪寒を感じた。それは肌寒い気候のせいではなく、兄の呼び出しのためであった。下にいた兄の所には大急ぎで駆け降りて行ったが、帰りは疲れきった足取りのようにゆっくり戻って来た。突然の動揺は収まっていなかったし収まらなかった。レルホヴァーもいつもは細やかで生き生きと注意深いヘレンカが、今日は夕食の時怠《だる》そうに給仕し混乱しているのに気付いた。彼女は何かあったのか尋ねた。

「とても頭が痛いのです。」

「早めに休みなさい。」

ヘレンカは戻って横になったが眠りは来なかった。その晩はちょっと眠ると悪夢に襲われた。メジジーチーの時は何の恐れもなく、夜に草原での秘密の礼拝に行った。しかし明日のことはただ恐怖と共にしか考えられなかった。それは若主人のイジークのためであった。

ヘレンカは朝ゆっくりと支度をすると、行く所を見張られているかのように、彼女が何処へ行こうとしているのか皆が知っているかのように、びくびくと周囲を見回しながら不安そうに家を出た。異様な考えやとんでもない願望が彼女の頭の回りに渦巻いていた。もし彼らが見つかったならどうなるだろう、むしろトマーシュが来られなかったら、彼に会えなかったらよいのに、またシャントルーチコヴァーが突然偶然にも彼女と一緒になればよいのにと。しかし彼女の良心はその様なことを秘かに望み、恐れている彼女を非難した。

周囲の家々や近くの通りから人々が聖ハシュタル教会に向かってどっとやって来たが、教会に近付くと彼女の心は痛んだ。あ、イジークだ。ちょうど教会に入っていく彼の姿が彼女の前にちらりと見えた。自分の目を信じることが出来なかったが、それは確かに彼だった。彼は盛式ミサに来た。これまで一度もここで彼を見たことはなく、彼はここに通っていなかった。私のために来たという思いが彼女の気持ちをくすぐり通り抜けた――でも私はそこには行かない、彼が来たちょうどその日に。

彼女は振り返り、そこかしこに目をやった。彼女の見開いて怯えた目は教会の周囲の広場や通りや、一人でまた連れ立ってやって来る人々に向けられた。彼は来ていない――トマーシュはどこにもいない、もう来ないだろうと自分に言い聞かせた。彼女はそれを悲しまず、心が軽くなるのを感じた。もう少し待って彼が来なければ教会に入ろう。しかしその「もう少し」は瞬間であった。彼女はすぐ歩き出し真っ直ぐ教会の表玄関の扉に向かった。そこには着飾った若者や伊達男の集団が立っていた。彼らは真っ白な飾り袖を付け、首に白いレースのスカーフを巻き、素朴なまた銀のモールで飾られ広く折り返した袖の付いた黒や緑や青色の上着を着て、手にはスペイン風やイチジク製の上等な杖を持ち、靴には輝く留め金やリボンを付けていた。

ヘレンカはその者たちの脇を通りながら歩を早め視線を伏せた。しかしちょうど敷居の所で彼女は急に立ち止まった。誰かが彼女の腕に触れた。トマーシュだ。彼女は気落ちしてためらいながら彼に近寄った。

「何を考えているのか」彼は驚いてささやいた。「もしあなたが来なかったなら――」

「私はここで待っていた。さあ行こう。」

選択の余地はなかった、行かねばならなかった。彼女は、驚き笑いながら二人を見たり指差したりしていた町の若者や伊達男たちは気に掛けなかったが、教会の扉の方を振り返った。イジークのことを考えていた、あすこに彼はいる、もし彼が今教会から出てきて、彼女が教会に入らず外に出て行くのを見たなら、どこに行こうとしているのか彼が知ったなら――今初めて信仰を同じくする兄弟たちの中に行くのが、彼女には辛く重く感じられた。

「何処ですか」少し歩いたところで彼女は尋ねた。

「私も知らない、あの葡萄畑の人が私たちを待っていて連れて行くそうだ。」

まもなく彼らはその男の傍に立った。彼は年配の男で質素な態《なり》をしていた。彼はトマーシュと打ち合わせた様に、最寄りの通りの角に立っていた。彼はヘレンカに挨拶すると手を差し出し、すぐに彼らを先に連れて行った。彼らはヘレンカが知っている通りに出た。彼女はこの通りを進むと旧市街広場に出ると思った。しかし彼は左側の、大部分が古く陰気な家々に挟まれた別の狭い通りに曲がった。さらに別の通りを進んでいたが突然狭い通りで立ち止まった。そこは聖体祭の後ヘレンカとトマーシュが、シャントルーチコヴァーから逃げ出した狭い通りで、陰鬱な巨人のような暗灰色のティーン教会の影に重く覆われていた。教会の高所にある埃だらけの古びた窓の下方の柱の間は、多彩で活気に満ちていた。特に石の天蓋と片持ち梁（＊壁から付き出た支え→ kragstein）と往時の古びた彫刻がある黒ずんだ表玄関の前は賑やかであった。教会は開いていた。人々は教会から流れてくるムジカ・フィグラータ（＊高度に装飾された多声様式音楽）に乗って玄関から中に入っていったが、その音楽には少年たちの若々しいコロラトゥーラの歌声とオルガンと器楽が加わり、ティンパニーの低く暗い轟きが伴われていた。

葡萄畑の男は一度も振り返ることなく素早く人々の間を縫って、家の角や不思議な形の張り出しに満ちた曲がりくねった通りを先に進んだ。突然こけらぶきで二階建ての古い家の前で立ち止まった。その門道の通路には居酒屋があったが、礼拝時間の今は閉じられていた。ヘレンカは驚いてトマーシュを見たが、トマーシュもまた彼女を見た。二人は気付いた、そこが聖体祭の後、葡萄畑でトマーシュにクレイフの本を贈ったあの秘密の市民を見た場所であることを。彼はまたその時、スカーフに包んだ何か小箱を持っていた。

「ここはウ・ヴォルリーチクーと呼ばれている、あの居酒屋が。」一言いうと葡萄畑の男は通路の中に入っていった。二人はそこを知っていた、その先には狭い中庭があり、左側には中庭に張り出したバルコニーが、右側には隣家の窓のない黒い壁が、中庭の奥には小さな家があるのを。

「多分ここにあの――」トマーシュは見知らぬ贈り主の事を考えながら、ヘレンカにささやいた。ヘレンカは全身興奮して聞こえていないようだった。ティーン教会の間近のここで白昼に秘密の礼拝とは。彼女は、まるで誰かに跡をつけられているかのように、何をしている、どこに行くのだと誰かに呼び止められ、拘束されるに違いないと思っているかのように、恐る恐る振り返った。人々はティーン教会からやって来てまた別の人たちはそこに向かい、誰も彼らに注意を払わず誰も彼らを振り返って見ることはなかった。

彼らが中庭の建物に入るとヘレンカの目には、草原での秘かな礼拝に行った際に彼らが立ち寄った、メジジーチーの学校の廊下の光景と教師タウツの姿が目に浮んだ。彼はその部屋で、もし試練がやって来たら祖母を手本にするようにと彼女に警告した。祖母は神の真実に忠実で揺るぎなく、その中ですべての自分の子供たちを育てたが、そこにはヘレンカの母もいて彼女も祖母と同様に信仰に忠実であった、どうかそのことを覚えておきなさいと彼は言った。この突然の回想は彼女の心を揺さぶった。今この様に動揺していることが恥ずかしくなった。

トマーシュは控えの間で彼女に何かささやいた。しかし彼女は彼の言葉を理解できなかった。彼女は極度の興奮で耳鳴りがしていた。トマーシュも興奮していたが、それは危惧からではなく息詰まるような期待からであった、そこにいるだろうかあの人は――

彼らは木造の低い天井の大部屋に入った、そこはかつては白く塗られていたが、絵も飾りもなく貧弱な家具があるだけだった。正面に真っ白いテーブルクロスで覆われた机があり、その横に二つの椅子があった。少し離れた脇の壁の所に錫製の水差しと白い皿が乗った小さな机があった。正面の机の前に椅子が一列並べられ、そこに市民風の装いの何人かの年配の男と帽子を被った女たちが座っていた。彼らの後ろにはもっと若い男女の、でも多くは男性の集団がいた。二、三冊の本と金具で飾られた細長い黒い箱が載っている机の横に、トマーシュが推察したように説教師が座っていた。彼はガウンではなく、説教師モッツがメジジーチーの草原で礼拝を行った時のように、黒い上着で黒い靴下を履いていたが、ここではかつらを付けていた。葡萄畑の男の道中の話によると、この説教師はドレスデンから来たと言う。その彼と並んで生気がなく萎れたような小男が、同じくかつらを付けて座っていた。トマーシュは一見して、その男があの秘かな贈り主だと分かった。トマーシュはヘレンカを見たが彼女も気がついて、そうですあの人ですと頭を振ってうなずいた。葡萄畑の男は彼らを真っ直ぐ机の所に導いた。

「これが兄弟マホヴェッツの息子と娘です。」

彼のことをすでに知っていた説教師は立ち上がり、彼らに手を差し伸べ愛想よく言った。あなた方のお父さんについては聞いています、彼は勇気がありました、どうかあなたたちもまた揺るぐことなく兄弟たちと共にあって彼らと共に支え合い、あなた方を決して見捨てずあなた方やお父さんを祝福される神に心を寄せて下さいと。その時読み上げ官スヴォボダが彼らに近付いた。彼は彼らの手を握り微笑みながら彼らを迎えた（彼の青い目もまた微笑んでいた）。そしてすぐヘレンカの方に向くと、心の支えがないままにしておけないのであなたにも本を持ってきましたと言った。

「何も持っていませんか」尋ねるように付け加えた。

「何も持っていません、殿方《パネ》」

「兄弟《ブラトシェ》です、殿方ではありません」読み上げ官は優しく訂正した。「ここにあります。」彼はポケットに手を入れ彼女に本を渡した、それもクレイフの小判の通俗本の形のものだった。

彼が脇に退くと二人の周囲に、信仰を同じくする他の兄弟姉妹たちが集まり、二人に手を差し伸べて心から歓迎した。その間にもさらに五、六人の兄弟たちが入ってきたが、彼らは一度にではなく個別に時間をおいて入ってきた。それから鍵の掛かる音がして扉が閉まり、礼拝が始まった。脇に読み上げ官を従えて説教師は机の前に立ち、歌い始めた「気高い民よ、嘆くなかれ――」そして兄弟姉妹たちがその古い歌の先を歌った。彼らは町の人々から離れた場所にいて、窓はしっかり閉まって塞がれていたにも拘わらず、胸一杯の大声は出さなかった。

歌が終わると説教師は話し始めた。トマーシュは息を詰めて聞き入った。ヘレンカはその時聖ハシュタル教会のことは忘れたが、不安と暗い恐れの気持ちは彼女の心に残った。説教師の心の慰めと男らしい鼓舞と呼びかけの言葉は周囲の者たちの気持ちを捉えたが、ヘレンカは草原での秘かな礼拝の時のようには篤い心を込めて聞けなかった。説教師が話し終え、会衆に聖餐式に臨み聖杯から飲むように呼びかけた時、彼女は思わず溜息をついた。だがその聖杯は、彼らの信仰が輝かしく祝福された時代にも、また苦しく痛ましい時代にも、彼らの祖先の数多くの世代を丸二百年いやそれ以上に渡って力付けてきたものであった（＊語注93）。

説教師は声高に罪の告白と、会衆が彼と共に声を落として祈る赦しの懇願を先唱し、罪の後悔についての質問を発した。皆は声を揃えてそれに答えた。年配の一人が脇の机から、切り分けられた聖体のパンを載せた白い皿と葡萄酒の入った錫の水差しを持って来た。読み上げ官スヴォボダは説教師の机に近付くと、小箱を開けそこから聖杯を取り出した。トマーシュとヘレンカはまた互いに顔を見合わせた。あ、あの箱。そして彼らは驚いた。机の上に置かれたのは、説教師モツが彼らの所で使ったような質素な錫の聖杯ではなく、黄金製かまたは厚く金を被せて金色に輝く、巧みな作りの美しい聖杯であった。そして古いものだった。二百年以上聖餐式の参加者がその杯から飲んでいると説教師は言った。あのかつらを付けた小男が確かにこれを所有し保管している、そしてこの聖杯を少し前に持って来たのだ。これらのことがトマーシュの頭に閃いた。

彼の前の最初の列はもう聖体を拝受した。説教師はパンを折り取りそれを聖体皿（それは質素な錫製であった）から参加者みなの手に渡していった。読み上げ官スヴォボダは聖杯を持って彼の後に続き、それを彼らの口に傾けた。彼はヘレンカに近付いた。彼の青い優しい目が、その時は威厳と好意に満ちて彼女の前にちらりと見えた。しかし単にちらりと見えただけであった。草原の夜のあの時の拝受で震える彼女の頭に浮んだのは、祝福された聖体を説教師の手から受け取るために差し出した祖母の乾いた手であり、敬虔な感動の涙が輝く、深い皺の刻まれた彼女の頰であった。そしてあの暗い林の中での聖体拝受の瞬間は彼女自身至福で心が解き放たれ、自由と彼女と一緒にひざまずいている人々との一体感を感じた。そして今は――彼女は聖体を拝受し震えもした、しかしその瞬間彼女の目前を横切ったのは、灯火と聖像画と金の輝きと快い音楽に満ちたローマ・カトリックの教会であり、そこでは多くの人々に混じって扉の脇に、彼女を目で探しているイジークが立っていた。彼女はその光景を追い出そうとまぶたを閉じ、自分で自分自身に怒っていた。

周りで歌が始まった。彼女は目を開けたが、歌には入れず無言であった。彼女は罪を感じ動揺して恥じらいながら、礼拝が終わるとトマーシュと一緒に読み上げ官の所に行った。読み上げ官は自分と説教師の方に来るようにと、彼らに首を振って合図していた。読み上げ官たちは父について尋ねた、いつどの様にして逃げたのか、どこへ行ったのか、彼について何を知っているかと。トマーシュが答えて、それまでのスカルカはどうであったか、そこに宣教団がどの様にやって来たか、イエズス会士の誰が来たか、父はどの様に逃げて、どこに身を隠したか、彼は最初彼らの叔父の所に、その後イチーン地方ヴェリシュの森番スヴォボダの所に隠れたと言った。読み上げ官は頭を振り静かに笑い、説教師に目をやるとラテン語で「私の兄弟です」と言った。

その間に集まっていた人々は散会した、しかし一度にではなく一人、二人と間を空けて。トマーシュは気付いたが、ある人たちは彼とヘレンカが通って来た扉から中庭を通って、別の人たちは脇の扉を通って出て行った。説教師もそちらを通って姿を消した。皆が出て行くまでにかなり時間がかかった。トマーシュとヘレンカは最後の方までそこに残った。葡萄畑の男が彼らを連れ出したのは遅かった。その間二人は待ち、彼らに本を渡したがそこでも名前を知ることが出来なかったあの男が立ち去るのも見ていた。彼はその時は一人で立ち去った。聖杯はずっと以前に箱の中に消えていたが、今は箱も消えていた。読み上げ官スヴォボダはスカーフに包まれたその箱を持ち出していた。

彼らが通路を通って外に出た時、ヘレンカは恐る恐る周囲を見回した。しかし誰も彼らに注意を払わなかった。葡萄畑の男は彼らを旧市街の肉屋が並んだ所に連れて行ったが、そこから聖ハシュタル教会は間近だった。彼はそこでヘレンカにさようならを言い、彼と一緒にトマーシュも言った。ヘレンカは教会に立ち寄ったがそこから何人かの人が出てきた。彼らは最後の人たちだった。彼女はちょっと立ち止まり、ためらっていたが家に向かった。不安げにびくびくしながら戻った。もし以前のように女主人が説教について尋ねたらどうしよう。しかし一番重く心に掛かったのは若主人のことだった。

レルホヴァーはこの時礼拝については尋ねなかった。イジークは翌日やって来た。彼が入ってきた時、ヘレンカは部屋にいなかった。しかし彼が帰る時、階段の所で彼に会った。彼は挨拶して立ち止まり、彼女を見て何か言いたげであった。しかし何も言わずに出て行った。

45

イジークはヤン・フスとヤン・ネポムツキーのあの腹立たしい会話の後、かなり長い間読み上げ官スヴォボダの所には立ち寄らなかった。彼はそこに行く気にならなかった。秘かな嫌悪がそれを許さず、また読み上げ官がまたあの様な会話を始めるのではないかという恐れもあった。しかしその後フバーチウスの所で彼に会った時、彼にはそのような素振りは何も感じられなかった。彼は以前と同じで、あの会話については何も覚えていなかったようであった。イジークの読書熱がまた現われた。彼らは本について語り、彼は再び読み上げ官を訪れ、以前のようになった。彼は再び本を借りていくようになった。

しかしその後秋のある時、彼には読み上げ官がまた不思議な謎めいた人物のように思われた。それはフバーチウスの所で、秋の夕暮れ時に演奏するためにろうそくを灯して演奏し、それが終わった後に起きた。ヴァイオリンは机の上に置かれていた。イジークは譜面台の横の椅子に座り、読み上げ官は暖まった暖炉の脇の肘掛け椅子に身を縮めていた。フバーチウスは白いオランダ製のパイプに火口《ほくち》で火をつけてから、寝台に横になった。彼は美味そうに一服吸うと陽気に、今日はついていましたと起きたことを話し始めた。彼はちょうど正午前に若いブラトニツキー（彼は金持ちの市民の息子であった）と歩いていたが、そこでホルツハイに出会った。彼は、いいですか、とても上手いリュート演奏家でそれを教えて暮らしていて、例えばハンガリー、シレジア、ポーランドといった世界のそこかしこを渡り歩いています。そしてバイエルンにもウィーンにも行き、どこでもリュートを教え、領主や伯爵や男爵などのどんな家にも招かれています。プラハでも今教えていて、若いブラトニツキーも習っています。

「そんな訳で私たちは彼に出会い、ブラトニツキーは彼にどちらまで行かれますかと尋ねた。彼は昼食にと答えた。どこで召し上がりますかと聞くと、金管奏者のマシェクの所で賄ってもらっているが、もううんざりしている、出される物は食べ物と呼べるものではないと答えた。『それなら私と食事に行きましょう』と突然ブラトニツキーは彼を招いた。『あなたも御一緒に』と私にも言った。どこに行くのか私が聞くと『お望みの所に』と言い『青い星屋（モドラー・フヴェズダ）でも鉄の扉屋（＊ジェレズネー・ドヴェジェ、旧市街イルスカーとミハルスカー通りとの通り抜けの通路に今日でもあるレストラン）でも。でも鉄の扉屋に行きましょう、そちらの方が料理はおいしいし、あの店を越える所はありません。またひいき筋も良いです。騎兵大尉プランケンハイム男爵は毎日そこに通っていますし、ドゥブスキー男爵、ヴィシュニョベルスキー・ズ・ゴルドフルスは毎日昼食のためにそこに従僕を遣わしています、つまり高貴な方々の御用達です。』それなら行きますと私は言った、私もそこにしか行っていません。「そこへはホルツハイも行っていませんでした。」フバーチウスは腹の底から大笑いした。「そこへはホルツハイも行っていませんでした。それでは行きましょうと。私はその店をこれまで見たこともありませんでした。それはウンゲルトやウ・クナーシューのようではなく、読み上げ官さん、失礼ながらあなたのウ・ヴォルリーチクーのようでもなかったです。」彼は自分の行きつけの居酒屋や読み上げ官の居酒屋を皮肉った。読み上げ官は静かに微笑み、フバーチウスがそこで貴族らしく食べることが出来たのか皮肉っぽく尋ねた。

「私がいかに貴族的《カヴァリーア》に振る舞ったのかあなた方に見て欲しかったですよ。そして私たちは食べました。その時私は思い出しました、腹を空かせた哲学級の学生だった私が、家畜市場のウ・クナーシュー（＊カルロヴォ広場で工科大学の建物の向かいの角にある）に通っていた頃を、そこでネトリツキー男爵の痩せた先駆けと並んで昼飯を食っていた頃を。そこではつけで食べていた私の名前がいつも扉に書かれていて、そのため女給はチョークが足りない程でした、その頃私はその貧弱な昼飯に支払う金もない無一文の学生だったので。ところで正式の町の料理人がいるその店では、たいへんなご馳走が一人六皿ずつ出て、腹一杯食べました。しかしながら支払いは、飲み物を含めないで何と昼食に十グロシュかかりました。でもそこには多くの貴族がいました。」

読み上げ官はもじもじして、その話題は面白くなさそうに見えた。

しかしフバーチウスはそれに気付かず話を続けた。「そのリュート弾きのホルツハイは誰でもよく知っていて、私たちにそこかしこの貴族の名を挙げました。そして二人の紳士が店に入ってくると、彼は急に私たちに目配せして机に屈み込んでささやきました。『あの大きい方はシュティレナウ男爵でシュポルク伯爵の秘書をしており、もう一人の大きなかつらを付けた男はスコットランド出身の誇り高い英国人で、彼はプラハに長く滞在して一角獣屋（＊小市街のカレル橋近くのラーゼンスカー通りにあった高級ホテル）に泊まり、そこに幾部屋も持っている。当地の多くの貴族が彼を訪問し、また彼も彼らを訪れている。彼が一番足繁く訪れているのはシュポルク伯爵の館（＊［原注］インドジシュスカー通りのそこには現在中央郵便局がある）で、昼もまた夜も秘かに通っているという話だ。』」

「その英国人は誰ですか。」イジークは尋ねた。

「ホルツハイの言うことには、彼はあのフリーメーソンの、つまり秘かな同盟あるいは結社の首領《カーポ》で、シュポルクがイギリスにいた時からの知り合いだったそうです。かの地にはフリーメーソンたちがいてそこでロッジと呼ばれる結社を作っているが、すべてはここと同様に秘密の内にあるそうです。」

「ここもですか。」イジークは驚いた。

「すでにここでも、そのようなロッジがあると言っています。そうです、あの英国人、あの彼らの親方は徒《いたずら》にここにいるのではなく、意味もなくシュポルクの館に行きつけている訳でもありません。」

「そうでしたか」読み上げ官は笑った。「彼らは知り合いですから――」

「そう、そうです。しかし何のために彼はそこに夜秘かに通っているのか、話ではそこにヴルブナ伯爵やスヴェールツ伯爵も、これらの人の名が挙がっているのを私は聞きました。さらに誰がいるのかは誰も知らず、みな夜の秘かな集会にその結社に行っています。」

「そのリュート弾きもそこに行ったのですか。それ程秘密のものだったら、誰がそれを知ることが出来るでしょう」読み上げ官が口を挟んだ。

「私もまたそのことをホルツハイに言いました。しかし彼は笑っているだけで、それはイエズス会の神父たちも知らないと言っていました。またホルツハイは、彼らはシュポルクの最初の秘書のクロンスキーを買収したが、彼はすでにシュポルクの所から逃げ出した。彼はそうせざるを得なかったと言いました。彼らは彼を買収したが今でも例えば従僕や警護の召使を買収している。もっとも彼らはいたる所に自分たちの手先を持ち、すべてを知っていると語っていました。」

イジークは読み上げ官が何か意地悪そうに笑い、喜んでうなずいたのに気付いた。彼はその秘密結社であるフリーメーソンはイエズス会に敵対しているのかフバーチウスに尋ねた。

「激しく敵対しているという話です」フバーチウスは肯定した。

「しかしそれは不幸ではないでしょう」読み上げ官は生き生きと声を上げ、笑っているだけだった。

イジークは彼の方を向いたが、すぐにフバーチウスに少しきつい口調で、フリーメーソンは信仰にも敵対しているのではないかと言った。

「全面的にではないそうです、彼らは信仰を持っているが独自のもので、ホルツハイが言うには彼らは自然を崇拝し、神は信じるが神の啓示と聖書には反対しているそうです。」

「それは駄目だ、それは駄目だ」読み上げ官は激しく身を震わし手を振った。「それでは何も得られない。」イジークは再び驚いた。始めイエズス会に反対し、次に聖書に味方するとは――

彼は家に帰る途中読み上げ官について、ともかく変わった男だと考え、また秘密結社のフリーメーソンについて、また人は信仰なしでどうして生きられるのか、永遠と神の審判が恐ろしくないのか恐怖を感じながら考えていた。しかしまたフバーチウスがあのリュート弾きから聞いた話として、これらすべてはフランスの無神論の書物に由来し、単に貴族だけでなく町民たちも、当地のイタリア人の金の鹿屋（ウ・ズラテーホ・イェレナ、＊旧市街広場から五〇メートル東）の薬剤師カサノヴァやその他の者もそうであると言っていた。思いもよらないことだが――

肌を刺すような風と雪が舞っている中で、彼は思わず立ち止まった。もう家のすぐ傍でインドジシュスカー通りの角であった。そこからシュポルクの屋敷を眺めた。二、三の窓が薄闇に光を放っているのを見た。今そこにはシュポルク伯爵が一人いるだけだが、夜になると彼のもとに人々が秘かに集まり、彼またはあの英国人が石工の前掛けをして（＊フリーメーソンは石工組合の流れを汲むため、その象徴として儀式の際にはこれを付ける↓フリーメーソン　前掛け）秘密の儀式を始め、徒弟の伯爵たちや皆は悪魔に誑《たぶら》かされて――

これが起きたのはクリスマスの祭日の少し前であった。

クリスマス・イヴの日にイジークはキリスト降誕雛《ベトレーム》（＊語注23）を飾った。それは美しいもので、ずっと以前に父がフランチシェク・ライネルに注文して作らせたものだった。彼は家畜広場に家を持ち、ヴァーツラフ・ライネルの叔父に当たっていた。イジークはこの人形たちを生徒の頃からまたギムナジウムに通う頃にも、哲学級の一年生の昨年にも飾った。彼はそれを敬虔さから、また聖夜と牧歌的雰囲気と家族的習慣の詩的な趣向のために行っていた。そしてその年のクリスマスの祭日にもまた、大部屋で窓のない狭い方の壁にある長い棚板の上に、例年のように大きなキリスト降誕雛を並べた。それは豪華に彩られたもので、苔むした岩に囲まれ背景には東洋の町があり、その町の家々の窓は本物のガラスが使われて、白い子羊や地方の田舎風の上着を着た牧人や狩人や煙突掃除人（＊幸せを運ぶと言われている）の人形もいた。

今年もまた彼の若い継母が昨年と同様に手伝ってくれた。しかし昨年のクリスマスの時のようには楽しくなかった。彼女は笑いもなく、静かに降る雪を眺めているかのように外の凍える日を見つめ、何度か彼に牧人や子羊を手渡し忘れた。イジークはそれをあまり気にかけていなかった。彼自身もまた、手に持っている人形をどこのどの場所に置いたらより見栄えがするかを考えているかのように、ぼうっとした顔付きで立っていた。しかし彼はそれを考えているわけではなく、ヘレンカのことを思って仕事が止まっていたのであった。もし彼女が突然入ってきたならば、もし彼女がこれを見たならば、またこれを並び終えた時、彼女が祭日でやって来ることが出来たならば。

彼はまだ修辞学学級の学生であった昨年、クリスマスの日の午後にキリスト降誕雛を見上げて座り、快い静けさの中で『楯突く夜鳴きうぐいす』の詩集（＊語注補遺2）から『二人の牧人、マヴォンとダヴォンの歌競べ。月と星が明るさを増して輝く時、二人は競って奏で夜の静寂に神を称える』を一人読んでいた。

まさに月は満ち、
――――
二人の牧人は
音楽へと誘《いざな》い合った。
昔からそう呼ばれているマヴォンが
己のヴァイオリンを調弦すると、
その名で洗礼を受けたダヴォンは
己のハープを調律する。
二人が考えるのは同じこと、
この上なく美しく歌おうと、
数々の技巧を駆使し
調べがこの上なく快く響くようにと――

彼は気に入りさらに先の牧歌詩を静かに読んでいった、『さあ速やかに立ち上がれ、貴き御子の元へ駆け付けよ――』や『その朝はすでに真紅の色に包まれた――』を。

今年はその小さな本は読まなかった。しかしもし彼が『楯突く夜鳴きうぐいす』のことを思い出しても、それは出来なかったであろう。と言うのもクリスマスのその日の午後に訪問客があったからである。彼のキリスト降誕雛を見に来たのは騎兵少佐夫人のズザナ・リフトロヴァーで、年配だが着飾って広い張り骨スカートをはいていた。彼女は昨年の彼の父の結婚式では一つの踊りも休まず、激しく舞うクラントでも休むことがなかった。彼女は降誕雛を見るために来たがそこからすぐにいつものお喋りの、自身も加わった軍事遠征と亡くなった夫と、もちろんオイゲン・サヴォイスキー（＊語注14）について話し始めた。彼の指揮のもと兵士たちがどの様に戦ったのか、彼らの従軍司祭ファゴット神父は兵士たちに説教でどの様に語ったのか、神様はサヴォイの公子をトルコ軍に対するギデオン（＊旧約聖書の士師記でイスラエルを解放したユダヤの英雄）として選んだが、聖母マリア様も公子に味方した。何故なら（その戦いに彼女と亡き夫のクリスチアーンもいた）ペトロヴァラディンの戦いは雪の聖母マリアの日（＊八月五日）に生じ、（そこにも彼らはいた）ベオグラードでのあの恐ろしい戦いは聖母マリア被昇天の日（＊八月十五日）だったからである。「その戦いの後に夫のクリスチアーンは騎兵少佐に昇進しましたが、彼がどんなに立派だったかはどうか想像して下さい。苦手な彼が長槍を手に務め出した時は単なる騎兵でしたが、ペンではなく直身刀で、ああ神様、彼は立派に昇進しました。私が彼に初めて会った時、彼は花のように素敵な男性でした。フルギムにカプラリ甲騎兵連隊が進軍した時、クリスチアーンも連隊と共に来ていましたが、私は彼に夢中になりました。しかしフルギムの市参事会員だった私の父はそれを禁じましたがそれが何になったでしょう、私は恋に燃えてクリスチアーンと共に、ああ神様、駆け落ちしました」と。

大部屋が静かになったのは、張り骨スカートの少佐夫人が開け放した扉を通り抜け、再び扉が閉められた時であった。薄闇が忍び込んで来た。どっしりした机も食器棚も全ての家具も黒ずみ、壁布も画布に描かれた聖人や風景画も降誕雛も黒ずんでいた。その傍で飼葉桶に入った幼子イエスの真向かいの棚板の上に置かれた、小さなランプの灯明が輝いていた。

ブジェジナは黄昏のその時、妻が歌いイジークがそれに付いた。ヴァイオリンで合わせることが出来るかもしれないと思い付いた。ただ若い妻は快く喜んでリュートに手を伸ばすことはなかった。しかし夫の希望をすぐに叶えた。イジークはヴァイオリンを取りに自分の小部屋に駆けて行き、すぐ演奏会が始まった。まだかつらを付けたままのブジェジナは肘掛け椅子に座り、歌い手と演奏家は机の端に並んで座った。外は雪が舞っていた。部屋の中は柔らかい黄昏で静かで心地よかった。始めにリュートで幾つかの和音を弾いてから、歌と抑えたヴァイオリンの伴奏が続いた。

眠りなさい、そのように息子に歌いかける、
夜通し見守り続ける母が、愛おしい子に――

（＊民衆のクリスマスソングで作者はAdam Michna（一六〇〇頃―一六七〇）、動画で↓Chtíc, aby spal）

ブジェジノヴァー夫人は美しい声の持ち主で素晴らしく歌っていた。昔から伝わるそのクリスマスの歌《コレダ》は、キリスト降誕雛を前にしたその灯りの下で、気持ちのこもった伴奏に良く融け合って快く響いた。主人は自分の若い妻から目を離さず、敬虔な気持ちで聞き入っていた。それまで目を伏せて演奏していたイジークだったが、彼女の声が突然震えしばし音程が定まらないのを感じて継母の方を見た。それはちょうど次の所を歌った時だった。

さあ、私の花の楽園よ、ローズマリーよ、
私はおまえを花束に編もう、それは枯れることがない。
ああスミレよ、百合よ、私のバラよ。さあ、
香り高いスズランよ、私の花園よ。

「さあ、香り高いスズランよ――」の繰り返しの所で彼女の声は止まった。ただヴァイオリンだけが鳴っていた。しかしすぐに彼女はまた歌い始めたが、その声は高らかな若々しいものではなく、むしろ無理に出しているようにイジークには思えた。

ああ私のリュートよ、白鳥よ、私のウグイスよ、
さあ、私のお気に入りの竪琴よ、ツィンバロムよ。
おやすみのキスをなさい、さあ坊や、
母は揺籃《ゆりかご》であやすでしょう――

彼女は歌うのを止めた、先が歌えなかった。ブジェジナはすばやく彼女に近付いたが、薄闇の中で彼女が青ざめ、すぐにまた血色が戻ったのに彼は気付かず、どうしたのか尋ねた。

「何でもありません、なんでも――ただ声がちょっと――」

「もう十分だよ、イジーク、もういい。」

イジークは驚き心配そうに継母を見た。父が今日はもう十分だと繰り返すと、彼はヴァイオリンを持って自分の部屋に戻った。扉が閉まるとブジェジナは前より差し迫った声で、どうしたのだい、何が起きたのかと再び尋ねた。ブジェジノヴァー夫人はちょっと黙っていたが急に立ち上がると、彼の首に手を掛け彼の胸に頭を押し付けると彼にさ

さやいた。彼は彼女を引き寄せるとやさしく撫で、彼女が彼に慎ましく打ち明けた甘い秘密を祝って、彼女に口づけした。

著者紹介

アロイス・イラーセク（Alois Jirásek）

1851年にチェコ東北部のフロノフに生まれ、プラハ・カレル大学で歴史を学ぶ。卒業後リトミシュルとプラハのギムナジウムで教師を務めながら多くの歴史小説を執筆し、チェコ民族の栄光と受難の歴史を描いて、この分野の第一人者となり、何度もノーベル文学賞の候補にもなった。後年病（聴覚と腎臓）が悪化して、1919年に未完のまま『フス派王』を出した後、筆を絶って1930年にプラハで没したが、チェコスロヴァキア建国とその後の発展に立ち会った。

訳者紹介

浦井　康男（うらい・やすお）

1947年に静岡県熱海市に生まれる。京都大学理学部に入学後、文学部言語学科に転部。1976年に同博士課程を単位取得退学。1977年に福井大学教育学部、1997年に北海道大学文学研究科に移籍。2011年3月に北海道大学を停年退職後、北海道大学名誉教授。アロイス・イラーセク著、浦井康男訳註『チェコの伝説と歴史』（北海道大学出版会、2011年）で第48回日本翻訳文化賞受賞。

暗黒――18世紀、イエズス会とチェコ・バロックの世界――上巻
2016年7月29日　初版第1刷発行

訳　者　浦井康男
装幀者　山田英春
発行者　南里　功

発行所　成文社
〒240-0003 横浜市保土ヶ谷区天王町 2-42-2
電話 045 (332) 6515
振替 00110-5-363630
http://www.seibunsha.net/

落丁・乱丁はお取替えします
組版　編集工房 dos.
印刷・製本　シナノ

Printed in Japan
ISBN978-4-86520-019-5 C0022

歴史・文学

マサリクとの対話

哲人大統領の生涯と思想

カレル・チャペック著　石川達夫訳

A5判上製
344頁
3800円
978-4-915730-03-0

チェコスロヴァキアを建国させ、両大戦間の時代に奇跡的な繁栄と民主主義を現出させた哲人大統領の生涯と思想を、「ロボット」の造語で知られるチャペックが描いた大ベストセラー。伝記文学の傑作として名高い原著に、詳細な訳注をつけ初訳。各紙誌絶賛。　1993

歴史・思想

マサリクとチェコの精神

アイデンティティと自律性を求めて

石川達夫著

A5判上製
310頁
3800円
978-4-915730-10-8

マサリクの思想が養分を吸い取り、根を下ろす土壌となったチェコの精神史とはいかなるものであり、彼はそれをいかに見て何を汲み取ったのか？　宗教改革から現代までのチェコ精神史をマサリクの思想を織糸として読み解く。サントリー学芸賞・木村彰一賞同時受賞。　1995

歴史・思想

ロシアとヨーロッパⅠ

ロシアにおける精神潮流の研究

T・G・マサリク著　石川達夫訳

A5判上製
376頁
4800円
978-4-915730-34-4

第1部「ロシアの歴史哲学と宗教哲学の諸問題」では、ロシア精神を理解するために、ロシア国家の起源から第一次革命に至るまでのロシア史を概観する。第2部「ロシアの歴史哲学と宗教哲学の概略」では、チャアダーエフからゲルツェンまでの思想家たちを検討する。　2002

歴史・思想

ロシアとヨーロッパⅡ

ロシアにおける精神潮流の研究

T・G・マサリク著　石川達夫・長與進訳

A5判上製
512頁
6900円
978-4-915730-35-1

第2部「ロシアの歴史哲学と宗教哲学の概略」（続き）では、バクーニンからミハイローフスキーまでの思想家、反動家、新しい思想潮流を検討。第3部第1編「神権政治対民主主義」では、西欧哲学と比較したロシア哲学の特徴を析出し、ロシアの歴史哲学的分析を行う。　2004

歴史・思想

ロシアとヨーロッパⅢ

ロシアにおける精神潮流の研究

T・G・マサリク著　石川達夫・長與進訳

A5判上製
480頁
6400円
978-4-915730-36-8

第3部第2編「神をめぐる闘い。ドストエフスキー」は、本書全体の核となるドストエフスキー論であり、ドストエフスキーの思想を批判的に分析する。第3編「巨人主義かヒューマニズムか。プーシキンからゴーリキーへ」では、ドストエフスキー以外の作家たちを論じる。　2005

文学

ポケットのなかの東欧文学

ルネッサンスから現代まで

飯島周、小原雅俊編

四六判上製
560頁
5000円
978-4-915730-56-6

隠れた原石が放つもうひとつのヨーロッパの息吹。49人の著者による詩、小説、エッセイを一堂に集めたアンソロジー。目を閉じてページをめくると、そこは、どこか懐かしい、それでいて新しい世界。ポケットから語りかける、知られざる名作がここにある。　2006

価格は全て本体価格です。